U0115774

王水照文集

唐宋散文举要

第七卷

《唐宋散文举要》书影

安徽师范大学出版社，2014 年

江苏古籍出版社，1992 年

凤凰出版社，2002 年、2018 年

《唐宋散文精选》书影

《宋代散文选注》书影（上下册）

《宋代散文选注》书影

上海古籍出版社，1978 年、1981 年、1984 年、2010 年

第七卷 整理说明

《唐宋散文举要》原由安徽师范大学出版社于2014年出版。此书乃作者《唐宋散文精选》（江苏古籍出版社，1992年）改订而成，并吸取《宋代散文选注》（中华书局上海编辑所，1963年）的相关内容。今据安徽师范大学出版社版收入。该书曾先后列入国家新闻广电总局"首届向全国推荐中华优秀传统文化普及图书"和教育部发布的"中小学生阅读指导书目（高中段）"。本卷新增附录两种：一、作者为《古文选读》（中国青年出版社，1964年）所撰六篇译注；二、《中华活叶文选》（中华书局上海编辑所）所收作者九篇古文讲解文章。

第七卷目次

唐宋散文举要

前言 …………………………………………………… 3

魏徵（580—643）
谏太宗十思疏 ……………………………………… 6
王勃（650—675 或 676）
滕王阁序 …………………………………………… 10
王维（701—761）
山中与裴秀才迪书 ………………………………… 20
李白（701—762）
春夜宴从弟桃花园序 ……………………………… 23
李华（715—766）
吊古战场文 ………………………………………… 26
元结（719—772）
右溪记 ……………………………………………… 31
韩愈（768—824）
杂说其四 …………………………………………… 33
师说 ………………………………………………… 35
进学解 ……………………………………………… 38

　　张中丞传后叙 ……………………………………… 44

　　送孟东野序 ………………………………………… 50

　　送李愿归盘谷序 …………………………………… 55

　　祭十二郎文 ………………………………………… 59

　　毛颖传 ……………………………………………… 65

柳宗元(773—819)

　　捕蛇者说 …………………………………………… 71

　　种树郭橐驼传 ……………………………………… 74

　　三戒并序 …………………………………………… 78

　　始得西山宴游记 …………………………………… 82

　　钴鉧潭西小丘记 …………………………………… 85

　　小石潭记 …………………………………………… 87

杜牧(803—852)

　　阿房宫赋 …………………………………………… 90

李商隐(约813—约858)

　　李贺小传 …………………………………………… 95

孙樵

　　书褒城驿壁 ………………………………………… 99

陆龟蒙(？—约881)

　　野庙碑 ……………………………………………… 104

王禹偁(954—1001)

　　黄冈竹楼记 ………………………………………… 109

范仲淹(989—1052)

　　岳阳楼记 …………………………………………… 113

欧阳修(1007—1072)

　　五代史伶官传序 …………………………………… 117

　　秋声赋 ……………………………………………… 120

泷冈阡表 ·· 123

醉翁亭记 ·· 130

与高司谏书 ·· 133

苏舜钦（1008—1048）

沧浪亭记 ·· 141

苏洵（1009—1066）

六国论 ·· 145

木假山记 ·· 149

周敦颐（1017—1073）

爱莲说 ·· 152

曾巩（1019—1083）

寄欧阳舍人书 ·· 154

墨池记 ·· 158

司马光（1019—1086）

训俭示康 ·· 161

王安石（1021—1086）

答司马谏议书 ·· 167

读孟尝君传 ·· 170

伤仲永 ·· 171

游褒禅山记 ·· 173

苏轼（1037—1101）

赤壁赋 ·· 177

后赤壁赋 ·· 182

喜雨亭记 ·· 185

文与可画筼筜谷偃竹记 ······································ 188

石钟山记 ·· 193

书蒲永升画后 ·· 197

答谢民师书 ·· 200

日喻 ·· 204

记承天寺夜游 ·· 208

苏辙（1039—1112）

上枢密韩太尉书 ·· 210

黄州快哉亭记 ·· 214

晁补之（1053—1110）

新城游北山记 ·· 219

李格非

书《洛阳名园记》后 ··· 223

李清照（1084—1152 后）

《金石录》后序 ··· 226

刘子翚（1101—1147）

试梁道士笔 ··· 239

陆游（1125—1210）

姚平仲小传 ··· 242

跋李庄简公家书 ·· 245

朱熹（1130—1200）

送郭拱辰序 ··· 247

文天祥（1236—1283）

《指南录》后序 ··· 250

谢翱（1249—1296）

登西台恸哭记 ·· 258

附录一：《古文选读》六篇

一、完璧归赵 ·· 264

二、鸿门宴 ··· 274

三、书褒城驿壁 ·················· 284

四、答司马谏议书 ·················· 290

五、项脊轩志 ·················· 295

六、五人墓碑记 ·················· 302

附录二：《中华活叶文选》九篇

一、晋书·周处传 ·················· 311

二、晋书·吴隐之传 ·················· 319

三、醉翁亭记 ·················· 328

四、泷冈阡表 ·················· 333

五、秋声赋 ·················· 343

六、木假山记 ·················· 347

七、文与可画筼筜谷偃竹记 ·················· 350

八、黄州快哉亭记 ·················· 356

九、宋史·吕端传 ·················· 361

唐宋散文举要

前　言

　　以"古文八大家"为重镇的唐宋散文,在我国散文史上具有里程碑式的地位。前人把韩愈、柳宗元、欧阳修、苏洵、苏轼、苏辙、曾巩、王安石合称"八大家",这一作家群实际上代表新的散文流派,形成以篇什体裁为主的散文传统,与先秦两汉以著述体裁为主的散文(诸子散文和历史散文)相区别,并成为以后元明清散文作家取径研习的主要对象。

　　唐宋散文的特点和风格的形成,与唐宋古文运动的发生和发展密切相关。以韩愈、柳宗元为首的唐代古文运动,是借助儒学复古旗帜而推行的文体、文风和文学语言的革新运动。韩愈反对六朝以来所盛行的以辞藻、对偶、用典、声律为特征的"骈文",要求恢复先秦两汉时散句单行的"古文";但他提出"惟陈言之务去",着力于语言的新颖独创,又标举"文从字顺各识职",追求文句的妥帖和流畅,这就从词汇和语法两方面建立起新型"古文"的标准,就不是先秦两汉"古文"的简单还原了。我们读他的《进学解》这篇不到七百五十字的文章,竟出现了"业精于勤荒于嬉,行成于思毁于随"、"爬罗剔抉,刮垢磨光"、"贪多务得,细大不捐"、"补苴罅漏,张皇幽眇"、"回狂澜于既倒"、"沉浸酽郁,含英咀华"、"佶屈聱牙"、"跋前踬后,动辄得咎"、"俱收并蓄"以及"提要钩玄"、"焚膏继晷"、"旁搜远绍"、"闳中肆外"等极富创辟的语言,以致成为现代汉语中的成语或常用词汇。此篇原滥觞于东方朔《答客难》、扬雄《解嘲》,但与之相较,不能不说是创新之

3

作,体现了韩愈以复古为革新的实绩。

唐代古文运动对文体的革新还表现在体裁方面。它一方面致力于旧体裁的改造和拓展,如在传统序类中别出赠序(《送孟东野序》、《送李愿归盘谷序》等),杂记类之有山水记(柳宗元《永州八记》);一方面又努力于新体裁的创造,如寓言(柳宗元《三戒》)及寓言式的杂说(韩愈《杂说》)等。以后宋代散文家循此精进,更有多方面的发展。如杂记文中议论说理成分的加重(王安石《游褒禅山记》、苏轼《石钟山记》);笔记小品的大量涌现,书简、题跋等随笔之作,信手拈来,脱口说出,常于绝不经意中活现一片心境;特别是散文赋的产生(欧阳修《秋声赋》、苏轼前后《赤壁赋》),更为赋的发展开辟新路。这样,终于使唐宋散文达到众体皆备的境地。体裁的革新创造,意味着散文的使用范围、功能和形制的扩展和变化,同时它又与风格、文学语言的丰富和发展是同步的,促进了散文文学性的加强和美学价值的提高。

唐代古文运动的成就突出却后继乏人,降及五代和宋初,靡丽浮泛的骈文重又统治文坛,由此又引发出以欧阳修、苏轼为先后领袖的宋代古文运动。欧、苏虽直承韩、柳,却又有自己的时代特点:其重点并不在打击骈文本身,而是致力于文风的改革。宋代古文运动经历过反对浮艳空洞的"五代体"和藻饰丰赡、典重华贵的"西昆体"骈文,又吸取宋初古文简古奥涩、学古不化的失败经验,摒斥僻涩怪诞的"太学体"古文,才奠定了平易自然、流畅婉转这一宋代散文的群体风格。严格地说,唐代散文尚未形成群体风格。韩愈的刚健雄肆、奥衍宏深,柳宗元的清峻峭刻、简洁凝练,均达于散文艺术的极诣,但从学者未能承响接流而形成强大的风格流派。韩愈的文风实有"难"(奇崛)、"易"(平易)两种,其门下两大弟子李翱、皇甫湜,一得其"易",一得其"难",而韩愈自己的主要美学趋向则在"难"的一面。刘熙载《艺概·文概》说:"韩(愈)文出于《孟子》,李习之(翱)文出于《中庸》;宗李多于宗韩者,宋文也。"这从历史渊源上指出了宋文平易风格的成因,也揭示出宋文与韩(包括柳)文基本风格的异趣。

当然,宋六家的散文也是各具面目的。如欧阳修、苏辙的纤徐平和、温醇厚重,苏洵、苏轼的汪洋恣肆、雄健奔放,曾巩的严谨平实、细密峻洁,除王安石以逆折拗劲、斩截有力而深得韩、柳真髓外,其馀五家的个体风格实只表现为群体风格基础上的多样性,"平易"始终是他们风格中稳定的共同因素。

南宋的文风也基本上承袭欧、苏的传统。一般说来,南宋散文向加强说理和思辨的方向发展,欧氏的影响似更大些,风格更趋明畅,文字更为醒豁。但像陆游、文天祥、谢翱等爱国志士的文字,雄赡豪迈,挥洒自如,则与苏轼为近。

唐宋散文是一个绚丽多彩的复杂存在,人们完全可以从不同目的、需要和角度,进行各自的选择。本书选文六十二篇,均按作家生年先后排列,同一作家的多篇作品,则参照其文集的通行本所列次序编排。这些作品都是历久传诵不衰的精品,我们着眼于描写叙述较为形象生动,抒情色彩较为浓烈,或富有理趣的名篇,也就是说,偏重于散文的文学性方面,以期这一普及读物更能得到一般读者的欢迎。我们的注释力求准确简明,而品评则是编者对作品的一份体会和解读,谨与读者交流。"开卷有益",最重要的是反复吟诵原作。尝脔一鼎,以蠡测海,愿这一小小的选本能帮助读者去叩启唐宋散文百花园的大门。

本书得以编成,王宜瑷君助力为多,特此说明并致谢。

魏徵(580—643)

字玄成,巨鹿(今属河北)人,后迁居相州内黄(今属河南)。隋末参加瓦岗义军,后降唐。唐太宗时任谏议大夫、尚书左丞、检校侍中等职。主持《周书》《隋书》等史书的修撰。封郑国公,官至太子太师,谥"文贞"。他为唐初名相,秉性耿介,敢于直谏,唐太宗视为"人镜"。言论散见于《贞观政要》,另有《魏郑公集》。

谏太宗十思疏①

臣闻求木之长者,必固其根本;欲流之远者,必浚其泉源②;思国之安者,必积其德义。源不深而望流之远,根不固而求木之长,德不厚而思国之理,臣虽下愚,知其不可,而况于明哲乎③!人君当神器之重④,居域中之大⑤,将崇极天之峻,永保无疆之休。不念居安思危,戒奢以俭,德不处其厚,情不胜其欲,斯亦伐根以求木茂,塞源而欲流长者也。

凡百元首⑥,承天景命⑦,莫不殷忧而道著⑧,功成而德衰。有善始者实繁,能克终者盖寡,岂取之易而守之难乎?昔取之而有馀,今守之而不足,何也?夫在殷忧,必竭诚以待下;既得志,则纵情以傲物。竭诚则胡越为一体⑨,傲物则骨肉为行路⑩。虽董之以严刑⑪,震之以威怒,终苟免而不怀仁^⑫,貌恭而不心服。怨不在大,可畏惟人,载舟覆舟,所宜深慎,奔车朽索^⑬,其可忽乎!

君人者,诚能见可欲则思知足以自戒,将有作则思知止以安人^⑭,念高危则思谦冲而自牧^⑮,惧满溢则思江海下百川^⑯,乐盘游则思三驱以为度^⑰,忧懈怠则思慎始而敬终^⑱,虑壅蔽则思虚心以纳下^⑲,想谗邪则思正身以黜恶^⑳,恩所加则思无因喜以谬赏^㉑,罚所及则思无因怒而滥刑。总此十思,弘兹九德^㉒,简能而任之^㉓,择善而从之,则智者尽其谋,勇者竭其力,仁者播其惠^㉔,信者效其忠。文武争驰,君臣无事,可以尽豫游之乐,可以养松、乔之寿^㉕,鸣琴垂拱^㉖,不言而化^㉗。何必劳神苦思,代下司职,役聪明之耳目,亏无为之大道哉!

【注释】

① 疏:奏疏,古时臣下向君主陈述意见的一种文体。

② 浚(jùn):疏通水道。

③ 明哲:明智而洞察事理的人,这里指唐太宗。

④ 神器:帝位。

⑤ 居域中之大:古人以为域中有"四大",帝王居其一。

⑥ 元首:指帝王。

⑦ 景:大。

⑧ 殷忧:深忧。道著:道行显著。

⑨ 胡越:胡地在北,越地在南,比喻相距遥远。

⑩ 骨肉为行路:同胞至亲成为陌路人。

⑪ 董:督察。

⑫ 句谓最终只图免于刑罚而不会怀念君上的仁德。

⑬ 奔车朽索：用朽烂的缰绳驾驭着奔跑的马车，比喻危险。

⑭ 作：兴建。安人：使百姓得到安宁。

⑮ 念高危：想到居高位的危险。谦冲：谦虚。自牧：自我修养。

⑯ 江海下百川：包容巨大的江海是因为处于百川的下游。

⑰ 盘游：打猎游乐。三驱：一种围其三面、网开一面的打猎方式，表示有好生之德。度：限度。

⑱ 慎始而敬终：从始到终，谨慎恭敬。

⑲ 壅蔽：受到蒙蔽。

⑳ 谗邪：邪恶的人或事。黜恶：斥退坏人。

㉑ 谬赏：奖赏不当。

㉒ 弘：扩大、发扬。兹：这。九德：指古书所载的九种德行，这里泛指一切德行。

㉓ 简能：选拔有才能的人。

㉔ 播：施播。

㉕ 松、乔：赤松子、王子乔，古代传说中长寿的仙人。

㉖ 垂拱：指君主垂衣拱手，比喻无为而治。

㉗ 不言而化：不用说话而百姓即受教化。

【品评】

"思"是本篇的中心内容，也是结构全文的关揵。作者首先提出"居安思危"的治国方针。他不局限于一时一事，而是以整个国运朝政为计，反映出一位封建政治家的战略眼光；在当时唐王朝正处在蓬勃向上的形势下，作者及时而又尖锐地提出这个方针，又表现出他非凡的政治洞察力。接着他总结历朝善始不能善终的教训，分析"取易守难"的原因，并提升到"载舟覆舟"、关乎国脉存亡的高度，突出强调了"居安思危"这一方针的重要性。然后才从正面阐述"十思"，作为"居安思危"的具体内容，这实是本文的主旨所在。最后说："总此十思"，即能"不言而化"，也就不用"劳神苦思"了。从"思"始而以"无思"结，含意无穷。全文围绕一个"思"字，正说反说，前呼后应，条理清晰，逻辑严密，议论剀切精辟，文风平实明快，不愧为谏疏名篇。

　　本文通行者均为节本，颇称简洁；今从《贞观政要》录出，多出近百字，似比节本文气更酣畅，说理更周详。

王勃(650—675 或 676)

字子安,绛州龙门(今山西河津)人。幼善文,未冠即应试及第,授朝散郎。曾任虢州参军,因事获罪,革职。其父亦受牵连,贬官交趾。他前往省亲,渡海落水,惊悸而死。他才华横溢,辞情英迈,与杨炯、卢照邻、骆宾王齐名,时称"四杰"。他诗文并擅,均开初唐新风。骈文尤工,博渊精切,铿锵酣畅,震烁一时,"四杰"之称原本主要指骈文而言,后遂兼指诗文。有《王子安集》。

滕 王 阁 序①

豫章故郡②,洪都新府③,星分翼轸④,地接衡庐⑤。襟三江而带五湖⑥,控蛮荆而引瓯越⑦。物华天宝,龙光射牛斗之墟⑧;人杰地灵,徐孺下陈蕃之榻⑨。雄州雾列⑩,俊采星驰⑪。台隍枕夷夏之交⑫,宾主尽东南之美⑬。都督阎公之雅望,棨戟遥临⑭;宇文新州之懿范,襜帷暂驻⑮。十旬休暇,胜友如云⑯;千里逢迎,高朋满坐。腾蛟起凤,孟学士之词宗⑰;紫电青霜,王将军之武库⑱。家君作宰,路出名区⑲;童子何知,躬逢胜饯⑳。

时维九月,序属三秋㉑。潦水尽而寒潭清㉒,烟光凝而暮山紫。俨骖騑于上路㉓，访风景于崇阿㉔。临帝子之长洲㉕，得天人之旧馆㉖。层台耸翠，上出重霄；飞阁流丹，下临无地㉗。鹤汀凫渚，穷岛屿之萦回㉘；桂殿兰宫，即冈峦之体势㉙。

披绣闼㉚，俯雕甍㉛，山原旷其盈视㉜，川泽盱其骇瞩㉝。闾阎扑地，钟鸣鼎食之家㉞；舸舰迷津，青雀黄龙之舳㉟。云销雨霁，彩彻区明㊱。落霞与孤鹜齐飞㊲，秋水共长天一色。渔舟唱晚，响穷彭蠡之滨㊳；雁阵惊寒，声断衡阳之浦㊴。

遥襟甫畅㊵，逸兴遄飞㊶。爽籁发而清风生㊷，纤歌凝而白云遏㊸。睢园绿竹，气凌彭泽之樽㊹；邺水朱华，光照临川之笔㊺。四美具㊻，二难并㊼。穷睇眄于中天㊽，极娱游于暇日。天高地迥，觉宇宙之无穷；兴尽悲来，识盈虚之有数㊾。望长安于日下，目吴会于云间㊿。地势极而南溟深(51)，天柱高而北辰远(52)。关山难越，谁悲失路之人(53)？萍水相逢，尽是他乡之客。怀帝阍而不见，奉宣室以何年(54)？

嗟乎！时运不齐，命途多舛(55)。冯唐易老(56)，李广难封(57)。屈贾谊于长沙，非无圣主(58)；窜梁鸿于海曲，岂乏明时(59)？所赖君子见几(60)，达人知命(61)。老当益壮，宁移白首之心(62)？穷且益坚，不坠青云之志(63)。酌贪泉而觉爽(64)，处涸辙以犹欢(65)。北海虽赊，扶摇可接(66)；东隅已逝，桑榆非晚(67)。孟尝高洁，空怀报国之情(68)；阮籍猖狂，岂效穷途之哭(69)？

勃三尺微命(70)，一介书生(71)。无路请缨，等终军之弱冠(72)。有怀投笔，爱宗悫之长风(73)。舍簪笏于百龄(74)，奉晨昏于万里(75)。非谢家之宝树(76)，接孟氏之芳邻(77)。他日趋庭，叨陪鲤对(78)；今兹捧袂，喜托龙门(79)。杨意不逢，抚凌云而自惜⑩;钟期既遇,奏流水以何惭㉑?

呜呼! 胜地不常,盛筵难再。兰亭已矣㉒,梓泽丘墟㉓。临别赠言,幸承恩于伟饯㉔;登高作赋,是所望于群公㉕。敢竭鄙怀,恭疏短引㉖。一言均赋,四韵俱成㉗。请洒潘江,各倾陆海云尔㉘!

【注释】

① 题一作《秋日登洪府滕王阁饯别序》。滕王阁:唐滕王李元婴所建,故址在今江西南昌。序:原是著作或一篇诗文前的说明性文字,即序跋之序;后发展有宴集序、赠序等类。古人宴集时,常同赋诗,诗成后推在场一人作序,是为宴集序(如王羲之《兰亭集序》);后虽无聚会,亦作文相赠,以表示惜别、祝愿、劝勉之意,是为赠序(如本书所选韩愈《送孟东野序》)。本篇是作者为自己所作饯别诗而写的序文。

② 豫章:汉郡名,郡治在今南昌。

③ 洪都新府:唐代改豫章郡为洪州,设大都督府,故称。

④ 星分翼轸(zhěn):古代根据天上星宿位置来划分地面相应的区域,叫分野。豫章、长沙等郡为翼、轸两星宿的分野。

⑤ 衡庐:衡山、庐山。

⑥ 句指南昌处于江、湖环抱的地形大貌,以三江为襟边,以五湖为佩带。三江、五湖,说法不一。一般三江指松江、娄江、东江,五湖指太湖、鄱阳湖、青草湖、丹阳湖、洞庭湖。

⑦ 句指与楚、越两地相连。蛮荆:古楚地,今湖北、湖南一带。瓯越:古地区名,指今浙江温州等浙东南一带。

⑧ 据说晋时,牛、斗两星宿之间常现紫气,有人说是宝剑精气上射的缘故,后在豫章丰城县地下果然掘得一对宝剑,紫气便消失了。宝剑最终没入水中,化为龙。墟:区域。“龙光”句以名剑

为例，说明豫章的物有精华，天有珍宝，承上"物华天宝"。

⑨ 东汉豫章太守陈蕃不喜宾客，只为豫章名士徐稺（字孺子）特设一床榻接待，徐去，即悬挂不用。"徐孺"句以陈蕃、徐稺为例，说明豫章的人有英杰，地有灵秀，承上"人杰地灵"。

⑩ 雄州：指洪州。雾列：形容洪州繁盛。

⑪ 俊采：有才华的人。星驰：形容人才之多如繁星飞驰。

⑫ 台：城楼。隍：城壕。枕：据。

⑬ 美：俊才。

⑭ 阎公：未详。旧说指阎伯玙，不确。雅望：崇高的声望。棨戟（qǐ jǐ）：有衣套的戟，为官员的仪仗。

⑮ 宇文新州：姓宇文的新州（今广东新兴）刺史。懿范：美好的风范。襜（chān）帷：车上的帐幔，代指车子。

⑯ 十旬休暇：十天为一旬，唐代官员每至旬日休假一天，称旬休。胜友：才俊异常的朋友。

⑰ 腾蛟起凤：比喻文采斐然。孟学士：名不详，学士是掌管著述之官。词宗：文词的宗师。

⑱ 紫电：孙权宝剑名。青霜：原为形容汉高祖宝剑之锋刃，此亦指剑。王将军：名不详。武库：兵器库。

⑲ 家君作宰：指作者之父王福畤任交趾县令。路出名区：指路过洪州。

⑳ 童子：自谦后生小辈，不作孩童讲。时作者已二十多岁。胜饯：盛宴。

㉑ 三秋：指秋季的第三个月，即季秋九月。

㉒ 潦（lǎo）水：雨后积水。

㉓ 俨：通"严"，整治。骖骓（cān fēi）：拉车的马（古时马车一辕四匹，居两侧者为骖骓）。

㉔ 崇阿：高高的丘陵。

㉕ 帝子：指滕王李元婴，唐高祖之子。

㉖ 天人：亦指滕王。旧馆：指滕王阁。

㉗ 流丹：形容丹漆色彩鲜艳欲滴。下临无地：形容飞阁高不
着地。

㉘ 汀：水边平地。凫(fú)：野鸭。渚：水中小洲。穷岛屿之萦回：
极尽岛屿纡曲回环之情状。

㉙ 句谓排列成山峦高低起伏之体势。

㉚ 披：开。绣闼(tà)：雕饰华美的门。

㉛ 甍(méng)：屋脊。

㉜ 盈视：极目所见。

㉝ 骇瞩：看了惊奇。

㉞ 闾阎：里门，指房舍。扑地：满地。钟鸣鼎食之家：指世家
大族。

㉟ 迷：通"弥"，塞满。青雀黄龙之舳：指船头饰制成鸟头形、龙头
形的船。

㊱ 彩：阳光。区：天空。

㊲ 骛(wù)：野鸭子。

㊳ 穷：直达。彭蠡：鄱阳湖古名。

㊴ 衡阳：今属湖南。浦：水滨。

㊵ 遥襟：远大的胸怀。甫：才。

㊶ 逸兴：飘逸的兴致。遄(chuán)：急速。

㊷ 爽籁：由长短不一的管子所编成的排箫。爽：参差不齐。

㊸ 凝：指歌声缭绕不止。遏：停止不动。

㊹ 睢园：西汉梁孝王的睢阳(今属河南商丘)兔园，以产竹闻名，为
梁孝王召集文士饮酒赋诗之地。这里喻指滕王阁集会。彭泽：
指晋朝诗人陶渊明。他曾任彭泽令。

㊺ 邺水：指邺下，在今河北临漳，为曹魏都城，曹氏父子于此宴集

14

文士。这里亦喻指滕王阁集会。朱华：芙蓉，语出曹植《公宴诗》："朱华冒绿池。"临川：指谢灵运。他曾任临川太守，并作《拟魏太子邺中集》诗八首，表示对曹氏的追慕。

㊻ 四美：良辰、美景、赏心、乐事。

㊼ 二难：贤主、嘉宾，两者不易同得。并，读平声。

㊽ 穷睇眄（dì miǎn）：极目。中天：长天。

㊾ 盈虚：盛衰。有数：有定数。

㊿ 日下：指京师。吴会：吴郡、会稽郡的合称，今江浙一带。云间：吴地松江的古称。这两句实谓远望长安，遥指吴会。按：以上均叙宴游之"兴"，以下则写被饯别者（宇文新州及作者）南行之"悲"。

(51) 南溟：南海。

(52) 天柱：古代神话中的支天铜柱。北辰：北极星。

(53) 失路：比喻不得志。

(54) 两句谓怀念天子而不得朝见，何时才能被召到宫殿侍奉天子？帝阍：本来指天帝的守门人，这里代指朝廷。宣室：汉未央宫前殿正室，为议政之所。

(55) 舛（chuǎn）：不顺利。

(56) 冯唐：西汉人，汉武帝时求贤良，冯唐被荐，但年过九十，已不能任职。

(57) 李广：西汉名将，虽有军功而终身没有获得封侯。

(58) 贾谊：西汉文帝时人，因受排挤，被贬为长沙王太傅。

(59) 梁鸿：东汉章帝时人，因作《五噫歌》得罪朝廷，逃隐于齐鲁滨海一带。窜：驱逐，这里作逃匿讲。海曲：海角。

(60) 所赖：所依靠的。几：几微的迹象。

(61) 达人：通达事理的人。

(62) 句谓难道能在白头时改变心愿？

㊻ 句谓不丧失高尚的志节。

㊽ 贪泉：相传广州城外有贪泉，人饮此水必起贪心；但晋代廉吏吴隐之饮后，清操愈厉。

㊾ 涸辙：积水干涸的车辙，比喻处境窘困。

66 两句谓北海虽远，乘着大风即可到达。赊(shē)：远。扶摇：自下而上的暴风。

67 东隅：日出东南角，比喻早年的时光。桑榆：指日落处，比喻未来的晚年时光。

68 孟尝：东汉人，志行高洁，但不被重用。

69 阮籍：魏晋名士，任性不羁，常驾车出游，漫无目的，路断车阻，便痛哭而返。猖狂：任性狂放。

70 三尺微命：一命之士，比喻身份低微。三尺：古代士的礼服下垂三尺长的带子。微命：一命，周代任官自一命至九命，一命的品位最低。

71 一介：一个。

72 两句谓自己跟终军年龄相似，而没有请缨报国的机会。汉武帝时，派终军前往南越和亲。终军请求给他长缨(长绳)，必缚南越王回朝廷，时年二十岁左右(一说二十七岁)。弱冠：古代男子二十岁行冠礼，故用以指二十岁左右的年龄。弱：年少。

73 投笔：指汉代班超投笔从军。宗悫：南朝宋人，少时自述志向说："愿乘长风破万里浪。"

74 簪笏：古代官员用的冠簪和手版，代指官职。百龄：百年，一生。

75 奉晨昏：早晚向父母请安。

76 句谓自己不像东晋谢家子弟的才华出众。宝树：谢安之侄谢玄曾以"芝兰玉树"比喻好子弟。

77 孟氏之芳邻：孟轲之母为选择好邻居曾多次迁居。这里指宴会上的嘉宾。

⑦ 两句谓不久要到父亲那里像孔鲤那样聆听教诲。趋：古人在尊长前必快步走过，以示恭敬。叨：惭愧地承受。陪：比附。鲤：孔子之子孔鲤，曾在孔子面前趋庭应对受教。

⑦ 捧袂（mèi）：举起双袖作揖。指拜谒阎公。龙门：东汉李膺位高声隆，受到他接待的士人，称为"登龙门"。这里亦喻指得到阎公接待，得以抬高自己身价而高兴。

⑧ 两句谓没有碰到像杨得意那样肯推荐的人，只得手抚《大人赋》那样的文章而自惜。杨意：杨得意的简称。他曾向汉武帝推荐司马相如。凌云：汉武帝读了司马相如的《大人赋》后，"飘飘有凌云之气"。这里代指自己的文才。

⑧ 两句谓既然遇到像钟子期那样的知音，不妨奏一曲《高山流水》又有何羞惭！钟期：钟子期，春秋时人，善听琴，为琴师伯牙之知音。这里喻指阎公。奏流水：指伯牙奏流水之曲。这里喻指自己的写赋作诗。

⑧ 句谓兰亭聚集的盛事已成陈迹。兰亭：在今浙江绍兴，以东晋王羲之与友人宴集于此而闻名。

⑧ 句谓金谷园也成了废墟。梓泽：即西晋石崇的金谷园，故址在今河南洛阳。

⑧ 赠言：指诸宾客作诗赠别。伟饯：盛大的饯宴。

⑧ 句谓指望在座的诸公。

⑧ 恭疏短引：恭敬地写了这篇短文。

⑧ 两句指席间每人分得一个韵字，据以作诗；而我的一首四韵八句诗已经写成。一言：指作诗时用来限韵的字。赋：分取。

⑧ 潘江、陆海：喻指像晋代潘岳、陆机那样的横溢诗才。钟嵘《诗品》有"陆才如海，潘才如江"的评语。最后两句是请诸宾客各展才华，挥洒作诗。

【品评】

我国江南三大名楼之一的滕王阁,近年来得以重建,全赖王勃此序的深远影响力,可谓楼以文存;而此序的隆盛声名,除其本身高度的艺术成就外,还跟一个动人的文学故事相关。据《唐摭言》、《新唐书》、《唐才子传》的记载,"阎公"在重阳节大宴宾客,原属意其婿写序,使其扬名,不料"时年十四"的王勃不期而至,公然操觚而"不辞让"。阎公初未许其才,至"落霞"一联,才"矍然而起曰:'此真天才,当垂不朽矣!'"终于"极欢而罢"。这个故事以其戏剧性、趣味性而家喻户晓,极大地提高了此序的声誉,但也导致了对此序的不少误读,甚至影响到对主旨的正确把握。一是王勃作序时,据史料年已二十五六岁,序中亦明言"等终军之弱冠"。十四岁云云,大概是附会杨炯《王子安集原序》说王勃"年十有四,时誉斯归"而来,或是曲解序中"童子何知"一句以增加传奇色彩。但如出孩童之手,就不能真切了解序中深刻的人生不偶之感。二是此次聚会虽在"九月",却绝非重阳。序中明言"十旬休暇",当在九月十日、二十日、三十日旬休之日,且文中无一笔涉及节事,亦未见孟嘉落帽、王弘送酒、佩茱萸、饮菊酒以及龙山、戏马台等重阳常用的事典、语典,这对满纸典故铺排的此序而言,真不可思议了。如果把此序看成为重阳宴集而作,这就掩盖了它的"饯别序"的性质,特别是忽略了被饯别者宇文新州的存在,对全文脉理和主旨必然无法真正地理解。

全文共七段,第四段中间"兴尽悲来,识盈虚之有数"是全文结构转折的关捩;而两位被饯别者宇文新州和作者则是体现本篇主题的中心人物。作为饯别序,本篇不可避免地带有应酬目的:首先是主人阎公及其文武陪客孟学士、王将军等人,作者倍致颂美仰望之忱;其次是对洪州地势和高阁景观、"胜饯"、"伟饯"的赞扬夸说,也是对主人的另一形式的称颂。——这就是前半幅所写的"兴"。从"望长安于日下"以下的后半幅,则主要写"失路之人"、"他乡之客"宇文新州和作者之"悲"。不少注家把这半段和第四段文字仅仅看作作者一人的自悲和自勉，这是不准确的。至少是兼指两人，或者毋宁说主要是指宇文新州(细玩冯唐、李广诸典和"老当益壮"、"桑榆非晚"等语，似与作者年龄不切)。只有到第六段"勃三尺微命"以下，才单指作者自述了。仕途多舛的共同遭遇，客中送客的特殊感受，使王勃在寄情抒怀时显得更为投入，尽情地发泄了怀才不遇的人生悲慨，表达了济世的渴望和志节自守的坚贞。失落、追求，怨恨、勉励，种种矛盾复杂的感情交织在一起，使本篇超越了应景酬世的目的，而成为表现主体情性的真正文学作品。

唐初的骈体文承袭六朝馀风，在对偶、辞藻、声律、用典方面有着严格的规范。王勃此文完全满足了这四项要求，但同时开始了新的转变：以充实的内容、丰富的感情矫正六朝骈文末流的柔而无骨、华而不实，以散行的气势运用偶句，以清新、流利、自然的语言风格改造辞藻，与他的诗歌"调入初唐，时带六朝锦色"(陆时雍语)一样，其骈文也处于过渡阶段。本文除"嗟乎"等九个字外，全为偶句，又大都是四六句型，对仗中又多当句对(如"襟三江"、"带五湖"等)，足见遵守体制之严。但整篇文气腾涌，不可遏止，先从建阁之地落笔，叙及洪州地势形胜而及于饯宴，继写时序及高阁状貌，又转述阁外之景，再回到饯宴而兴起身世之感，转入后幅抒怀，络绎而下，一气呵成。尤其对自然景观的描写，远近、高低、声色、虚实，多角度、多层面地刻画出秋日的壮丽风光。即如"落霞"一联，其句型为前人所习用，如王俭《太宰褚彦回碑文》"风仪与秋月齐明，音徽与春云等润"；庾信《华林园马射赋》"落花与芝盖同飞，杨柳共春旗一色"；唐武德时《长寿寺舍利碑》"浮云共岭松张盖，明月与岩桂分丛"等，但细作比较，仍不难看出"落霞"联的动静相配，色彩明丽，具见推陈出新之功。因而难怪这篇骈文也会得到古文家韩愈的推崇和认同(见其所作《新修滕王阁记》)。

王维(701—761)

字摩诘,太原祁县(今山西祁县)人。唐玄宗开元时进士,历任大乐丞、右拾遗等职,后官至尚书右丞,故世称王右丞。他多才多艺,是著名田园诗人、文人画代表,又擅长书法,精通音乐。其诗体物精细,清丽如画,又充满禅意机趣。散文也有特色。有《王右丞集》。

山中与裴秀才迪书^①

近腊月下^②,景气和畅^③,故山殊可过^④。足下方温经^⑤,猥不敢相烦^⑥。辄便往山中^⑦,憩感配寺^⑧,与山僧饭讫而去^⑨。

北涉玄灞^⑩,清月映郭^⑪,夜登华子冈^⑫,辋水沦涟^⑬,与月上下^⑭;寒山远火,明灭林外;深巷寒犬,吠声如豹;村墟夜舂,复与疏钟相间^⑮。此时独坐,僮仆静默,多思曩昔携手赋诗^⑯,步仄径^⑰,临清流也。

当待春中,草木蔓发,春山可望,轻鲦出水^⑱,白鸥矫翼^⑲,露湿青皋^⑳,麦陇朝雊^㉑:斯之不远^㉒,倘能从我游乎^㉓?非子天机清妙者^㉔,岂能以此不急之务相邀^㉕?然是中有深趣矣。无忽^㉖!

因驮黄檗人往㉗，不一㉘。山中人王维白。

【注释】

① 山：指蓝田县(今属陕西)东的蓝田山(今属终南山)。王维有别墅在蓝田的辋川。裴迪：关中(在今陕西一带)人，能诗，为王维好友。

② 腊月下：农历十二月下旬。

③ 景气：景色气候。

④ 故山：旧居之山，即指其隐居之山。殊可过：值得一访。

⑤ 温经：温习经书。

⑥ 猥：自谦之词，辱。

⑦ 辄便：就。

⑧ 感配寺：疑应作化感寺，在辋川别墅附近。

⑨ 讫：完毕。

⑩ 玄：水色深青。灞：灞水，源出蓝田东，流入渭河。

⑪ 郭：城郭。

⑫ 华子冈：地名，辋川胜景之一。

⑬ 辋水：源出蓝田南，北流入灞水。沦涟：水上波纹。

⑭ 句谓月影随水波而晃动。

⑮ 两句谓村中夜间的春米声，又与稀疏的佛寺钟声交错相间。

⑯ 曩昔：从前。

⑰ 仄径：狭窄的小路。

⑱ 鲦(tiáo)：白鲦鱼，体狭而长，色白。

⑲ 矫翼：举开翅膀。

⑳ 皋：水边的高地。

㉑ 朝雊(gòu)：清晨雄雉的鸣声。

㉒ 句谓这些景色离现在不远了。

21

㉓ 傥：同"倘"，或许。

㉔ 天机：天性。

㉕ 不急之务：不急需的事。

㉖ 无忽：不要忽视。

㉗ 句谓托运送黄檗药的人给你捎信。

㉘ 不一：不一一细说。书信中套语。

【品评】

  此信是王维为邀请好友裴迪结伴同住而写的，情意深长，清隽有味。作者对邀请之意的表达颇堪玩索。一是文情多作顿挫，几经转折，始吐本意。文中先提及旧居之地。裴迪曾与王维一起住过辋川，度过一段"弹琴赋诗，啸咏终日"的相得相乐时光；而此次独游，无知己相伴，兴味索然，废然而返。所以，起笔的语气虽较平缓，实则想以旧地来唤起故友的记忆；明说故友忙于正事，不敢相烦，实则隐含相邀之意。欲邀先止，故作一顿。继则描写山中冬夜，对景思友，"邀请"二字虽未出口，而其意正待蓄满而发了。最后才直言相邀，约其明春来游。二是用山中佳景深趣来逗引故友的游兴，邀其同赏。裴迪与作者均为"天机清妙"之人，王维以疏朗的笔致描绘山中的冬景春色，景与趣合，足以打动对方。全文在"邀请"上用足了功夫，而字面上平平叙来，不露声色，但殷盼之情却宛然文字之外。

  王维兼擅诗画，有"诗中有画，画中有诗"之称，这封短简也充满了诗情画意，有声有色。状写眼前冬夜，作者运用声响的动静关系，在犬吠声、舂米声、疏钟声的交织中，烘托出整个夜境的静谧和清幽；描绘预想的春晨，又利用色彩的互衬关系，春山对白鲦，白鸥对青皋，活显出早春那份鲜灵和明丽。同时，在这声响、色彩所组成的一实一虚的画面中，有着作者对自然机趣的领悟。

李白(701—762)

字太白,号青莲居士,祖籍陇西成纪(今甘肃天水),生长于绵州昌隆(今四川江油)。少时即豪放不羁,习剑学道,喜游名山大川。天宝初年,任翰林学士,不久被谗去职。安史之乱时,为永王李璘幕僚,乱平后因此获罪,放逐夜郎(今贵州桐梓一带),途中赦回。晚年流寓东南。他诗才横溢,感情强烈,挥洒自如,形成飘逸、奔放、雄奇的风格,与杜甫齐名,并为我国伟大诗人。有《李太白集》。

春夜宴从弟桃花园序①

夫天地者,万物之逆旅也②;光阴者,百代之过客也。而浮生若梦,为欢几何?古人秉烛夜游,良有以也③。况阳春召我以烟景④,大块假我以文章⑤。会桃花之芳园,序天伦之乐事⑥。群季俊秀,皆为惠连⑦;吾人咏歌,独惭康乐⑧。幽赏未已,高谈转清。开琼筵以坐花⑨,飞羽觞而醉月⑩。不有佳咏,何伸雅怀⑪?如诗不成,罚依金谷酒数⑫。

【注释】

① 从弟:堂弟。序:本篇为宴集诗序,文体与《滕王阁序》相同,参看该文注①。

② 逆旅：旅舍。

③ 两句原出曹丕《与吴质书》，意谓古人手持灯烛作长夜之游，确实有道理啊！

④ 召：召引、吸引。烟景：指朦胧氤氲的春景。

⑤ 大块：天地。假：提供给。文章：指文采。

⑥ 序：叙谈。

⑦ 群季：诸弟。惠连：谢惠连，南朝诗人。少时聪慧，极受族兄谢灵运的喜爱。

⑧ 咏歌：作诗吟咏。独惭康乐：自愧比不上谢灵运的诗才。谢灵运曾袭封康乐公。

⑨ 琼筵：华美的筵席。坐花：坐在花丛中。

⑩ 飞羽觞：快速地递送酒杯。羽觞，古时酒器。醉月：酣醉于月下。

⑪ 伸：表白。

⑫ 晋朝石崇常在其金谷园中设宴聚会。宴席上须赋诗，如有不能者，"罚酒三斗"。

【品评】

　　这篇百来字短文，洋溢着明朗欢快的情绪。作者在"烟景"、"芳园"之中，与兄弟们开筵飞觞，坐花醉月，畅叙亲情，幽赏雅怀，真是"良辰美景赏心乐事"四美并具，欢莫大焉。但这种欢快并不单一。发端数句关于"浮生若梦"的感慨，没有引发为低沉颓废的情绪，反而激起作者对生命的深深依恋和执著追求，因而其欢快被赋予了人生观方面的内涵，也给文章平添一层洒脱高旷的气韵。有人却认为"识度甚浅"，其实此序本来就不以追求议论的高深为目的，而只是即事抒怀，兴发感动，触绪纷来，让情绪自由自在地徜徉于天地人生、良辰亲情之间，从而显现出豁达轻快、萧散自然的心境。

此序的结构颇为精巧紧凑。全文一句一意,"转落层次,语无泛设"(吴楚材语);同时又紧扣题意,题目中的每个字在文中都有着落,一一呼应。内容的丰富,衔接的灵巧,文气的流走,无不显示出作者散文艺术的高超,难怪前人有"短文之妙,无逾此篇"的极誉(李扶九语)。

李华(715—766)

字退叔,赵州赞皇(今属河北)人。唐玄宗开元时进士。历任监察御史、右补阙等职,官至吏部员外郎。他与萧颖士同为唐代古文运动的先驱人物,世号"萧李"。史称其"文辞绵丽",仍带有较多骈偶成分,显示出由骈入散过渡时期的文风特征。有《李退叔文集》。

吊古战场文①

浩浩乎平沙无垠,敻不见人②。河水萦带,群山纠纷③。黯兮惨悴④,风悲日曛⑤。蓬断草枯,凛若霜晨。鸟飞不下,兽挺亡群⑥。亭长告予曰⑦:"此古战场也,尝覆三军⑧。往往鬼哭,天阴则闻。"伤心哉!秦欤汉欤?将近代欤?

吾闻夫齐魏徭戍,荆韩召募⑨。万里奔走,连年暴露。沙草晨牧,河冰夜渡⑩。地阔天长,不知归路。寄身锋刃⑪,腷臆谁愬⑫?秦汉而还,多事四夷⑬,中州耗致⑭,无世无之。古称戎夏,不抗王师⑮。文教失宣⑯,武臣用奇⑰。奇兵有异于仁义,王道迂阔而莫为⑱。呜呼噫嘻!

吾想夫北风振漠⑲,胡兵伺便⑳。主将骄敌,期门受战㉑。野竖旄旗,川回组练㉒。法重心骇,威尊命贱㉓。利镞穿骨,惊沙入面^㉔,主客相搏,山川震眩。声析江河^㉕,势崩雷电。至若穷阴凝闭^㉖,凛冽海隅^㉗,积雪没胫,坚冰在须。鸷鸟休巢^㉘,征马踟蹰。缯纩无温^㉙,堕指裂肤。当此苦寒,天假强胡^㉚,凭陵杀气^㉛,以相剪屠^㉜。径截辎重^㉝,横攻士卒。都尉新降^㉞,将军复没。尸踣巨港之岸^㉟,血满长城之窟。无贵无贱,同为枯骨。可胜言哉!鼓衰兮力竭^㊱,矢尽兮弦绝,白刃交兮宝刀折,两军蹙兮生死决^㊲。降矣哉,终身夷狄;战矣哉,暴骨沙砾。鸟无声兮山寂寂,夜正长兮风浙浙。魂魄结兮天沉沉^㊳,鬼神聚兮云幂幂^㊴。日光寒兮草短,月色苦兮霜白。伤心惨目,有如是耶!

　　吾闻之:牧用赵卒,大破林胡,开地千里,遁逃匈奴^㊵。汉倾天下^㊶,财殚力痛^㊷。任人而已,其在多乎!周逐猃狁,北至太原^㊸。既城朔方^㊹,全师而还。饮至策勋^㊺,和乐且闲。穆穆棣棣^㊻,君臣之间。秦起长城,竟海为关^㊼,荼毒生民^㊽,万里朱殷^㊾。汉击匈奴,虽得阴山^㊿,枕骸遍野⁵¹,功不补患⁵²。

　　苍苍蒸民⁵³,谁无父母?提携捧负,畏其不寿。谁无兄弟?如足如手。谁无夫妇?如宾如友。生也何恩,杀之何咎?其存其殁,家莫闻知。人或有言,将信将疑。悁悁心目,寤寐见之⁵⁴。布奠倾觞⁵⁵,哭望天涯,天地为愁,草木凄悲。吊祭不至,精魂无依。必有凶年,人其流离⁵⁶。呜呼噫嘻!时耶命耶?从古如斯?为之奈何?守在四夷⁵⁷。

【注释】

　　① 吊文:凭吊死者的一种文体,多自致伤悼之意,与"祭文"仅对死

27

者而言有所不同。以吊人为主，也用于吊物吊事。

② 夐（xiòng）：远。

③ 纠纷：重叠交错。

④ 悴：忧愁。

⑤ 曛（xūn）：日色昏暗。

⑥ 挺：通"铤"，快速奔跑。亡群：失群、分散。

⑦ 亭长：秦汉时农村每十里为一亭，设亭长一人，掌管治安、民政。东汉后废。唐代亭长职掌不同。这里指地方小吏。

⑧ 三军：军队的通称。

⑨ 两句指战国时各国或征集壮丁服徭役以守边（义务兵），或召募兵员（雇佣兵）。荆：指楚国。

⑩ 两句谓早晨在沙草地上放牧，晚上渡过结冰的河流。

⑪ 此句比喻处境危险。

⑫ 腷（bì）臆：苦闷的心情。愬：同"诉"。

⑬ 句谓与四方外族作战频繁。

⑭ 中州：中原。耗斁（dù）：损失破坏。

⑮ 句谓不敢与天子的军队为敌。

⑯ 文教：典章制度，礼乐教化。

⑰ 用奇：使用奇诡之计。

⑱ 迂阔：形容不切实际。莫为：没有人愿意执行王道。

⑲ 振漠：掀起沙漠。

⑳ 伺便：乘便入侵。

㉑ 两句谓中原的主将骄惰轻敌，敌人袭击至营门才仓促应战。期门：军营营门。

㉒ 句谓平川上来回奔驰着士兵。组练："组甲被练"的简称，兵士所穿两种衣甲。这里指兵士。

㉓ 两句谓军法峻兵士惧，军威尊生命贱。

㉔ 镞（zú）：箭头。入面：扑面。

㉕ 句谓声音响如江河断裂。析：分离、断开。

㉖ 至若：至于。穷阴凝闭：冬天阴云密布。

㉗ 海隅：海角，指西北瀚海边远之地。

㉘ 鸷鸟：一种鹰类猛禽。

㉙ 缯纩：用丝绵做成的衣服。

㉚ 假：借，这里指借以方便。

㉛ 凭陵：凭仗……以侵扰。杀气：指寒气。

㉜ 剪屠：斩伐杀戮。

㉝ 径截：拦路截击。

㉞ 都尉：武官名。

㉟ 巨港：大河。

㊱ 鼓衰：鼓声微弱。

㊲ 蹙（cù）：迫近。

㊳ 结：凝结。

㊴ 幂幂：阴森惨淡的样子。

㊵ 战国时赵国名将李牧曾大破匈奴，降伏了匈奴的林胡部族，单于（首领）远逃。

㊶ 句谓汉朝竭尽全国所有。

㊷ 殚：尽。痡（pū）：病。

㊸ 周宣王时，北方少数民族猃狁（xiǎn yǔn）入侵，尹吉甫率兵出击，追逐至太原（今宁夏固原一带）而归。

㊹ 朔方：古地名，在今宁夏灵武地区。

㊺ 饮至：古时一种礼仪，军队凯旋，到宗庙告祭祖先，然后设宴饮酒。策勋：记功。

㊻ 形容仪态端庄和顺。

㊼ 竟：到。

㊽ 荼（tú）毒：残害。

㊾ 朱殷：指鲜血。

㊿ 阴山：山名，在今内蒙古中部。

○51 枕骸：尸骨相叠。

○52 句谓得不偿失。

○53 蒸民：众民。

○54 两句谓心忧面愁，只能梦中见他。

○55 布奠：摆下供品祭奠。倾觞：洒酒于地。

○56 其：将。

○57 四夷：代为帝王守卫疆土的，就是"四夷"。句谓要像上古帝王那样施行王道，使四方外族驯服，边疆自然安宁。

【品评】

　　此文虽为骈文，但并不仅仅以文辞华赡、铺陈繁缛见长，还以气势充沛、感慨深沉取胜。就主题而言，作者饱蘸感情，用笔浓重，借凭吊古战场，极写战祸之惨，从而传达出人们对和平的渴望，警诫现实中仍在穷兵黩武的统治者，提出了"重守不重战"这一处理边境关系的方针。借古喻今，用心良苦。就行文而言，跌宕激越，处处显示出一种力度。比如发端突起，结尾斩截，是一种大开大阖的起结法；摹写昔日战场的惨酷和战后的死寂，则浓彩重墨，写得惊心动魄，酣畅淋漓，"利镞穿骨，惊沙入面"、"尸踣巨港之岸，血满长城之窟"等，用字不避狞厉；论史时，褒贬分明，不假掩饰；末段写家属对战亡者的哀悼，吐词酸苦，气结情郁，感人肺腑。

　　此文另一特点是章法灵活，富有韵味。如借亭长之口来点题，小用手段，以避平板；多用"吾闻"、"吾想"等设想之辞，以虚写实；在通篇的四言句中，穿插一段骚体文字以加强渲染，句法多变。再加上段段用韵，琅琅上口，一直为人所乐诵。

元结(719—772)

字次山,号漫郎,河南府(今河南洛阳)人。唐玄宗天宝时进士,历任监察御史、道州刺史等职,官至容管经略使,卒赠礼部侍郎。其诗多以反映民瘼、议论时政为主,内容充实,诗风质朴。致力于古文写作,简洁有致,力矫骈俪绮靡之习,为韩愈、柳宗元之前的著名古文家。有《元次山集》。另编选其友人沈千运等诗为《箧中集》。

右 溪 记^①

道州城西百馀步^②,有小溪。南流数十步,合营溪^③。水抵两岸,悉皆怪石,欹嵌盘屈^④,不可名状。清流触石,洄悬激注^⑤。佳木异竹,垂阴相荫^⑥。此溪若在山野,则宜逸民退士之所游处^⑦;在人间,则可为都邑之胜境^⑧,静者之林亭。而置州已来^⑨,无人赏爱;徘徊溪上,为之怅然!乃疏凿芜秽^⑩,俾为亭宇^⑪;植松与桂,兼之香草,以裨形胜^⑫。为溪在州右^⑬,遂命之曰右溪。刻铭石上,彰示来者^⑭。

【注释】

① 记:一种记述人事、山水、景物的文体,本以叙述为主,后亦多议论。

② 道州：治所在今湖南道县。

③ 营溪：营水,发源于湖南宁远南。

④ 欹(qī)：倾斜。

⑤ 指水流遇阻后回旋冲荡飞溅。

⑥ 阴：指树阴。荫：遮蔽。

⑦ 逸民退士：指隐居之人。

⑧ 人间：指人烟稠密的地方。胜境：风景优美之处。

⑨ 句谓而从此地被设置为州的治所以来。

⑩ 疏凿：疏通开凿。芜秽：杂草丛生。

⑪ 俾(bǐ)：使。

⑫ 裨(bì)：增添。形胜：优美的景色。

⑬ 为：因为。右：西边。

⑭ 彰示：明示,明白地告知。

【品评】

　　右溪是作者主持疏浚并亲自命名的一条小溪。作者用笔简洁,着力突出小溪特点：一是岸生怪石,倾斜嵌叠,曲折盘旋;二是溪流清澄湍急;三是竹木茂盛。三笔两笔,就勾勒出一种雅趣盎然的清幽境界。文章似无过深的寄托,但慨叹右溪长期"无人赏爱",流露出淡淡的惆怅。这份惆怅恰与清丽幽静的景色交融有致,相得益彰。

　　全文仅一百三十九字,但记叙、写景、寄情,一应俱全,已具备唐代山水游记即事记叙、兼抒情愫的体制。前人称元结"开子厚(柳宗元)先声"(吴汝纶语),是不错的。

韩愈（768—824）

字退之，孟州河阳（今河南孟州）人，自谓郡望昌黎（今属河北），世称"韩昌黎"。唐德宗贞元时进士，任监察御史、国子博士等职。因谏阻唐宪宗迎佛骨，被贬为潮州（今属广东）刺史。后官至兵部、吏部侍郎。卒谥"文"。他是诗文大家，尤以散文成就而成为一代宗师。倡导古文运动，排斥六朝以来骈偶靡俪浮艳的文风，主张恢复秦汉的古文传统。其文刚健雄肆，奥衍宏深，富有独特个性，为"唐宋古文八大家"之首。有《韩昌黎集》。

杂　　说①其四

世有伯乐然后有千里马②，千里马常有，而伯乐不常有；故虽有名马，祗辱于奴隶人之手③，骈死于槽枥之间④，不以千里称也⑤。

马之千里者，一食或尽粟一石⑥。食马者⑦，不知其能千里而食也；是马也，虽有千里之能，食不饱，力不足，才美不外见⑧，且欲与常马等，不可得⑨，安求其能千里也？

策之不以其道⑩，食之不能尽其材⑪，鸣之而不能通其意⑫，执策而临之曰："天下无马。"呜呼！其真无马邪⑬？其真不知马也！

【注释】

① 杂说：一种论辩性的文体。汉以后常用以托物寄意，类同寓言。

② 伯乐：孙阳，字伯乐，春秋秦穆公时人，善相马。千里马：日行千里的好马。此句"千里马"指"名"，与下句"千里马"指"实"，含意不完全相同。

③ 祇(zhǐ)：适。奴隶人：指地位卑贱的马伕、仆役。

④ 骈：并、接二连三。槽：盛饲料的器具；枥(lì)：马厩。

⑤ 句谓不被称为千里马。

⑥ 一食：一顿。或：或许。

⑦ 食(sì)：同"饲"，喂养。

⑧ 见：同"现"，显露。

⑨ 两句谓要求它发挥跟平常马一样的能力，尚且不可能。

⑩ 策：马鞭，这里用为动词，驾驭。道：正确的方法。

⑪ 尽其材：指满足它的食量。材：本能。

⑫ 通：了解。

⑬ 其：岂。

【品评】

《杂说》由四篇寓言性杂文组成，本文为第四篇。通篇用千里马作喻，阐述识拔和使用人才问题。文章以"世有伯乐然后有千里马"一句领端，显示作者观察人才问题的独特视角：在识才者与人才关系上，前者更为重要。不善识士（"千里马常有，而伯乐不常有"）、不能养士（喂马不尽其食量）、不会用士（策马不以其道）、随意诬士（面对良马而感叹天下无马），便是人才遭摧残、被埋没的原因。作者抒发了对压制人才的愤慨，表达了对"伯乐"的企盼。

本文篇幅短小，而句法多变，对文势的伸缩蓄泄，控制自如。一、二两段讲知马、养马，都是先正说，后反说，然后指出结果。但同中有异,结果处写法不一:知马段用陈述句作结,养马段则用反问句。最后一段连用排比句,把情绪推到愤激的顶点。结束两句,一问一叹,稍作盘旋停蓄即直白揭明本篇主旨:"真不知马!"但末尾"也"字,也可作"邪"解(有的本子亦作"邪"),则为两个反问句(选择问句),承上将愤激的情绪陡然压住,而主旨始终含而不露。两说似皆可通,足供揣摩,但都体现了韩文劲峭拗折的风格。

师　说①

古之学者必有师。师者,所以传道受业解惑也②。人非生而知之者,孰能无惑? 惑而不从师,其为惑也终不解矣。生乎吾前③,其闻道也固先乎吾,吾从而师之;生乎吾后,其闻道也亦先乎吾,吾从而师之。吾师道也④,夫庸知其年之先后生于吾乎⑤? 是故无贵无贱、无长无少,道之所存,师之所存也。

嗟乎! 师道之不传也久矣! 欲人之无惑也难矣! 古之圣人,其出人也远矣⑥,犹且从师而问焉⑦;今之众人,其下圣人也亦远矣⑧,而耻学于师⑨。是故圣益圣,愚益愚。圣人之所以为圣,愚人之所以为愚,其皆出于此乎⑩? 爱其子,择师而教之;于其身也,则耻师焉;惑矣⑪! 彼童子之师,授之书而习其句读者⑫,非吾所谓传其道解其惑者也。句读之不知,惑之不解,或师焉,或不焉⑬,小学而大遗,吾未见其明也⑭。巫医乐师百工之人⑮,不耻相师。士大夫之族⑯,曰师曰弟子云者,则群聚而笑之⑰。问之,则曰:"彼与彼年相若也⑱,道相似也。位卑则足羞,官盛则近谀⑲。"呜呼,师道之不复可知矣！巫医乐师百工之人,君子不齿⑳,今其智乃反不能及,其可怪也欤!

圣人无常师㉑。孔子师郯子、苌弘、师襄、老聃㉒。郯子之徒,其贤不及孔子。孔子曰:"三人行,则必有我师。"是故弟子不必不如师,师不必贤于弟子,闻道有先后,术业有专攻,如是而已。

李氏子蟠㉓,年十七,好古文,六艺经传皆通习之㉔,不拘于时㉕,学于余。余嘉其能行古道,作《师说》以贻之㉖。

【注释】

① 说:一种论辩性的文体。

② 传道:传授道理(儒家之道)。受业:即"授业",授与学业。解惑:解答疑问。

③ 乎:同"于"。

④ 句谓我学习的是道理呀。

⑤ 庸知:岂知、哪管。

⑥ 出人:超出常人。

⑦ 犹且:尚且。

⑧ 下圣人:低于圣人。

⑨ 句谓而以问师求学为耻。

⑩ 句谓大概都由于这个缘故。

⑪ 惑:糊涂。

⑫ 句读(dòu):即"句逗",断句。

⑬ 四句谓不懂句逗,就去请教老师;有不能解答的疑问,反倒不去请教老师。

⑭ 两句谓小问题学习,而大问题反被丢弃,我看不出来他们明白道理。

⑮ 巫医：古时巫医并称，指以招鬼祈神来禳灾除祸的人。百工：泛指各种工匠。

⑯ 句谓读书做官的这类人。

⑰ 两句谓说起老师、弟子等等时，就聚在一起取笑。

⑱ 相若：相似。

⑲ 两句谓向地位低者求教，很觉羞耻；向官位高者求教，又感到近于奉承。

⑳ 不齿：不屑与之同列。

㉑ 常师：固定的老师。

㉒ 郯子：郯国国君，孔子曾向他请教上古官名之事。苌弘：东周大夫，孔子曾向他请教古乐。师襄：鲁国学官，孔子曾向他学琴。老聃：即老子，楚国人，道家创始人。孔子曾向他问周礼。

㉓ 句谓李家的孩子叫李蟠。

㉔ 六艺经传：指六经的本文和注释。六经即《诗》、《书》、《礼》、《乐》、《易》、《春秋》六部儒家经典。

㉕ 句谓不受时风的影响。

㉖ 贻：送。

【品评】

　　本文就从师这一中心问题，从各个侧面展开充分的论析。首先以古为鉴，开宗明义提出"学者必有师"的主张；继而论述师的作用在于"传道受业解惑"，因而择师的标准是"道之所存，师之所存"。这是正面的总论。第二段揭出当前的"师道不传"，运用对比手法（古人与今人、童子学句读与成人不学道、百工互学与士大夫耻师），力斥今人不从师之非。这是反面的驳论。最后以孔子拜师为例，又从正面提出学无常师、能者为师的命题，归结到从师是手段、学道受业是目的这一主旨，与开端"道之所存，师之所存"相呼应。赠言李蟠云云，则是尾声。全文有破有立,立"师"的定义,破其神秘性;主张不论贵贱长少,人人皆可为师,破"师"的封建等级性;倡言学无常师,师生关系是相对的,破"师"的绝对权威性,从而成为我国教育思想史上极富民主性精华的名篇。

本文在内容上注意说理的深入浅出,比类相较,易见主旨;在结构上,一波三折,正反交替,回思有味;在文笔上,气势充沛,文意络绎而下,层层展开,且时夹唱叹,使行文收放有节,不致一泻无馀。

进 学 解①

国子先生晨入太学②,招诸生立馆下,诲之曰:"业精于勤荒于嬉,行成于思毁于随③。方今圣贤相逢④,治具毕张⑤,拔去凶邪⑥,登崇畯良⑦。占小善者率以录⑧,名一艺者无不庸⑨,爬罗剔抉,刮垢磨光⑩。盖有幸而获选,孰云多而不扬⑪?诸生业患不能精⑫,无患有司之不明⑬;行患不能成,无患有司之不公。"

言未既⑭,有笑于列者曰⑮:"先生欺余哉!弟子事先生于兹有年矣⑯。先生口不绝吟于六艺之文⑰,手不停披于百家之编⑱,记事者必提其要,纂言者必钩其玄⑲;贪多务得⑳,细大不捐㉑,焚膏油以继晷㉒,恒兀兀以穷年㉓:先生之业可谓勤矣。觝排异端㉔,攘斥佛老㉕,补苴罅漏㉖,张皇幽眇㉗;寻坠绪之茫茫㉘,独旁搜而远绍㉙,障百川而东之,回狂澜于既倒㉚;先生之于儒,可谓有劳矣㉛。沉浸醲郁㉜,含英咀华㉝,作为文章㉞,其书满家。上规姚、姒,浑浑无涯㉟;周《诰》、殷《盘》,佶屈聱牙㊱;《春秋》谨严,《左氏》浮夸,《易》奇而法，《诗》正而葩㊲；下逮《庄》《骚》，太史所录㊳，子云、相如㊴，同工异曲：先生之于文，可谓闳其中而肆其外矣㊵。少始知学，勇于敢为；长通于方，左右具宜㊶：先生之于为人，可谓成矣㊷。然而公不见信于人，私不见助于友，跋前踬后㊸，动辄得咎㊹。暂为御史㊺，遂窜南夷㊻；三年博士㊼，冗不见治㊽；命与仇谋㊾，取败几时㊿；冬暖而儿号寒，年丰而妻啼饥；头童齿豁(51)，竟死何裨(52)。不知虑此，而反教人为(53)？”

先生曰：“吁，子来前！夫大木为宗(54)，细木为桷(55)，欂栌侏儒(56)，椳闑扂楔(57)，各得其宜，施以成室者(58)，匠氏之工也(59)；玉札丹砂，赤箭青芝(60)，牛溲马勃(61)，败鼓之皮，俱收并蓄，待用无遗者(62)，医师之良也；登明选公(63)，杂进巧拙(64)，纡馀为妍(65)，卓荦为杰(66)，校短量长，惟器是适者(67)，宰相之方也。昔者孟轲好辩，孔道以明(68)，辙环天下(69)，卒老于行(70)；荀卿守正(71)，大论是弘，逃谗于楚，废死兰陵(72)：是二儒者，吐辞为经，举足为法，绝类离伦(73)，优入圣域(74)，其遇于世何如也(75)？今先生学虽勤而不繇其统(76)，言虽多而不要其中(77)，文虽奇而不济于用，行虽修而不显于众(78)，犹且月费俸钱，岁靡廪粟(79)；子不知耕，妇不知织，乘马从徒(80)，安坐而食，踵常途之促促(81)，窥陈编以盗窃(82)；然而圣主不加诛，宰臣不见斥：兹非其幸欤？动而得谤，名亦随之(83)，投闲置散，乃分之宜(84)。若夫商财贿之有亡(85)，计班资之崇庳(86)，忘己量之所称，指前人之瑕疵(87)：是所谓诘匠氏之不以杙为楹，而訾医师以昌阳引年，欲进其豨苓也(88)。”

【注释】

① 解：对疑难问题进行辨析的一种文体。

② 国子先生：即国子博士，韩愈自称。唐代国子监是设在京城的最高学府，下分国子学、太学、广文学、四门学、律学、书学、算学等七学，各置博士为教官。太学：这里即指国子监。唐代国子监相当于汉代的太学。

③ 随：不经意、随便。

④ 圣贤：圣君贤臣。

⑤ 治具：法令。张：设立、确立。

⑥ 拔去：除掉。

⑦ 登崇：推崇、提拔。畯良：才能杰出之人。畯：通"俊"。

⑧ 句谓略具优点者都予录用。

⑨ 名一艺者：称有一技之长者。庸：用。

⑩ 两句指对人才的搜罗选择和磨砺培养。

⑪ 两句谓只有学问不足而侥幸中选的，谁说还有才学广博而不被举拔的呢？

⑫ 业患不能精：只怕学业不能精进。

⑬ 有司：负有专责的部门及其官员。

⑭ 既：完毕。

⑮ 列：指诸生行列。

⑯ 句谓子弟跟随先生学习到现在已有好几年了。

⑰ 六艺：即《诗》、《书》、《礼》、《乐》、《易》、《春秋》六部儒家经典。

⑱ 披：翻阅。百家之编：指先秦诸子百家的著作。

⑲ 两句谓对记述史事之书一定撮取其纲要，对立论之书一定探究其深奥的含义。

⑳ 务：力求。

㉑ 句谓小的大的都不放弃。

㉒ 句谓夜以继日之意。膏油：指灯烛。晷（guǐ）：日影。

㉓ 恒：经常。兀兀：勤苦不懈的样子。穷年：经年。

㉔ 异端：古时指非儒家的学说、学派。

㉕ 佛老：佛教和道教。

㉖ 苴（jū）：填塞。罅（xià）：裂缝。

㉗ 皇：大。幽眇：幽深微妙。

㉘ 坠：失落。绪：前人留下的事业，这里指儒家的道统。茫茫：久远。

㉙ 绍：继承。

㉚ 两句谓捭挡百川的泛滥，使之东流入海；把已经倾泻的狂涛怒澜挽转过来。

㉛ 劳：功劳。

㉜ 酞郁：这里指儒家典籍意味浓厚。

㉝ 句谓咀嚼儒书中的精义。

㉞ 作为：写作。

㉟ 规：取法。姚、姒：姚是虞舜的姓，姒是夏禹的姓。这里代指《尚书》中的《虞书》、《夏书》。浑浑：深广的样子。

㊱ 周《诰》：《尚书·周书》中有《大诰》、《康诰》、《酒诰》、《召诰》、《洛诰》等篇。殷《盘》：《尚书·商书》中有《盘庚》三篇。佶（jí）屈聱（áo）牙：指文章艰涩难读。

㊲ 四句谓《春秋》简约精确，《左传》文辞繁富夸张，《易经》奇妙而有法则，《诗经》雅正而华美。

㊳ 指太史公司马迁的著作《史记》。

㊴ 子云：扬雄，字子云；相如：司马相如。均西汉辞赋家。

㊵ 闳其中：内容宏大。肆其外：文辞奔放。

㊶ 两句谓长大后通晓道理方法，处理各种事情，无不适宜。

㊷ 成：备、完美。

㊸ 跋前踬（zhì）后：老狼向前走踩着额下的悬肉，后退时又绊倒在尾巴上，形容进退两难。

41

㊹ 句谓动不动就惹祸获罪。

㊺ 御史：监察御史。韩愈在贞元十九年(803)曾任此职。

㊻ 指韩愈曾被贬往连州阳山(今属广东)。

㊼ 韩愈在元和元年至四年(806—809)第一次任国子博士三年。元和七年第三次任此职后，作本文。

㊽ 句谓职位闲散，表现不出吏治成绩。

㊾ 句谓命运与仇敌相伴。

㊿ 几时：不时。

(51) 童：秃发。齿豁：牙齿脱落。

(52) 竟：到。裨：补益。

(53) 句谓为什么反而教诲他人?

(54) 杗(máng)：大梁。

(55) 桷(jué)：方形的屋椽。

(56) 欂栌(bó lú)：斗拱。侏儒：即棳檽，梁上短柱。

(57) 椳(wēi)：门枢。闑(niè)：门中央所竖的短木，用于止门。扂(diàn)：门闩。楔(xiē)：门两旁的木柱。

(58) 施：用。

(59) 工：技巧。

(60) 四者均为中药。丹砂：朱砂。赤箭：天麻。

(61) 两者均可入药。牛溲：牛尿。马勃：一种菌类植物。

(62) 无遗：没有遗漏。

(63) 句谓提拔人才眼光明亮，选用人才态度公正。

(64) 句谓灵巧者和拙朴者一起引进。

(65) 纡馀：指委婉谦和的人。

(66) 卓荦(luò)：指超绝出众的人。

(67) 两句谓比较人才的优劣，全据人的才能安排其合适的职位。

(68) 以：因而。

⑥⑨ 句谓周游列国之意。

⑦⓪ 句谓最后在奔走中终老一生。

⑦① 荀卿：荀况,战国末期儒家代表人物。守正：恪守儒家学说。

⑦② 荀卿在齐国时,遭人谗毁,便逃到楚国,初为兰陵(今山东枣庄)令,后被削职为民,老死于兰陵。

⑦③ 绝：超出。类、伦：同辈。

⑦④ 句谓优秀到进入圣人的境地。

⑦⑤ 句谓他们在世上的遭遇又怎样呢?

⑦⑥ 繇：同"由"。统：指儒家的道统。

⑦⑦ 要：求取。中(zhòng)：切合要旨。

⑦⑧ 修：美好。

⑦⑨ 靡：通"糜",耗费。廪(lǐn)：米仓。

⑧⓪ 从：跟随。徒：奴仆。

⑧① 踵常途：指循规蹈矩。促促：拘谨的样子。

⑧② 陈编：旧书。盗窃：指抄袭。

⑧③ 句谓名声也受到诽谤的影响。

⑧④ 两句谓被放置在闲散的位置上,是理所应当的。

⑧⑤ 商：计较。财贿：财货、利禄。

⑧⑥ 班资：官品资格。庳(bēi)：同"卑",低下。

⑧⑦ 两句谓忘了自己的才能和什么地位相称,却去指摘上司的缺点。

⑧⑧ 诘：质问。杙(yì)：小木桩。楹：柱子。訾(zǐ)：诋毁。昌阳：菖蒲,传说服之能健身延年。引年：延年。进：推荐。狶(xī)苓：猪苓,只可作泻药,不能延年益寿。三句承上以"杙"、"狶苓"自比,表面上自谦才小不足大任,实含怨愤不平之意。

【品评】

此文用笔巧黠,堪称一绝。文章借用汉赋主客对答的形式,首段

43

先生劝学,中段学生驳难,末段先生解答。主旨在于阐明"业精于勤"、"行成于思"的"进学"要义的同时,着重发泄自己遭遇不公的愤懑之情。但是种种不满,尽借学生之口说出,而自己却泰然处之。以他人之口,一吐心中块垒,无牢骚之迹,而实有牢骚之心,这是借用法。学生驳难时,先铺叙先生的品学才能,可谓淋漓尽致,推扬到极点;然笔锋一转,先生的处境却是尴尬困顿、狼狈不堪的。前扬后抑,对比鲜明,这是反差法。先生解答时,极力自我贬抑,而实际上暗讽执政者择人不公,因而越是谦退知足,就越是衬出朝廷的用人不当。正意反说,反意正说,这是反语法。全文不直扑主题,不直抒胸臆,巧于避借,庄谐间作,真真假假,虚虚实实,波诡云谲。林纾称"文心之狡狯,叹观止矣",是不过分的。

此文点画人物言行,时有《论语》中师弟对答的白描笔法,简洁生动。而大段的铺写,气势酣畅,文采飞扬。造语的精粹独创,尤为世所称。此文虽属赋体,而笔致灵巧,"骨力仍是散文"(林纾语)。

张中丞传后叙①

元和二年四月十三日夜②,愈与吴郡张籍阅家中旧书③,得李翰所为《张巡传》④。翰以文章自名,为此传颇详密。然尚恨有阙者:不为许远立传⑤,又不载雷万春事首尾⑥。

远虽材若不及巡者,开门纳巡,位本在巡上⑦,授之柄而处其下⑧,无所疑忌,竟与巡俱守死、成功名⑨;城陷而虏,与巡死先后异耳⑩。两家子弟材智下,不能通知二父志,以为巡死而远就虏,疑畏死而辞服于贼⑪。远诚畏死⑫,何苦守尺寸之地,食其所爱之肉⑬,以与贼抗而不降乎?当其围守时,外无蚍蜉蚁子之援⑭,所欲忠者,国与主耳;而贼语以国亡主灭⑮,远见救援不至,而贼来益众,必以其言为信。外无待而犹死守,人相食且尽,虽愚人亦能数日而知死处矣⑯,远之不畏死亦明矣!乌有城坏其徒俱死⑰,独蒙愧耻求活,虽至愚者不忍为;呜呼!而谓远之贤而为之邪⑱?

说者又谓远与巡分城而守,城之陷,自远所分始,以此诟远⑲。此又与儿童之见无异。人之将死,其藏腑必有先受其病者;引绳而绝之,其绝必有处⑳:观者见其然,从而尤之㉑,其亦不达于理矣。小人之好议论,不乐成人之美㉒,如是哉!如巡、远之所成就,如此卓卓㉓,犹不得免,其他则又何说!当二公之初守也,宁能知人之卒不救,弃城而逆遁㉔?苟此不能守,虽避之他处何益;及其无救而且穷也,将其创残饿羸之馀㉕,虽欲去,必不达。二公之贤,其讲之精矣㉖。守一城,捍天下,以千百就尽之卒㉗,战百万日滋之师,蔽遮江淮,沮遏其势㉘,天下之不亡,其谁之功也!当是时,弃城而图存者,不可一二数㉙;擅强兵坐而观者,相环也㉚。不追议此,而责二公以死守,亦见其自比于逆乱,设淫辞而助之攻也㉛!

愈尝从事于汴、徐二府㉜,屡道于两府间㉝,亲祭于其所谓双庙者㉞;其老人往往说巡、远时事,云:南霁云之乞救于贺兰也㉟,贺兰嫉巡、远之声威功绩出己上,不肯出师救。爱霁云之勇且壮,不听其语,强留之,具食与乐㊱,延霁云坐。霁云慷慨语曰:"云来时,睢阳之人不食月馀日矣㊲!云虽欲独食,义不忍;虽食,且不下咽。"因拔所佩刀,断一指,血淋漓,以示贺兰。一座大惊,皆感激为云泣下。云知贺兰终无为云出师意,即驰去,将出城,抽矢射佛寺浮图㊳,矢著其上砖半箭㊴，曰："吾归破贼，必灭贺兰，此矢所以志也㊵！"愈贞元中过泗州㊶，船上人犹指以相语。城陷，贼以刃胁降巡，巡不屈，即牵去，将斩之；又降霁云，云未应，巡呼云曰："南八㊷，男儿死耳，不可为不义屈！"云笑曰："欲将以有为也㊸。公有言，云敢不死？"即不屈。

张籍曰：有于嵩者，少依于巡。及巡起事，嵩常在围中㊹。籍大历中于和州乌江县见嵩㊺，嵩时年六十馀矣。以巡初尝得临涣县尉㊻，好学无所不读。籍时尚小，粗问巡、远事，不能细也。云：巡长七尺馀，须髯若神。尝见嵩读《汉书》，谓嵩曰："何为久读此？"嵩曰："未熟也。"巡曰："吾于书读不过三遍，终身不忘也。"因诵嵩所读书㊼，尽卷不错一字。嵩惊，以为巡偶熟此卷，因乱抽他帙以试㊽，无不尽然。嵩又取架上诸书试以问巡，巡应口诵无疑㊾。嵩从巡久，亦不见巡常读书也。为文章，操纸笔立书，未尝起草。初守睢阳时，士卒仅万人㊿，城中居人户亦且数万，巡因一见问姓名，其后无不识者。巡怒，须髯辄张。及城陷，贼缚巡等数十人坐，且将戮，巡起旋(51)，其众见巡起，或起或泣，巡曰："汝勿怖！死，命也。"众泣不能仰视。巡就戮时，颜色不乱，阳阳如平常(52)。远宽厚长者，貌如其心，与巡同年生，月日后于巡，呼巡为兄，死时年四十九。嵩贞元初死于亳、宋间(53)。或传嵩有田在亳、宋间，武人夺而有之(54)，嵩将诣州讼理(55)，为所杀。嵩无子。张籍云。

【注释】

① 后叙：也可写作"后序"，是著作、诗文或图册的后记，用以对正

文进行说明、考订、补充或议论，又称"跋"、"题后"等。张中丞：
张巡，邓州南阳(今河南邓县)人。开元时进士。安史之乱时，
他起兵抗击，后与许远坚守睢阳城(今河南商丘南)。因兵尽粮
绝，援兵不至，睢阳失陷，他英勇殉难。曾被加御史中丞官衔，
故称"张中丞"。

② 元和二年：公元807年。元和：唐宪宗的年号。

③ 吴郡：治所在今江苏苏州。张籍：字文昌，和州乌江(今安徽和
县)人，吴郡为其郡望。唐代诗人。

④ 李翰：字子羽，赵州赞皇(今属河北石家庄)人，张巡之友。曾写
《张巡传》上呈唐肃宗，为张巡辩诬。

⑤ 许远：字令威，杭州盐官(今浙江海宁)人。安史之乱时任睢阳
刺史，与张巡共同守城。城破被俘，押往洛阳囚禁，后被杀。

⑥ 雷万春：张巡部将，与张巡同时被害。首尾：指事情的本末。

⑦ 张巡初入睢阳城时，仅为县令，而许远是一州之长的刺史。

⑧ 句谓许远把兵权交给张巡，甘居其下。

⑨ 竟：终于。成功名：成就功业名节。

⑩ 句谓与张巡比，只是死的时间有先后之异罢了。

⑪ 唐代宗时，张巡之子张去疾听信谣言，怀疑许远被俘后投降，上
书要求追夺许远官爵。诏令张去疾与许远之子许岘及百官等
议此事。通知：了解。辞服：请降。

⑫ 诚：如果。

⑬ 睢阳久困粮尽，以雀鼠为食，又尽，张巡杀妾，许远杀奴仆，以充
军粮。

⑭ 句谓外面连蚍蜉蚁子那么微弱的援兵也没有。蚍蜉(pí fú)：大
蚂蚁。蚁子：幼蚁。

⑮ 语：告诉。

⑯ 数(shǔ)日：计算日子。

⑰ 乌有：哪里有。其徒：他的部下。

⑱ 句谓难道说像许远如此贤明而会这样做吗？

⑲ 当时许远守城西南，张巡守城东北。城陷时，敌军先从许远所守的地段攻入，有人因此诬蔑许远。

⑳ 引：拉。绝：断。有处：一定的地方。

㉑ 其然：指上述两种现象。尤之：指归罪先受侵害的内脏和绳子先裂断的地方。

㉒ 成人之美：赞助、成全别人的好事。

㉓ 卓卓：高超卓越。

㉔ 宁：岂、哪里。卒：终于。逆遁：预先撤退。

㉕ 将：率领。创：受伤。羸(léi)：瘦弱。

㉖ 讲：谋议。精：精密。

㉗ 就尽：将尽。

㉘ 两句谓屏障江淮地区，挡住叛军攻势。

㉙ 句谓数起来不止一二个。

㉚ 当时谯郡、彭城、临淮等地守将均按兵不救。擅：拥有。

㉛ 自比：自同、自附。设淫辞：编造谬论。

㉜ 韩愈曾先后任宣武军节度使董晋的观察判官，在汴州，徐泗濠节度使张建封的节度推官，在徐州。从事：供职。

㉝ 道：往来。

㉞ 双庙：合祀张、许二人的庙宇。

㉟ 南霁云：张巡部将。贺兰：贺兰进明，当时任河南节度使，驻军临淮(今属安徽凤阳)一带。

㊱ 具食：准备好酒食。

㊲ 月馀日：一个多月。

㊳ 浮图：这里指佛塔。

㊴ 砖半箭：指箭的半截没入砖中。

㊵ 志：记。

㊶ 贞元：唐德宗年号。泗州：唐时州治即在临淮。

㊷ 南八：南霁云排行第八，故称。

㊸ 有为：有所作为。

㊹ 句谓于嵩常在围城之中。

㊺ 大历：唐代宗年号。

㊻ 句谓于嵩因追随张巡之故，先前曾被加恩授予临涣（今安徽宿县）县尉。

㊼ 诵：背诵。

㊽ 帙（zhì）：唐时书籍是卷子的形式，把几个卷子包在一起的书套叫帙。

㊾ 应口：随口回应。

㊿ 仅：几乎有、多至。

(51) 旋：小便。一说环行。

(52) 不乱：不变。阳阳：镇定自若的样子。

(53) 亳：亳州，今安徽亳县。宋：宋州，今河南商丘。

(54) 有：占有。

(55) 诣：到、往。讼理：诉讼。

【品评】

这篇后叙是对李翰《张巡传》的补记，而不是为专人立传。从所记人物而言，有张巡、许远、南霁云乃至于嵩等人；从事迹而言，并不全是传主的生平大节，多由琐屑细事组成；从取材性质和来源而言，既有对事理的推断，又有事实的例证，既有采自“老人”、于嵩、张籍等传说，又有作者的亲身见闻。这些纷繁、琐细、庞杂的特点，没有使文章散漫无绪，反而发挥作者驾驭自如、随笔挥洒的才能，达到形散神不散的境界。方苞说：“截然五段，不用钩连，而神气流注，章法浑成。"这"神气"和"章法",主要表现在全文紧紧围绕着睢阳保卫战这一中心事件,又为作者对殉难者的敬仰之情所统摄,因而首尾连贯,机理一片。

前半部分以议论为主,为张巡、许远辩诬。作者依据当时事件的发展情况与张、许的所作所为,力破许远畏死说和张、许不应死守说,宣扬了张、许二人的功绩,树立起忠勇双全的英雄形象。在议论中,作者投入了很强的感情色彩。对朝廷小人造谣中伤的驳斥,步步紧逼,气势凌厉,而反诘句、设问句的巧妙运用,加强了论辩力量,更使论敌不容置喙。

后半部分以叙事为主。尤其善于选择典型细节以突出人物的性格特征。如南霁云的断指拒食、抽矢射塔,张巡的背诵《汉书》、广识军民、临刑不乱,均能传神写照,神采飞扬,而又笔带感情,摇曳多姿,颇得《史记》神韵。

送 孟 东 野 序①

大凡物不得其平则鸣:草木之无声,风挠之鸣②;水之无声,风荡之鸣。其跃也或激之③,其趋也或梗之④;其沸也或炙之⑤;金石之无声⑥,或击之鸣。人之于言也亦然⑦:有不得已者而后言,其歌也有思,其哭也有怀,凡出乎口而为声者,其皆有弗平者乎!

乐也者,郁于中而泄于外者也⑧;择其善鸣者而假之鸣⑨:金石丝竹匏土革木八者⑩,物之善鸣者也。维天之于时也亦然,择其善鸣者而假之鸣;是故以鸟鸣春,以雷鸣夏,以虫鸣秋,以风鸣冬,四时之相推敚⑪,其必有不得其平者乎!

其于人也亦然：人声之精者为言，文辞之于言，又其精也，尤择其善鸣者而假之鸣⑫。其在唐虞，咎陶、禹其善鸣者也，而假以鸣⑬；夔弗能以文辞鸣，又自假于《韶》以鸣⑭；夏之时，五子以其歌鸣⑮；伊尹鸣殷⑯；周公鸣周⑰；凡载于《诗》《书》六艺⑱，皆鸣之善者也。周之衰，孔子之徒鸣之，其声大而远。传曰："天将以夫子为木铎⑲。"其弗信矣乎！其末也，庄周以其荒唐之辞鸣⑳。楚大国也，其亡也，以屈原鸣㉑。臧孙辰、孟轲、荀卿以道鸣者也㉒，杨朱、墨翟、管夷吾、晏婴、老聃、申不害、韩非、慎到、田骈、邹衍、尸佼、孙武、张仪、苏秦之属，皆以其术鸣㉓。秦之兴，李斯鸣之㉔。汉之时，司马迁、相如、扬雄最其善鸣者也㉕。其下魏、晋氏，鸣者不及于古，然亦未尝绝也；就其善者，其声清以浮，其节数以急，其辞淫以哀，其志弛以肆㉖，其为言也，乱杂而无章。将天丑其德莫之顾邪？何为乎不鸣其善鸣者也㉗？

　唐之有天下，陈子昂、苏源明、元结、李白、杜甫、李观皆以其所能鸣㉘。其存而在下者㉙，孟郊东野始以其诗鸣；其高出魏、晋，不懈而及于古，其他浸淫乎汉氏矣㉚。从吾游者，李翱、张籍其尤也，三子者之鸣信善矣㉛，抑不知天将和其声㉜，而使鸣国家之盛邪？抑将穷饿其身，思愁其心肠，而使自鸣其不幸邪？三子者之命，则悬乎天矣㉝。其在上也奚以喜，其在下也奚以悲㉞！

　东野之役于江南也㉟，有若不释然者，故吾道其命于天者以解之㊱。

【注释】

　① 送序：古时钱别，赠言相送，就是"送序"，又名"赠序"。孟东野：

孟郊,字东野,中唐诗人。其诗意境寒苦,有《孟东野诗集》。与韩愈交谊甚厚。

② 挠:扰动。

③ 句谓水波翻涌而发声,是因为受到外物的阻遏。以下几句句式相同。激:水势受阻遏而飞溅。

④ 趋:水流迅急声。梗:阻塞。

⑤ 沸:水沸腾声。炙:烤。

⑥ 金石:指用金属或石制成的乐器,如钟(金属)、磬(石)。

⑦ 句谓人对于言论也是如此的。

⑧ 郁:沉积聚结。中:内心。

⑨ 善鸣者:这里指善于发出声音的器物。

⑩ 古时主要用这八类材料制成各种乐器,总称"八音"。丝:指琴瑟等有丝弦的乐器。竹:指箫、管等用竹制成的乐器。匏(páo):指笙、竽等用葫芦制成的管簧乐器。土:指埙(xūn)等用陶土制成的乐器。革:指鼓等用皮革制成的乐器。木:指柷(zhù)、敔(yǔ)等用木制成的乐器。

⑪ 推敓(duó):推移。

⑫ 善鸣者:这里指善于表达的人。

⑬ 唐、虞:即唐尧、虞舜。咎陶(gāo yáo):又作"皋陶",传说中尧舜时的法官,《尚书·皋陶谟》中记载他的言论。禹:传说中夏代的第一位帝王,治水有功。《尚书》有《禹贡》、《大禹谟》记载其事迹和言论。

⑭ 夔(kuí):传说中尧舜时的乐官。《韶》:传说中舜时的乐曲名,为夔所作。

⑮ 五子:传说夏王太康因荒淫失国,他的五个弟弟作《五子之歌》告诫太康。

⑯ 伊尹:名挚,商汤的贤相,《尚书》中《伊训》、《太甲》、《咸有一德》

等文,传为他所作。

⑰ 周公:姬旦,周文王之子,为周初政治家,制定一整套礼乐典章制度。《尚书》中《大诰》、《康诰》等文,传为他所作。

⑱ 六艺:即六经。

⑲ 此语出自《论语·八佾》,意谓上天让孔子成为宣扬教化的人。木铎(duó):用金属制成的铃,中有木舌,摇之发声,古代颁布政令时,摇木铎来引起百姓注意。

⑳ 庄周:即庄子,战国时宋国人,道家的代表人物,著有《庄子》。荒唐之辞:指《庄子》文辞夸张,想象力丰富。

㉑ 屈原:名平,战国时楚国大夫,诗人,著有《离骚》、《天问》、《九章》、《九歌》等。

㉒ 臧孙辰:即臧文仲,春秋时鲁国大夫,《国语》、《左传》等记载其言论。孟轲:即孟子,战国时邹人,儒学家,著有《孟子》。荀卿:即荀况,战国时赵国人,儒学家,著有《荀子》。道:指儒家之道。

㉓ 杨朱:战国时魏国人,创立杨朱学派,其言论散见《孟子》、《庄子》、《韩非子》等书。墨翟:战国时宋国人,创立墨家学派,著有《墨子》。管夷吾:即管仲,春秋时齐国贤相,后人辑有《管子》。晏婴:春秋时齐国贤相,有《晏子春秋》。老聃:即老子,春秋时楚国人,创立道家学派,有《道德经》。申不害:战国时郑国人,法家的代表人物,著有《申子》,已失传。韩非:战国时韩国人,法家的代表人物,有《韩非子》。慎到:战国时赵国人,法家,著有《慎子》,已失传。田骈:战国时齐国人,著有《田子》,已失传。邹衍:战国时齐国人,阴阳家代表人物,著有《邹子》,已失传。尸佼:战国时鲁国人,法家,著有《尸佼子》,已失传。孙武:即孙子,字长卿,春秋时齐国人,著名军事学家,有《孙子兵法》。张仪:战国时魏国人,纵横家代表人物,主连横

说,游说六国与秦结盟。苏秦:战国时东周洛阳人,纵横家代表人物,主合纵说,游说六国合纵抗秦。

㉔ 李斯:上蔡(今属河南)人,秦始皇、二世的宰相,有《谏逐客书》等文。

㉕ 司马迁:字子长,夏阳(今陕西韩城)人,西汉著名史学家,著有《史记》。相如:司马相如,字长卿,西汉辞赋家。扬雄:字子云,西汉辞赋家。

㉖ 数(shuò):频繁。急:急促。淫:淫靡。志:指文章的内容意趣。弛:松懈。肆:放纵。

㉗ 两句谓难道是上天厌恶德行而不加顾惜呢? 为什么不让善于表达的人来表达呢?

㉘ 陈子昂:字伯玉,梓州射洪(今属四川)人。著名诗人,标举汉魏风骨,反对六朝淫靡文风。有《陈伯玉集》。苏源明:字弱夫,武功(今属陕西)人,诗人。李观:字元宾,擅长古文。有《李元宾集》。

㉙ 存:健在。

㉚ 古:指上古。浸淫:逐渐接近。汉氏:汉代。

㉛ 李翱:字习之,从韩愈学古文,有《李文公集》。张籍:字文昌,善诗,有《张司业集》。尤:突出。信:确实。

㉜ 和:应和。

㉝ 悬乎天:由天意决定。

㉞ 在上:身居高位。奚:何。在下:身居低位。

㉟ 役:服役,指任职。江南:时孟郊赴任溧阳县尉一职。溧阳唐时属江南东道。

㊱ 不释然:指心情不愉快。解:解慰。

【品评】

　　韩愈在本篇中提出了著名的"不平则鸣"说,实与司马迁的"发愤著书"说并不完全相同。司马迁的"愤",单指愤郁;而韩愈的"不平",包括"鸣国家之盛"和"自鸣其不幸"两者,即兼指愤郁和欢乐。这在我国文学思想史上有理论意义。但本篇的着重点仍在"不幸"、愤郁方面。孟郊一生仕途蹭蹬,直到五十岁时才获得溧阳县尉这一低微官职,心绪不快,"有若不释然者",韩愈在文中深表同情,并借以遣责压抑人才的世道,寄寓自己的失意之感。

本篇还提出天地万物和人类都是"择其善鸣者而假之鸣"的论点。这里的"善鸣者"有两层含义。就时代而言,善鸣者指某个人,每个时代都会推出一位或数位善鸣者来表达时代之声,如伊尹鸣殷,周公鸣周;就个人而言,善鸣者指艺术文化的各个领域,如有以文鸣、以乐鸣、以歌鸣、以道鸣、以术鸣等等。这在作家与时代、作家个性与艺术样式的关系上,提出了有价值的命题。

全文以气势雄迈取胜。开篇一句"大凡物不得其平则鸣"似冲口而出,犹如一道闸门被打开,此后水流便源源不断地倾泻而下,由草木万物、天地四时而写及人,由历代而写及当代,最后归结到孟郊。一路旁比博喻,反复论证,连下三十八个"鸣"字,而"句法变化,凡二十九样,有顿挫,有升降,有起伏,有抑扬"(谢枋得语),所以读之不觉其繁冗,却能领略到韩文"长江大注,千里一道"(皇甫湜语)的特点。

送李愿归盘谷序①

太行之阳有盘谷②,盘谷之间,泉甘而土肥,草木藂茂③,居民鲜少。或曰:"谓其环两山之间,故曰'盘'。"或曰:"是谷也,宅幽而势阻④,隐者之所盘旋⑤。"友人李愿居之。

愿之言曰:"人之称大丈夫者,我知之矣:利泽施于人,名声昭于时⑥,坐于庙朝⑦,进退百官而佐天子出令⑧。其在外,则树旗旄⑨,罗弓矢,武夫前呵⑩,从者塞途,供给之人,各执其物,夹道而疾驰。喜有赏,怒有刑,才畯满前⑪,道古今而誉盛德,入耳而不烦。曲眉丰颊⑫,清声而便体⑬,秀外而惠中⑭,飘轻裾⑮,翳长袖⑯,粉白黛绿者⑰,列屋而闲居⑱,妒宠而负恃⑲,争妍而取怜。大丈夫之遇知于天子,用力于当世者之所为也⑳。吾非恶此而逃之㉑,是有命焉,不可幸而致也㉒。穷居而野处㉓,升高而望远,坐茂树以终日,濯清泉以自洁。采于山,美可茹㉔;钓于水,鲜可食;起居无时,惟适之安㉕。与其有誉于前,孰若无毁于其后;与其有乐于身,孰若无忧于其心。车服不维㉖,刀锯不加㉗,理乱不知㉘,黜陟不闻㉙,大丈夫不遇于时者之所为也,我则行之。伺候于公卿之门,奔走于形势之途㉚,足将进而趑趄㉛,口将言而嗫嚅㉜,处秽污而不羞,触刑辟而诛戮㉝,徼幸于万一,老死而后止者,其于为人贤不肖何如也㉞?"

昌黎韩愈闻其言而壮之㉟,与之酒而为之歌曰:"盘之中,维子之宫㊱。盘之土,可以稼。盘之泉,可濯可沿㊲。盘之阻,谁争子所㊳?窈而深,廓其有容㊴。缭而曲㊵,如往而复。嗟盘之乐兮,乐且无殃㊶;虎豹远迹兮,蛟龙遁藏;鬼神守护兮,呵禁不祥㊷。饮且食兮寿而康,无不足兮奚所望㊸!膏吾车兮秣吾马㊹,从子于盘兮,终吾生以徜徉㊺!"

【注释】

① 本篇亦属赠序文,与前《送孟东野序》相同;但文后有诗歌,是宴集诗序到赠序的过渡形态。李愿:陇西人,韩愈之友,生平不详。与西平王李晟之子叫李愿的并非一人。盘谷:在今河南济源。

② 太行：太行山。阳：山的南面。

③ 藂：同"丛"，丛生。

④ 句谓位置幽静，地势险要。

⑤ 盘旋：流连、盘桓。

⑥ 昭于时：显扬一时。

⑦ 庙朝：宗庙朝廷。

⑧ 进退：升降、任免。

⑨ 旄（máo）：古时用牦牛尾作装饰的旗帜。

⑩ 前呵：在队列前喝道，令行人闪开。

⑪ 才畯：有才能的人，这里指门客、幕僚。畯：通"俊"。

⑫ 丰颊：丰满的脸颊。

⑬ 便体：轻盈的体态。

⑭ 惠：同"慧"。

⑮ 裾：衣襟。

⑯ 翳（yì）：遮蔽。

⑰ 黛绿：描眉用的青黑色颜料。

⑱ 列屋：排列着众多房屋。

⑲ 负恃：指自负美貌。

⑳ 两句谓这些都是得到皇帝信任、在当世掌权施力的大丈夫的所作所为啊。用力：施用权力。

㉑ 逃之：逃避这些。

㉒ 句谓不能侥幸而可获得的。

㉓ 野处：指隐居。

㉔ 茹：吃。

㉕ 两句谓作息时间不固定，只求舒适。

㉖ 车服：官员所用的车子和服饰，代指官职。维：束缚。

㉗ 刀锯：代指刑罚。

㉘ 理乱：治乱。

㉙ 黜陟(chù zhì)：指官职的升降。

㉚ 形势：指地位权势。

㉛ 趑趄(zī jū)：行走困难的样子。

㉜ 嗫嚅(niè rú)：吞吞吐吐。

㉝ 刑辟：指刑法。

㉞ 贤：品行好。不肖：品行不好。

㉟ 壮之：认为李愿的话豪壮有气魄。

㊱ 子：你，古时对男子的美称。宫：房舍。

㊲ 沿：指沿着水边散步。

㊳ 两句谓盘谷地势险阻，有谁来争你的住处呢？

㊴ 两句谓既幽且深，开阔而足以容身。

㊵ 缭：弯曲。

㊶ 无殃：没有灾殃。

㊷ 呵禁：呵止严禁。不祥：不吉利之物。

㊸ 奚所望：还有什么冀望！

㊹ 膏吾车：在我的车轴上涂油，使之润滑易行。秣(mò)：喂牲口。

㊺ 徜徉：自由自在地来回走。

【品评】

此序有两大特点：一是善于创格，二是长于造语形容。

韩愈是写赠序文的名手，不肯自相剿袭故套，几乎篇篇各有面目。本文假托李愿之口出之，作者自己所言寥寥无几，在赠序文中别具一格。李愿是归隐盘谷的，送序的主旨自然落在"归隐"上，而作者行文却避实就虚，以虚写实。首尾两段分别用文与歌的形式，称赞盘谷环境的幽美，暗示此乃隐居的理想场所。中间一大段从人与权势关系上，描写了三种类型：得意于时的权势者，乖时失意的隐居者和趋炎附势者。虽不下断语,而两宾形一主,其品行高下自判,并触及李愿隐居的原因。在这段描写中,实寓作者对官场污浊、世道险恶、人心卑劣的揭露,对失意无为、志高行洁之士的惋惜和对他们节操自守的推崇。借助描写来抒怀、来点题,是本文独特的写法。

中间大段的描写,滔滔汩汩,或骈或散,正语反讽,而文气连贯流走,语言生动形象,精练警策,表现了韩愈驾驭语言的杰出才能。作者又善于抓住人物特征,浓墨淡彩,详简得当,活画出高官厚禄者的淫威和摇尾乞怜者的鄙态,具有很高的艺术概括力。苏轼《跋退之送李愿序》说:"唐无文章,唯韩退之《送李愿归盘谷》一篇而已。"倾倒之情,溢于言表。

祭 十 二 郎 文①

年月日②,季父愈闻汝丧之七日③,乃能衔哀致诚④,使建中远具时羞之奠⑤,告汝十二郎之灵:

呜呼!吾少孤⑥,及长不省所怙⑦,惟兄嫂是依。中年兄殁南方⑧,吾与汝俱幼,从嫂归葬河阳⑨,既又与汝就食江南⑩,零丁孤苦,未尝一日相离也。吾上有三兄,皆不幸早世⑪,承先人后者⑫,在孙惟汝,在子惟吾;两世一身⑬,形单影只。嫂常抚汝指吾而言曰:"韩氏两世,惟此而已!"汝时尤小,当不复记忆;吾时虽能记忆,亦未知其言之悲也!

吾年十九,始来京城;其后四年,而归视汝。又四年,吾往河阳省坟墓⑭,遇汝从嫂丧来葬。又二年,吾佐董丞相于汴州⑮,汝来省吾,止一岁,请归取其孥⑯;明年丞相薨,吾去汴州⑰,汝不果来。是年,吾佐戎徐州⑱,使取汝者始行,吾又罢去⑲,汝又不果来。吾念汝从于东⑳,东亦客也,不可以久;

图久远者，莫如西归，将成家而致汝㉑。呜呼，孰谓汝遽去吾而殁乎！吾与汝俱少年，以为虽暂相别，终当久相与处；故舍汝而旅食京师，以求斗斛之禄㉒；诚知其如此，虽万乘之公相㉓，吾不以一日辍汝而就也㉔！

去年孟东野往，吾书与汝曰㉕："吾年未四十，而视茫茫，而发苍苍㉖，而齿牙动摇。念诸父与诸兄㉗，皆康强而早世，如吾之衰者，其能久存乎！吾不可去，汝不肯来，恐旦暮死㉘，而汝抱无涯之戚也！"孰谓少者殁而长者存，强者夭而病者全乎㉙！呜呼，其信然邪？其梦邪？其传之非其真邪？信也，吾兄之盛德而夭其嗣乎？汝之纯明而不克蒙其泽乎㉚？少者强者而夭殁，长者衰者而存全乎？未可以为信也，梦也，传之非其真也，东野之书，耿兰之报㉛，何为而在吾侧也？呜呼！其信然矣，吾兄之盛德而夭其嗣矣！汝之纯明宜业其家者不克蒙其泽矣㉜！所谓天者诚难测，而神者诚难明矣！所谓理者不可推，而寿者不可知矣！虽然，吾自今年来，苍苍者或化而为白矣，动摇者或脱而落矣，毛血日益衰，志气日益微，几何不从汝而死也㉝！死而有知，其几何离㉞；其无知，悲不几时，而不悲者无穷期矣㉟！汝之子始十岁，吾之子始五岁㊱，少而强者不可保，如此孩提者又可冀其成立邪㊲？呜呼哀哉，呜呼哀哉！

汝去年书云：比得软脚病㊳，往往而剧。吾曰：是疾也，江南之人常常有之。未始以为忧也。呜呼！其竟以此而殒其生乎？抑别有疾而至斯乎㊴？汝之书六月十七日也；东野云：汝殁以六月二日，耿兰之报无月日。盖东野之使者不知问家人以月日，如耿兰之报不知当言月日㊵，东野与吾书乃问使者,使者妄称以应之耳④。其然乎?其不然乎?

今吾使建中祭汝,吊汝之孤与汝之乳母②。彼有食可守以待终丧,则待终丧而取以来③;如不能守以终丧,则遂取以来④。其馀奴婢,并令守汝丧。吾力能改葬,终葬汝于先人之兆⑤,然后惟其所愿⑥。

呜呼!汝病吾不知时,汝殁吾不知日;生不能相养以共居,殁不得抚汝以尽哀⑦,敛不凭其棺⑧,窆不临其穴⑨;吾行负神明而使汝夭,不孝不慈,而不能与汝相养以生,相守以死;一在天之涯,一在地之角,生而影不与吾形相依,死而魂不与吾梦相接:吾实为之,其又何尤⑩?彼苍者天,曷其有极⑪!

自今已往,吾其无意于人世矣。当求数顷之田于伊、颍之上⑫,以待馀年,教吾子与汝子幸其成⑬,长吾女与汝女待其嫁⑭:如此而已。

呜呼!言有穷而情不可终,汝其知也邪?其不知也邪?呜呼哀哉!尚飨⑮!

【注释】

① 祭文:祭悼死者的一种文体。十二郎:韩愈之侄,名老成。原为韩愈次兄韩介之子。出嗣给长兄韩会为子。他在族中排行第十二。

② 年月日:应为"几年几月几日",这里是原稿省写具体时间。

③ 季父:叔父。

④ 衔哀致诚:含着悲哀向死者表达诚意。

⑤ 建中:人名,或是韩愈仆人。具:准备。时羞:即"时馐",应时新鲜的菜肴。奠:祭品。

61

⑥ 韩愈三岁丧父,即由长兄韩会、嫂子郑夫人抚养成人。

⑦ 不省(xǐng)所怙(hù):不知父亲的模样。所怙,指所依靠的父亲(实亦包括母亲),古时丧父曰失怙。

⑧ 韩会死于韶州(今广东韶关)刺史任上,时年四十一,正当"中年"。

⑨ 河阳:在今河南孟州。

⑩ 就食:谋生。江南:韩家有田宅在宣州(今安徽宣城),唐时属江南西道。

⑪ 早世:早死。

⑫ 先人:指已死的父亲韩仲卿。

⑬ 两世一身:子辈和孙辈这两代都只各剩一个男丁。

⑭ 省:探望。

⑮ 当时董晋以检校尚书左仆射、同中书门下平章事出任宣武军节度使,韩愈在其幕中任观察推官。汴州:今河南开封。

⑯ 止一岁:住了一年。孥:儿女;也可作为妻子和儿女的统称。

⑰ 薨(hōng):古时称诸侯及大官之死叫"薨"。去:离开。

⑱ 贞元十五年(799)秋,韩愈任徐泗濠节度使张建封的节度推官。佐戎:助理军务。徐州,今属江苏。

⑲ 贞元十六年五月,韩愈罢职离开徐州,赴洛阳。

⑳ 句谓我想要你跟随我在东边。东:指汴州、徐州,均在家乡河阳之东。

㉑ 西归:指返回河阳。致汝:接你来。

㉒ 旅食:到外地谋生。斗斛(hú)之禄:喻指微薄的薪俸。斛:古代量器。

㉓ 万乘(shèng):车马很多,形容官高禄厚。乘:古代四匹马拉一兵车叫"乘"。

㉔ 辍汝:离开你。就:指赴职上任。

㉕ 孟东野：即孟郊,参见《送孟东野序》注。贞元十八年,孟郊由长安赴任溧阳尉,溧阳离宣州不远,故韩愈托他捎信给老成。

㉖ 茫茫：形容视力模糊不清。苍苍：形容头发灰白色。

㉗ 诸父：指伯父叔父辈。

㉘ 旦暮：早晚。

㉙ 全：保全。

㉚ 纯明：纯正明智。不克：不能。蒙其泽：受到先人的恩泽。

㉛ 耿兰：不详,或是老成身边管家一类人。报：指丧报。

㉜ 宜业其家：应该继承先人的家业。

㉝ 几何：过不了多久。

㉞ 其几何离：没有几天的分离。意谓不久死后即可相会。

㉟ 三句意谓若死而无知,则悲你已无多时,我死后的无穷之日,连悲你也不可能了。

㊱ 指韩老成的长子韩湘年十岁,韩愈之子韩昶年五岁。

㊲ 冀其成立：希望他们成长立业。

㊳ 比：近来。软脚病：脚气病。

㊴ 斯：指死亡。

㊵ 如：而。

㊶ 妄称以应之：信口胡诌来应付他。

㊷ 吊：抚慰。

㊸ 终丧：守完三年丧期。取以来：指接孤儿和乳母来。

㊹ 遂：立即。

㊺ 先人之兆：指祖坟、家族墓地。

㊻ 句谓然后让奴婢们按其意愿,或去或留。

㊼ 抚汝以尽哀：指抚尸痛哭。

㊽ 敛：同"殓",给死者穿衣入棺。凭：临。

㊾ 窆(biǎn)：下棺入葬。

63

(50) 尤：怨恨。

(51) 句谓我的悲痛哪有穷尽！

(52) 顷：田一百亩为顷。伊、颍：伊水、颍水，皆在河南境内，代指韩愈家乡。

(53) 幸：希望。

(54) 长：养育。

(55) 尚飨：希望死者魂灵来享受祭品。祭文结尾常用语。

【品评】

沈德潜评本篇云"是祭文变体，亦是祭文绝调"，是颇有见地的；或许可以补充说，之所以成为"绝调"，乃是由于"变体"。

祭文偏重于抒发对死者的悼念哀痛之情，但一般是结合对死者功业德行的颂扬而展开的。韩愈此文却首先在内容上突破这一固定格局，而是以家常琐事为主要内容，表达刻骨铭心的一片骨肉至情。这为后世欧阳修《泷冈阡表》、归有光《项脊轩志》、袁枚《祭妹文》等开辟新径。本文的最突出之处是抒情的真和深。在情的内涵上主要从以下三点切入：一是强调家族亲情关系。作者和老成，名为叔侄，情同兄弟。两世一身，已见韩门孤弱；今老成先逝，子女幼小，更显得家族的凋零，振兴的无望。这在注重门庭家道的古代，引起韩愈的切肤之痛是理所当然的。二是突出老成之死的出乎意外。老成比作者年少而体强，早逝者原应是自己，但现实却是"强者夭而病者全"；老成得常见的软脚病，作者不以为意，毫无精神准备。因而对老成的遽死追悔莫及，意外的打击正使骨肉悲痛达于极点。三是融注宦海浮沉之苦和人生无常之感，并以此深化亲情。作者以为二人均尚年轻，便不以暂别为重，求食求禄，奔走仕途，因而别多聚少，而今铸成终身遗憾；作者求索老成的死因和死期，却坠入乍信乍疑、如梦如幻的迷境，深觉生命飘忽，倍增哀感的痛切。

祭文多用四言韵语，或用骚体、骈文，以便于吟诵。本篇却纯用散体，全不押韵，而且采取与死者对话方式，边诉边泣，吞吐呜咽，交织着悔恨、悲痛、自责等种种感情，似在生者和死者之间作无穷无尽的长谈。如写闻讣情景，从"其信然邪"到"未可以为信也"到"其信然矣"，语句重叠絮叨，适足表现其惊疑无定的心理状态。末尾"汝病吾不知时，汝殁吾不知日"一大段，多用排句，情绪激宕，一气呵成。这一切又都从肺腑中自然流出，因而具有震撼人心的力量。

毛　颖　传①

毛颖者，中山人也②。其先明眎③，佐禹治东方土，养万物有功，因封于卯地④，死为十二神⑤。尝曰："吾子孙神明之后，不可与物同，当吐而生⑥。"已而果然。明眎八世孙𪖖⑦，世传当殷时居中山，得神仙之术，能匿光使物⑧，窃姮娥，骑蟾蜍入月⑨，其后代遂隐不仕云。居东郭者曰㕙⑩，狡而善走，与韩卢争能，卢不及，卢怒，与宋鹊谋而杀之，醢其家⑪。

秦始皇时，蒙将军恬南伐楚，次中山⑫，将大猎以惧楚，召左右庶长与军尉⑬，以《连山》筮之⑭，得天与人文之兆。筮者贺曰："今日之获，不角不牙⑮，衣褐之徒⑯，缺口而长须⑰，八窍而趺居⑱，独取其髦⑲，简牍是资⑳。天下其同书㉑，秦其遂兼诸侯乎！"遂猎，围毛氏之族，拔其豪㉒，载颖而归，献俘于章台宫㉓，聚其族而加束缚焉㉔。秦皇帝使恬赐之汤沐㉕，而封诸管城㉖，号曰管城子，日见亲宠任事。

颖为人强记而便敏㉗，自结绳之代以及秦事㉘，无不纂录。阴阳、卜筮、占相、医方、族氏、山经、地志、字书、图画、九流、百家、天人之书，及至浮图、老子、外国之说，皆所详悉㉙。又通于当代之务，官府簿书、市井货钱注记，惟上所使㉚。自秦皇帝及太子扶苏、胡亥、丞相斯、中车府令高㉛，下及国人，无不爱重。又善随人意，正直、邪曲、巧拙，一随其人；虽见废弃，终默不泄。惟不喜武士，然见请亦时往。累拜中书令，与上益狎㉜，上尝呼为"中书君"。上亲决事，以衡石自程㉝，虽宫人不得立左右，独颖与执烛者常侍。上休方罢，颖与绛人陈玄、弘农陶泓及会稽褚先生友善㉞，相推致㉟，其出处必偕。上召颖，三人者，不待诏辄俱往，上未尝怪焉。

后因进见，上将有任使，拂拭之，因免冠谢㊱。上见其发秃，又所摹画不能称上意，上嘻笑曰："中书君，老而秃，不任吾用㊲。吾尝谓君中书，君今不中书邪？"对曰："臣所谓尽心者㊳。"因不复召，归封邑，终于管城。其子孙甚多，散处中国夷狄，皆冒管城；惟居中山者，能继父祖业。

太史公曰㊴：毛氏有两族：其一姬姓，文王之子，封于毛，所谓鲁卫毛聃者也㊵，战国时有毛公、毛遂㊶；独中山之族不知其本所出，子孙最为蕃昌㊷。《春秋》之成，见绝于孔子，而非其罪㊸。及蒙将军拔中山之豪，始皇封诸管城，世遂有名，而姬姓之毛无闻。颖始以俘见，卒见任使，秦之灭诸侯，颖与有功㊹，赏不酬劳，以老见疏，秦真少恩哉！

【注释】

① 传：传记体，用以记叙人物，有史传、家传、杂传、自传等类。本篇是摹仿史书列传体裁写成的寓言性小说。毛颖：指毛笔，这里作人名用。颖：笔尖。

② 中山：战国时有中山国，后为赵国所并吞。东汉时诸郡献兔毫，

以赵地所产最为适用。一说中山为山名,在今江苏溧水境内,
特产兔毫笔。

③ 明眎(shì):兔的别名。眎:同"视"。

④ 十二地支与十二种动物相配,兔为卯。卯的方位在东方,四时
中春的位置也在东方。

⑤ 句谓死后成为十二神之一(即十二生肖之神,人身兽头)。

⑥ 古时传说,母兔产子是从口中而出的。

⑦ 毚(nóu):小兔子。

⑧ 指隐身、驱使鬼物等法术。

⑨ 传说月中有嫦娥、玉兔、蟾蜍。姮娥:嫦娥。蟾蜍(chán chú):
蛤蟆。

⑩ 郭:城郭。狻(jùn):狡兔名。

⑪《战国策·齐策》中有狡兔和韩卢(韩国良犬名)相争的故事。
宋鹊:宋国良犬名。醢(hǎi):肉酱,这里作动词用。此二狗谋
吃兔群的情节乃韩愈所编造。

⑫ 蒙恬,秦大将,旧传毛笔系他所发明。次:驻扎。

⑬ 左右庶长:秦时爵位。

⑭《连山》:上古时的占卦书。筮(shì):用蓍草占卜。

⑮ 指兔无角无犬牙。

⑯ 褐:粗麻织成的黑黄色短衣,这里比拟兔毛颜色。

⑰ 兔子上唇豁裂,有胡须。

⑱ 八窍:传说兔有八窍。趺(fū)居:盘足而蹲。居:通"踞"。

⑲ 髦(máo):毛中长毫,比喻俊杰的人。

⑳ 简牍:古时书写用的竹简、木片。资:凭借。

㉑ 同书:指秦始皇时统一全国文字,即"书同文"。亦指同用毛笔
书写。

㉒ 豪:通"毫"。这里亦双关,既指豪杰,又指毫毛。

㉓ 章台宫：秦宫殿名。

㉔ 指制作笔头要用许多毛捆扎而成。

㉕ 汤沐：古时封邑称为"汤沐邑"。亦指制笔时兔毛要用热水洗净。

㉖ 管城：古地名，周初管叔（文王之子）封地。亦指笔头要插进笔管。

㉗ 强记：记忆力强。便敏：机灵敏捷。

㉘ 结绳之代：结绳记事的远古时代。

㉙ 字书：识字用的书。九流：指儒、道、阴阳、法、名、墨、纵横、杂、农等九家学说。百家：即诸子百家。天人：天象和人事。浮图：佛。

㉚ 簿书：簿册文书。注记：记载。

㉛ 胡亥：即秦二世。丞相斯：即李斯。中车府令高：即宦官赵高，曾任中车府令，掌管皇帝乘车等事务。

㉜ 中书令：官名，西汉初设，掌管传宣诏命。秦时尚无此官，"中书"二字亦指毛笔适宜书写。狎（xiá）：亲昵。

㉝ 句谓自己规定看完一百二十斤简牍为指标。衡：称量。石：相当于一百二十斤。程：限度。

㉞ 绛人陈玄：指墨。唐代绛州（今山西绛县）产名墨。墨色玄黑，以陈墨为佳，故名陈玄。弘农陶泓：指砚。唐代虢州（即汉弘农郡，今河南灵宝），产名砚。砚为陶制，似池，故名陶泓。会稽褚先生：指纸。唐代越州（即汉会稽郡，今浙江绍兴），产名纸。楮为纸的原料，楮、褚音同形近，故称。

㉟ 句谓互相推许。

㊱ 免冠谢：脱帽行礼。亦指用笔时要去掉笔帽。

㊲ 不任：不能胜任。

㊳ 尽心：亦指笔心毫毛磨尽。

㊴《史记》体例,篇末均有论赞,以"太史公"领起。这里即模仿
　　此例。

㊵ 周文王四个儿子,周公旦封鲁,康叔封卫,毛伯郑封毛,聃季载
　　封聃。周:姬姓。

㊶ 毛公:战国时信陵君门客。毛遂:战国时平原君门客,曾自我
　　推荐。

㊷ 蕃(fán):同"繁"。

㊸ 孔子作《春秋》,因见瑞兽麟被捕获,认为"吾道穷矣",便绝笔不
　　作。这不能怪罪于笔。

㊹ 与:参与。

【品评】

　　苏轼诗云:"退之仙人也,游戏于斯文。"韩愈除了写作严肃性的
高文鸿篇外,也擅长幽默性的俳谐游戏之文。这种"以文为戏",充分
表现出他的个性魅力,反映出自我平衡、自我放松的心理要求,洋溢
着别样的美学趣味,增强了散文的文学性;同时,在戏谑中也往往融
入某种社会内容,体现出"含着眼泪的微笑"的特点,"不得仅目为游
戏文字"(黄仁黼语)。本文即是满纸诙谐而寄托深微的名篇。

　　通篇为毛笔立传,把毛笔拟人化:亦人亦笔,一笔两写,巧借双
关。作者以正史列传的形式,串连了许多与毛笔有关的内容,如笔的
传说、典故以及原料、产地、特点、形状、功能、制笔工序等等,饶有风
趣地摹写了笔的形象,极为工巧贴切。作者又以笔的遭遇来折射世
态人情。毛笔一生尽心尽力,而终以老残见疏,正是人世间士人命运
的写照。结尾一句"秦真少恩哉",愤激尖锐,概括出封建当权者刻薄
寡恩、冷酷无情的本性,是全文的点睛之笔。

　　本文具有长于虚构、故事性强的小说色彩,但与当时流行的"传
奇"在艺术风格上仍有区别。唐传奇"源盖出于志怪"(鲁迅语),以辞

采华美、刻画细腻、情节曲折好奇为其特征;韩愈本篇却受《史记》等影响,妙词隽语随笔涌出,但雅洁凝重,琢炼生动。柳宗元读此文后曾赞云:"若捕龙蛇、搏虎豹,急与之角而力不敢暇。"亦见其文气的充沛激宕,结构的变幻莫测,因而在性质上仍属于当时所谓的"古文"。注意其与"传奇"小说的风格差别,我们的鉴赏领悟似能更加深入。

柳宗元(773—819)

字子厚,河东(今山西永济)人。唐德宗贞元时进士。曾任集贤殿正字、监察御史里行等职。他参与王叔文集团的政治革新活动,任礼部员外郎。不久,革新失败,被贬为永州(今湖南零陵)司马。十年后改任柳州(今属广西)刺史,卒于任所。他是著名散文家、诗人,与韩愈一起推行古文运动,并称"韩柳"。其散文以清峻著称,发展和完善了寓言、山水游记等文体,达到很高成就。有《柳河东集》。

捕 蛇 者 说

永州之野产异蛇,黑质而白章①;触草木,尽死;以啮人,无御之者②。然得而腊之以为饵③,可以已大风、挛踠、瘘疬④,去死肌,杀三虫⑤。其始,太医以王命聚之,岁赋其二⑥。募有能捕之者,当其租入⑦。永之人争奔走焉⑧。

有蒋氏者,专其利三世矣⑨。问之,则曰:"吾祖死于是,吾父死于是,今吾嗣为之十二年⑩,几死者数矣⑪。"言之,貌若甚戚者。余悲之,且曰:"若毒之乎⑫?余将告于莅事者⑬,更若役,复若赋⑭,则何如?"蒋氏大戚,汪然出涕,曰:"君将哀而生之乎⑮?则吾斯役之不幸,未若复吾赋不幸之甚也⑯。

71

向吾不为斯役⑰，则久已病矣⑱。自吾氏三世居是乡，积于今六十岁矣，而乡邻之生日蹙⑲。殚其地之出，竭其庐之入⑳，号呼而转徙㉑，饥渴而顿踣㉒，触风雨，犯寒暑，呼嘘毒疠㉓，往往而死者相藉也㉔。曩与吾祖居者，今其室十无一焉；与吾父居者，今其室十无二三焉；与吾居十二年者，今其室十无四五焉。非死而徙尔㉕！而吾以捕蛇独存。悍吏之来吾乡，叫嚣乎东西㉖，隳突乎南北㉗，哗然而骇者，虽鸡狗不得宁焉。吾恂恂而起㉘，视其缶㉙，而吾蛇尚存，则弛然而卧㉚。谨食之㉛，时而献焉㉜。退而甘食其土之有㉝，以尽吾齿㉞。盖一岁之犯死者二焉，其馀则熙熙而乐㉟。岂若吾乡邻之旦旦有是哉㊱！今虽死乎此，比吾乡邻之死则已后矣。又安敢毒耶？"

余闻而愈悲。孔子曰："苛政猛于虎也㊲。"吾尝疑乎是。今以蒋氏观之，犹信。呜呼！孰知赋敛之毒，有甚是蛇者乎！故为之说，以俟夫观人风者得焉㊳。

【注释】

① 质：质地，指蛇体。章：花纹。

② 啮(niè)：咬。御：抵挡，这里指救治。

③ 腊(xī)：把肉晾干。饵：药饵、药物。

④ 已：治愈。大风：麻风病。挛踠(luán wǎn)：手足蜷曲不能伸展的病。瘘(lòu)：脖子肿烂。疠(lì)：毒疮。

⑤ 死肌：丧失机能的肌肉。三虫：即"三尸虫"，道家认为人体内有此虫即能致病。这里泛指人体内的寄生虫。

⑥ 聚之：征集此蛇。岁赋其二：每年征缴两次。

⑦ 当：抵充。

⑧ 句谓永州的人争着去捕蛇了。

⑨ 专其利：独享以蛇抵税的好处。

⑩ 嗣：继承。

⑪ 几：几乎。数（shuò）：多次。

⑫ 句谓你痛恨捕蛇这差事吗？若：你。

⑬ 莅（lì）事者：指管事的官员。

⑭ 两句谓更换你的差事，恢复你的赋税。

⑮ 句谓您是怜悯我，让我活下去吗？

⑯ 未若：比不上。

⑰ 向：假如。

⑱ 病：指生活困苦。

⑲ 生：生计。日蹙（cù）：一天比一天窘迫。

⑳ 两句谓缴光田地上的出产，用尽全家的收入。

㉑ 转徙：辗转迁徙。

㉒ 顿：劳累。踣（bó）：跌倒。

㉓ 句谓呼吸毒气。

㉔ 相藉：互相叠压。

㉕ 句谓不是已死亡就是迁移了。

㉖ 乎：同"于"。

㉗ 隳（huī）突：喧闹冲撞。

㉘ 恂恂（xún xún）：小心的样子。

㉙ 缶（fǒu）：瓦罐。

㉚ 弛然：放心的样子。

㉛ 食：通"饲"，喂养。

㉜ 句谓按规定之时去献蛇。

㉝ 土之有：指田里出产的东西。

㉞ 句谓过完我的一生。齿：年岁。

㉟ 熙熙：快乐的样子。

㊱ 旦旦有是：每天都有死亡的威胁。

㊲ 孔子此语见《礼记·檀弓》。

㊳ 俟：等待。人风：民风。

【品评】

　　"说"本属议论类的文体，而此文却寓政见于叙事之中。以对话的形式，反映了捕蛇者蒋氏的遭遇，向读者展示出唐中叶以后广大农村在沉重赋敛压榨下民不聊生、荒芜凋敝的惨状。作者寄予了莫大的同情和忧虑，也对统治者发出了严正的警诫。这在文体上是一种创变。

　　形容苛政的为祸剧烈，孔子早已用猛虎来比拟，提出了著名的"苛政猛于虎"的观点。柳宗元用毒蛇来喻说，其看法和思路与孔子一脉相承。但柳文的描写更为生动形象，而且他抓住"猛于"二字，突出蛇毒和赋敛之毒两者的对比。文章先强调捕蛇的危险，蒋氏三世，"吾祖死"、"吾父死"、吾"几死者数"，三个"死"字，可谓惊心动魄，为下文反衬赋敛之毒作了有力的铺垫。在比较两者时，作者借蒋氏之口，说明乡邻因赋税而生计日蹙，非死即迁，蒋氏以捕蛇独存；乡邻受悍吏之扰，鸡犬不宁，而蒋氏以蛇却能弛然而卧，甘食而尽天年；蒋氏一年之中仅两次冒死捕蛇，而乡邻却天天存在死亡的威胁。在这层层对比中，逐渐推进主题，得出了不容置辩的结论："赋敛之毒有甚是蛇。"这种写法，其说服力和感染力并不逊于雄辩滔滔的议论。

　　此文和下面的《种树郭橐驼传》一样，借人物故事来指斥时弊，都是现实性、政治性很强的散文。

种树郭橐驼传①

　　郭橐驼，不知始何名②。病瘘③，隆然伏行④，有类橐驼者,故乡人号之"驼"。驼闻之曰:"甚善,名我固当⑤。"因舍其名,亦自谓"橐驼"云。其乡曰丰乐乡,在长安西。驼业种树⑥,凡长安豪富人为观游及卖果者⑦,皆争迎取养。视驼所种树,或移徙⑧,无不活,且硕茂、蚤实以蕃。他植者虽窥伺效慕,莫能如也。

有问之,对曰:"橐驼非能使木寿且孳也⑨,能顺木之天以致其性焉尔⑩。凡植木之性:其本欲舒⑪,其培欲平⑫,其土欲故⑬,其筑欲密⑭。既然已⑮,勿动勿虑,去不复顾。其莳也若子⑯,其置也若弃⑰,则其天者全而其性得矣。故吾不害其长而已⑱,非有能硕茂之也;不抑耗其实而已⑲,非有能蚤而蕃之也。他植者则不然。根拳而土易⑳,其培之也,若不过焉则不及㉑。苟有能反是者㉒,则又爱之太恩㉓,忧之太勤,且视而暮抚,已去而复顾。甚者爪其肤以验其生枯㉔,摇其本以观其疏密,而木之性日以离矣㉕。虽曰爱之,其实害之;虽曰忧之,其实仇之:故不我若也㉖。吾又何能为哉!"

问者曰:"以子之道,移之官理㉗,可乎?"驼曰:"我知种树而已,理,非吾业也。然吾居乡,见长人者好烦其令㉘,若甚怜焉,而卒以祸㉙。且暮吏来而呼曰:'官命促尔耕,勖尔植㉚,督尔获;蚤缫而绪㉛,蚤织而缕;字而幼孩㉜,遂而鸡豚㉝。'鸣鼓而聚之,击木而召之㉞。吾小人辍飧饔以劳吏者㉟,且不得暇,又何以蕃吾生而安吾性耶㊱?故病且怠。若是,则与吾业者,其亦有类乎?"

问者嘻曰:"不亦善夫! 吾问养树,得养人术。"传其事以为官戒。

【注释】

① 橐(tuó)驼：骆驼。

② 始：原先。

③ 瘘(lòu)：疴偻,驼背病。

④ 隆然：高耸的样子。伏行：俯着身体走路。

⑤ 句谓用这个名字来叫我确实很恰当。名：作动词用。

⑥ 业种树：以种树为业。

⑦ 为观游：指建造观赏游玩的园林。

⑧ 移徙：指树的移植。

⑨ 寿：活得长久。孳(zī)：繁殖。

⑩ 天：自然的生长规律。致其性：尽其本性的发展。

⑪ 本：树根。舒：伸展。

⑫ 培：培土。平：平坦均匀。

⑬ 故：指旧土、原有的土。

⑭ 筑：捣土。密：密实。

⑮ 句谓这样做完后。

⑯ 莳(shì)：移植、栽种。若子：指像照顾子女一样小心周到。

⑰ 置：搁置。

⑱ 不害其长：不妨害它的生长。

⑲ 抑耗：抑制损耗。

⑳ 拳：屈曲。易：更换。

㉑ 两句谓培土时不是过分就是不足。

㉒ 苟：如果。反是：与此相反。

㉓ 太恩：指对树爱护得太深厚。

㉔ 爪其肤：用手指刮破树皮。

㉕ 日以离：渐渐丧失。

㉖ 不我若：即"不若我",不如我。

㉗ 官理：指官府治民。

㉘ 长（zhǎng）人者：指官员。烦其令：把政令搞得繁琐。

㉙ 卒以祸：结果给人造成灾祸。

㉚ 勖（xù）：勉励。

㉛ 缲（sāo）：煮茧抽丝。而：同"尔"，你。绪：丝头，这里即指丝。

㉜ 字：养育。

㉝ 遂：成功，这里指喂大。

㉞ 击木：敲木梆。

㉟ 句谓我们小百姓顾不上吃饭来接待差吏。辍：停止。飧（sūn）：晚饭。饔（yōng）：早饭。劳：慰劳、接待。

㊱ 蕃吾生：繁育我们的后代。安吾性：指安定我们的生活。性，这里指人的生活本能。

【品评】

这是一篇以人物传记体裁写成的寓言杂文，郭橐驼者，不一定实有其人。文章借郭橐驼的植树之道阐明为官的养民之理，可作"官箴"看。

作者认为治民应"顺天致性"，尊重民意，顺应民情，不要过多地干涉，不要人为地生事。这一思想最早见于老子的表述："治大国如烹小鲜。"但老子的立足点是无为而治，柳宗元的政治思想却要积极得多。他的"顺天致性"，并不是取消一切人为的努力，而是要求适度。这从文中对"过"和"不及"两方面的批评中也可以看出。同时，这一思想又具有明确的现实针对性，即寓有对当时弊政的纠补之意。他不满于频繁无度的政令对百姓的骚扰，希望停止那种"若怜卒祸"的害民行为，给他们去烦"松绑"。本文从植树说到治民，实又超出两者而具有更普遍的意义：一切事物要求得发展，必须顺应其本身的自然规律。寓言作品往往会有这种从个别到一般的启示作用。

　　作者对不懂植树之道的"他植者"和"好烦其令"的官吏的描写颇为传神，两两对读，尤相映成趣。比如他植者"旦视暮抚，已去复顾"，官吏亦"旦暮来而呼"；他植者掐树以验生枯，摇树以观疏密，官吏则鸣鼓击木，召聚百姓，无休止地发号施令。而排比句的运用，显示出这两类人的不明事理、繁琐多事之状。

三　　戒①并序

　　吾恒恶世之人，不知推己之本②，而乘物以逞③，或依势以干非其类④，出技以怒强⑤，窃时以肆暴⑥，然卒迨于祸⑦。有客谈麋、驴、鼠三物⑧，似其事，作《三戒》。

临 江 之 麋

　　临江之人畋得麋麑⑨，畜之。入门，群犬垂涎，扬尾皆来。其人怒，怛之⑩。自是日抱就犬⑪，习示之，使勿动⑫，稍使与之戏。积久，犬皆如人意。麋麑稍大，忘己之麋也，以为犬良我友⑬，抵触偃仆⑭，益狎⑮。犬畏主人，与之俯仰甚善，然时啖其舌⑯。

　　三年，麋出门，见外犬在道甚众，走欲与为戏。外犬见而喜且怒，共杀食之，狼藉道上⑰，麋至死不悟。

黔 之 驴⑱

　　黔无驴，有好事者船载以入⑲。至则无可用，放之山下。虎见之，庞然大物也，以为神。蔽林间窥之，稍出近之，慭慭然莫相知⑳。

他日，驴一鸣，虎大骇远遁，以为且噬己也㉑，甚恐。然往来视之，觉无异能者㉒。益习其声㉓，又近出前后，终不敢搏。稍近益狎，荡倚冲冒㉔，驴不胜怒，蹄之。虎因喜，计之曰："技止此耳！"因跳踉大㘎㉕，断其喉，尽其肉，乃去。

噫！形之庞也类有德㉖，声之宏也类有能，向不出其技㉗，虎虽猛，疑畏，卒不敢取；今若是焉，悲夫！

永某氏之鼠㉘

永有某氏者，畏日，拘忌异甚㉙。以为己生岁直子，鼠，子神也㉚，因爱鼠，不畜猫犬，禁僮勿击鼠。仓廪庖厨，悉以恣鼠不问㉛。由是鼠相告，皆来某氏，饱食而无祸。某氏室无完器，椸无完衣㉜，饮食大率鼠之馀也。昼累累与人兼行㉝，夜则窃啮斗暴，其声万状，不可以寝，终不厌。

数岁，某氏徙居他州。后人来居，鼠为态如故。其人曰："是阴类恶物也㉞，盗暴尤甚。且何以至是乎哉！"假五六猫，阖门㉟，撤瓦灌穴㊱，购僮罗捕之㊲。杀鼠如丘，弃之隐处，臭数月乃已。

呜呼！彼以其饱食无祸为可恒也哉！

【注释】

① 戒：一种含有劝箴、警诫内容的文体。

② 推：推究。己之本：自身的本来面目或实际能力。

③ 乘物以逞：凭借外物来逞强。

④ 句谓有的依仗势力去冒犯和自己不同类的人。暗指下文的麋。

⑤ 句谓有的使出本领激怒强大的对手。暗指驴。

⑥ 句谓有的利用时机肆意行暴。暗指鼠。

⑦ 迨：同"逮"，及、至。

⑧ 麇：鹿的一种。

⑨ 临江：今江西清江。畋：打猎。麑（ní）：小鹿。

⑩ 怛（dá）之：恐吓群狗。

⑪ 就犬：接近狗。

⑫ 两句谓经常让狗看，命令狗不许伤害麑。

⑬ 良：真的是。

⑭ 句谓碰撞翻滚。偃：卧倒。仆：跌倒。

⑮ 狎：亲昵。

⑯ 啖：吃，这里作"舔"讲，表示馋态。

⑰ 狼藉：指皮骨散乱的样子。

⑱ 黔（qián）：唐时黔中道，辖区包括今湘西、川东南、鄂西南及黔北等地。今贵州省简称黔。

⑲ 好（hào）事者：喜欢多事的人。

⑳ 憖憖（yìn yìn）然：小心谨慎的样子。

㉑ 噬：咬。

㉒ 异能：特殊的本领。

㉓ 习：习惯。

㉔ 句谓碰撞挤靠、冲击触犯。

㉕ 跳踉：腾跃跳动。大㘎（hǎn）：虎大声怒吼。

㉖ 类有德：好像有德行。

㉗ 向：如果。

㉘ 永：永州（今湖南零陵）。

㉙ 畏日：怕犯日忌。日：忌日，不吉之日。拘忌：忌讳。异甚：特别厉害。

㉚ 生岁直子：出生年份为子年。古代以十二地支（子丑寅卯辰巳

午未申酉戌亥)配十二属相(鼠牛虎兔龙蛇马羊猴鸡狗猪)。子
属鼠,鼠是子年之神。

㉛ 恣:放纵。

㉜ 椸(yí):衣架。

㉝ 累累:一只连着一只。兼行:并行。

㉞ 阴类:指穴居的动物。

㉟ 阖(hé):关。

㊱ 撤瓦:搬开瓦盆瓦罐。一说揭去屋瓦。

㊲ 购:悬赏、奖励。罗捕:围捉。

【品评】

寓言在先秦诸子散文中已相当丰富成熟,但只是作为一种辅助
性的修辞手段,服务于加强全文的论证。经过柳宗元的创作实践,才
真正具有了独立的文体体格,一般由题目、喻体、喻意三部分组成。
《三戒》是其众多寓言作品中最负盛名的篇章。

在《三戒》的总题下,包括三篇寓言。正文前的小序表明了作
者的写作意图。他憎恶那种忘乎自身本相、倚势逞强的行径,通过
麋、驴、鼠的故事予以讽刺,并以其最终取祸灭亡的结局垂诫世人。
文中的麋、驴、鼠虽然有弱者、外强中干者、为非作歹者之别,但愚
蠢是它们的共同点。它们把暂时的凭借,当作永久的保障,于是认
不清自己、认不清对手、认不清形势,终不免一死。作者以敏锐的
洞察力,抉发出社会生活中普遍存在的现象,因而获得广泛的讽世
意义。

作为具有高度艺术概括力的寓言精品,除了上述由主要形象所
体现的主要意义以外,还可从其他形象中得到多方面的启示。麋主
人的溺爱和永某氏的纵恶,在这两位庇护者身上,不是多少体现了封
建权势者们的昏聩无知和为所欲为吗? 老虎当然也体现了社会邪恶

81

势力,但从其原先的疑惧一面来看,也可吸取有益的教训,即不为貌似强大的庞然之物所迷惑和震慑,而要努力认清其实质,树立起战而胜之的信心和勇气。

作品侧重于描写,语言简洁,刻画细腻,情节生动有趣,引人入胜。尤其对于麋、驴、鼠以及犬、虎等动物的神态行为、心理变化,更是体会真切入微,摹写栩栩如生。篇末的议论,着墨不多,而寓意豁然,起到了言简意赅、馀味无穷的效果。

始得西山宴游记①

自余为僇人②,居是州③,恒惴栗④。其隟也⑤,则施施而行⑥,漫漫而游。日与其徒上高山,入深林,穷回溪⑦,幽泉怪石,无远不到。到则披草而坐,倾壶而醉。醉则更相枕以卧,卧而梦。意有所极⑧,梦亦同趣⑨。觉而起,起而归。以为凡是州之山水有异态者,皆我有也,而未始知西山之怪特。

今年九月二十八日,因坐法华西亭⑩,望西山,始指异之⑪。遂命仆人过湘江,缘染溪⑫,斫榛莽⑬,焚茅茷⑭,穷山之高而上。攀援而登,箕踞而遨⑮,则凡数州之土壤,皆在衽席之下⑯。其高下之势,岈然洼然⑰,若垤若穴⑱,尺寸千里⑲,攒蹙累积⑳,莫得遁隐。萦青缭白,外与天际㉑,四望如一。然后知是山之特立,不与培塿为类㉒,悠悠乎与颢气俱㉓,而莫得其涯;洋洋乎与造物者游㉔,而不知其所穷。引觞满酌㉕,颓然就醉,不知日之入㉖。苍然暮色,自远而至,至无所见,而犹不欲归。心凝形释㉗,与万化冥合㉘。然后知吾向之未始游,游于是乎始,故为之文以志。是岁,元和四年也㉙。

【注释】

① 西山:在今湖南零陵西。

② 僇(lù)人:受罚的罪人。僇:通"戮"。

③ 是州:指永州。

④ 惴(zhuì)栗:忧惧不安。

⑤ 隟:同"隙",闲暇。

⑥ 施施:缓行的样子。

⑦ 回溪:曲折回环的溪流。

⑧ 极:到。

⑨ 趣:同"趋"。

⑩ 法华:寺名,在零陵东山。西亭:此亭为柳宗元所建。

⑪ 指异:指点称奇。

⑫ 染溪:一名冉溪,潇水的支流。

⑬ 榛莽:丛生的草木。

⑭ 茷(fá):草叶茂盛。

⑮ 箕踞:两腿叉开伸直而坐,形同簸箕。这属于一种随意不拘礼法的坐姿。

⑯ 衽席:卧席。这里指坐席。

⑰ 岈(xiā)然:山谷空阔深远的样子。洼然:低洼凹陷的样子。

⑱ 垤(dié):蚂蚁做窝时堆在洞口的小土堆,也叫蚁封。

⑲ 句谓相距尺寸的眼前景物,实则有千里之遥。

⑳ 攒(cuán)蹙:聚集收拢。

㉑ 两句谓青山白水萦回缭绕,山水延伸与天边相接。

㉒ 培塿:小土丘。为类:同类。

㉓ 颢(hào)气：天地间正大之气。

㉔ 洋洋：广大的样子。

㉕ 引觞：手持酒杯。

㉖ 日之入：指日落。

㉗ 句谓精神专一,忘掉自身存在。

㉘ 万化：天地万物。冥合：暗合,不知不觉融为一体。

㉙ 元和四年：公元 809 年。元和,唐宪宗年号。

【品评】

　　本文为著名的"永州八记"首篇。柳宗元谪居永州期间,心情郁闷,常常徜徉山水,寄情遣怀,写下游记八篇,被称为"永州八记"。这组游记各自成篇而又前后连贯,既描绘了幽邃秀美的永州山水,也或隐或现反映了他当时复杂的心态。

　　此文记述了发现西山的过程,着眼于"始得"两字。因为西山的发现,首先改变了作者对永州山水的评价。作者最初认为"凡是州之山水有异态者,皆我有也";及至发现西山,才觉悟到"游于是乎始",以前的游历均不足道。其次也多少改变了他的心情。以前是"恒惴栗",其醉酒卧梦,无非是借以忘忧消愁;而在西山登高远眺,群山万物,奔赴眼底,顿觉一洗胸中尘埃的快感,此时引觞就醉,油然而生一种精神解脱的畅意,从而达到与自然万物融合为一的忘我境界。从景情两方面来说,西山的发现都是一个转机。

　　与此相联系,全文结构即以发现西山前后为两大段,彼此呼应,章法井然。清人孙琮曾评析此前后段关系说："篇中欲写今日始见西山,先写昔日未见西山;欲写昔日未见西山,先写昔日得见诸山。盖昔日未见西山,而今日始见,则固大快也;昔日见尽诸山,独不见西山,则今日得见,更为大快也。"(《山晓阁选唐大家柳柳州全集》评语)

指出其间的对比映衬关系，是颇有眼光的。

作者于西山本身着墨不多，仅对其总体特征，概括为"怪特"二字而已。但他巧妙地运用了反观之法。作者登上西山，只见数州疆域尽在自己的坐席之下，山谷似蚁封小洞，千里近在咫尺之间，山水延伸到无尽的天边，才知"是山之特立"。以俯观之物反衬身处之地的高峻，这种不写之写有时胜于正面实写。

钻鉧潭西小丘记①

得西山后八日，寻山口西北道二百步，又得钻鉧潭。潭西二十五步，当湍而浚者为鱼梁②。梁之上有丘焉，生竹树。其石之突怒偃蹇③，负土而出，争为奇状者，殆不可数。其嵚然相累而下者④，若牛马之饮于溪；其冲然角列而上者⑤，若熊罴之登于山⑥。丘之小不能一亩，可以笼而有之⑦。问其主，曰："唐氏之弃地，货而不售⑧。"问其价，曰："止四百。"余怜而售之。李深源、元克己时同游⑨，皆大喜，出自意外。即更取器用，铲刈秽草⑩，伐去恶木，烈火而焚之。嘉木立，美竹露，奇石显。其中以望，则山之高，云之浮，溪之流，鸟兽之遨游，举熙熙然回巧献技⑪，以效兹丘之下。枕席而卧，则清泠之状与目谋⑫，瀯瀯之声与耳谋⑬，悠然而虚者与神谋，渊然而静者与心谋⑭。不匝旬而得异地者二⑮，虽古好事之士，或未能至焉。

噫！以兹丘之胜，致之沣、镐、鄠、杜⑯，则贵游之士争买者，日增千金而愈不可得。今弃是州也，农夫渔父过而陋之，贾四百⑰，连岁不能售。而我与深源、克己独喜得之，是其果有遭乎⑱！书于石,所以贺兹丘之遭也。

【注释】

① 钴鉧潭：在永州西山西麓,形似熨斗,故名。

② 湍：水流急。浚：水深。鱼梁：拦水堰,中有缺口,放置捕鱼
　　器具。

③ 突怒：突起挺立的样子。偃蹇(jiǎn)：傲然耸立的样子。

④ 嵌(qīn)然：高耸的样子。相累而下：重叠连缀垂下。

⑤ 冲然：向上突出的样子。角列：像兽角般排列着。

⑥ 罴(pí)：熊的一种。

⑦ 笼：装在笼子里,极喻其小。

⑧ 货：出卖。不售：卖不出去。

⑨ 李深源、元克己：作者之友,时亦贬居永州。

⑩ 刈(yì)：割。

⑪ 举：都。熙熙然：和乐的样子。回巧献技：呈献种种巧技。回：
　　运转,这里是展演的意思。

⑫ 清泠(líng)：水色清澈明净。谋：相互商量,这里指与感官接触
　　而相和谐。

⑬ 滢滢(yíng yíng)：水流声。

⑭ 渊然：静默的样子。

⑮ 不匝旬：不满十天。异地者二：指西山、钴鉧潭及小丘。

⑯ 沣水：亦作丰水、酆水,源出秦岭,流入渭水。周文王在此水西
　　岸建都丰京,在今陕西户县东。镐京为周武王建都处,与丰京
　　隔沣水为界,在今西安西南。这里的"沣、镐"当即丰、镐二周
　　邑。鄠(hù)：今陕西户县。杜：杜陵,在今西安东南。以上四
　　地都在唐朝首都长安附近,为豪门贵族居住之处。

⑰ 贾(jià)：通"价"。

⑱遭：遭际、运气。

【品评】

　　本文为"永州八记"第三篇。前人称"子厚游记，篇篇入妙"（林云铭语）。本文妙在把色色景物写得鲜灵生动。小丘之石，"突怒偃蹇，负土而出"，若牛马饮溪，若熊罴登山，奇形百端，使静物动态化，又富立体感。在小丘上放眼赏玩，浮云、溪流、飞禽、走兽，似乎都在怡然自得地"回巧献技"，极富诗情画意。作者耳目心神都与一景一物契合无间，从主客的高度交融中获得最大的审美愉悦。柳宗元的山水小品几乎每篇都是一个独立的美的境界。

　　本文的感慨寄意，较前后诸篇显豁。如此美妙的胜景，只因地处偏僻，连贱价都无人问津。作者的惋惜，实有自况之意，小丘的明珠暗投，不为人知，正如自身的贬居蛮荒，怀才不遇。贺小丘的最终得赏，既隐寓自己对起复的希望，也曲折表达了久谪困顿的失望。

小　石　潭　记①

　　从小丘西行百二十步，隔篁竹②，闻水声，如鸣珮环③，心乐之。伐竹取道，下见小潭，水尤清冽④。全石以为底⑤，近岸卷石底以出⑥，为坻为屿，为嵁为岩⑦。青树翠蔓，蒙络摇缀⑧，参差披拂。潭中鱼可百许头，皆若空游无所依。日光下澈，影布石上，佁然不动⑨；俶尔远逝⑩，往来翕忽⑪，似与游者相乐。

　　潭西南而望，斗折蛇行⑫，明灭可见⑬。其岸势犬牙差互，不可知其源。坐潭上，四面竹树环合，寂寥无人，凄神寒骨，悄怆幽邃⑭。以其境过清，不可久居，乃记之而去。

　　同游者吴武陵，龚古，余弟宗玄⑮；隶而从者，崔氏二小

87

生⑯,曰恕己,曰奉壹。

【注释】

① 题一名《至小丘西小石潭记》。

② 篁竹:竹林。

③ 珮环:身上佩带的玉环。

④ 冽:寒冷。

⑤ 句谓以整块石为潭底。

⑥ 句谓靠近岸边,石底翻卷露出水面。

⑦ 坻(chí):水中高地。嵁(kān):不平的岩石。

⑧ 蒙络:草木覆盖缠绕。摇缀:茎蔓摇动下垂。

⑨ 佁(yǐ)然:静止状。一作"怡然"。

⑩ 俶(chù)尔:忽然。

⑪ 翕(xī)忽:迅疾的样子。

⑫ 形容水流的曲折。斗:北斗星座。

⑬ 明灭:忽隐忽显,忽明忽暗。

⑭ 悄怆(qiǎo chuàng):忧愁悲伤。邃:深。

⑮ 吴武陵:信州(今江西上饶)人,元和初进士,时亦贬谪永州,柳宗元之友。龚古:一作龚右,生平不详。宗玄:柳宗元堂弟。

⑯ 隶:指随从。崔氏二小生:柳宗元姐夫崔简的两个未成年的儿子。

【品评】

本文为"永州八记"第四篇。其体物之微,刻画之工,神韵独造,犹如一幅绝妙的山水画页,为"永州八记"中的极品。

全篇以"清"为文眼,突出潭清、境清,并映照出作者由"清"到"过清"的心理感受。潭水的至清至净,是通过鱼的动静交衬而表现的。鱼游动时,若空无所依;静时鱼影布石,历历可见。此时,作者的心情是欢快的,并化用庄子濠上之游的典故,表达人鱼同乐之趣。接写四周之境,竹树环合,寂寥"过清",虽其"清"依旧,但一个"过"字,点出作者感受的暗换:景色由清丽转为清寂,心境也随之由"乐之"、"相乐"而生悲慨,衔接巧妙自然。兴尽悲来,实是作者难以摆脱贬谪阴影的写照。景与情,物与人,浑然一体,烘托出一个幽深空灵的境界。

　　林纾《韩柳文研究法》说,柳宗元"集中诸文皆佳,而山水之记尤为精绝"。"永州八记"即是我国山水游记文学中的典范性作品。

杜牧 (803—852)

字牧之,京兆万年(今陕西西安)人。唐文宗大和时进士。历任黄州、池州、睦州、湖州刺史,官至中书舍人。为人刚直,知兵法,喜论政事。诗文兼擅,尤以诗名。其诗风格俊爽,情韵跌宕,与晚唐著名诗人李商隐齐名,并称"小李杜"。文、赋往往有感而发,笔锋犀利,纵横奥衍,多所指陈。有《樊川集》。

阿 房 宫 赋①

六王毕②,四海一③。蜀山兀④,阿房出。覆压三百馀里,隔离天日。骊山北构而西折,直走咸阳⑤。二川溶溶⑥,流入宫墙。五步一楼,十步一阁。廊腰缦回⑦,檐牙高啄⑧。各抱地势⑨,钩心斗角⑩。盘盘焉⑪,囷囷焉⑫,蜂房水涡⑬,矗不知乎几千万落⑭。长桥卧波,未云何龙?复道行空,不霁何虹⑮?高低冥迷⑯,不知西东。歌台暖响⑰,春光融融;舞殿冷袖⑱,风雨凄凄。一日之内,一宫之间,而气候不齐。

妃嫔媵嫱⑲,王子皇孙,辞楼下殿,辇来于秦⑳,朝歌夜弦,为秦宫人。明星荧荧㉑,开妆镜也;绿云扰扰㉒,梳晓鬟也;渭流涨腻,弃脂水也㉓;烟斜雾横,焚椒兰也㉔;雷霆乍惊,宫车过也;辘辘远听㉕,杳不知其所之也。一肌一容,尽态极

90

妍㉖,缦立远视㉗,而望幸焉㉘。有不见者,三十六年㉙。

燕、赵之收藏,韩、魏之经营,齐、楚之精英,几世几年,摽掠其人,倚叠如山。一旦不能有,输来其间。鼎铛玉石,金块珠砾㉚,弃掷逦迤㉛,秦人视之,亦不甚惜。

嗟乎! 一人之心㉜,千万人之心也。秦爱纷奢,人亦念其家。奈何取之尽锱铢㉝,用之如泥沙? 使负栋之柱,多于南亩之农夫㉞;架梁之椽㉟,多于机上之工女;钉头磷磷㊱,多于在庾之粟粒㊲;瓦缝参差,多于周身之帛缕;直栏横槛,多于九土之城郭㊳;管弦呕哑㊴,多于市人之言语。使天下之人,不敢言而敢怒;独夫之心,日益骄固。戍卒叫㊵,函谷举㊶,楚人一炬㊷,可怜焦土。

灭六国者,六国也,非秦也。族秦者㊸,秦也,非天下也。嗟乎! 使六国各爱其人,则足以拒秦;使秦复爱六国之人,则递三世可至万世而为君,谁得而族灭也? 秦人不暇自哀,而后人哀之;后人哀之而不鉴之㊹,亦使后人而复哀后人也。

【注释】

① 赋:一种讲究辞采、体物铺陈的文体,有古赋、俳赋、律赋、文赋等类。阿房:秦宫名。故址在今陕西西安市西阿房村。

② 六王:指战国末齐、楚、赵、韩、魏、燕六国之君。毕:结束,指灭亡。

③ 一:统一。

④ 兀:光秃,指树木伐光。

⑤ 两句谓从骊山之北开始建造,然后折向西边,一直通向咸阳。骊山:在今陕西临潼东南。

⑥ 二川:渭水、樊川。溶溶:水流动的样子。

⑦ 廊腰：走廊的转弯处。缦回：像绸缦一样回环曲折。

⑧ 檐牙：屋檐的尖角。高啄：像鸟在高处啄食。

⑨ 句谓宫殿各依地势高下而建造。

⑩ 形容宫室布局紧密、错落有致。钩心：指回廊曲折钩连,拱向一个中心。斗角：指檐牙相对。

⑪ 盘盘：盘结的样子。

⑫ 囷囷：屈曲的样子。

⑬ 此句比喻宫室像蜂房那样密集,像水涡那样迂回。

⑭ 矗：耸立着。落：座、所。

⑮ 四句以龙喻长桥,以虹喻复道。未云何龙：没有云为何出现龙？复道：楼阁之间的空中走道。霁：雨过天晴。

⑯ 指宫室忽高忽低让人迷惑。

⑰ 暖响：指歌声充满暖意,这是通感修辞手法。

⑱ 冷袖：指舞袖带来寒意,亦是通感手法。

⑲ 媵(yìng)：指后妃陪嫁的女子。嫱：宫中女官名。

⑳ 句指六国的后妃宫女及皇族被掳来秦国。辇(niǎn)：帝、后所乘之车,这里用作动词,乘车。

㉑ 荧荧：星光闪烁的样子。

㉒ 绿云：比喻宫中美人的头发乌黑稠密。

㉓ 脂水：指洗过脸的污水。

㉔ 椒兰：香料。

㉕ 辘辘：车声。

㉖ 尽、极：极其。妍：美丽。

㉗ 缦立：久立。

㉘ 望幸：盼望皇帝驾临,得到宠爱。

㉙ 秦始皇在位三十六年(前246—前210)。

㉚ 两句谓宝鼎被视为普通的铁锅,玉被视为石,金被视为土块,珠

被视为石子。

㉛ 逦迤(lǐ yǐ)：连绵不断，这里是说到处都是。

㉜ 一人：指秦始皇。

㉝ 尽锱铢(zī zhū)：一点一滴都不放过。锱铢：古代重量单位。
锱：一两的四分之一；铢：一锱的六分之一。极言其轻微。

㉞ 南亩：泛指农田。

㉟ 椽(chuán)：放在梁上架屋顶用的木条。

㊱ 磷磷：形容钉头露出而繁多的样子。

㊲ 庾(yǔ)：露天的积谷处。

㊳ 九土：九州，指全国。

㊴ 呕哑：乐器声。

㊵ 指陈胜、吴广起义。戍卒：守边的士兵。

㊶ 指刘邦攻入函谷关。函谷关：故址在今河南灵宝西南。

㊷ 指楚人项羽攻入咸阳，放火焚烧阿房宫。

㊸ 族：灭族。

㊹ 鉴：镜子，这里用作动词，以秦为镜子。

【品评】

据作者自称，此赋乃针对唐敬宗"大起宫室，广声色"而作，是一篇借秦讽唐、感慨时事之文。作者用富赡之词铺叙秦宫的奢靡，用斩截之语痛陈弊害，指出秦代灭亡的根由在于骄逸无度，暴虐无道，残民以逞，"不爱六国之人"。

文章的目的是说唐应以秦为鉴，而其内容却主要写秦不以六国为鉴。在描绘秦宫时，处处与六国有关：六国亡后，才有阿房宫的建造；阿房宫内，一是美人充斥，原是六国诸侯之妃嫔宫人，二是珍宝堆积，又是六国诸侯数世掠夺而来的遗物。眼前的秦朝就是过去的六国，已亡的六国暗示着将亡的秦朝，为后面的议论张本。在末段议论时,并论六国与秦,先指出六国与秦均不知爱民,咎由自取,其败亡原因带有普遍性,这就值得唐人借鉴了;接着排列秦人、后人(唐人)、后人之后人(唐以后人)能否借鉴前代的连环关系,指出教训的长久性:"秦人不暇自哀,而后人哀之;后人哀之而不鉴之,亦使后人而复哀后人也。"以六国来衬写秦,以秦之不知借鉴来警告当世者,不要重蹈被后世哀叹的覆辙。环环相扣,层层推演,结论更见警策。

全文格局仍如汉赋:先描述后议论。汉赋往往夸饰有馀而内蕴不足,靡弱细碎,有喧宾夺主之感。此赋铺陈而不拖沓,渲染而恰到好处。首先单刀直入,以四个短句点出阿房宫的建造,振起全文。接着便极尽描绘之能事,运用别致的比喻,巧妙的联想,奇异的通感,细写宫殿的壮丽瑰伟、宫中美人的奢华繁多和珍宝的堆积如山,展示了一幅穷奢极侈的秦宫生活图。然后笔锋陡转,揭开这幅图景后面天下百姓所受压榨之重及其积怨之深,并以"楚人一炬,可怜焦土"八字收结大段铺叙,突出一种毁于一旦的沉痛感,与阿房宫的建造不易和瑰丽又成鲜明对比。笔势凌厉健峭,文情并茂,故金圣叹称其"穷奇极丽,至矣尽矣!却是一篇最清出文字"。而李扶九直接断言:"古来之赋,此为第一!"

李商隐(约813—约858)

字义山,号玉谿生,怀州河内(今河南沁阳)人。唐文宗开成时进士。曾任秘书省校书郎、弘农县尉等小官。当时牛李党争十分激烈,他受到牵连,并遭两方排摈,一生坎坷,长期沉沦下僚,郁郁不得志。其诗情挚意婉,包蕴深密而富于暗示性。在晚唐诗坛上风标独秀,自成一格。其文有"瑰迈奇古"之誉。有《李义山诗集》、《樊南文集》。

李 贺 小 传①

京兆杜牧为《李长吉集序》,状长吉之奇甚尽②,世传之。长吉姊嫁王氏者,语长吉之事尤备。

长吉细瘦,通眉③,长指爪。能苦吟疾书④,最先为昌黎韩愈所知⑤。所与游者,王参元、杨敬之、权璩、崔植辈为密⑥。每旦日出与诸公游,未尝得题然后为诗,如他人思量牵合以及程限为意⑦。恒从小奚奴,骑距驴⑧,背一古破锦囊,遇有所得,即书投囊中。及暮归,太夫人使婢受囊出之,见所书多,辄曰:"是儿要当呕出心始已耳⑨!"上灯,与食,长吉从婢取书,研墨叠纸足成之⑩,投他囊中。非大醉及吊丧日率如此⑪,过亦不复省⑫。王、杨辈时复来探取写去。长吉往往独骑，往还京洛，所至或时有著⑬，随弃之。故沈子明家所馀四卷而已⑭。

长吉将死时，忽昼见一绯衣人，驾赤虬⑮，持一版，书若太古篆或霹雳石文者⑯，云："当召长吉。"长吉了不能读⑰，欻下榻叩头言⑱："阿婆老且病⑲，贺不愿去。"绯衣人笑曰："帝成白玉楼，立召君为记⑳。天上差乐㉑，不苦也。"长吉独泣，边人尽见之㉒。少之，长吉气绝。常所居窗中，勃勃有烟气㉓，闻行车嘒管之声㉔。太夫人急止人哭，待之如炊五斗黍许时，长吉竟死。王氏姊非能造作谓长吉者，实所见如此。

呜呼！天苍苍而高也，上果有帝耶？帝果有苑囿、宫室、观阁之玩耶㉕？苟信然，则天之高邈，帝之尊严，亦宜有人物文彩愈此世者㉖，何独眷眷于长吉而使其不寿耶㉗？噫！又岂世所谓才而奇者不独地上少，即天上亦不多耶？长吉生二十七年㉘，位不过奉礼太常㉙，当时人亦多排摈毁斥之。又岂才而奇者，帝独重之，而人反不重耶？又岂人见会胜帝耶㉚？

【注释】

① 李贺：字长吉，河南福昌（今宜阳）人。唐代著名诗人，诗境瑰丽奇特，想象丰富，死时年仅二十七。

② 杜牧曾撰《李长吉歌诗叙》，评述李贺诗的"奇"，有"鲸吸鳌掷，牛鬼蛇神，不足为其虚荒诞幻也"等语。

③ 通眉：两眉相距很近，几乎相连。

④ 苦吟：指反复推敲诗作。疾书：飞快书写。

⑤ 韩愈曾作《讳辩》一文，为李贺因避父讳（父名晋肃，晋、进同音）不能考进士而鸣不平。昌黎为韩氏郡望，韩愈实是河阳（今河

南孟州)人。

⑥ 游：交游。王参元：濮阳(今属河南)人,元和时进士。杨敬之：字茂孝,韩愈曾称赞其文。权璩：字大圭,曾任中书舍人等职。崔植：字公修,曾任宰相。

⑦ 两句谓李贺从不按题作诗,也不像其他人那样想方设法去迁就凑合题意以及把程式、限韵之类放在心上。

⑧ 恒：常常。小奚奴：小书僮。距驉(xū)：即驱驉,驴骡之属。这里即指驴。

⑨ 已：停止。

⑩ 足成之：补缀成篇。

⑪ 率：大都。

⑫ 省：省察。

⑬ 有著：指写诗。

⑭ 沈子明：李贺好友,曾任集贤院学士。李贺死后,受嘱整理其遗稿,编为《李长吉歌诗》四卷,即现存本。

⑮ 绯：红色。虬：虬龙。

⑯ 霹雳石文：雷击后石上留下的字迹。

⑰ 了：完全。

⑱ 欻(xū)：迅速。

⑲ 阿𡟃(mí)：母亲。

⑳ 为记：写篇记文。

㉑ 差乐：还算快乐。

㉒ 边人：在旁边的人。

㉓ 勃勃：旺盛的样子。

㉔ 嘒(huì)管：管乐器。嘒,象声词。

㉕ 囿(yòu)：蓄养动物的园子。

㉖ 愈：胜过。

㉗ 眷眷：顾念。

㉘ 二十七年：一本作二十四年。

㉙ 奉礼太常：奉礼郎属于太常寺，从九品。

㉚ 句谓又难道世人之见恰恰胜过天帝吗？

【品评】

　　李贺在中国诗坛上有"鬼才"之誉，其诗奇谲、怪幻、瑰丽，独具魅力，却又体弱多病，不幸早夭。人奇诗奇，所以杜牧的《李长吉歌诗叙》和此篇《李贺小传》都抓住"奇"字，或评价其诗歌风格，或略述其生平事迹。作为"小传"，本文篇幅不长，却颇能见出传主风采。作者即以"奇"为线索，择取串连了三两件轶闻逸事。先写李贺相貌之奇："细瘦，通眉，长指爪"，一语而奠定李贺形象的特征。接写其吟诗之奇：骑驴独思，得句投囊。他呕心苦吟，从不为题造文，务吐胸臆为快，以诗歌为生命；但又随作随弃，其奇又深入一层。最后写临死时的奇事：天帝召其为白玉楼作记文。此事自不足信，因此今人有斥之为"荒唐"者。其实，这段描写乃全文重心，不但引发了后文的感慨，作者由此连发数句反问句，流露出对李贺早夭的惋惜，对他遭际困顿的不平，对他才华卓异的称赞等种种情怀；而且传闻的真真幻幻、虚虚实实，敷设出一个浪漫氛围，与李贺其人其诗的风格和谐一致。换言之，此传闻产生在李贺身上并不是偶然的。所以作者以传信的态度记载此事，后代又作为动人的故事广为流传，我们也就大不必究其真假了。

孙　樵

字可之，又字隐之，关东（函谷关以东）人。生卒年不详。唐宣宗大中时进士。官中书舍人，后迁职方郎中、上柱国。他幼而工文，是唐末古文运动的代表作家，自称为韩愈的四传弟子。其文以奇崛见称，清人曾把他列入唐宋十大家之列。有《孙可之集》。

书褒城驿壁①

褒城驿号天下第一。及得寓目②，视其沼则浅混而茅③，视其舟则离败而胶④，庭除甚芜⑤，堂庑甚残⑥，乌睹其所谓宏丽者？讯于驿吏，则曰："忠穆公尝牧梁州⑦，以褒城控二节度治所⑧，龙节虎旗⑨，驰驿奔轺⑩，以去以来⑪，毂交蹄劘⑫，由是崇侈其驿⑬，以示雄大。盖当时视他驿为壮。且一岁宾至者，不下数百辈，苟夕得其庇⑭，饥得其饱，皆暮至朝去，宁有顾惜心邪？至如棹舟⑮，则必折篙破舷碎鹢而后止⑯；渔钓，则必枯泉汩泥尽鱼而后止⑰。至有饲马于轩，宿隼于堂⑱，凡所以污败室庐，糜毁器用⑲。官小者，其下虽气猛可制⑳；官大者，其下益暴横难禁。由是日益破碎，不与曩类㉑。某曹八九辈㉒，虽以供馈之隙㉓，一二力治之㉔，其能补数十百人残暴乎?"

语未既㉕,有老氓笑于旁㉖,且曰:"举今州县,皆驿也!吾闻开元中㉗,天下富蕃㉘,号为理平㉙,踵千里者不裹粮㉚,长子孙者不知兵㉛。今者天下无金革之声㉜,而户口日益破㉝,疆埸无侵削之虞㉞,而垦田日益寡,生民日益困,财力日益竭,其故何哉?凡与天子共治天下者,刺史、县令而已,以其耳目接于民,而政令速于行也㉟。今朝廷命官㊱,既已轻任刺史、县令㊲,而又促数于更易㊳,且刺史、县令,远者三岁一更,近者一二岁再更㊴,故州县之政,苟有不利于民,可以出意革去其甚者㊵,在刺史曰:'明日我即去,何用如此?'在县令亦曰:'明日我即去,何用如此?'当愁醉酴㊶,当饥饱鲜㊷,囊帛椟金㊸,笑与秩终㊹。"

呜呼!州县者,真驿邪!矧更代之隙㊺,黠吏因缘㊻,恣为奸欺㊼,以卖州县者乎㊽?如此而欲望生民不困,财力不竭,户口不破,垦田不寡,难哉!予既揖退老氓㊾,条其言㊿,书于褒城驿屋壁。

【注释】

① 褒城:唐时属山南西道兴元府,在今陕西褒城东南。驿:驿站,古时官吏、信使在旅途中换马、歇息的场所。

② 寓目:亲眼看到。

③ 混:浑浊。茅:长着茅草。

④ 离败:船板破裂。胶:指水涸船在泥中搁浅不动。

⑤ 庭除:庭院。除:阶沿。

⑥ 庑(wǔ):廊房。

⑦ 忠穆公:指梁州刺史兼山南西道节度使严震,死后谥忠穆。牧

梁州：任梁州（治所在今陕西汉中）刺史。

⑧ 二节度治所：指山南西道节度使治所兴元府（今陕西南郑）、凤翔节度使治所凤翔府（今陕西凤翔）。

⑨ 指绘有龙、虎图案的符节、旌旗。

⑩ 驿：驿马。轺（yáo）：使者乘坐的轻便马车。

⑪ 句谓从这里去，到这里来。

⑫ 句谓车辆交驰，马蹄磨损。形容车马往来不绝。毂（gǔ）：车轮中心的圆木，代指车。劘（mó）：磨擦。

⑬ 崇侈：指扩建。

⑭ 庇：遮蔽，这里指住宿。

⑮ 棹（zhào）舟：划船。

⑯ 鹢（yì）：一种善飞不畏风的水鸟，这里指饰有鹢形的船头。

⑰ 枯泉汩（gǔ）泥尽鱼：把泉水弄干，把池泥搅混，把鱼捉尽。

⑱ 隼（sǔn）：一种凶猛的禽鸟。

⑲ 糜（mí）：烂。器用：器物。

⑳ 句谓职位低的官员，其随从虽气性猛烈，还可以管束住。

㉑ 句谓不与往昔相同。

㉒ 某曹：我辈。

㉓ 供馈（kuì）：供给膳食。

㉔ 句谓以极少时间来尽力修治它。

㉕ 既：完毕。

㉖ 老氓（méng）：老农。

㉗ 开元：唐玄宗年号（713—741）。

㉘ 蕃：指繁荣。

㉙ 理平：治平，太平治世。

㉚ 踵（zhǒng）：行走。裹粮：携带粮食。

㉛ 长子孙者：养子育孙的人，指长者。兵：兵器。

101

㉜ 金革之声：锣钲和战鼓的声音，借指战争。

㉝ 破：减少。

㉞ 疆场(yì)：边境。虞：忧虑。

㉟ 速于行：迅速推行。

㊱ 命官：任命官员。

㊲ 轻：随便、轻率。

㊳ 促数(shuò)：短促频繁。更易：调动。

㊴ 再更：更换两次。

㊵ 句谓原可以出主意革除其中问题严重者。

㊶ 醉酕(nóng)：痛饮醇酒。

㊷ 饱鲜：饱食鲜美的鱼肉。

㊸ 句谓袋里装满丝帛，柜里装满黄金。椟(dú)：柜子。

㊹ 句谓欢欢喜喜直到任期终了。

㊺ 矧(shěn)：况且。

㊻ 黠(xiá)吏：狡猾的僚吏。因缘：乘机。

㊼ 恣：肆意。奸欺：奸恶欺诈。

㊽ 卖：损害。

㊾ 揖退：作揖送走。

㊿ 条：整理、依次叙述。

【品评】

本篇从褒城驿的由壮丽而残破，推及封建时代地方吏治败坏的一种原因：官吏调动频繁，只顾肆意搜刮，无心改革弊政。

这类题壁记一般都要写建筑物本身的情形，因而叙述驿站残破及其原因的前半篇，对于题目来说，好像是主要内容，但实际上只是引起后半篇议论的一种陪衬；后半篇似乎离题，却是本文主旨所在。前后两段紧密呼应：前段借驿吏之口，后段用老农之言；前写客人的暮至朝去,对驿站毫无顾惜,正与后写地方官的频繁调动,对地方无所顾惜,不思改革弊政相应;前写客人任意破坏驿站,正与后写地方官的囊帛椟金和黠吏的恣为奸欺相应;前写驿站由原来的雄伟转为现在的舟败、庭芜、堂残,与后写开元时的富蕃转为当今的户口破、垦田寡、生民困、财力竭相应。这种由小及大、借题发挥的写法,有助于说理的具体生动,亲切易懂。

本文结构的整饬,还体现在前后两段中自身的前后呼应。就前段说,先写驿站的残破,举出池塘荒芜、船只破碎和房屋毁污等三方面,后即用"渔钓,则必枯泉汩泥尽鱼而后止"来呼应池塘;用"棹舟,则必折篙破舷碎鹢而后止"来呼应船;用"饲马于轩,宿隼于堂"来呼应房屋,逐一暗中说明,文章的组织周密细致。就后段说,先将户口、垦田、生民、财力四大弊端作为"问题"提出于前,又以重复"问题"的方式作结论于后,也是一种呼应,用以加深读者的印象。

陆龟蒙（？—约 881）

字鲁望，吴郡（今江苏苏州）人。举进士，不第。曾任苏州、湖州的从事。后隐居松江甫里（今苏州吴中甪直），不再出仕，自号江湖散人、天随子、甫里先生。他与皮日休友善，世称"皮陆"。诗文多抨击时弊之作，其中以小品文的成就为高，讽刺辛辣，寓意深刻，具有现实批判的"光彩和锋芒"（鲁迅语）。有《笠泽丛书》、《甫里集》。

野 庙 碑

碑者，悲也。古者悬而窆，用木①。后人书之以表其功德②，因留之不忍去，碑之名由是而得。自秦汉以降③，生而有功德政事者，亦碑之④，而又易之以石，失其称矣⑤。余之碑野庙也，非有功德政事可纪，直悲夫氓竭其力⑥，以奉无名之土木而已矣⑦。

瓯越间好事鬼⑧，山椒水滨多淫祀⑨。其庙貌有雄而毅、黝而硕者⑩，则曰将军；有温而愿、晳而少者⑪，则曰某郎；有媪而尊严者，则曰姥⑫；有妇而容艳者，则曰姑。其居处，则敞之以庭堂⑬，峻之以陛级⑭。左右老木，攒植森拱⑮，萝茑翳于上⑯，鸱鸮室其间⑰。车马徒隶⑱，丛杂怪状。氓作之，氓怖之,走畏恐后,大者椎牛⑲,次者击豕⑳,小不下犬鸡。鱼菽之荐㉑,牲酒之奠㉒,缺于家可也,缺于神不可也。一日懈怠,祸亦随作,鳌孺畜牧栗栗然㉓。疾病死丧,氓不曰适丁其时耶㉔,而自惑其生,悉归之于神㉕。

虽然,若以古言之,则戾㉖,以今言之,则庶乎神之不足过也㉗。何者?岂不以生能御大灾、捍大患,其死也则血食于生人㉘。无名之土木,不当与御灾捍患者为比,是戾于古也明矣!今之雄毅而硕者有之,温愿而少者有之,升阶级㉙、坐堂筵、耳弦匏、口粱肉、载车马㉚、拥徒隶者,皆是也。解民之悬,清民之喝㉛,未尝怵于胸中。民之当奉者,一日懈怠㉜,则发悍吏,肆淫刑,驱之以就事。较神之祸福,孰为轻重哉㉝?平居无事,指为贤良㉞;一旦有天下之忧,当报国之日,则恇挠脆怯㉟,颠踬窜踣㊱,乞为囚虏之不暇。此乃缨弁言语之土木耳㊲,又何责其真土木耶?故曰:以今言之,则庶乎神之不足过也。既而为诗,以乱其末㊳:土木其形,窃吾民之酒牲,固无以名㊴;土木其智㊵,窃吾君之禄位,如何可仪㊶!禄位颙颙㊷,酒牲甚微,神之飨也㊸,孰云其非?视吾之碑,知斯文之孔悲㊹!

【注释】

① 句谓古时把棺材吊放进墓穴安葬时,需用木板先垫在棺底,系上绳子,才可吊葬。窆(biǎn):入葬。

② 书之:在木板上写上文字。

③ 以降:以下、以后。

④ 碑之:为他立碑。

⑤ 句谓失去它名称(碑)的原来含义(悲)了。

⑥ 直：只是。氓(méng)：农民。

⑦ 无名之土木：指神像。

⑧ 瓯越：古地区名，指今浙江温州等浙东南一带。事鬼：供奉鬼神。

⑨ 山椒：山顶。淫祀：滥祀，不合礼制的祭祀。

⑩ 庙貌：庙中神像。黝(yǒu)：黑色。

⑪ 愿：老实。皙(xī)：色白；一作"哲"，聪明。

⑫ 姥(mǔ)：老妇人。

⑬ 句谓把厅堂造得很宽敞。

⑭ 句谓把台阶砌得很高。

⑮ 攒植森拱：树木茂密高耸。

⑯ 萝茑(niǎo)：女萝和茑萝，两种蔓生植物。翳(yì)：遮蔽。

⑰ 鸱鸮(chī xiāo)：猫头鹰的一种。室其间：在树上营巢。

⑱ 均指木偶造型。徒隶：随从的差役。

⑲ 椎(chuí)牛：杀牛。

⑳ 击豕(shǐ)：宰猪。

㉑ 菽(shū)：豆的总称。荐：进献。

㉒ 奠：祭供。

㉓ 耋(dié)：七八十岁的老人。孺：小孩。栗栗然：害怕而发抖的样子。

㉔ 适丁：正当。丁，当，遭逢。

㉕ 两句谓对自己的生存迷惑不解，完全归之于神的意志。

㉖ 戾(lì)：乖张。

㉗ 庶乎：大概、也许。过：责怪。

㉘ 两句谓难道不是因为生时能抵御大灾大难，所以才会在死后得到人们的祭供吗？血食：杀牲口来祭祀。

㉙ 阶级：台阶。

㉚ 三句谓听音乐,吃美食,乘车骑马。匏(páo):指笙、竽等用葫芦制成的管簧乐器。

㉛ 两句谓解除百姓倒悬的痛苦,清除百姓的病患。暍(yē):中暑、伤于暴热。

㉜ 句谓倘有一天的疏忽马虎。与上文"一日懈怠"于供祭相呼应。

㉝ 两句谓官与神相比,造成的祸害,谁轻谁重?

㉞ 指:被指称。

㉟ 恇(kuāng)挠脆怯:昏乱害怕。

㊱ 颠踬窜踣(bó):跌倒逃窜。

㊲ 句谓这是戴官帽会说话的泥像木偶罢了。缨弁:礼帽、官帽。

㊳ 乱:古代乐曲的最后一章称"乱"。这里指碑文最后的"铭"。

㊴ 句谓本来就没有可称说的。

㊵ 土木其智:指官吏,谓其才智与泥像木偶相同。与上面"土木其形"(指神像)对举。

㊶ 可仪:可以效法。

㊷ 顾顾:指禄厚位高。

㊸ 飨:享用祭品。

㊹ 孔:很、甚。

【品评】

碑文的内容通常以铭记功德为主,但这篇《野庙碑》并没有替庙主歌功颂德,而是批判淫祀迷信的陋习,并借题发挥,讥讽封建官吏凶残贪婪、胆小猥琐的卑劣本性。就体裁而言,是一种别开生面的写法。

作者糅合了直陈胸臆和以客映主两种笔法,灵活多变,颇具特色。文章第一部分直截了当地表明自己对野庙及其所反映的淫祀之风的批判态度,悲叹世人为供奉神像而竭尽财力的愚昧行为,指出其可笑可悲之处正在于世人对土木偶像的自作自怖、甘心自愚上。接着宕开一笔，又认为这种不合古法的神像崇拜在当前不值得过分苛责，文势转回，语气趋缓，实则以退为进，引出后文，第一部分成为铺垫性的陪衬之笔。作者在第二部分中处处把贪官污吏比作土木神像，挖苦两者同是尸位素餐、徒有其表，而且着重指出前者为害远甚于神像，其品格志节更为低下。神像为客，官吏为主，映照衬托，类比见义。

此文的讽刺风格是显而易见的。作者用辛辣的笔触揭穿了堂皇冠冕下恶吏庸官的嘴脸，出语尖刻，痛快淋漓，是一篇颇具锋芒的小品文。与此同时，作者还隐藏着强烈的悲哀之感。世人供奉神像而不自悟，是可悲的；供奉官吏而受其淫刑驱使，更是可悲。所以作者以"悲"发端，又以"悲"作结，沉痛愤懑，表现了他对民瘼世弊的深切关心。在晚唐反映吏治腐败的众多诗文中，此文和《书褒城驿壁》都是有代表性的名篇。

王禹偁（954—1001）

字元之，济州巨野（今属山东）人。宋太宗太平兴国时进士。曾任翰林学士、知制诰等官。晚年贬为黄州（治所在今湖北黄冈）知州，故称"王黄州"。其诗文朴素自然，清新流畅，为北宋初年率先反对绮靡文风的著名作家之一。有《小畜集》、《小畜外集》。

黄 冈 竹 楼 记①

黄冈之地多竹，大者如椽②。竹工破之，刳去其节③，用代陶瓦，比屋皆然④，以其价廉而工省也。

子城西北隅⑤，雉堞圮毁⑥，蓁莽荒秽⑦，因作小楼二间，与月波楼通⑧。远吞山光⑨，平挹江濑⑩，幽阒辽夐⑪，不可具状。夏宜急雨，有瀑布声；冬宜密雪，有碎玉声。宜鼓琴，琴调虚畅；宜咏诗，诗韵清绝；宜围棋，子声丁丁然⑫；宜投壶⑬，矢声铮铮然⑭；皆竹楼之所助也。

公退之暇⑮，披鹤氅⑯，戴华阳巾⑰，手执《周易》一卷，焚香默坐，消遣世虑⑱。江山之外，第见风帆沙鸟⑲、烟云竹树而已。待其酒力醒，茶烟歇，送夕阳，迎素月，亦谪居之胜概也⑳。

彼齐云落星㉑，高则高矣；井幹丽谯㉒，华则华矣，止于贮妓女，藏歌舞㉓，非骚人之事㉔，吾所不取。

吾闻竹工云："竹之为瓦，仅十稔㉕；若重覆之，得二十稔。"噫，吾以至道乙未岁自翰林出滁上㉖，丙申移广陵㉗；丁酉又入西掖㉘，戊戌岁除日有齐安之命㉙，己亥闰三月到郡㉚。四年之间，奔走不暇，未知明年又在何处，岂惧竹楼之易朽乎？幸后之人与我同志㉛，嗣而葺之㉜。庶斯楼之不朽也。

咸平二年八月十五日记。

【注释】

① 黄冈：今属湖北。题一作《黄州新建小竹楼记》。

② 椽：放在梁上架屋顶用的木条。

③ 刳（kū）：挖去。

④ 比屋：家家户户。比：挨着。

⑤ 子城：指附属于大城的小城，如内城及城门外的套城。

⑥ 雉堞（dié）：城上如齿状的矮墙。圮（pǐ）：倒塌。

⑦ 榛（zhēn）莽：丛生的树木和草。荒秽（huì）：荒凉肮脏。

⑧ 月波楼：黄冈的一座城楼。也是王禹偁修筑的。

⑨ 吞：这里指望见。

⑩ 挹：汲取。这里指望见。濑（lài）：沙上的流水。

⑪ 阒（qù）：形容寂静。寥（xiòng）：远，辽阔。

⑫ 子：指棋子。丁丁：象声词。

⑬ 投壶：古代一种游戏，把箭状的筹棒向长颈壶里投，以投中多少决胜负。

⑭ 矢：箭。

⑮ 公退：办完公事回来。

⑯ 鹤氅(chǎng)：用羽毛织成的大衣。

⑰ 华阳巾：道士所戴的一种头巾。

⑱ 世虑：世俗的念头。

⑲ 第：但，只。

⑳ 胜概：佳境，乐事。

㉑ 齐云：齐云楼，一名月华楼，唐曹恭王所建，原址在今江苏苏州。
   落星：落星楼，三国时吴国孙权所建，原址在今江苏南京东北。

㉒ 井幹：井幹楼，汉武帝刘彻所建，原址在今陕西西安。丽谯：丽
   谯楼，魏武帝曹操所建。

㉓ 歌舞：指能歌善舞者。

㉔ 骚人：诗人。

㉕ 十稔(rěn)：十年。

㉖ 至道乙未：公元995年。是年，王禹偁贬为滁州(治所在今安徽
   滁州)知州。至道，宋太宗的年号。出：贬往。

㉗ 丙申：公元996年。是年王禹偁调任扬州(今属江苏)知州。广
   陵：古郡名，治所在今江苏扬州。

㉘ 丁酉：公元997年。是年王禹偁在中书省任知制诰。西掖：中
   央最高行政机关中书省的别称。

㉙ 戊戌：公元998年。岁除日：除夕。齐安：古郡名，即指黄州。
   是年，王禹偁因编写《太祖实录》，直书史事，为宰相所不满，被
   贬为黄州知州。

㉚ 己亥：即咸平二年，公元999年。咸平，宋真宗的年号。

㉛ 同志：志同道合。

㉜ 嗣(sì)：继续。葺(qì)：修理。

【品评】

    本文先通过状写竹楼上的景致与活动，来表达作者贬谪后随缘

自适、游于物外的思想。与这样的主题相呼应，作者笔致轻灵萧疏，以竹楼所闻的声响为线索，串连了夏雨、冬雪等自然现象和鼓琴、咏诗、围棋、投壶等人事活动，层层排比，着力渲染，写出了一个幽邃清隽的境界。接着，道士装束的主人公飘然出现，焚香默坐，与天地风月为友，一派仙风道骨。人与景翕然相契，达到物我两忘的境地。

但事实上，作者并没有忘怀"世虑"，在表面的平静中，读者仍能隐隐感觉到他的激愤和不平。文章最后一段，不惮辞繁地追叙四年中数次迁降的经历，旨在比较竹楼易坏而其任期更短。一句"未知明年又在何处"，感叹仕途的险恶莫测，既回结到竹楼，又抒发了自己政治上的失意感。全文明写谪居之乐，暗吐不平之气，由喜转悲，妙在含而不露。

范仲淹(989—1052)

字希文,苏州吴县(今江苏苏州)人。幼年刻苦好学。宋真宗大中祥符时进士。历任右司谏、吏部员外郎、枢密副使、参知政事等职。他是北宋著名政治家,力主改革弊政、加强战备,坚决抵御外族的侵扰,是"庆历新政"的代表人物之一。能词,善写塞上风光。有《范文正公集》。

岳 阳 楼 记①

庆历四年春②,滕子京谪守巴陵郡③。越明年④,政通人和⑤,百废具兴⑥,乃重修岳阳楼,增其旧制⑦,刻唐贤今人诗赋于其上,属予作文以记之⑧。

予观夫巴陵胜状⑨,在洞庭一湖。衔远山,吞长江,浩浩汤汤⑩,横无际涯;朝晖夕阴⑪,气象万千,此则岳阳楼之大观也。前人之述备矣⑫。然则北通巫峡⑬,南极潇湘⑭,迁客骚人⑮,多会于此,览物之情,得无异乎!

若夫霪雨霏霏⑯,连月不开⑰,阴风怒号,浊浪排空,日星隐耀⑱,山岳潜形⑲,商旅不行,樯倾楫摧⑳,薄暮冥冥,虎啸猿啼。登斯楼也,则有去国怀乡㉑,忧谗畏讥㉒,满目萧然㉓,感极而悲者矣。

113

至若春和景明^㉔，波澜不惊^㉕，上下天光，一碧万顷^㉖，沙鸥翔集^㉗，锦鳞游泳^㉘，岸芷汀兰^㉙，郁郁青青^㉚。而或长烟一空，皓月千里，浮光跃金^㉛，静影沉璧^㉜，渔歌互答，此乐何极？登斯楼也，则有心旷神怡，宠辱皆忘，把酒临风，其喜洋洋者矣。

嗟夫！予尝求古仁人之心^㉝，或异二者之为^㉞，何哉？不以物喜，不以己悲。居庙堂之高^㉟，则忧其民；处江湖之远，则忧其君。是进亦忧，退亦忧。然则何时而乐乎？其必曰：先天下之忧而忧，后天下之乐而乐耶？噫，微斯人^㊱，吾谁与归！

时六年九月十五日^㊲。

【注释】

① 岳阳楼在今湖南岳阳市西，面临洞庭湖。

② 庆历四年：公元 1044 年。庆历：宋仁宗的年号。

③ 滕子京：名宗谅，河南（今河南洛阳）人。与范仲淹同年举进士。此次因受人诬告遭贬。守：任州郡的长官。巴陵郡：古郡名，治所在今湖南岳阳。

④ 越明年：到第二年。

⑤ 政通人和：政令通行，百姓和乐。

⑥ 百废具兴：一切废弛之事都兴办起来。

⑦ 增：扩建。旧制：原来的规模。

⑧ 属：同"嘱"。

⑨ 胜状：美景。

⑩ 浩浩汤（shāng）汤：形容水势盛大。

⑪ 朝晖夕阴：早晨的阳光和傍晚的昏暗，泛指一天中天气的变化。

⑫ 备：详尽。

⑬ 巫峡：长江三峡之一，在今湖北巴东西。

⑭ 极：远通。潇湘：潇水、湘水，潇水流入湘水后，又北入洞庭湖。

⑮ 迁客：贬职外调的官吏。骚人：诗人。

⑯ 霪(yín)雨：连绵不断的雨。霏霏：雨雪很盛的样子。

⑰ 不开：不放晴。

⑱ 隐耀：隐没了光辉。

⑲ 潜形：掩藏起形象。

⑳ 樯：船桅。楫(jí)：船桨。摧：断。

㉑ 去国：离开京城。

㉒ 忧谗畏讥：担心害怕受到诽谤讥笑。

㉓ 萧然：萧条凄凉的样子。

㉔ 春和景明：春天和暖，阳光明媚。

㉕ 不惊：平静。

㉖ 万顷：形容水面宽阔。顷：面积单位，一百亩为一顷。

㉗ 翔集：有时飞翔，有时停下聚集。

㉘ 锦鳞：鱼的代称。

㉙ 芷：一种香草。汀：小洲或岸边平地。

㉚ 郁郁：形容香气很浓。

㉛ 浮光跃金：浮动着的波光，像金子那样耀眼。

㉜ 静影沉璧：静静的月影映在水中，犹如白玉沉在水底。

㉝ 求：探求。仁人：泛指德行高尚的人。

㉞ 句谓也许不同于上述两种心情。

㉟ 庙堂：代指朝廷。

㊱ 微：若不是。斯：这种。

㊲ 六年：庆历六年，公元 1046 年。

【品评】

本文是作者应友人滕子京之请而作。滕时贬知岳州，而作者亦谪居邓州，均属"迁客"。清人余诚云：此篇"通体俱在谪守上着笔"，提出了从"贬谪"来解读本文的视角。贬谪文学所表现的心态往往是复杂矛盾的，作者们常在愤懑之馀，徘徊于超世和用世之间，重新思考自己的人生观、价值观。有的油然流露对退守独善、洒然尘外生活的向往；而范氏此篇则属贬谪文学中的另一类。文章既有忧谗畏讥的痛苦郁愤，也抒发了忘怀人事的出世之想，但占主导的是一种强烈的责任心和自觉的使命感，作者的忧国忧民之心仍一如既往。

贬谪文学在文体上有一特点，即往往与山水亭阁记相结合，寓情于景，通过细腻独到的写景，来一吐心中之块垒。文中的两段写景，虽是拟想之辞，但用语凝练，形象鲜明，如在眼前；又兼属对精工，音节铿锵，琅琅上口，历来为人所乐诵，艺术上达到很高水平。同时，这两段描写围绕着对"悲喜—忧乐"的认识，与全文的主题有机地联系起来了。景物的一阴一晴，逗引出心情的一悲一喜，这时的悲喜是局限于一己一身的。而作者却扬弃了这种悲喜观，提出"不以物喜，不以己悲"的一种超越个人利害的悲喜观，并进一步申发为"先天下之忧而忧，后天下之乐而乐"的忧乐观，展示了这位古代正直政治家坚定不移的信念和宏大的胸襟。写景抒怀两相得宜。

欧阳修（1007—1072）

字永叔，号醉翁、六一居士，吉州永丰（今属江西）人。宋仁宗天圣时进士。庆历五年，因支持"庆历新政"，被贬为滁州（治所在今安徽滁州）知州。后起复，任翰林学士、史馆修撰，官至枢密副使、参知政事。晚年退隐颍州（治所在今安徽阜阳）。他在散文、诗、词各方面均卓有成就，领导了北宋诗文革新运动，是当时公认的文坛领袖。其文晓畅自然而又摇曳生姿，特饶情致，形成独有的"六一风神"。有《欧阳文忠公集》。

五代史伶官传序①

呜呼，盛衰之理，虽曰天命，岂非人事哉！原庄宗之所以得天下②，与其所以失之者，可以知之矣。

世言晋王之将终也③，以三矢赐庄宗而告之曰④："梁，吾仇也⑤；燕王吾所立⑥，契丹与吾约为兄弟⑦，而皆背晋以归梁。此三者，吾遗恨也。与尔三矢，尔其无忘乃父之志⑧！"庄宗受而藏之于庙。其后用兵，则遣从事以一少牢告庙⑨，请其矢，盛以锦囊，负而前驱，及凯旋而纳之⑩。

方其系燕父子以组⑪，函梁君臣之首⑫，入于太庙，还矢先王而告以成功，其意气之盛，可谓壮哉！及仇雠已灭⑬，天下已定,一夫夜呼,乱者四应,苍皇东出,未及见贼而士卒离散,君臣相顾,不知所归。至于誓天断发,泣下沾襟,何其衰也⑭!岂得之难而失之易欤?抑本其成败之迹而皆自于人欤⑮?

《书》曰:"满招损,谦得益⑯。"忧劳可以兴国,逸豫可以亡身⑰,自然之理也。故方其盛也,举天下之豪杰莫能与之争;及其衰也,数十伶人困之,而身死国灭,为天下笑⑱。夫祸患常积于忽微⑲,而智勇多困于所溺⑳,岂独伶人也哉!作《伶官传》。

【注释】

① 《五代史》:指欧阳修等编撰的《新五代史》,区别于薛居正等编撰的《旧五代史》。伶官:宫廷中的乐官。传序:史传之前评述其所记人物、事件的议论文字。

② 原:推究。庄宗:后唐庄宗李存勖(xù),西突厥沙陀族人。原姓朱邪,其祖父归唐后,赐姓李。

③ 晋王:指李存勖之父李克用,曾被李唐王朝封为晋王。

④ 矢:箭。

⑤ 梁:指后梁太祖朱温。唐末,朱温乘乱自立,建立后梁。他曾企图谋害李克用,因而结下私仇。

⑥ 燕王:指燕刘守光之父刘仁恭。刘仁恭曾借助李克用之力,得以任卢龙节度使,但后来拒绝李克用的征兵要求,发生武装冲突。他战胜李克用后,依附于后梁。

⑦ 公元907年,李克用曾与契丹首领耶律阿保机拜为兄弟,结成军事同盟,约定联合攻梁。后阿保机背约投向后梁。

⑧ 乃父:你的父亲。

⑨ 从事:官名,这里泛指一般的幕僚随从。少牢:古代祭祀时,

牛、羊、豕(猪)三样祭品皆备,称"太牢";只有羊、豕,称"少牢"。告:祷告。

⑩ 纳:收放好。

⑪ 公元 913 年,李存勖部将打败刘守光,活捉刘仁恭、守光父子,押送回太原。系:捆绑。组:丝带丝绳,这里泛指绳索。

⑫ 公元 923 年,李存勖领兵攻梁,梁末帝为免死于仇人之手,令部将皇甫麟杀死自己。皇甫麟随后自刎。函:用木匣子装。

⑬ 仇雠(chóu):仇敌。

⑭ 公元 926 年,邺都(今河北临漳)发生兵变,邢州(治所在今河北邢台)、沧州(治所在今河北沧州)驻军相继作乱。李存勖派李嗣源前往镇压,不料李嗣源反被其部下推为皇帝,联合邺都乱兵向京城洛阳进军。李存勖仓皇进兵汴京,又被迫折回。归途中士兵叛逃近半,随从的百馀位部将断发向天立誓,表示忠于后唐,君臣相对大哭。

⑮ 抑:或。本:考察原因。自:由于。

⑯ 此语出《尚书·大禹谟》,文字稍异。

⑰ 逸豫:安乐。

⑱ 李存勖灭梁后纵情声色,宠信乐工宦官。李嗣源兵反,乐官郭从谦作乱,李存勖中流矢而死。

⑲ 忽微:指细小的事情。

⑳ 所溺:所溺爱的人或事物。

【品评】

作为正史传序,本文目的是推究史实,得出带有普遍意义的历史教训。作者开宗明义,指出朝代盛衰主要由人事所决定。文章不从伶官误国作论,而是从后唐庄宗溺于所爱导致亡国入手,通过庄宗的兴亡过程,揭示出"忧劳可以兴国,逸豫可以亡身"的道理。文短而有力,语少而富有感情,即使在议论文中,也保持着作者特有的风格。一是平易近人,不作空论。在展开议论前,先有一大段详略有致的叙事,用繁笔强调庄宗兴起时的兢兢业业,又用简笔突出了他衰亡的迅忽,在得难失易的强烈对比中,顺势引发议论。而在议论中,或引用书证,或再次结合史实,立论扎实稳健,异乎那种雄辩滔滔、凌厉逼人的作派。二是富有情韵,讲究一唱三叹的艺术风味。全文穿插地运用反问句、感叹句,加强抒情性;同时极写盛时的英豪和乱时的衰颓,反复对勘,忽昂忽低,波澜起伏。因此在尺幅短章中,"有萦回无尽之意"(李扶九语)。

秋　声　赋

　　欧阳子方夜读书①,闻有声自西南来者,悚然而听之②,曰:异哉! 初淅沥以萧飒③,忽奔腾而砰湃④,如波涛夜惊,风雨骤至。其触于物也,铮铮铮铮⑤,金铁皆鸣。又如赴敌之兵,衔枚疾走⑥,不闻号令,但闻人马之行声。余谓童子:"此何声也? 汝出视之。"童子曰:"星月皎洁,明河在天⑦,四无人声,声在树间。"

　　余曰:"噫嘻,悲哉! 此秋声也! 胡为而来哉? 盖夫秋之为状也,其色惨淡,烟霏云敛⑧;其容清明,天高日晶⑨;其气栗冽⑩,砭人肌骨⑪;其意萧条,山川寂寥。故其为声也,凄凄切切,呼号愤发。丰草绿缛而争茂⑫,佳木葱茏而可悦⑬;草拂之而色变,木遭之而叶脱。其所以摧败零落者,乃其一气之馀烈⑭。夫秋,刑官也⑮,于时为阴⑯;又兵象也⑰,于行用金⑱;是谓天地之义气⑲,常以肃杀而为心。天之于物,春生秋实。故其在乐也,商声主西方之音⑳,夷则为七月之律㉑。商,伤也,物既老而悲伤;夷,戮也,物过盛而当杀。

"嗟夫! 草木无情,有时飘零。人为动物,惟物之灵㉒。百忧感其心,万事劳其形,有动于中,必摇其精㉓。而况思其力之所不及,忧其智之所不能,宜其渥然丹者为槁木㉔,黟然黑者为星星㉕。奈何以非金石之质,欲与草木而争荣! 念谁为之戕贼㉖,亦何恨乎秋声?"

童子莫对,垂头而睡,但闻四壁虫声唧唧,如助余之叹息。

【注释】

① 欧阳子:作者自称。

② 悚(sǒng)然:吃惊的样子。

③ 淅沥(xī lì):雨声。萧飒:风声。

④ 砰湃:波涛声。

⑤ 鏦鏦铮铮:金属相击声。

⑥ 衔枚:古代行军时,士兵口中横衔一种筷形小棒,防止出声。

⑦ 明河:指天上的银河。

⑧ 句谓烟云纷飞密集。霏:纷飞。"霏"字本训,兼有"甚"(盛、密)和"飞"二义。

⑨ 日晶:阳光灿烂。

⑩ 栗冽:寒冷。

⑪ 砭(biān):刺。

⑫ 缛:丰茂。

⑬ 葱茏:草木青翠茂盛的样子。

⑭ 馀烈:馀威。

⑮ 句指上古设官,以四时为名,掌管刑法的司寇为秋官。

⑯ 古人以春夏为阳、秋冬为阴。

⑰ 古时以秋季为征伐之时。

⑱ 古人认为四季的变化是五行"相生"的结果,并把五行分配于四季,秋属金。行,五行,金、木、水、火、土。

⑲ 《礼记·乡饮酒义第四十五》谓:天地肃杀之气,始于西南方,至西北方时达到极盛,这是"天地之义气"。古时把四季与方位相配,由西南方至西北方,正是秋的方位。天地之义气,指刚正之气。

⑳ 古时五声与四季、方位相配,角属春、东方,徵(zhǐ)属夏、南方,商属秋、西方,羽属冬、北方,宫属中央。

㉑ 夷则:十二律之一。律:本来是正音的器具。古人把十二律配于十二月,以占气候。夷则配七月。

㉒ 句谓为万物之灵。

㉓ 精:精神。

㉔ 渥然丹者:指容貌红润,喻年轻力壮。渥然:滋润。槁(gǎo)木:朽木,喻衰老。

㉕ 黟然黑者:形容头发乌黑。黟然:黑貌。星星:形容头发斑白。

㉖ 戕(qiāng)贼:伤害。

【品评】

自宋玉《九辩》始,悲秋就成为古代作品中的一个传统主题,经过历代文人的摹写,秋色与萧瑟,秋意与悲哀,已积淀为一种固定的联想。而这篇写秋声的作品,立意较新,以悲秋起笔,而以摒弃悲意作结。在作者看来,秋气摧败了无情的草木,但有情的人类之所以衰颓主要因为人自身的思智忧劳过度,秋无关乎人事的盛衰。作者由此发挥了老庄哲学中清心寡欲、知足保和的养身之道,这其中也包含了作者深刻的人生体验和感慨。当然,作者的这层翻转不够有力,对悲哀的超解也显得匆忙单弱,掩盖不住弥漫全文的悲意。

此赋为宋代散文赋的代表。它运用散文的笔意笔调,保持了传统赋的铺叙对偶、词藻华美和讲究音律的特点,从而成为一种非赋非文、亦赋亦文的新体裁。文中或用三四个形象化的比喻,或以秋色、秋容、秋气、秋意作铺垫,把无形无状的秋声渲染得似乎倾耳可闻,同时赋予无情无感的秋声以凄切肃烈的品格。作者对于秋声的高超艺术描绘,正是此赋成功的重要因素。

泷 冈 阡 表①

呜呼!惟我皇考崇公卜吉于泷冈之六十年②,其子修始克表于其阡③,非敢缓也,盖有待也④。

修不幸,生四岁而孤⑤。太夫人守节自誓⑥,居穷⑦,自力于衣食,以长以教⑧,俾至于成人⑨。太夫人告之曰:"汝父为吏,廉而好施与⑩,喜宾客。其俸禄虽薄,常不使有馀,曰:'毋以是为我累⑪。'故其亡也,无一瓦之覆,一垄之植⑫,以庇而为生。吾何恃而能自守邪⑬?吾于汝父,知其一二,以有待于汝也。自吾为汝家妇,不及事吾姑⑭,然知汝父之能养也⑮;汝孤而幼,吾不能知汝之必有立⑯,然知汝父之必将有后也。吾之始归也⑰,汝父免于母丧方逾年⑱。岁时祭祀,则必涕泣曰:'祭而丰,不如养之薄也。'间御酒食⑲,则又涕泣曰:'昔常不足而今有馀,其何及也⑳!'吾始一二见之,以为新免于丧适然耳㉑。既而其后常然,至其终身未尝不然。吾虽不及事姑,而以此知汝父之能养也。汝父为吏,尝夜烛治官书㉒,屡废而叹㉓。吾问之,则曰:'此死狱也㉔,我求其生不得尔。'吾曰:'生可求乎?'曰:'求其生而不得,则死者与我皆无恨也，矧求而有得邪㉕？以其有得，则知不求而死者有恨也。夫常求其生，犹失之死，而世常求其死也。'回顾乳者剑汝而立于旁㉖，因指而叹曰：'术者谓我岁行在戌将死㉗，使其言然，吾不及见儿之立也，后当以我语告之。'其平居教他子弟㉘，常用此语，吾耳熟焉，故能详也。其施于外事㉙，吾不能知；其居于家，无所矜饰㉚，而所为如此，是真发于中者邪㉛！呜呼！其心厚于仁者邪！此吾知汝父之必将有后也。汝其勉之！夫养不必丰，要于孝㉜；利虽不得博于物㉝，要其心之厚于仁。吾不能教汝，此汝父之志也。"修泣而志之，不敢忘。

先公少孤力学㉞，咸平三年㉟，进士及第，为道州判官㊱，泗、绵二州推官㊲，又为泰州判官㊳。享年五十有九，葬沙溪之泷冈㊴。太夫人姓郑氏，考讳德仪㊵，世为江南名族。太夫人恭俭仁爱而有礼，初封福昌县太君㊶，进封乐安、安康、彭城三郡太君㊷。自其家少微时㊸，治其家以俭约，其后常不使过之㊹，曰："吾儿不能苟合于世，俭薄所以居患难也。"其后修贬夷陵㊺，太夫人言笑自若，曰："汝家故贫贱也，吾处之有素矣；汝能安之，吾亦安矣。"

自先公之亡二十年，修始得禄而养㊻。又十有二年，列官于朝，始得赠封其亲㊼。又十年，修为龙图阁直学士、尚书吏部郎中，留守南京㊽，太夫人以疾终于官舍㊾，享年七十有二。又八年，修以非才，入副枢密㊿，遂参政事○51。又七年而罢○52。自登二府○53，天子推恩，褒其三世○54。故自嘉祐以来，逢国大庆，必加宠锡○55。皇曾祖府君累赠金紫光禄大夫、太师、中书令○56。曾祖妣累封楚国太夫人○57。皇祖府君累赠金紫光禄大夫、太师、中书令兼尚书令㊳。祖妣累封吴国太夫人。皇考崇公累赠金紫光禄大夫、太师、中书令兼尚书令。皇妣累封越国太夫人。今上初郊㊴，皇考赐爵为崇国公，太夫人进号魏国。

于是小子修泣而言曰："呜呼！为善无不报，而迟速有时，此理之常也。惟我祖考，积善成德，宜享其隆，虽不克有于其躬㊿，而赐爵受封，显荣褒大，实有三朝之锡命㊱。是足以表见于后世，而庇赖其子孙矣。"乃列其世谱，具刻于碑。既又载我皇考崇公之遗训，太夫人之所以教而有待于修者，并揭于阡，俾知夫小子修之德薄能鲜㊲，遭时窃位㊳，而幸全大节不辱其先者，其来有自。

熙宁三年岁次庚戌四月辛酉朔十有五日乙亥㊴，男推诚保德崇仁翊戴功臣、观文殿学士、特进、行兵部尚书、知青州军州事、兼管内劝农使、充京东东路安抚使、上柱国、乐安郡开国公，食邑四千三百户、食实封一千二百户修表㊵。

【注释】

① 泷(shuāng)冈：在今江西永丰南凤凰山。作者之父欧阳观墓葬于此。阡表：立于墓道的碑文。阡：墓道。

② 皇考：对死去父亲的尊称。元朝以后为皇帝亡父的专称。皇：美显的意思。考：旧称死去的父亲。崇公：欧阳观，字仲宾，封崇国公。卜吉：占卜以择吉地。六十年：欧阳观葬于宋真宗大中祥符四年(1011)，此表作于宋神宗熙宁三年(1070)，相距六十年。

③ 克：能。

④ 有待：有所期待。

⑤ 孤：古时以年幼无父为孤。

⑥ 太夫人：指欧阳修之母郑氏。守节：守寡。

⑦ 句谓处境贫困。

⑧ 句谓扶养我，教育我。长，音掌。

⑨ 俾(bǐ)：使得。

⑩ 施与：布施、周济。

⑪ 句谓不要因为钱财而连累我的清名。

⑫ 这两句指没有宅舍和田产。垅：田埂。

⑬ 恃：依靠。

⑭ 姑：婆婆。

⑮ 养：侍养上辈。

⑯ 有立：有成就。

⑰ 归：女子出嫁。

⑱ 免于母丧：指结束三年守母丧之期。逾年：过了一年。

⑲ 间：有时。御：用。

⑳ 句谓已来不及用丰盛的酒食来侍奉母亲。

㉑ 句谓以为新近免除丧服偶然如此罢了。适然：偶然。

㉒ 治：处理。官书：官家文书，这里指判案的文书档案。

㉓ 废：放下。

㉔ 死狱：该判死罪的案子。

㉕ 矧(shěn)：况且。

㉖ 乳者：奶妈。剑：原义为挟在胁下，这里是抱的意思。

㉗ 术者：算命的人。岁行在戌：岁星正值戌年。岁星即木星，约十二年运行一周天。古人以十二地支配十天干来纪年，但习惯上只重视地支。

㉘ 他子弟：指同族的子侄后辈。

㉙ 施：施为，作为。

㉚ 矜饰：夸耀、掩饰。

㉛ 中：内心。

㉜ 要：关键。

㉝ 利：施利。

㉞ 先公：对亡父的尊称。

㉟ 咸平三年：公元 1000 年。咸平，宋真宗的年号(998—1003)。

㊱ 道州：治所在今湖南道县。判官：州郡长官僚属，掌管文书。

㊲ 泗：泗州，治所在今江苏盱眙东北。绵：绵州，治所在今四川绵阳。推官：州郡长官的僚属，掌管刑狱事务。

㊳ 泰州：治所在今江苏泰县。

㊴ 沙溪：在今江西永丰南凤凰山北，作者家乡。

㊵ 指郑氏之父名叫德仪。讳：表示不敢直称尊长的名。

㊶ 福昌：县名，在今河南宜阳西。县太君：宋朝制度，按官员的不同等级，其母可分别封为国太夫人、郡太夫人、郡太君、县太君等等。

㊷ 乐安：古郡名，治所在今山东博兴县西南。安康：古郡名，治所在今陕西汉阴西。彭城：古郡名，在今江苏徐州。

㊸ 少微：指家境贫寒。

㊹ 过之：花费过多。

㊺ 宋仁宗景祐三年(1036)，范仲淹遭贬，欧阳修为之抗争，亦被贬为夷陵(今湖北宜昌)县令。

㊻ 宋仁宗天圣八年(1030)，欧阳修进士及第，始授官食禄。

㊼ 宋仁宗庆历元年(1041)十一月，举行祭天大典，欧阳修被加官为"骑都尉"。祭天时，皇帝通常对臣僚及其亲属赐爵赠封，文中所说"赠封其亲"，可能就在这时。

㊽ 宋仁宗皇祐二年(1050)，欧阳修以龙图阁直学士、吏部郎中任应天府知府兼南京留守。龙图阁，宋朝收藏图书典籍的馆阁之

127

一，设有学士、直学士、待制、直阁等官。尚书吏部郎中，宋制吏部属尚书省，下设郎中四人，分管各司。留守南京，宋朝除以首都开封府（今河南开封）为东京外，又以河南府（今河南洛阳）为西京，以应天府（今河南商丘）为南京，以大名府（今河北大名）为北京，各置留守一人为行政长官，由知府兼任。

㊾ 郑氏死于宋仁宗皇祐四年（1052）。

㊿ 宋仁宗嘉祐五年（1060），欧阳修任枢密副使。副：作动词。枢密：枢密使，最高军事长官。

(51) 欧阳修在嘉祐六年（1061）任参知政事。参知政事：副宰相。

(52) 宋英宗治平四年（1067）欧阳修罢任参知政事，出知亳州（治所在今安徽亳县）。

(53) 二府：指枢密院和中书省。

(54) 句指对其曾祖、祖、父三世都予赠封。

(55) 加宠锡：指加官晋爵。锡：同“赐”。

(56) 府君：旧时子弟对其男性先世的尊称。金紫光禄大夫：汉时置光禄大夫，供皇帝咨询和议论朝政，魏晋以后，有加金印紫绶，故称。宋时为正三品散官，无实职。太师：周置的宰辅之官。宋时为褒赠之官，无实职。中书令：中书省长官。宋时为褒赠之官。

(57) 曾祖妣：曾祖母。妣：旧称死去的母亲。

(58) 尚书令：尚书省长官，宋时为褒赠之官。

(59) 今上：指宋神宗赵顼。初郊：指皇帝登基后首次举行祭天大典。

(60) 躬：身体，引申为自身。

(61) 三朝：指宋仁宗、英宗、神宗三朝。锡命：赐予宠命。

(62) 鲜：少。

(63) 遭时：生逢其时。窃位：自谦才不副其官位。

㉔ 句谓作表时间是熙宁三年四月十五日,即公元 1070 年 5 月 27 日。辛酉朔:指该月初一的干支属辛酉。朔:初一日。十有五日乙亥,指该月十五日的干支属乙亥。

㉕ 推诚保德崇仁翊戴功臣:宋朝以"功臣"名号赐给臣僚,前面加一些褒扬的字。观文殿学士:宋宫殿名,设大学士、学士等官,作为授予宰执大臣的荣誉称号。特进:汉置,授予有特殊地位的列侯,宋时仅作表示官级的散官。行:兼职。兵部尚书:本为掌管全国军队的中央机构的长官,宋时仅为虚官。知青州军州事:宋朝朝臣外任知州,称"权知军州事",掌管一州军政、民政。青州:治所在今山东青州。内劝农使:官名,掌管劝励农事,通常由知州兼职。京东东路:宋时大行政区名,辖管今山东中部、东部一带,治所在青州。安抚使:一路的长官,常以知州兼任。上柱国:宋朝最高一级的勋官。开国公:宋朝第六级爵位。食邑:指征取封地内民户所交的赋税。食实封:指实封的食邑。宋时食邑、食实封均为荣誉性的品级,无实际收入。

【品评】

这是欧阳修为其亡父精心构撰的一篇墓表。墓表的内容不外乎追怀逝者功德,抒发自己的悼念之情,本篇亦不例外。它以回环往复、含而不迫的行文风格,写出一篇感人肺腑的至情之文。

全文突出一个"有待",并糅合转述、侧写、虚写等手法,使题意层层展现,委婉见情。"有待"反复出现了三次。篇首的"有待",交代了迟迟不作墓表的原因。中间的"有待",揭出了母亲对自己的期望,衬出父亲的仁孝;而母亲对父亲的了解和对儿子的期待,又见出母亲的品德志节;同时,先人的仁德将应于己身,这又放入自己。"有待"是先人与自己关系的连结点,也就成了作者感情的出发点,由此而发的种种追怀之思、颂扬之意,显得自然而又厚实。结尾处历数一家人所受的朝廷赏封和自己的官职,表示"有待"的结果,进一步赞美先人的仁德。"有待"不仅在题意上起到一笔多意的效用,而且在结构上造成了首尾的遥相呼应,文脉的贯通流畅。可见"有待"是理解全文的钥匙。

本文在细节处理上也颇见功力。作者笔致朴素,情景如绘,使读者于琐琐屑屑之中不但看出人物性格,还能真切感受到作者的悲悼之情。作者选择了能反映人物精神面貌的典型事件,生动形象,一扫碑传文中常见的平铺直叙、质木乏味之弊。比如欧阳观祭祀及用餐时的思母,体现了他的孝诚;判决死狱时的斟酌再三,则体现了他的审慎和一定的人道观念。故这种添毫传神的细节描写常为后人所推赏。

醉 翁 亭 记①

环滁皆山也。其西南诸峰,林壑尤美②,望之蔚然而深秀者③,琅琊也④。山行六七里,渐闻水声潺潺⑤,而泻出于两峰之间者,让泉也。峰回路转,有亭翼然临于泉上者⑥,醉翁亭也。作亭者谁?山之僧曰智仙也。名之者谁?太守自谓也⑦。太守与客来饮于此,饮少辄醉,而年又最高,故自号曰醉翁也。醉翁之意不在酒,在乎山水之间也。山水之乐,得之心而寓之酒也。

若夫日出而林霏开⑧,云归而岩穴暝⑨,晦明变化者,山间之朝暮也。野芳发而幽香⑩,佳木秀而繁阴⑪,风霜高洁⑫,水落而石出者,山间之四时也。朝而往,暮而归,四时之景不同,而乐亦无穷也。

至于负者歌于途,行者休于树,前者呼,后者应,伛偻提携⑬,往来而不绝者,滁人游也。临溪而渔,溪深而鱼肥,酿泉为酒,泉香而酒洌⑭,山肴野蔌⑮,杂然而前陈者,太守宴也。宴酣之乐,非丝非竹⑯,射者中⑰,弈者胜⑱,觥筹交错⑲,起坐而喧哗者,众宾欢也。苍颜白发,颓然乎其间者⑳,太守醉也。

已而夕阳在山㉑,人影散乱,太守归而宾客从也。树林阴翳㉒,鸣声上下,游人去而禽鸟乐也。然而禽鸟知山林之乐,而不知人之乐;人知从太守游而乐,而不知太守之乐其乐也㉓。醉能同其乐,醒能述以文者,太守也。太守谓谁?庐陵欧阳修也㉔。

【注释】

① 醉翁亭:在安徽滁州西南七里。当时作者贬为滁州知州。

② 壑(hè):山谷。

③ 蔚然:草木茂盛的样子。

④ 琅琊:琅琊山,在滁州西南十里。

⑤ 潺潺:水流的声音。

⑥ 翼然:鸟儿展翅欲飞的样子。

⑦ 太守:汉代太守相当于宋时知州,故作者用于自称。

⑧ 霏:雾气。

⑨ 云归:指云烟聚集。归:原指云回到山中。暝(míng):昏暗。

⑩ 芳:花。

⑪ 秀:苗长。阴:树阴。

⑫ 句谓秋高气爽,霜色洁白。

⑬ 伛偻(yǔ lǚ):俯身躬背的样子,形容老年人的样子。提携:搀着手走,指小孩。

⑭ 洌：清凉。

⑮ 山肴：野味。蔌(sù)：蔬菜。

⑯ 丝、竹：弦乐器和管乐器。这里代指音乐。

⑰ 射：这里即指投壶游戏，用箭状筹棒去投长颈的壶，以投中多少决胜负。

⑱ 弈(yì)：下围棋。

⑲ 觥(gōng)：酒器。筹：这里指酒筹，用来行酒令或饮酒计数的签子。

⑳ 颓然：酒后昏沉欲倒的样子。其间：指在诸位宾客中间。

㉑ 已而：过后。

㉒ 翳(yì)：遮蔽。

㉓ 句谓人们不知道太守是因为众人快乐而快乐。

㉔ 庐陵：今江西吉安。这是欧阳修的祖籍。

【品评】

　　本文以点题自然，不着痕迹，为人所称道。但这种"自然"的效果，却是作者精心构筑而成的。从开头交代醉翁亭的环境位置，一直到山中四季景物的描写，似乎信笔所至、散漫无章，而实际上，却以"乐"为文眼，由山水之乐而及滁人游山之乐，从侧面衬出作者的为政有方；最后推进到作者的乐民之乐，表达了"与民同乐"的思想。全文句句记山水，又句句写亭，句句归结到自身，"点染穿插，布置呼应，各极自然之妙"（林云铭语）。

　　本文在句法上也很有特色：第一，骈偶句的大量运用，但又长短错落而不呆板，并夹有散句，形成似骈非骈、似散非散的风格，为"文家之创调"（吴楚材语）。第二，全篇都是陈述句，以二十一个"也"字作句尾，使文章的节奏纡徐圆畅，形成一种别致的吟咏句调。加上注意字音、节奏的调配，故此文特别宜于朗诵。

另外,作者字斟句酌,言简意赅。据说,首句"环滁皆山也",原稿先用了几十个字来表述这层意思,最后才改定成这五字,可见作者语言上锤炼工夫之深。

与 高 司 谏 书①

修顿首再拜白司谏足下②。某年十七时,家随州③,见天圣二年进士及第榜④,始识足下姓名。是时予年少,未与人接⑤,又居远方,但闻今宋舍人兄弟与叶道卿、郑天休数人者,以文学大有名⑥,号称得人⑦。而足下厕其间⑧,独无卓卓可道说者⑨,予固疑足下不知何如人也。

其后更十一年,予再至京师⑩,足下已为御史里行⑪,然犹未暇一识足下之面,但时时于予友尹师鲁问足下之贤否⑫。而师鲁说足下正直有学问,君子人也,予犹疑之。夫正直者,不可屈曲⑬;有学问者,必能辨是非。以不可屈之节,有能辨是非之明,又为言事之官⑭,而俯仰默默⑮,无异众人,是果贤者耶? 此不得使予之不疑也。

自足下为谏官来,始得相识,侃然正色⑯,论前世事历历可听⑰,褒贬是非无一谬说。噫! 持此辩以示人,孰不爱之⑱? 虽予亦疑足下真君子也⑲。

是予自闻足下之名及相识,凡十有四年,而三疑之。今者,推其实迹而较之⑳,然后决知足下非君子也㉑。

前日范希文贬官后㉒,与足下相见于安道家㉓,足下诋诮希文为人。予始闻之,疑是戏言;及见师鲁,亦说足下深非希文所为,然后其疑遂决㉔。希文平生刚正,好学通古今,其立朝有本末㉕，天下所共知，今又以言事触宰相得罪㉖。足下既不能为辨其非辜㉗，又畏有识者之责己，遂随而诋之，以为当黜，是可怪也！

夫人之性，刚果懦软禀之于天㉘，不可勉强，虽圣人亦不以不能责人之必能㉙。今足下家有老母，身惜官位，惧饥寒而顾利禄，不敢一忤宰相以近刑祸㉚，此乃庸人之常情，不过作一不才谏官尔㉛，虽朝廷君子，亦将悯足下之不能㉜，而不责以必能也。今乃不然，反昂然自得，了无愧畏，便毁其贤以为当黜㉝，庶乎饰己不言之过㉞。夫力所不敢为，乃愚者之不逮；以智文其过，此君子之贼也㉟。

且希文果不贤邪？自三四年来，从大理寺丞至前行员外郎㊱，作待制日㊲，日备顾问，今班行中无与比者㊳。是天子骤用不贤之人㊴？夫使天子待不贤以为贤，是聪明有所未尽㊵。足下身为司谏，乃耳目之官，当其骤用时，何不一为天子辨其不贤，反默默无一语，待其自败，然后随而非之？若果贤邪，则今日天子与宰相以忤意逐贤人，足下不得不言。是则足下以希文为贤，亦不免责；以为不贤，亦不免责。大抵罪在默默尔。

昔汉杀萧望之与王章㊶，计其当时之议㊷，必不肯明言杀贤者也；必以石显、王凤为忠臣，望之与章为不贤而被罪也。今足下视石显、王凤果忠邪，望之与章果不贤邪？当时亦有谏臣，必不肯自言畏祸而不谏，亦必曰当诛而不足谏也。今足下视之，果当诛邪？是直可欺当时之人，而不可欺后世也。今足下又欲欺今人，而不惧后世之不可欺邪？况今之人未可欺也。

伏以今皇帝即位已来㊸,进用谏臣,容纳言论。如曹修古、刘越㊹,虽殁犹被褒称,今希文与孔道辅皆自谏诤擢用㊺。足下幸生此时,遇纳谏之圣主如此,犹不敢一言,何也?前日又闻御史台榜朝堂㊻,戒百官不得越职言事,是可言者惟谏臣尔。若足下又遂不言,是天下无得言者也。足下在其位而不言,便当去之,无妨他人之堪其任者也。昨日安道贬官、师鲁待罪㊼,足下犹能以面目见士大夫,出入朝中称谏官,是足下不复知人间有羞耻事尔!所可惜者,圣朝有事,谏官不言,而使他人言之,书在史册,他日为朝廷羞者,足下也。

《春秋》之法,责贤者备㊽。今某区区犹望足下之能一言者,不忍便绝足下而不以贤者责也㊾。若犹以谓希文不贤而当逐,则予今所言如此,乃是朋邪之人尔㊿。愿足下直携此书于朝,使正予罪而诛之(51),使天下皆释然知希文之当逐(52),亦谏臣之一效也(53)。

前日足下在安道家召予往论希文之事,时坐有他客,不能尽所怀。故辄布区区(54)。伏惟幸察,不宣(55)。修再拜。

【注释】

① 高司谏:高若讷,字敏之,并州榆次(今属山西)人。时任右司谏。

② 足下:古代同辈相称的敬词。

③ 欧阳修四岁时丧父,随母去随州(今湖北随州)投靠叔父欧阳晔,遂定居于随。

④ 天圣二年:公元1024年,高若讷于该年进士及第。天圣:宋仁宗的年号(1023—1032)。

⑤ 接：交往。

⑥ 宋舍人兄弟：指宋庠、宋祁兄弟，安陆（今属湖北）人，均为北宋著名文学家。舍人：官名，宋初起居舍人为寄禄官（一种用以表示品级、俸禄的官称），另有他官任记录皇帝言行之职，称同修起居注。宋庠曾任此职，故称舍人。叶道卿：叶清臣，字道卿，长洲（今江苏苏州）人，曾官翰林学士。《宋史》本传称其"善属文"。郑天休：郑戬，字天休，吴县（今江苏苏州）人，曾官吏部侍郎、枢密副使。《宋史》本传称其"以属辞知名"。这四人与高若讷同为天圣二年考取进士的有名文人（宋庠第一、叶清臣第二、郑戬第三、高若讷第四、宋祁第十）。

⑦ 得人：指录取到有才学的人。

⑧ 厕：参与。

⑨ 卓卓：优秀突出。

⑩ 更：经过。十一年：景祐元年（1034），欧阳修西京留守推官任满，返汴京任馆阁校勘等职。距天圣二年（1024）首尾正十一年。

⑪ 御史里行：宋朝以寄禄官阶低者为御史时，称里行。御史：掌管监察的官。

⑫ 尹师鲁：尹洙，字师鲁，曾官起居舍人，后贬为筠州酒税。贤否（pǐ）：好坏。否：坏、恶。

⑬ 屈曲：指摇摆的意思。

⑭ 言事之官：指御史台、谏院等机构中的官员（御史、谏官）。这里指御史。

⑮ 俯仰：指随人高下，没有主见。

⑯ 侃然正色：刚直严肃的样子。

⑰ 前世事：指前代的事。历历：清清楚楚。

⑱ 二句谓高若讷以这样的辩才出现在人们面前，谁会不敬爱

136

您呢?

⑲ 虽:即使。疑:推测之意;上、下文中其馀的"疑"均作"怀疑"讲。

⑳ 推:推究。实迹:实际的事迹。较:对照、考查。

㉑ 决:断然,确然。

㉒ 范希文:范仲淹,字希文。吴县(今江苏苏州)人。官至参知政事,死后谥"文正"。

㉓ 安道:余靖,字安道,韶州曲江(今广东韶关)人,时任集贤校理。

㉔ 句谓我的疑问就解决了,不再疑问的意思。

㉕ 句谓在朝廷立身行事有始终如一的原则。本末:指临事知本末轻重。

㉖ 景祐二年,范仲淹论迁都事与宰相吕夷简意见不合;以上"帝王好尚"、"选贤任能"、"近名"、"推委"四论讥斥时政,且指责吕夷简败坏宋朝家法,任用私人。范由此获罪,贬知饶州(今江西鄱阳县)。

㉗ 非辜:无辜,无罪。

㉘ 禀:承受。

㉙ 句谓即使是圣人,也不能以做不到的事情去强求别人一定要做到。

㉚ 忤:触犯,违背。

㉛ 不才谏官:不称职的谏官。

㉜ 闵:同"悯",可怜,同情。

㉝ 便(pián)毁:随意诋毁。

㉞ 句谓大概是掩饰自己不敢进谏的过失。

㉟ 四句谓有能力而不敢去做,还不如没有能力的愚人;而用小聪明来掩饰自己的过失,这是君子中间的败类了。不逮:不及。文:掩饰。贼:害虫,败类。

137

㉛ 大理寺丞：中央司法机构的官员。范仲淹天圣二年（1024）任此职。前行员外郎：指吏部员外郎。范仲淹景祐二年（1035）任此职。前行：唐宋时六部分为前行、中行和后行三等，吏部属前行。

㉝ 待制：宋朝在各殿阁皆设待制之官，备皇帝顾问之用。范仲淹于景祐二年十月任天章阁待制。

㉞ 班行：班次行列，这里指同僚。

㊴ 骤用：破格迅速提升。范仲淹从大理寺丞至前行员外郎，官资升迁十五阶。

㊵ 句谓皇帝听得不清，看得不明。

㊶ 萧望之：字长倩，东海兰陵（今山东苍山西南）人。汉宣帝时任太子太傅，后受宣帝遗诏辅佐幼主（即元帝）。他上书请勿重用宦官，被宦官弘恭、石显诬陷，废为庶人。不久复为关内侯，又遭石显等诬告下狱，服毒自杀。王章：字仲卿，钜平（今山东宁阳）人。汉成帝时为京兆尹（京城的行政长官）。后因论帝舅大将军王凤专权，被诬死于狱中。

㊷ 计：估计。

㊸ 今皇帝：指宋仁宗赵祯。

㊹ 曹修古：字述之，建州建安（今福建建瓯）人。刘越：字子长，大名（今属河北）人。当章献太后（真宗之妻刘氏）垂帘听政，曹修古任御史知杂事，上书请太后还政，被贬兴化军，卒于官。刘越任秘书丞，也曾上书请太后还政。仁宗亲政时，二人已死，思其忠直，追赠曹为右谏议大夫，刘为右司谏，并赐财物给其遗属。

㊺ 明道二年（1033），宋仁宗欲废郭皇后，且不许台谏论奏，御史中丞孔道辅、右司谏范仲淹等十馀人竟叩宫门谏阻，获罪，孔、范均遭贬。至景祐二年（1035）又擢用孔为龙图阁直学士，范为礼

138

部员外郎、天章阁待制。

㊻ 景祐三年(1036),范仲淹遭贬后,御史韩缜上奏请以范仲淹朋党名单张榜公布于朝堂,并戒百官不得越职言事。朝廷予以采纳。榜:通告。

㊼ 安道贬官:范仲淹遭贬后,余靖上言论救,被贬为监筠州酒税。师鲁待罪:尹洙也上疏,自列于范党,后亦遭贬。按,据欧阳修《于役志》,范仲淹景祐三年五月九日贬知饶州,十五日余靖贬筠州,十七日尹洙贬郢州,这里说"昨日安道贬官,师鲁待罪",尹尚在等待处分,则知此信当作于五月十六日。

㊽ 二句指孔子作《春秋》的义例原则,要求贤者具有完美无缺的品德。

㊾ 二句谓现在我还是诚恳地希望您能向皇帝进一言,因而不忍就此与您决绝而不用贤者的标准来要求您。区区:忠诚专一。

㊿ 朋邪之人:与坏人勾结之人。

(51) 诛:处分、斥责。

(52) 释然:明白的样子。

(53) 句谓也是你作为谏臣的一件功劳之事。这是讽刺高若讷的话。欧阳修五月十六日写此信,高若讷接信后果然奏闻朝廷,五月二十一日欧阳修即贬为峡州夷陵(今湖北宜昌)令。

(54) 句谓所以就说出我的浅见。指写此信。布:陈达。区区:自谦词,这里指微不足道的意见,与上文的"区区"意义不同。

(55) 不宣:不尽述了。旧时书信末尾常用的套语。

【品评】

北宋至仁宗朝已承平数十年之久,朝政多因循旧例,无所作为,而种种政治弊端、社会矛盾已渐露端倪,这引起一批有志改革之士的不满和担忧。景祐三年锐意革新的范仲淹因与趋向保守的宰相吕夷简政见不合,被贬为饶州(今江西鄱阳县)知州。余靖、尹洙等上疏论救,也都遭贬谪。右司谏高若讷却在朝中保持沉默,而在私下非议范仲淹,认为罪当贬斥。欧阳修遂写此信,痛责高若讷"不复知人间有羞耻事"。从这封书信,可看出当时政治斗争的激烈,也表现出作者勇担道义、直言无畏的政治品格。

这封责难信,其显著特点是"语尖意曲"。作者义正辞严,激愤填膺,指斥抨击,不假掩饰。这是"语尖"。但同时,他善用缓急擒纵之法,把文章写得曲折抑扬,极富委婉条畅之致。这是"意曲"。前面以"疑"字为文眼,对高若讷的人品忽贬忽褒,"凡十有四年而三疑之";然后引入正题,以今事证之,高氏决非君子;但在结尾处又援《春秋》"责贤者备"之义,对高氏又回护一笔,然而紧接着又表明不畏刑祸的心迹。这就使此篇充满义愤的书信,并不一味追求痛快,一泻无馀,相反在淋漓酣畅的痛责中又能曲尽其意。正如苏洵所评论的那样,欧文以"纤馀委备,往复百折而条达疏畅"为基本特征,即使"气尽语极,急言竭论"也是"容与闲易,无艰难劳苦之态"的。此信即是佳例。

苏舜钦(1008—1048)

字子美,梓州铜山(今四川中江)人。宋仁宗景祐时进士。曾任大理评事、集贤校理、监进奏院。他屡次上疏议论国事,支持范仲淹等改革弊政,为政敌借故诬陷,革职,长期放废,闲居苏州沧浪亭。他是北宋中叶著名诗人,诗风雄健豪迈,与梅尧臣齐名。亦致力古文创作,反对浮艳文风。有《苏学士文集》。

沧 浪 亭 记

予以罪废无所归①,扁舟南游②,旅于吴中③,始僦舍以处④,时盛夏蒸燠⑤,土居皆褊狭⑥,不能出气,思得高爽虚辟之地⑦,以舒所怀,不可得也。

一日过郡学⑧,东顾草树郁然,崇阜广水⑨,不类乎城中,并水得微径于杂花修竹之间⑩,东趋数百步,有弃地,纵广合五六十寻⑪,三向皆水也,杠之南⑫,其地益阔,旁无民居,左右皆林木相亏蔽⑬,访诸旧老,云钱氏有国⑭,近戚孙承祐之池馆也⑮。坳隆胜势⑯,遗意尚存,予爱而徘徊,遂以钱四万得之,构亭北碕⑰,号沧浪焉。

前竹后水,水之阳又竹⑱,无穷极,澄川翠干⑲,光影会合于轩户之间⑳,尤与风月为相宜。予时榜小舟㉑,幅巾以

141

往^㉒，至则洒然忘其归，觞而浩歌^㉓，踞而仰啸^㉔，野老不至^㉕，鱼鸟共乐，形骸既适则神不烦^㉖，观听无邪则道以明^㉗，返思向之汩汩荣辱之场^㉘，日与锱铢利害相磨戛^㉙，隔此真趣，不亦鄙哉^㉚！

噫！人固动物耳^㉛！情横于内而性伏，必外寓于物而后遣，寓久则溺，以为当然，非胜是而易之，则悲而不开^㉜。惟仕宦溺人为至深，古之才哲君子^㉝，有一失而至于死者多矣^㉞，是未知所以自胜之道^㉟。予既废而获斯境，安于冲旷^㊱，不与众驱^㊲，因之复能见乎内外失得之原，沃然有得^㊳，笑傲万古，尚未能忘其所寓，自用是以为胜焉^㊴。

【注释】

① 罪废：因获罪贬官。

② 扁（piān）舟：小舟。

③ 吴中：即今江苏苏州。

④ 僦（jiù）：租赁。

⑤ 蒸燠（yù）：闷热。

⑥ 土居：当地人的住所。

⑦ 虚辟：空旷开阔。

⑧ 郡学：苏州府学宫，旧址在今苏州南，沧浪亭即在其东。

⑨ 崇阜广水：高山大河。

⑩ 並（bàng）：通"傍"，沿着。微径：小路。

⑪ 纵广：长、宽。寻：古代长度单位，八尺为一寻。

⑫ 杠：小桥。

⑬ 亏蔽：遮蔽。

⑭ 句指五代时钱镠做吴越王。

⑮ 孙承祐：吴越国的皇亲国戚，官居要职。

⑯ 坳：低洼。隆：高起。胜势：优美的地势。

⑰ 碕（qí）：曲岸。

⑱ 水之阳：水的北面。

⑲ 翠干：葱翠的竹竿。

⑳ 轩：长廊或小室。

㉑ 榜：划船。

㉒ 幅巾：古时男子用绢帛一幅束发代替冠帽，为闲散装束。

㉓ 觞（shāng）：酒杯，这里引申为举杯喝酒。

㉔ 踞：蹲坐。

㉕ 野老：指老农。

㉖ 形骸：躯体。

㉗ 句谓所见所闻都无邪恶，那么事理也因此而显明。

㉘ 汩汩：匆忙的样子。

㉙ 锱铢：古代重量单位，六铢为锱，四锱为两。比喻极微量。磨戛：磨擦打击，比喻钩心斗角。

㉚ 鄙：短识、鄙陋。

㉛ 动物：指受外物打动。

㉜ 这几句谓人的欲望原来潜伏在内心，必在外物上得到寄托排遣，久而久之，沉溺其中而以为当然；如果不加克服予以改变，就会陷入悲苦境地而不能排解。性：指人的天性。

㉝ 才哲：有才有智的人。

㉞ 一失：指偶然陷于名利场。

㉟ 自胜：克服个人私欲。

㊱ 冲旷：空旷宽阔的环境，兼指淡泊虚静的心境。

㊲ 句谓不与众人一同争名逐利。

㊳ 沃然：丰盛充实的样子。

㊴ 这两句谓我之所以未能忘怀外物,还欣赏沧浪亭的美景,是因
为用它可以克服利禄之欲。所寓:所寄情的外物。

【品评】

本文是作者贬谪苏州时所写,表达了与自然美景目注神合的怡
然"真趣",也是封建士大夫在仕途不得意时所习见的一种自我超脱
之法。贯穿全文的主线是寻找冲旷。作者所要寻找的冲旷有两层含
义:一是指环境的空旷宽阔,一是指心境的淡泊虚静。作者先是因
为土居褊狭,想找一块"高爽虚辟"之地,于是找到并修筑了沧浪亭;
然后面对胜势佳景,作者开始寻找心境的冲旷。他反观官场,回味人
生,豁然开朗,认为纷纷扰扰的官场正如褊狭土居一样不值留恋,从
而获得"自胜之道"。寻找环境的冲旷是宾,寻找心境的冲旷是主,而
绾合这两种冲旷的是沧浪亭,它不仅是逃避蒸燠的佳居,也是逃避荣
辱之争的理想所在。结尾处以安于冲旷明志,意味深长。

本篇受了柳宗元山水记的影响,字句简洁,风格劲峭。并采取移
步换景的手法,来写亭的位置和景物,使读者似乎跟着作者一起寻幽
探胜,这也是柳氏山水记的一种常用写法。

苏洵(1009—1066)

字明允,眉州眉山(今属四川)人。年二十七始发奋读书,虽屡试不第,而苦学不辍,学业大进。嘉祐初,携其子苏轼、苏辙赴京,为欧阳修所赏识和推荐,被授为秘书省校书郎,并参加编修《太常因革礼》。书成而卒,追赠光禄寺丞。苏洵散文深受《战国策》的影响,擅长策论、史论,词锋犀利、纵横恣肆,为唐宋八大家之一,与二子合称为"三苏"。有《嘉祐集》。

六 国 论^①

六国破灭,非兵不利^②,战不善,弊在赂秦^③。赂秦而力亏,破灭之道也。或曰:六国互丧^④,率赂秦耶^⑤?曰:不赂者以赂者丧,盖失强援,不能独完^⑥,故曰弊在赂秦也。

秦以攻取之外,小则获邑,大则得城。较秦之所得,与战胜而得者,其实百倍^⑦。诸侯之所亡,与战败而亡者^⑧,其实亦百倍。则秦之所大欲,诸侯之所大患,固不在战矣。思厥先祖父^⑨,暴霜露^⑩,斩荆棘,以有尺寸之地,子孙视之不甚惜,举以予人,如弃草芥。今日割五城,明日割十城,然后得一夕安寝。起视四境,而秦兵又至矣。然则诸侯之地有限,暴秦之欲无厌。奉之弥繁^⑪,

侵之愈急。故不战而强弱胜负已判矣⑫。至于颠覆⑬，理固宜然。古人云：以地事秦，犹抱薪救火，薪不尽，火不灭⑭，此言得之⑮。

　　齐人未尝赂秦，终继五国迁灭⑯，何哉？与嬴而不助五国也⑰。五国既丧，齐亦不免矣。燕、赵之君，始有远略，能守其土，义不赂秦。是故燕虽小国而后亡，斯用兵之效也，至丹以荆卿为计，始速祸焉⑱。赵尝五战于秦，二败而三胜，后秦击赵者再⑲，李牧连却之⑳，洎牧以谗诛，邯郸为郡㉑，惜其用武而不终也。且燕、赵处秦革灭殆尽之际，可谓智力孤危，战败而亡，诚不得已。向使三国各爱其地㉒，齐人勿附于秦，刺客不行，良将犹在，则胜负之数㉓，存亡之理，当与秦相较，或未易量㉔。

　　呜呼！以赂秦之地，封天下之谋臣，以事秦之心，礼天下之奇才，并力西向㉕，则吾恐秦人食之不得下咽也。悲夫！有如此之势，而为秦人积威之所劫㉖，日削月割，以趋于亡，为国者，无使为积威之所劫哉！

　　夫六国与秦皆诸侯，其势弱于秦，而犹有可以不赂而胜之之势。苟以天下之大，下而从六国破亡之故事㉗，是又在六国下矣。

【注释】

　　① 六国：指战国时的齐、楚、韩、赵、燕、魏。

　　② 兵：武器。

　　③ 赂：贿赂，这里指用割地的办法来讨好秦国。

　　④ 互：相继。

　　⑤ 率（shuài）：全是。

⑥ 独完：单独保全。

⑦ 百倍：虚数,形容量多。

⑧ 亡：指丧失的土地。

⑨ 厥：其。先祖父：祖先。

⑩ 暴(pù)霜露：冒着霜露之苦。

⑪ 弥：愈,更加。

⑫ 判：决定。

⑬ 颠覆：灭亡。

⑭ 这段话是战国游士苏代对魏安釐王说的。其他不少游士也
　　说过。

⑮ 得之：很有道理。

⑯ 迁灭：灭亡。

⑰ 与嬴(yíng)：结交秦国。嬴;秦国国君之姓。

⑱ 几句指燕太子丹曾派遣荆轲去刺杀秦王,没有成功,秦国便大
　　举伐燕,燕亡。速祸：招致祸患迅速到来。

⑲ 再：两次。

⑳ 李牧：赵国名将。却：打退。

㉑ 几句指秦国买通赵国奸臣郭开,诬蔑李牧有谋反之迹,李牧被
　　杀,不久赵为秦所灭。后秦置邯郸郡,治所即在原赵国国都邯
　　郸(今属河北)。洎(jì)：等到。

㉒ 向：从前。三国：指韩、魏、楚。

㉓ 数：定数、命运。

㉔ 句谓或许还不容易判断。

㉕ 句谓合力对付西面的秦国。

㉖ 积威：久积的威势。劫：胁制。

㉗ 下：指在六国之后。下句的"下",作"下等"讲。故事：旧事,
　　前例。

147

【品评】

苏洵父子三人各有一篇《六国论》，不妨看作命题作文的三份答卷。从其比较中看苏洵此文的特点，饶有兴味。

一是主旨。苏轼《六国论》的论题是"养士"，认为六国久存在于"诸侯卿相皆争养士自谋"，而秦国速亡即在不能"养士"。苏辙的论题是探讨六国灭亡之因，他提出六国团结抗秦之法，"莫如厚韩亲魏以摈秦，秦人不敢逾韩、魏以窥齐、楚、燕、赵之国"。苏洵此文的论题与小苏相同，但他尖锐地提出"弊在赂秦"的命题。小苏仅从策略上着眼，提出了齐、楚、燕、赵四国支援韩、魏来摈挡强秦的策略，以对付秦国"远交近攻"的方针；而苏洵则从战略原则立论，严厉地批判屈膝求和的投降思想，并把此作为六国自取灭亡的根本原因，比小苏站得更高，看得更远。至于大苏的论点，实是似是而非的皮相之见。尤应指出，大苏、小苏的文章都是就史论史。而老苏却是借古讽今，有着明确的现实针对性。面对当时辽、夏的威胁，他在文末大声疾呼："为国者，无使为积威之所劫哉！"并直接警告北宋统治者不要"从六国破亡之故事"，重蹈历史的覆辙。

二是结构。苏洵此文劈头提出六国破灭"弊在赂秦"的命题；然后分别从"赂秦"（韩、魏、楚）与"未尝赂秦"（齐、燕、赵）两类国家及其不同后果来加以论证；最后得出结论。末尾又借古论今。这样的行文结构，一是把文章的重心始终牢牢放在论证上，并使论点层层深入、反复论证，滴水不漏；二是脉络清楚，首尾照应，古今相映，完全符合逻辑推理的要求。相比之下，大苏之文提出论题的文字过长，没有遵行论说文应以论证为重心的一般规则；小苏之文结构严整，但论证缺乏层层展开、剥笋擘蕉之趣，稍嫌平板。沈德潜认为老苏此篇比小苏"笔力远过"，是有道理的。

三是风格。苏洵以取径战国纵横之文名世，但他并非简单地重演游士们纵横捭阖、徒逞口辩的故技，而是取其某些长处来加强文章的表现力。如文中"抱薪救火"一段,战国游士苏代、孙臣各说魏安釐王、苏秦说韩宣王、虞卿说赵孝成王时都用过,但苏洵却巧妙地融为自己文章的有机构成。大苏之文也有《战国策》之风,但他的《六国论》却非成功之作,反而有游士们强词夺理的味道。小苏之文写得从容不迫,论证平实,则与父兄异趣。

总之,就文论文,三篇《六国论》,允推苏洵第一。

木 假 山 记

木之生或蘖而殇①,或拱而夭②;幸而至于任为栋梁,则伐;不幸而为风之所拔,水之所漂,或破折或腐;幸而得不破折不腐,则为人之所材③,而有斧斤之患④。其最幸者,漂沉汩没于湍沙之间⑤,不知其几百年,而其激射啮食之馀⑥,或仿佛于山者,则为好事者取去⑦,强之以为山⑧,然后可以脱泥沙而远斧斤;而荒江之濆如此者几何⑨,不为好事者所见,而为樵夫野人所薪者⑩,何可胜数:则其最幸者之中,又有不幸者焉。

予家有三峰。予每思之,则疑其有数存乎其间⑪。且其蘖而不殇,拱而不夭,任为栋梁而不伐,风拔水漂而不破折不腐,不破折不腐而不为人所材,以及于斧斤,出于湍沙之间,而不为樵夫野人之所薪,而后得至乎此,则其理似不偶然也⑫。

然予之爱之,则非徒爱其似山⑬,而又有所感焉。非徒爱之,而又有所敬焉。予见中峰,魁岸踞肆⑭,意气端重,若有以服其旁之二峰⑮。二峰者,庄栗刻峭⑯,凛乎不可犯,虽

149

其势服于中峰,而岌然决无阿附意⑰。吁! 其可敬也夫! 其可以有所感也夫!

【注释】

① 蘖(niè):分蘖,植物种子生出幼苗后,开始在主茎处分歧。殇(shāng):未成年而死亡。

② 拱:这里指树有两手合围那样粗。夭:夭亡,没有活到自然的年数。

③ 句谓就会被人们当作材料看待。材:作动词用。

④ 斧斤:砍木的工具,这里作砍伐讲。患:灾难。此指有被乱伐的可能。

⑤ 汩没:沉没。湍(tuān)沙:夹杂泥沙的急流。

⑥ 激射啮(niè)食:指为水流所冲刷侵蚀。啮:咬。

⑦ 好(hào)事者:喜欢多事的人。

⑧ 强:勉强。

⑨ 渍(fén):沿河的高地。

⑩ 所薪者:当作柴禾对待的。薪:作动词用。

⑪ 数:定数,命运。

⑫ 理:原是中国古代哲学概念,通常指准则、规律。这里的"理"相当于上文的"数"。

⑬ 徒:只,但。

⑭ 魁岸:犹"魁梧",形容"中峰"体貌壮大的样子。踞肆:形容"中峰"傲慢舒展的神态。踞:同"倨",傲慢。肆:不受拘束,舒展。

⑮ 句谓好像要使旁边的两峰服从它似的。

⑯ 庄栗:端严谨敬的样子。刻峭:严肃挺拔的样子。

⑰ 岌然:高耸的样子。阿附:曲意附和。

【品评】

　　苏洵一生屡试不第,沉沦下僚,未能施展政治抱负;但他自重自尊,绝不与世浮沉,这篇以木假山为题的记,实际上是篇阐述人才问题的议论文,寄寓了作者怀才不遇的深沉感慨;同时也是对不亢不卑的独立人格的推崇,追求高洁不阿的情操。

　　文章的前面部分讲木假山得来不易,它经历了重重厄运:从树木生长本身讲,它随时可能夭折;从自然条件讲,它可能被风、水所摧折、腐蚀;从和人的关系讲,它成材后可能被随意砍伐。幸而度过这些厄运,又经过几百年急流的冲刷才造成假山形状,终可供人们观赏。因此比起那些已成山形而未经发现、或被当作一般柴禾砍伐掉的木假山来,确是难得的幸运了。文章用层层推演的论述手法,强调人才成长的艰辛历程,抒写了人才难成与人才难得的感叹,曲折地反映出封建社会摧残和压抑各种人才的现象。

　　文章后面部分才写到作者所藏的一座三峰木假山,从而回到这篇记的本题。作者以"中峰"比喻那些位尊权重者,以"二峰"比喻那些隶属于他们的士大夫阶层。其中突出地写了"二峰"。他们虽然按其社会地位不得不"服于中峰",但节操自守,绝无阿谀逢迎的媚态,表达了作者对有抱负、有气节的士人的赞颂,也是他的自励和自况。

　　文章多用排比句,而又长短不齐,错落有致;第二段"且其蘖而不殇"至"则其理似不偶然也"一句,长达七十三字,用复叠的形式概述前文,既推进论点,又增加文章的气势。曾巩在《苏明允哀词》中曾称赞苏洵的文章"烦能不乱,肆能不流",意即文意丰富而有条理,文气奔放而不违规矩,本文可算是一个例证。

周敦颐(1017—1073)

原名敦实,字茂叔,道州营道(今湖南道县)人。景祐年间蒙荫出仕,后官至知南康军(治所在今江西庐山市)。曾于庐山莲花峰下小溪畔修筑书堂,以营道故居的濂溪命名,晚年即居此讲学,世称濂溪先生。卒谥元公。他是北宋著名哲学家,理学的创导者。有《周元公集》。

爱 莲 说

水陆草木之花,可爱者甚蕃①。晋陶渊明独爱菊②;自李唐来,世人甚爱牡丹;予独爱莲之出淤泥而不染,濯清涟而不妖③,中通外直④,不蔓不枝⑤,香远益清,亭亭净植⑥,可远观而不可亵玩焉⑦。予谓菊,花之隐逸者也;牡丹,花之富贵者也;莲,花之君子者也。噫!菊之爱,陶后鲜有闻⑧;莲之爱,同予者何人?牡丹之爱,宜乎众矣!

【注释】

① 蕃(fán):繁多。

② 陶渊明:晋朝大诗人,酷爱菊花。

③ 濯(zhuó):洗涤。清涟(lián):清澈的水。妖:艳而邪。

④ 中:指莲梗中心。

152

⑤ 不蔓不枝：指莲梗既不蔓延，也不分枝。

⑥ 亭亭：耸立的样子。植：树立。

⑦ 亵(xiè)玩：亲昵玩赏的态度。亵：亲近而态度不庄重。

⑧ 鲜：少。

【品评】

这是一篇处处透出理学家自然观、人生观而又绝少说教气的咏物佳作。理学家在观赏自然外物时，提倡"玩物为道"，即用外物来证合自己的性理，借外物来进行哲学思索。周敦颐是理学先驱，本篇即体现了理学家观照自然外物的思维方式：强调理趣。他对于莲、菊、牡丹的感受和受到的启示，充满了理性意味，借以表达为人处世的标准和志向。连对莲的外形特征的描绘"中通外直"、"不蔓不枝"等等，都带有理性化、道德化的内涵。

作者钟爱莲花，也体现了理学家的人生观。对于象征世俗富贵的牡丹，他不屑一顾，这无疑是以孔子传人自许的理学家视富贵如浮云的必然态度。对于象征隐逸者的菊花，作者似褒实贬，这也是主张积极用世的理学家对于隐士的根本看法。而"出淤泥而不染"的莲，正是理学家所追求的理想人格的化身，是忠直进取、不阿世俗的"君子"的写照。

虽然本文反映的是理学家的自然观和人生观，但是由于注重从自然中获取理性启迪的自然观并非为理学家所独有，追求忠直进取、不阿世俗的理想人格也是一般正直的封建士大夫的共同目标。所以本文的观点早已超越理学一家的范围，而广为人们所接受。

本文以议论为主，却没有丝毫说教气。一是作者巧妙运用连喻，用三种花比喻三类人，形象警策，富有可读性。二是简洁，作者行文一如其笔下莲花"不蔓不枝"，一经点明，戛然而止，馀味无穷。

曾巩(1019—1083)

字子固,建昌南丰(今属江西)人。宋仁宗嘉祐时进士。曾多年在中央史馆任职,整理、校勘《战国策》《说苑》等古代典籍。出任判官、知州时,颇有政绩。官至中书舍人。他幼而能文,早年即以文章为欧阳修所称许。文风醇和简奥、纡徐委备,长于说理,为唐宋八大家之一。有《元丰类稿》。

寄欧阳舍人书①

巩顿首再拜舍人先生:去秋人还②,蒙赐书及所撰先大父墓碑铭③。反复观诵,感与惭并④。

夫铭志之著于世,义近于史,而亦有与史异者。盖史之于善恶无所不书,而铭者,盖古之人有功德材行志义之美者,惧后世之不知,则必铭而见之。或纳于庙⑤,或存于墓,一也⑥。苟其人之恶,则于铭乎何有⑦?此其所以与史异也。其辞之作,所以使死者无有所憾,生者得致其严⑧。而善人喜于见传,则勇于自立,恶人无有所纪,则以愧而惧。至于通材达识,义烈节士,嘉言善状,皆见于篇,则足为后法警劝之道,非近乎史,其将安近⑨?

及世之衰,为人之子孙者,一欲褒扬其亲而不本乎理⑩。

154

故虽恶人，皆务勒铭以夸后世⑪。立言者既莫之拒而不为，又以其子孙之所请也，书其恶焉，则人情之所不得，于是乎铭始不实。后之作铭者，常观其人⑫。苟托之非人，则书之非公与是⑬，则不足以行世而传后。故千百年来，公卿大夫至于里巷之士，莫不有铭，而传者盖少。其故非他，托之非人，书之非公与是故也。

然则孰为其人而能尽公与是欤？非畜道德而能文章者无以为也⑭。盖有道德者之于恶人，则不受而铭之，于众人则能辨焉。而人之行，有情善而迹非⑮，有意奸而外淑⑯，有善恶相悬而不可以实指⑰，有实大于名，有名侈于实。犹之用人，非畜道德者恶能辨之不惑⑱，议之不徇⑲？不惑不徇，则公且是矣。而其辞之不工，则世犹不传。于是又在其文章兼胜焉。故曰非畜道德而能文章者无以为也。岂非然哉？

然畜道德而能文章者，虽或并世而有⑳，亦或数十年或一二百年而有之。其传之难如此，其遇之难又如此。若先生之道德文章，固所谓数百年而有者也。先祖之言行卓卓㉑，幸遇而得铭其公与是，其传世行后无疑也。而世之学者，每观传记所书古人之事，至其所可感，则往往嘡然不知涕之流落也㉒，况其子孙也哉？况巩也哉？其追睎祖德而思所以传之之繇㉓，则知先生推一赐于巩而及其三世㉔。其感与报，宜若何而图之㉕？

抑又思若巩之浅薄滞拙㉖，而先生进之㉗；先祖之屯蹶否塞以死㉘，而先生显之。则世之魁闳豪杰不世出之士㉙，其谁不愿进于门；潜遁幽抑之士㉚，其谁不有望于世？善谁不为？

而恶谁不愧以惧？为人之父祖者，孰不欲教其子孙？为人之子孙者，孰不欲宠荣其父祖？此数美者，一归于先生。既拜赐之辱^㉚，且敢进其所以然^㉜。所谕世族之次^㉝，敢不承教而加详焉^㉞。幸甚，不宣^㉟。巩再拜。

【注释】

① 欧阳舍人：欧阳修。舍人：官名。

② 人还：派去的人回来。

③ 先大父：亡故的祖父。指曾致尧。

④ 句谓又感谢又惭愧。

⑤ 纳：放。庙：家庙。

⑥ 句谓用意是一样的。

⑦ 句谓有什么可铭志的呢？

⑧ 致其严：表示他的尊敬。

⑨ 句谓不是接近于史传的话，那么又接近于哪种文体？

⑩ 一欲：都希望。

⑪ 勒：刻。

⑫ 其人：指写墓志铭者的为人。

⑬ 公与是：公正与正确。

⑭ 句谓不是道德高尚、擅长文章的人就不能做到。畜：能"蓄"。

⑮ 句谓有人内心善良而行迹不好。

⑯ 意奸：内心刁奸。淑：美好。

⑰ 实指：确凿地指出来。

⑱ 恶(wū)：何，怎么。

⑲ 徇(xùn)：袒护。

⑳ 并世：同时代。

㉑ 卓卓：优秀特出。

㉒ 盍(xì)然：悲伤痛苦的样子。

㉓ 睎(xī)：仰慕。繇：同"由"，原因。

㉔ 推一赐：给予一次恩赐，指欧阳修替作者祖父写墓志铭。三世：指本人、父、祖三代。

㉕ 图：图谋（报答）。

㉖ 滞拙：笨拙。

㉗ 进：提携奖掖。

㉘ 屯(zhūn)蹶否塞：境遇不顺利。

㉙ 魁闳：宏伟。不世出：不常出。

㉚ 句指隐士。

㉛ 辱：谦词。

㉜ 进：进言，上达。

㉝ 句指欧阳修在《与曾巩论氏族书》里讨论曾氏家系的次序。

㉞ 承教而加详：遵照您的指示而加以审核研究。

㉟ 不宣：不尽述了。旧时书信末尾常用的套语。

【品评】

　　这是一封感谢信，感谢欧阳修为其祖父作墓志铭。信写得纡回百折，逐层牵引，最后才归到主旨。先从铭文和史传的异同说起，突出铭文的教化作用；然后慨叹当时铭文的卑下阿谀，提出撰铭者必须具备"畜道德而能文章"的条件，而欧阳修正具有此条件；这才渐渐说到本题，表达了他对欧阳修的感激和钦佩。信的风格舒缓不迫，而结构并不因此涣散无章。作者以"畜道德而能文章"作为中心句子，前后出现三次，文章围绕这一中心展开和推进，环环相连，主旨集中，布局完整而谨严，神聚形完。

　　此信的目的是感谢、赞美，而主旨之一是反对溢美滥夸的谀墓作风。作者巧妙得体地处理这两层关系，不仅抓住"道德文章"两点，使

157

对欧阳修的赞美不虚不浮；而且又以对时风的抨击从反面烘托了这一正面的赞美；同时又暗暗颂扬了自己的祖父。可谓善作文章。前人推崇此篇为"《南丰集》中第一"（李扶九语）。

墨 池 记

临川之城东①，有地隐然而高②，以临于溪，曰新城。新城之上，有池洼然而方以长③，曰王羲之之墨池者④，荀伯子《临川记》云也⑤。羲之尝慕张芝⑥，临池学书，池水尽黑，此为其故迹，岂信然邪⑦？方羲之之不可强以仕⑧，而尝极东方⑨，出沧海⑩，以娱其意于山水之间，岂其徜徉肆恣⑪，而又尝自休于此邪？羲之之书晚乃善，则其所能⑫，盖亦以精力自致者⑬，非天成也。然后世未有能及者，岂其学不如彼邪？则学固岂可以少哉！况欲深造道德者邪⑭？

墨池之上，今为州学舍⑮。教授王君盛恐其不彰也⑯，书"晋王右军墨池"之六字于楹间以揭之⑰，又告于巩曰："愿有记。"推王君之心⑱，岂爱人之善，虽一能不以废⑲，而因以及乎其迹邪⑳？其亦欲推其事以勉学者邪㉑？夫人之有一能，而使后人尚之如此㉒，况仁人庄士之遗风馀思，被于来世者如何哉㉓。庆历八年九月十二日㉔，曾巩记。

【注释】

① 临川：宋时为江南西路抚州治所，在今江西抚州。

② 隐然：高起的样子。

③ 洼然：低凹的样子。

④ 王羲之：东晋著名书法家，世称"书圣"。

⑤ 荀伯子：南朝刘宋人，在临川任内史时，曾作《临川记》六卷。

⑥ 张芝：东汉著名书法家，擅长草书，世称"草圣"。

⑦ 信然：可靠。

⑧ 方：正当。强以仕：勉强他做官。

⑨ 极：游遍。

⑩ 句指出海。

⑪ 徜徉肆恣：自在游逛，不受拘束。

⑫ 能：擅长。

⑬ 以精力自致：靠自己用功刻苦努力达到的。

⑭ 深造道德：使道德方面造就很高。

⑮ 州学舍：指抚州官学的校舍。

⑯ 教授：宋朝路学、州学中主管教育的官员。王盛：生平不详。
　　不彰：不为人们所知。

⑰ 楹：房屋的前柱。揭：悬挂。

⑱ 推：推究。

⑲ 一能：一技之长。

⑳ 迹：遗迹。

㉑ 推其事：推广王羲之勤学苦练的事迹。

㉒ 尚：推崇。

㉓ 被：影响到。

㉔ 庆历八年：公元 1048 年。庆历：宋仁宗的年号。

【品评】

　　这篇短文的一个显著特点是因小及大，小中见大。首先从传为王羲之洗濯笔砚的墨池，探讨王羲之成功的原因："盖亦以精力自致者，非天成也。"肯定了后天勤学苦练的重要。这是本文的第一层意思。它紧扣"墨池"题意，是题中应有之义。接着，又进一步引申、推论：（一）学习书法是如此，想要提高道德修养也是如此，都是通过后天的努力获得的；（二）从"人之有一能"尚且为后人追思不已，那么"仁人庄士之遗风馀思"将永远沾丐后世。这是本文的第二层意思，从书法推及风节品德，从具体的书法家推及更广泛的仁人庄士，由小及大，顺理成章，表现出作者思路的开阔，善于伸发、挖掘，而不就事论事，死粘题目。沈德潜评说："用意或在题中，或出题外，令人徘徊赏之。""题中"、"题外"，就是上述两层意思。

但是"题外"实在还是在"题中"。因为"墨池"旧址今为州学舍；本文又是因教授王盛之请而作；王盛的目的又是"勉其学者（指学生）"。所以，重点是一个"勉"字。从学习书法到一般的学习，到道德修养，是勉励学生们的应有内容。如果扣住"墨池"，拘于一般的题意，只讲书法，不但死于题下，而且远离作记本意。因此，这第二层意思就一般作法来说是"题外"；就本文的具体环境来说，实在还在"题中"。

本文还有一个特色是多用设问句、反问句、感叹句。其中设问句就有五句之多，为这篇旨在说理的短文平添咏叹的情韵，而且兼有停顿舒展之功，避免一泻无馀之弊，低回往复，玩索不尽。前人曾以"欧曾"并称，在这一点上，曾巩是颇得欧公"六一风神"之妙的。

司马光(1019—1086)

字君实,陕州夏县(今属山西)人。宋仁宗宝元时进士。神宗时,任翰林学士,反对王安石变法。哲宗时,任尚书右仆射、门下侍郎,主持朝政,废除新法。为相八个月病死。他是北宋著名史学家,主持修撰编年体通史《资治通鉴》。工散文,文辞清畅,长于叙事。亦能诗。有《温国文正司马公文集》。

训 俭 示 康①

吾本寒家②,世以清白相承③。吾性不喜华靡④,自为乳儿,长者加以金银华美之服,辄羞赧弃去之⑤。二十忝科名⑥,闻喜宴独不戴花⑦,同年曰⑧:"君赐不可违也。"乃簪一花。平生衣取蔽寒,食取充腹,亦不敢服垢弊以矫俗干名⑨,但顺吾性而已。众人皆以奢靡为荣,吾心独以俭素为美。人皆嗤吾固陋⑩,吾不以为病,应之曰:"孔子称与其不逊也宁固⑪。"又曰:"以约失之者鲜矣⑫!"又曰:"士志于道而耻恶衣恶食者,未足与议也!"古人以俭为美德,今人乃以俭相诟病。嘻! 异哉!

近岁风俗尤为侈靡,走卒类士服⑬,农夫蹑丝履⑭。吾记天圣中⑮,先公为群牧判官⑯,客至未尝不置酒,或三行五行⑰，多不过七行。酒沽于市，果止于梨栗枣柿之类，肴止于脯醢菜羹⑱，器用瓷漆，当时士大夫家皆然，人不相非也⑲。会数而礼勤⑳，物薄而情厚。近日士大夫家，酒非内法㉑，果肴非远方珍异，食非多品，器皿非满案，不敢会宾友。常数日营聚㉒，然后敢发书㉓。苟或不然，人争非之，以为鄙吝，故不随俗靡者盖鲜矣。嗟乎！风俗颓弊如是㉔，居位者虽不能禁㉕，忍助之乎？

又闻昔李文靖公为相㉖，治居第于封丘门内㉗。厅事前仅容旋马㉘，或言其太隘，公笑曰："居第当传子孙，此为宰相听事诚隘，为太祝、奉礼听事已宽矣㉙。"参政鲁公为谏官㉚，真宗遣使急召之，得于酒家。既入，问其所来，以实对。上曰㉛："卿为清望官㉜，奈何饮于酒肆？"对曰："臣家贫，客至，无器皿肴果，故就酒家觞之㉝。"上以其无隐㉞，益重之。张文节为相㉟，自奉养如为河阳掌书记时㊱。所亲或规之曰："公今受俸不少，而乃自奉若此。公虽自信清约，外人颇有公孙布被之讥㊲，公宜少从众㊳。"公叹曰："吾今日之俸，虽举家锦衣玉食，何患不能？顾人之常情，由俭入奢易，由奢入俭难。吾今日之俸，岂能常有？身岂能常存？一旦异于今日，家人习奢已久，不能顿俭㊴，必致失所。岂若吾居位去位、身在身亡常如一日乎㊵？"呜呼！大贤之深谋远虑，岂庸人所及哉！

御孙曰㊶："俭，德之共也；侈，恶之大也。"共，同也，言有德者皆由俭来也。夫俭则寡欲，君子寡欲，则不役于物㊷，可以直道而行；小人寡欲，则能谨身节用，远罪丰家㊸。故曰："俭，德之共也。"侈则多欲，君子多欲则贪慕富贵，枉道速祸㊹；小人多欲，则多求妄用，败家丧身，是以居官必贿，居乡必盗。故曰:“侈,恶之大也。”

昔正考父饘粥以糊口㊺,孟僖子知其后必有达人㊻;季文子相三君㊼,妾不衣帛,马不食粟,君子以为忠;管仲镂簋朱纮㊽,山楶藻棁㊾,孔子鄙其小器㊿;公叔文子享卫灵公(51),史鳍知其及祸(52),及戌(53),果以富得罪出亡;何曾日食万钱(54),至孙以骄溢倾家;石崇以奢靡夸人(55),卒以此死东市(56);近世寇莱公豪侈冠一时(57),然以功业大,人莫之非,子孙习其家风,今多穷困。其馀以俭立名、以侈自败者多矣!不可遍数,聊举数人以训汝,汝非徒身当服行(58),当以训汝子孙,使知前辈之风俗云。

【注释】

① 康:司马康,司马光之子。

② 寒家:清寒的家庭。

③ 世:世世代代。

④ 华靡:奢华靡丽。

⑤ 羞赧(nǎn):羞惭脸红。

⑥ 忝(tiǎn):谦词,辱。

⑦ 闻喜宴:皇帝赐给新科进士的公宴。

⑧ 同年:同榜考取进士的人,互称“同年”。

⑨ 垢弊:肮脏破烂的衣服。矫俗干名:故意用不同流俗的姿态来猎取名声。

⑩ 嗤(chī):讥笑。固陋:固执而不通达、寒伧。

⑪ 孔子曾说过,奢华就会使人傲慢无礼,节俭就会寒伧;与其傲慢无礼,不如寒伧。

⑫ 句谓由于节俭而造成的过失是很少的。

⑬ 走卒：差役。

⑭ 蹑(niè)：脚穿。丝履：丝织的鞋子。

⑮ 天圣：宋仁宗的年号。

⑯ 先公：指司马光之亡父司马池。群牧：群牧司，宋时中央掌管马匹的机构。判官：官名。

⑰ 行：斟酒一遍。

⑱ 脯：干肉。醢(hǎi)：肉酱。

⑲ 非：非难。

⑳ 会数(shuò)：会面频繁。

㉑ 内法：宫廷中酿酒的秘法。

㉒ 营聚：经营聚集。

㉓ 书：请帖。

㉔ 颓弊：败坏。

㉕ 居位者：执政者。

㉖ 李文靖公：李沆，宋太宗、真宗时宰相。谥号文靖。

㉗ 治：造。封丘门：宋都汴京(今河南开封)城门。

㉘ 厅事：大厅。旋马：牵马掉头转身。

㉙ 太祝、奉礼：太祝、奉礼郎，为掌管宗庙礼仪的官职，常由功臣子弟担任。

㉚ 参政鲁公：鲁宗道，宋真宗时任过右正言(谏官)、谕德(掌管教育太子)。宋仁宗时为参知政事。真宗诏鲁宗道，得之于酒肆事，据《宋史·鲁宗道》记载，时鲁已任谕德；作者说成"为谏官"，两说不同。

㉛ 上：皇帝。

㉜ 清望官：清高有名望的官职。

㉝ 觞之：设酒招待客人。

㉞ 无隐：坦率不隐瞒。

㉟ 张文节：张知白，宋真宗时曾任河阳（今河南孟州西）节度判官，仁宗时任宰相。谥号"文节"。

㊱ 掌书记：原为唐代官名，这里借指掌管公文的节度使僚属。

㊲ 公孙布被之讥：公孙弘，汉武帝时任丞相，封平津侯。平居节俭，用布制被。但为人阴险，时人讥之为"诈"。

㊳ 少：稍微。

㊴ 顿：立刻。

㊵ 句谓何如我做不做官、在不在世，家中生活都天天一样的好呢？

㊶ 御孙：春秋鲁国大夫。

㊷ 不役于物：不受外物牵制、摆布。

㊸ 远罪丰家：远离法网，使家道丰盈。

㊹ 枉道：做事不合正道。速祸：招致灾祸。

㊺ 正考父：春秋时宋国大夫，孔子祖先。饘（zhān）：厚粥。

㊻ 孟僖子：春秋时鲁国大夫。达人：显达之人。

㊼ 季文子：季孙行父，春秋时鲁国大夫，曾辅佐宣、成、襄三公，以忠俭著称。谥号"文"。

㊽ 管仲：春秋初期政治家，帮助齐桓公成为春秋时第一个霸主。镂：刻上花纹。簋（guǐ）：古代盛食物的圆形器具。朱纮（hóng）：红色的帽带。

㊾ 山楶（jié）：柱子上雕刻成山岳图形的斗拱。藻棁（zhuō）：大梁上画有水藻的短柱。

㊿ 句谓孔子鄙视他见识短浅。

(51) 公叔文子：公叔发，春秋时卫国大夫。享：宴请。

(52) 史䲡：春秋时卫国大夫。及祸：招祸。

(53) 戍：公叔文子之子公叔戍。后被卫灵公驱逐出去。

(54) 何曾：西晋宰相，生活奢侈。

(55) 石崇：晋朝人，曾与权贵王恺、羊琇斗富。

㊶ 东市：当时的刑场。

㊲ 寇莱公：寇准，北宋名相，封莱国公。史称其"性豪侈"。

㊳ 非徒：不但。

【品评】

本篇旨在教导儿子崇尚节俭，并以"由俭入奢易，由奢入俭难"为戒，因此在内容、语气上处处体现了家训文字的特点。

作者先从家世、自身说起，强调节俭清白是一贯家风，虽然正式的训词至篇尾才出现，但此中所透出的希冀、规勉，早已显示出家教色彩。在阐述俭奢的利弊关系时，又着眼于家族利益，认为"俭"能立身扬名维持家运久长，"奢"则导致身败名裂遗祸后代，这里立论的角度正符合家训的本意。同时，行文比较随意，由己推人，左援右引，不忌详复，娓娓说出，如话家常，读之亲切。还用现身说法，生动真实，对子弟更具感染力和说服力。

本文后半部分的引证别有一番布置匠心。先举本朝三个"以俭素为美"的例子，后又从古今七个具体人物身上看出正反两面的教训，这两段中间插入议论，把俭与奢的对立，提高到善恶的伦理高度。前段引证结合着具体描写，后段引证包含着鲜明的对比。可以说，这些引证不仅是对论点的印证，而且也是论点借以推进和深化的杠杆。

王安石(1021—1086)

字介甫,晚号半山,抚州临川(今属江西)人。宋仁宗庆历时进士。针对积贫积弱的国势,他力主变法图强。曾在江、浙等地任地方官,在局部地区推行革新措施。宋神宗时,任参知政事、同门下平章事,主持历史上著名的变法运动,后遭反对派的抨击和变法派内部的倾轧,被迫辞职。封荆国公,故称王荆公,死后谥文,又称王文公。他是北宋著名诗人、散文家,亦善词。其散文议论锋利、笔力豪健、语言简洁,形成拗折刚劲的风格。有《临川先生文集》。

答司马谏议书①

某启②:昨日蒙教③,窃以为与君实游处相好之日久④,而议事每不合,所操之术多异故也⑤。虽欲强聒⑥,终必不蒙见察,故略上报⑦,不复一一自辨;重念蒙君实视遇厚⑧,于反复不宜卤莽⑨,故今具道所以⑩,冀君实或见恕也。

盖儒者所争,尤在于名实⑪。名实已明,而天下之理得矣。今君实所以见教者,以为侵官、生事、征利、拒谏,以致天下怨谤也。某则以谓受命于人主,议法度而修之于朝廷,以授之于有司⑫,不为侵官;举先王之政,以兴利除弊,不为生事;

167

为天下理财,不为征利;辟邪说⑬,难壬人⑭,不为拒谏;至于怨诽之多,则固前知其如此也。人习于苟且非一日⑮,士大夫多以不恤国事、同俗自媚于众为善⑯。上乃欲变此⑰,而某不量敌之众寡,欲出力助上以抗之,则众何为而不汹汹然!盘庚之迁,胥怨者民也,非特朝廷士大夫而已⑱。盘庚不为怨者故改其度⑲;度义而后动⑳,是而不见可悔故也㉑。

如君实责我以在位久,未能助上大有为,以膏泽斯民㉒,则某知罪矣;如曰今日当一切不事事㉓,守前所为而已,则非某之所敢知㉔。无由会晤,不任区区向往之至㉕。

【注释】

① 司马谏议:司马光,字君实。时任右谏议大夫。

② 某:自称。在草稿或文集中代替自己名字。

③ 蒙教:指收到来信。

④ 窃:私意,谦词。

⑤ 术:指政治方略。

⑥ 强聒(guō):硬在对方耳旁啰嗦。

⑦ 司马光曾先写一封长信给作者,作者只回了封短笺。司马光又写第二封信,作者这才写此信。上报:给您写回信。

⑧ 视遇:看待。

⑨ 反复:指书信往来。卤莽:简慢无礼。

⑩ 具道:详细说明。

⑪ 名实:名称与实际。

⑫ 有司:负有专责的官员。

⑬ 辟:驳斥。

⑭ 难(nàn):责难。壬人:巧辩谄媚的坏人。

⑮ 句谓人们习惯于苟且偷安已不是一天了。

⑯ 恤（xù）：关心。同俗自媚于众：附和世俗，讨好众人。

⑰ 上：指宋神宗。

⑱ 几句指商朝君主盘庚为避开黄河水灾，打算迁都到亳（bó）京（今河南偃师），遭到不少人反对。胥怨：相怨。

⑲ 度：计划。

⑳ 度（duó）义：考虑是否合理。

㉑ 是：认为做得对。

㉒ 膏泽：施恩惠。

㉓ 事事：做事。前一"事"为动词，后一"事"为名词。

㉔ 所敢知：所愿意领教的。

㉕ 此句为旧时信中的客套语，意谓私心不胜仰慕。不任：不胜。区区：诚恳。

【品评】

此信为反驳司马光对新法的指责而作。作者与司马光不但在政治上观点对立，而且此番书信论辩，在文风上也大异其趣。司马光前后写了三封信，其中一封长达三千馀言洋洋洒洒，条分缕析，详查复案，对新法罗列了种种罪状。而王安石则运笔简捷，此信不过三百馀字。他善于以短总繁，且深谙纵横开阖之法。首先，他准确而简练地概括司马光指责的要点为"侵官"、"生事"、"征利"、"拒谏"四项，然后逐点辩驳，要言不烦，笔锋犀利，语势劲健，令对方无懈可击。接着集中剖析"怨诽之多"的原因，严厉指斥当前一般士大夫的不恤国事、屈己媚众，表明自己不改其度的鲜明态度。前面的反驳，全以守势为主；这里主动出击，渐露攻击的势头。最后，对司马光"未能助上大有为"的责备，明说"知罪"，实是反戈一击，把对方推到因循守旧的被告位置，从而完成了从守到攻的转变。

千年前的这场围绕革新与守旧斗争的历史硝烟早已散尽；其是

非功过,这里也暂不置论。但从这封"理足气盛"的驳难信中,已凸现出一位锐意进取、蔑视流俗、坚定不移的改革者形象,其见识、勇气和责任心令人钦佩。另外就文章而言,作者虽然态度坚定,风格劲悍凌厉,但措辞委婉得体,不卑不亢,尤显气度宏大。

读孟尝君传①

世皆称孟尝君能得士②,士以故归之③,而卒赖其力以脱于虎豹之秦④。嗟乎!孟尝君特鸡鸣狗盗之雄耳⑤,岂足以言得士!不然,擅齐之强⑥,得一士焉,宜可以南面而制秦⑦,尚何取鸡鸣狗盗之力哉?夫鸡鸣狗盗之出其门,此士之所以不至也。

【注释】

① 孟尝君传:指《史记·孟尝君列传》。孟尝君:田文,战国时齐国贵族。他喜养士,门下食客达几千人。

② 得士:指孟尝君能"礼贤下士",与士相得。

③ 归:投奔。

④ 虎豹之秦:像虎豹一样残暴的秦国。

⑤ 特:不过,仅仅。鸡鸣狗盗:孟尝君曾在秦国做"人质",他求秦昭王的宠妃设法放他回国。那宠妃要他拿早已送给昭王的一件白色狐裘作为报酬。孟尝君的一位会狗叫的食客,扮狗潜入宫中,偷出狐裘,献给那位宠妃,使他们被释逃跑。他们逃至函谷关时已是夜半。按规定,关门等鸡啼时才能打开。而这时昭王追兵将到。孟尝君的另一位会鸡鸣的食客,骗开了大门。孟尝君这才逃出秦国。

⑥ 擅:拥有。

⑦ 南面而制秦：使秦王向齐王称臣。南面：古代帝王听政时坐北朝南。

【品评】

王安石善作翻案文章，往往敏锐地抓住史书记载中的一些破绽，三言两语，力破陈说。这篇读后感式的史评文即是其中的代表作。作者以异于传统的"士"的标准，反驳了史书中所羡称的"孟尝君能得士"之说。对于"士"的这一独特理解和对传统之说的断然否定，从侧面反映出作者自许自负的态度和睨视世俗的胸襟。作者的议论新颖精警，而妙在不觉牵强附会。全文九十字，四句话四层意思，简洁紧凑，极尽转折腾挪之能事。首层提出论点，语势缓和；二、三两层为驳论，辞气凌厉，顿作巨澜；末层似老吏断狱，牢确不移。起得缓，接得陡，结得疾，为短论的杰构。谢枋得评说："笔力简而健。"沈德潜说："语语转，笔笔紧，千秋绝调。"皆为知言。

伤 仲 永

金溪民方仲永①，世隶耕②。仲永生五年，未尝识书具③，忽啼求之。父异焉，借旁近与之④，即书诗四句，并自为其名⑤。其诗以养父母、收族为意⑥，传一乡秀才观之。自是指物作诗立就，其文理皆有可观者。邑人奇之⑦，稍稍宾客其父⑧，或以钱币乞之⑨。父利其然也⑩，日扳仲永环谒于邑人⑪，不使学。

予闻之也久。明道中⑫，从先人还家⑬，于舅家见之，十二三矣。令作诗，不能称前时之闻⑭。又七年，还自扬州，复到舅家，问焉。曰："泯然众人矣⑮。"

王子曰⑯："仲永之通悟，受之天也。其受之天也，贤于材人远矣⑰。卒之为众人,则其受于人者不至也⑱。彼其受之天也,如此其贤也;不受之人,且为众人⑲。今夫不受之天,固众人;又不受之人,得为众人而已邪⑳?"

【注释】

① 金溪:县名,今属江西。

② 隶耕:从事农业生产。

③ 书具:写字的工具。

④ 借旁近:就近借来。

⑤ 自为其名:自己取了个名字。

⑥ 收族:招拢、安顿同族人。

⑦ 邑人:同乡人。

⑧ 宾客其父:用宾客的礼节款待他的父亲。

⑨ 乞之:讨取仲永的诗作。

⑩ 利其然:贪图这样(以诗换钱之事)。

⑪ 扳:领着。

⑫ 明道:宋仁宗的年号(1032—1033)。

⑬ 从先人:跟着先父。

⑭ 称:符合,相当。前时之闻:以前的传闻。

⑮ 句指仲永特异之处完全消失,混同于普遍人。泯然:消失的样子。

⑯ 王子:王安石自称。

⑰ 材人:指后天培养起来的人才。

⑱ 受于人者:指受教育。不至:没有受到。

⑲ 且:尚且。

⑳ 几句谓没有天赋的,本来就是个普通人;又不受教育,要做个普通人能行吗?意思是连做普通人都不行。

【品评】

本篇旨在劝学,强调后天学习的重要性,但自始至终没有正面提出,只以"不学"为论题,从反面落笔。首先以一个天才少年沦为普通人的反面事例,运用背面敷写法,指出不学习的危害性。作者精心选择了方仲永五岁、十二三岁、成年后三个年龄时的智力表现,简要地展示出他从奇到凡的历程,从中突出了方父"不使学"是仲永沦落的这一关键因素。接着在只有三分之一篇幅的议论部分,作者以其特有的盘折文风,反反复复地比较"受之天"(指天赋)与"受之人"(指后天学习)两者谁为重要时,也是从"不受之人"(指不学习)切入,着重阐述无论有无天赋,后天学习都是不可或缺的:天质聪颖者不学习,会泯没他的天赋,沦为凡人;而资质平平的人不学习,就连做个凡人也不成。尤其是这后一个推论确如林纾所说"极危悚,又极精切",所以能警动世人,达到劝学的目的。

这原本是一个关于天才沦落的故事,而世上多凡人,因而一般读者对于这类故事只感好奇有趣,不易产生一种与切身有关的警觉。但作者却从这则奇闻异事中剔发出普遍意义来,可见其思智笔力过人之处。

游褒禅山记^①

褒禅山亦谓之华山,唐浮图慧褒始舍于其址^②,而卒葬之^③,以故其后名之曰"褒禅"^④。今所谓慧空禅院者,褒之庐冢也^⑤。距其院东五里,所谓华山洞者,以其乃华山之阳名之也^⑥。距洞百馀步^⑦,有碑仆道^⑧,其文漫灭^⑨,独其为文犹可识,曰"花山"。今言"华"如"华实"之"华"者,盖音谬也^⑩。其下平旷,有泉侧出^⑪,而记游者甚众^⑫,所谓前洞也。由山以上五六里,有穴窈然⑬,入之甚寒,问其深,则其好游者⑭,不能穷也⑮,谓之后洞。余与四人拥火以入⑯,入之愈深,其进愈难,而其见愈奇。有怠而欲出者,曰:"不出,火且尽⑰。"遂与之俱出。盖予所至,比好游者尚不能十一⑱,然视其左右来而记之者已少。盖其又深则其至又加少矣。方是时⑲,予之力尚足以入,火尚足以明也。既其出,则或咎其欲出者,而予亦悔其随之,而不得极夫游之乐也。

于是予有叹焉。古人之观于天地山川草木虫鱼鸟兽,往往有得⑳,以其求思之深而无不在也㉑。夫夷以近㉒,则游者众;险以远,则至者少。而世之奇伟瑰怪、非常之观㉓,常在于险远,而人之所罕至焉。故非有志者,不能至也;有志矣,不随以止也,然力不足者,亦不能至也;有志与力而又不随以怠,至于幽暗昏惑而无物以相之㉔,亦不能至也。然力足以至焉㉕,于人为可讥,而在己为有悔;尽吾志也而不能至者,可以无悔矣,其孰能讥之乎? 此予之所得也。

余于仆碑,又以悲夫古书之不存㉖,后世之谬其传而莫能名者㉗,何可胜道也哉㉘! 此所以学者不可以不深思而慎取之也。

四人者:庐陵萧君圭君玉㉙,长乐王回深父㉚,余弟安国平父、安上纯父㉛。至和元年七月某日㉜,临川王某记。

【注释】

① 褒禅山:在今安徽含山北。

② 浮图:梵文的译音,亦译作"浮屠"、"佛图",有佛、佛徒、佛塔等不同含义。这里指佛徒。慧褒:唐代著名和尚,因喜爱含山县北山林之美,筑室定居。舍:盖房居住。

③ 卒：最后，与前"始"相应，不作"死"讲。

④ 禅：梵文"禅那"的省称，静思之意。后来泛指一切与佛教相关的人和物。

⑤ 庐冢：墓旁盖的房子，守墓用。

⑥ 阳：山的南面或水的北面。

⑦ 步：古代长度单位，这里泛指脚步的步。

⑧ 仆(pū)道：倒在路上。

⑨ 文：指成篇的文章。下句"其为文"的"文"，指碑上残存的文字。漫灭：指碑文剥蚀，模糊不清。

⑩ 二句谓现在把"华山"的"华"，念"华实"的"华"(huá)，看来是读错了字音，应该读作"花"。

⑪ 句谓泉水从平旷地旁流出。

⑫ 记游者：指在壁上题字留念的人。

⑬ 窈然：幽深的样子。

⑭ 好(hào)：喜欢。

⑮ 穷：尽。

⑯ 拥火：举着火把。

⑰ 且：将要。

⑱ 不能十一：不到十分之一。

⑲ 是时：指从洞中退出的时候。

⑳ 有得：有心得。

㉑ 句谓这是因为他们思考问题深刻而且处处都能深思的缘故。

㉒ 夷以近：道路平坦而且近。

㉓ 瑰(guī)怪：壮丽奇异。非常之观：少见的景观。

㉔ 相：辅助。

㉕ 此句下面省去"而不能至"之类的话。

㉖ 以：因。悲：感叹。

㉗ 谬其传：以讹传讹。莫能名：不能说出事物的真相。

㉘ 胜：尽，完全。

㉙ 庐陵：今江西吉安。萧君圭君玉：萧君圭，字君玉，生平不详。

㉚ 长乐：今福建闽侯。王回深父：王回，字深父，宋代理学家。

㉛ 安国平父：王安国，字平父。安上纯父：王安上，字纯父，作者幼弟。

㉜ 至和元年：公元 1054 年。至和：宋仁宗的年号（1054—1056）。

【品评】

本文通过记游而进行说理，阐发了两点意见：一是从游历中得出了"世之奇伟瑰怪、非常之观，常在于险远"的辩证关系，进而提倡百折不回的探索精神，反对浅尝辄止、半途而废。同时，作者还提出实现目标的三个前提条件：志向、能力（体力）、一定的物质装备。在强调志向这一精神条件时，还注意体力、物质装备这些非精神性因素，无疑体现了作者考虑问题的周密性和注重现实性。这也是实干家所必不可少的素质。二是从残碑引出议论，认为古代文献资料有所不足，常有以讹传讹的现象，因而必须"深思"、"慎取"。这两个游山心得本来都是从治学角度来论述的，其实可以推广到更广泛的领域中去。

在行文中，上述两层意思不是平列叙述的，而是前者为主，后者为从，且注意首尾照应，文章整个布局显得灵活有变化。

加重议论成分的趋势，这既能使抽象的道理具象化，又能使记事绘景增加思想深度。本文即是一篇借记叙以说理的范文，甚或可看作一篇别致的说理文。

苏轼(1037—1101)

字子瞻,号东坡居士,眉州眉山(今属四川)人。宋仁宗嘉祐时进士。神宗时,因与王安石政见不合而求外职,任杭州通判和密、徐、湖三州知州。以作诗讽刺新法贬居黄州。哲宗时任翰林学士、礼部尚书等,并出知杭、颍、扬、定四州。后又贬居惠州、儋州。与父洵、弟辙合称"三苏"。他是北宋继欧阳修之后的文坛领袖,诗词文均代表北宋文学最高水平。其文如行云流水,汪洋恣肆,雄健畅达,为"唐宋八大家"之一。有《东坡七集》等。

赤 壁 赋①

壬戌之秋②,七月既望③,苏子与客泛舟游于赤壁之下④。清风徐来,水波不兴⑤。举酒属客⑥,诵《明月》之诗,歌《窈窕》之章⑦。少焉⑧,月出于东山之上,徘徊于斗、牛之间⑨。白露横江⑩,水光接天。纵一苇之所如⑪,凌万顷之茫然⑫。浩浩乎如凭虚御风⑬,而不知其所止;飘飘乎如遗世独立⑭,羽化而登仙⑮。

于是饮酒乐甚,扣舷而歌之⑯。歌曰:"桂棹兮兰桨⑰,击空明兮泝流光⑱。渺渺兮予怀⑲,望美人兮天一方⑳。"客有吹洞箫者,倚歌而和之㉑。其声呜呜然㉒,如怨如慕㉓,如泣如诉，馀音袅袅㉔，不绝如缕㉕，舞幽壑之潜蛟㉖，泣孤舟之嫠妇㉗。

苏子愀然㉘，正襟危坐而问客曰㉙："何为其然也㉚？"

客曰："'月明星稀，乌鹊南飞'㉛，此非曹孟德之诗乎㉜？西望夏口㉝，东望武昌㉞，山川相缪㉟，郁乎苍苍，此非孟德之困于周郎者乎㊱？方其破荆州，下江陵，顺流而东也㊲，舳舻千里㊳，旌旗蔽空，酾酒临江，横槊赋诗㊴，固一世之雄也㊵，而今安在哉？况吾与子渔樵于江渚之上㊶，侣鱼虾而友麋鹿㊷；驾一叶之扁舟㊸，举匏樽以相属㊹。寄蜉蝣于天地㊺，渺沧海之一粟㊻。哀吾生之须臾㊼，羡长江之无穷。挟飞仙以遨游，抱明月而长终㊽。知不可乎骤得，托遗响于悲风㊾。"

苏子曰："客亦知夫水与月乎？逝者如斯，而未尝往也㊿；盈虚者如彼，而卒莫消长也(51)。盖将自其变者而观之，则天地曾不能以一瞬(52)；自其不变者而观之，则物与我皆无尽也(53)，而又何羡乎！且夫天地之间(54)，物各有主；苟非吾之所有，虽一毫而莫取。惟江上之清风，与山间之明月，耳得之而为声，目遇之而成色，取之无禁，用之不竭，是造物者之无尽藏也(55)，而吾与子之所共适(56)。"

客喜而笑，洗盏更酌(57)，肴核既尽(58)，杯盘狼籍(59)。相与枕藉乎舟中(60)，不知东方之既白(61)。

【注释】

① 赤壁：长江、汉水流域共有五处叫赤壁的地方。三国时"赤壁之战"的旧址，一般认为是在今湖北嘉鱼县境内；苏轼所游的赤壁，是今湖北黄冈的赤鼻矶，两者并非一地。

② 壬戌：宋神宗元丰五年(1082)。

③ 既望：阴历每月的十六日。既：过了。望：阴历每月十五日。

④ 苏子：苏轼自称。泛舟：漂荡着船。

⑤ 兴：起。

⑥ 举酒属(zhǔ)客：举起酒杯，向客人敬酒。属，祝酒劝饮的意思。

⑦《明月》之诗：指《诗经·陈风·月出》篇。《窈窕》之章：指此诗的第一章，其中有"月出皎兮，佼人僚兮，舒窈纠兮"的句子。窈窕：即窈纠。

⑧ 少焉：一会儿。

⑨ 徘徊：踌躇不前的样子(这是把月亮拟人化的说法)。斗、牛：星宿名，即斗宿、牛宿。

⑩ 白露横江：白茫茫的水气横浮在江上。露：指水气。

⑪ 纵：听任。一苇：比喻小船。所如：所去之处。如：往，到。

⑫ 凌：越过。万顷：形容江面宽广。茫然：指江面旷远迷茫的样子。

⑬ 浩浩乎：水大的样子。凭虚御风：腾空驾风而行。

⑭ 遗世独立：抛开人世，了无牵挂。

⑮ 羽化：道家用语，指成仙。登仙：飞入仙境。

⑯ 扣舷：敲击船边。这是打节拍的意思。

⑰ 棹(zhào)、桨：划船的工具(前推的叫桨，后推的叫棹)。桂兰：都是美称。

⑱ 击空明：指船桨击打着清澈的江水。空明：水清见底，月照水中宛如透明。泝流光：指船在浮动着月光的水面上逆流而进。

⑲ 句谓我的情怀啊，深远无穷！

⑳ 美人：古人常用来作为贤君圣主或美好理想的象征。天一方：指"美人"在遥远的地方。

㉑ 客：指道士杨世昌，四川绵竹人。识音律，善吹箫。倚歌而和之：按着歌声，吹箫伴奏。

179

㉒ 呜呜然：形容箫声的吞吐、凄凉。

㉓ 如怨如慕：像是哀怨，又像是眷恋。

㉔ 袅袅：形容声音悠扬不绝。

㉕ 不绝如缕：馀音不断，宛如细丝一般。

㉖ 句谓箫声使潜伏在深渊里的蛟龙飞舞起来。幽壑(hè)：深谷，
这里指深渊。

㉗ 句谓使孤舟上的寡妇哭泣起来。嫠(lí)妇：寡妇。

㉘ 愀(qiǎo)然：忧愁变容的样子。

㉙ 正襟危坐：理直衣襟，端坐着。

㉚ 句谓箫声为什么这样悲凉呢？

㉛ "月明星稀"二句是曹操《短歌行》中的诗句。

㉜ 孟德：曹操的字。

㉝ 夏口：城名，故址在今武汉市黄鹄山上，相传为三国吴孙权
所建。

㉞ 武昌：今湖北鄂城。

㉟ 缪(liáo)：连结，盘绕。

㊱ 困于周郎：被周郎打败。周郎：即周瑜，三国孙吴的名将。

㊲ 三句指曹操在荆州降服刘琮、攻占江陵，向东进军赤壁。荆州：
郡名，治所在今湖北襄阳。江陵：今属湖北。

㊳ 舳舻(zhú lú)：长方形的大船。千里：形容船多，前后相衔，千
里不绝。

㊴ 酾(shī)酒：斟酒。横槊(shuò)：横执着长矛。

㊵ 一世之雄：一代英雄。

㊶ 渔樵：打鱼砍柴。江渚：江中的小洲。

㊷ 句谓与鱼虾作伴，同麋鹿为友。侣：友，这里名词活用作动词。

㊸ 扁(piān)舟：小船。

㊹ 匏(páo)樽：葫芦做的酒器。

180

㊺ 句谓像蜉蝣那样短促地寄生在天地之间。蜉蝣：昆虫名，夏秋之交生于水边，传说早晨生，晚上死，存活时间很短。

㊻ 沧海：大海。

㊼ 须臾：片刻。

㊽ 两句谓希望同神仙一起游玩，与明月一起长存。挟：挟带。

㊾ 两句意谓明知道这希望不可能马上实现，只得把表达这种心情的箫声托于悲凉的秋风之中。遗响：馀音。

㊿ 两句谓像江水这样不断地流淌，而实际上并没有流去。斯：这里，指江水。

(51) 两句谓像那月亮时圆时缺，而到底没有一点增减。彼：那里，指月亮。

(52) 两句谓若从变化的一面来看，那么天地间的事物连一眨眼的工夫都不能保持原样。

(53) 无尽：永恒不尽。

(54) 且夫：发语词，况且。

(55) 造物者：指大自然。藏(zàng)：宝藏。

(56) 共适：一起来赏玩适意。一本作“共食”，共同享用。

(57) 洗盏更酌：洗杯重饮。

(58) 肴核：菜肴和果品。

(59) 狼籍：杂乱。

(60) 相与枕藉：互相靠着睡觉。枕：枕头；藉：垫褥。这里的“枕藉”作动词用。

(61) 既白：天色已经发白。

【品评】

元丰三年(1080)苏轼因反对新法被贬到黄州做了闲散的团练副使。这篇赋是在度过两年多苦闷贫困的谪居生活以后写的，它揭示了作者当时复杂矛盾的心情,表达他深刻的人生思考。

本文运用了主客对答体这一赋的传统手法,但已不是简单地借设问以说理,而是用以展示作者自己思想的波折、挣扎和解脱的过程。首段写"苏子"陶醉于清风、明月交织而成的江山美景之中,逗引起"羽化而登仙"的超然之乐;次段写"客"对曹操等历史人物兴亡的凭吊,跌入现实人生的苦闷;末段写"苏子"从眼前水、月立论,阐发"变"与"不变"的哲理,在旷达乐观中得到摆脱。这里,从游赏之乐,到人生不永之悲,到旷达解脱之乐,正是苏轼在厄运中努力坚持人生理想和生活信心的艰苦思想斗争的缩影。

本文的最大特点是"以文为赋",解放赋体,使之兼具诗文之长。散文的笔势笔调,使全篇文情勃郁顿挫,像"万斛泉源"喷薄而出。与骈赋、律赋之类的讲究整齐对偶不同,它的抒写更为自由。如开头一段"壬戌之秋,七月既望,苏子与客泛舟游于赤壁之下。……"全是散句,参差疏落之中却有整饬之致;以下直至篇末,虽都押韵,但换韵较快。而且换韵处往往是文义的一个段落,这就使本篇特别宜于诵读,极富声韵之美。这又体现出韵文文学的长处。

后 赤 壁 赋

是岁十月之望①,步自雪堂②,将归于临皋③。二客从予④,过黄泥之坂⑤。霜露既降,木叶尽脱,人影在地,仰见明月。顾而乐之⑥,行歌相答⑦。

已而叹曰⑧:"有客无酒,有酒无肴;月白风清,如此良夜何⑨?"客曰:"今者薄暮⑩,举网得鱼,巨口细鳞,状似松江之鲈⑪。顾安所得酒乎⑫?"归而谋诸妇⑬。妇曰:"我有斗酒,藏之久矣。以待子不时之须⑭。"

于是携酒与鱼,复游于赤壁之下⑮。江流有声,断岸千尺⑯,山高月小,水落石出。曾日月之几何⑰,而江山不可复识矣。予乃摄衣而上⑱,履巉岩⑲,披蒙茸⑳,踞虎豹㉑,登虬龙㉒,攀栖鹘之危巢㉓,俯冯夷之幽宫㉔。盖二客不能从焉㉕。划然长啸㉖,草木震动,山鸣谷应,风起水涌。予亦悄然而悲㉗,肃然而恐,凛乎其不可留也㉘。返而登舟,放乎中流㉙,听其所止而休焉㉚。时夜将半,四顾寂寥。适有孤鹤,横江东来㉛。翅如车轮,玄裳缟衣㉜,戛然长鸣㉝,掠予舟而西也。

须臾客去,予亦就睡。梦一道士,羽衣蹁跹㉞,过临皋之下,揖予而言曰:"赤壁之游乐乎?"问其姓名,俯而不答。呜呼噫嘻!我知之矣。畴昔之夜㉟,飞鸣而过我者,非子也耶?道士顾笑㊱,予亦惊悟。开户视之,不见其处。

【注释】

① 是岁:指宋神宗元丰五年(1082)。

② 雪堂:苏轼在黄州时建造的自住的厅堂。因在雪天落成,并四壁绘有雪景,故名。

③ 临皋:亭名。在今湖北黄冈市南,长江之旁。苏轼家居于此。

④ 二客从予:两位客人随我同行。

⑤ 黄泥之坂:即"黄泥坂",山坡名,是从雪堂到临皋的必经之路。坂:斜坡。

⑥ 顾而乐之:俯仰环顾,非常快乐。

⑦ 行歌相答:边走边唱,互相酬答。

⑧ 已而:过了一会儿。

⑨ 句谓如何度过这个良夜呢?

⑩ 薄暮:傍晚。薄:迫近。

⑪ 松江之鲈：松江（流经今江苏省和上海市一带）盛产四鳃鲈，长仅五六寸，味甚鲜美。

⑫ 句谓但从什么地方能弄到酒呢？顾：但是。安所：从什么地方。

⑬ 谋诸妇：和妻子商量这事。诸：之于。

⑭ 子：您。古时对男子的尊称或通称。不时之须：随时的需要。

⑮ 复游：这年七月苏轼曾游过赤壁，见前《赤壁赋》，这次是再度游览。

⑯ 断岸：陡峭的江岸。

⑰ 曾日月之几何：才隔了几天呀。曾：才，刚刚。

⑱ 摄衣：撩起衣裳。

⑲ 履巉（chán）岩：登上险峻的山岩。

⑳ 披蒙茸：拨开稠密纷繁的山草。

㉑ 踞虎豹：蹲坐在形似虎豹的山石上。

㉒ 登虬龙：攀着像虬龙一样弯曲的古木。虬龙，古代传说中一种有角的小龙。

㉓ 鹘（hú）：一种凶猛的鸟。危巢：高高的鸟巢。

㉔ 冯夷：水神名。幽宫：深宫。

㉕ 盖：连接词，有提起下文的作用。

㉖ 划然：形容长啸的声音。

㉗ 悄然：忧愁的样子。

㉘ 句谓感到害怕，不敢停留。

㉙ 放乎中流：放船到江心。

㉚ 句谓随它漂流到哪里，就在哪里停泊。

㉛ 横江东来：横飞过长江，从东而来。

㉜ 玄：黑色。裳：下裙。缟：白色的丝织品。衣：上衣。

㉝ 戛（jiá）然：形容鹤叫尖利声。

㉞ 羽衣：用鸟羽毛制成的衣服。后称道士所穿的衣服为羽衣，这里的道士是鹤化成的，穿羽衣更确切。蹁跹：飘然轻快的样子。

㉟ 畴昔之夜：指昨天夜里。

㊱ 顾：回头看。

【品评】

　　时隔三月，苏轼重游赤壁。一样风月，两种境界。前赋字字秋色，这篇句句冬景，但都具有诗情画意。这篇赋还写了上次没有写到的登山情景，渲染出可惊可怖的气氛，与上次风月水光的安谧幽静，恰成鲜明的对照。

　　至于后面道士化鹤的幻觉，写得迷离恍惚，带有比前赋更为浓重的虚幻缥缈的色彩，这是作者企图超尘绝俗的思想的曲折反映。

　　赋体原属韵文系统，从《楚辞》的"骚赋"经两汉的"辞赋"、魏晋时的"骈赋"，直到唐代"律赋"的曲折发展，赋体似乎走到了尽头，创作颇为沉寂，形容也趋于偏枯。发展到宋代，逐渐走向散文化，在形体上多用散句，押韵也较随便，特别是吸取散文的笔法气势，清新流畅，别开生面；但仍适当运用传统赋的铺张排比的手法，讲究词采，杂以骈偶韵语，于是成为一种类似散文诗的赋。欧阳修的《秋声赋》就是最早的成功范例。而苏轼的前后《赤壁赋》，更充分发挥诗文兼具之长，亦诗亦文，熔抒情、叙事、写景、说理于一炉，成为光照千古的不朽杰构，标志着散文赋这一新文体的成立和成熟，为赋的继续发展开辟道路。

喜 雨 亭 记①

　　亭以雨名，志喜也②。古者有喜则以名物，示不忘也。周公得禾,以名其书③;汉武得鼎,以名其年④;叔孙胜狄,以名其子⑤:其喜之大小不齐,其示不忘一也。

余至扶风之明年⑥,始治官舍,为亭于堂之北,而凿池其南,引流种木,以为休息之所。是岁之春⑦,雨麦于岐山之阳⑧,其占为有年⑨。既而弥月不雨⑩,民方以为忧。越三月乙卯乃雨⑪,甲子又雨⑫,民以为未足;丁卯大雨⑬,三日乃止。官吏相与庆于庭,商贾相与歌于市⑭,农夫相与忭于野⑮,忧者以乐⑯,病者以愈,而吾亭适成。

于是举酒于亭上以属客⑰,而告之曰:"五日不雨可乎?"曰:"五日不雨则无麦。""十日不雨可乎?"曰:"十日不雨则无禾。"无麦无禾,岁且荐饥⑱,狱讼繁兴⑲,而盗贼滋炽。则吾与二三子,虽欲优游以乐于此亭,其可得耶?今天不遗斯民⑳,始旱而赐之以雨,使吾与二三子,得相与优游而乐于此亭者,皆雨之赐也。其又可忘邪?

既以名亭,又从而歌之。歌曰:使天而雨珠,寒者不得以为襦㉑;使天而雨玉,饥者不得以为粟。一雨三日,繄谁之力㉒?民曰太守㉓,太守不有。归之天子,天子曰不㉔。归之造物㉕,造物不自以为功。归之太空,太空冥冥。不可得而名,吾以名吾亭。

【注释】

① 喜雨亭:在凤翔府(今属陕西)城东北。

② 志:记。

③ 据《尚书·微子之命》,周成王的同母弟唐叔,得到一株特异的稻禾(异株而合为一个稻头),献给成王。成王赏赐给周公,周公为了表示对成王的谢意,作《嘉禾》。《嘉禾》为《周书》篇名,

今已佚。

④《史记·孝武本纪》载,汉武帝元狩七年(116)六月,汾阳发现宝鼎,奏闻,迎鼎至甘泉宫,改年号为元鼎。

⑤《左传·文公十一年》载狄人侵鲁,鲁文公使叔孙得臣击败狄军。俘获狄军首领侨如,并把叔孙得臣之子宣伯改名侨如,以表彰其功。

⑥ 扶风:旧郡名,即指凤翔府。明年:第二年,即嘉祐七年(1062)。

⑦ 是岁:这一年。

⑧ 雨麦:天上落下麦子。一说播种麦子。岐山:在凤翔东北。阳:指山南。

⑨ 占:占卜。有年:丰年。年,年成。

⑩ 弥月:满一个月。

⑪ 越三月:至三月。乙卯:指阴历三月八日。

⑫ 甲子:指三月十七日。

⑬ 丁卯:指三月二十日。

⑭ 商贾:商人。

⑮ 忭(biàn):欢欣。

⑯ 以:因此。

⑰ 属客:向客人敬酒劝饮。

⑱ 荐饥:连年饥荒。

⑲ 狱讼:打官司。繁兴:多次发生。

⑳ 不遗:不遗弃。

㉑ 襦(rú):短衣、短袄。

㉒ 繄(yī):语助词,近"维"字义。

㉓ 太守:指宋选,字子才,荥阳人。嘉祐八年(1063)正月,他罢任,由陈希亮接任凤翔知府。

㉔ 不：同"否"。

㉕ 造物：造物主。旧指大自然的主宰者。

【品评】

苏轼在宋仁宗嘉祐六年(1061)十二月到凤翔府任签判。次年春,修治官舍,并作一亭。恰遇久旱得雨,即以"喜雨"命亭,写下了这篇亭记。

文章开头说,"亭以雨名,志喜也",一语即把命名之由说清,也指明了文章的主旨。以下几段围绕"喜"、"雨"、"亭"三层意思,通过分写与合写,实写与虚写加以淋漓尽致地发挥。第一段引用"周公得禾"、"汉武得鼎"、"叔孙胜狄"三个历史故事,说明"喜则以名物"的惯例,先单说"喜"意。二、三段才把"喜"、"雨"、"亭"三者合说,但前段实写,后段虚拟,前段正叙,后段反问,互相映衬,道尽了喜雨之情。末段歌词,谓从太守、天子、造物主到太空,均不居得雨之功,涉笔成趣,与全文轻松幽默的风格复相谐和,对写透一个"喜"字,是很好的补笔。

此篇题小旨大,字里行间流露出作者对人民生活的深切关怀,却无枯燥说教之感。

文与可画筼筜谷偃竹记①

竹之始生,一寸之萌耳,而节叶具焉②;自蜩腹蛇蚹③,以至于剑拔十寻者④,生而有之也⑤。今画者乃节节而为之,叶叶而累之⑥,岂复有竹乎⑦?故画竹必先得成竹于胸中,执笔熟视,乃见其所欲画者,急起从之,振笔直遂⑧,以追其所见,如兔起鹘落⑨,少纵则逝矣⑩。与可之教予如此。予不能然也,而心识其所以然⑪。夫既心识其所以然,而不能然者,内外不一，心手不相应，不学之过也⑫。故凡有见于中，而操之不熟者，平居自视了然，而临事忽焉丧之，岂独竹乎⑬？子由为《墨竹赋》以遗与可曰："庖丁，解牛者也，而养生者取之⑭；轮扁，斫轮者也，而读书者与之⑮。今夫夫子之托于斯竹也，而予以为有道者则非耶⑯？"子由未尝画也，故得其意而已。若予者，岂独得其意，并得其法⑰。

　　与可画竹，初不自贵重⑱。四方之人，持缣素而请者⑲，足相蹑于其门⑳。与可厌之，投诸地而骂曰："吾将以为袜㉑！"士大夫传之，以为口实㉒。及与可自洋州还，而余为徐州。与可以书遗余曰㉓："近语士大夫：'吾墨竹一派，近在彭城，可往求之。'袜材当萃于子矣㉔。"书尾复写一诗，其略曰："拟将一段鹅溪绢㉕，扫取寒梢万尺长㉖。"予谓与可："竹长万尺，当用绢二百五十匹㉗，知公倦于笔砚，愿得此绢而已！"与可无以答，则曰："吾言妄矣！世岂有万尺竹哉？"余因而实之㉘，答其诗曰："世间亦有千寻竹，月落庭空影许长㉙。"与可笑曰："苏子辩则辩矣㉚，然二百五十匹绢，吾将买田而归老焉㉛！"因以所画《筼筜谷偃竹》遗予曰："此竹数尺耳，而有万尺之势。"筼筜谷在洋州，与可尝令予作洋州三十咏㉜，筼筜谷其一也。予诗云："汉川修竹贱如蓬㉝，斤斧何曾赦箨龙㉞；料得清贫馋太守㉟，渭滨千亩在胸中㊱。"与可是日与其妻游谷中，烧笋晚食，发函得诗㊲，失笑喷饭满案。

　　元丰二年正月二十日，与可没于陈州㊳。是岁七月七日，予在湖州㊴，曝书画，见此竹，废卷而哭失声㊵。

　　昔曹孟德祭桥公文㊶，有"车过"、"腹痛"之语㊷，而予亦载与可畴昔戏笑之言者，以见与可于予亲厚无间如此也。

【注释】

① 文与可：文同(1018—1079)，字与可，梓州永泰(今四川盐亭东)人。因曾任湖州太守，世称文湖州。他是北宋著名画家，擅长墨竹，形成"湖州竹派"。筼筜(yún dàng)谷：在洋州(治所在今陕西洋县)，其地多竹。文同任洋州知州时常去观赏。筼筜：原为一种大竹名称。偃竹：风中仰斜的竹子。偃：原意仰卧。

② 具：具备。

③ 蜩(tiáo)腹蛇蚹(fù)：形容竹笋开始脱壳拔节。蜩：即蝉，蝉后腹上有一条条的横纹。蛇蚹：蛇腹下代足爬行的横鳞。

④ 剑拔：指竹生长迅速，挺拔有力。十寻：形容竹长得很高，非实数。寻：古代长度单位，一寻等于八尺。

⑤ 句谓这是自然生长发育的结果呀。

⑥ 累：添加。

⑦ 有竹：指具有竹的天然神韵。

⑧ 振笔直遂：挥笔落纸，一气呵成。遂：成。

⑨ 兔起鹘落：像兔子惊跑、鹰隼疾落一样迅速。鹘：鸷鸟，一种凶禽。

⑩ 少纵：稍稍放松。逝：消失。

⑪ 两句谓我不会这样画，但心里明白应该这样画画的道理。识：懂得。

⑫ 五句大意谓心里虽有认识，手上却不能表达，这是不学的过失。

⑬ 五句意谓所以凡是内心有一定见解，而做起来不熟练的人，往往是平时自以为很清楚，而临到做时忽然又不会了，这难道仅仅画竹才是这样吗？了然：清楚的样子。

⑭ 《庄子·养生主》载，庖丁为梁惠王解牛，技艺纯熟。庖丁自称掌刀已有十九年，杀过数千头牛，刀刃却如新磨过一般。诀窍在于牛的骨节有空隙(有间)，而刀刃很薄几乎没有厚度，"以无

190

厚入有间,恢恢乎其于游刃必有馀地矣"(刀刃游行在空隙之中
而大有回旋的馀地)。梁惠王听后说:"善哉,吾闻庖丁之言,得
养生焉(养生之道)。"庖丁:姓丁的厨师。庖:厨师。解牛:分
卸牛体。

⑮《庄子·天道》载,轮扁对正在看书的齐桓公说:砍削制造轮子,
下手太慢,轮子就太松太滑以致不坚固;下手太快,轮子就滞涩
难以插入。不快不慢则正好。而这不快不慢的速度自己内心
清楚,却无法表达出来,所以这技艺无法口传给儿子。由此可
见,古人所得的"道"是无法传下来的,借书本而传的只能是些
糟粕罢了。齐桓公赞同这个看法。轮扁:名扁,是做轮子的工
匠,故称。斫:砍。与:赞同。

⑯ 这两句谓现在您把这样的道理寄托在竹中,因而我知道你也是
深知事物规律的人,难道不是吗? 夫子:指文同。

⑰ 法:技法,绘画的技法。苏轼是"湖州竹派"的重要画家。

⑱ 不自贵重:不以自己的作品为珍贵之物。

⑲ 缣(jiān)素:白色细绢,可供作画用。

⑳ 足相蹑:脚互相踩着,比喻登门求画人之多。

㉑ 吾将以为袜:我将用这些白绢来做袜子。这是文同的气话。

㉒ 口实:话柄。

㉓ 遗(wèi):指送信。

㉔ 以上几句是文同信中的话:"我最近告诉士大夫们,我们墨竹画
派中有人(指苏轼)正在彭城,你们可到那里去求画。做袜子的
材料当聚集在您那儿。"萃:草丛生,引申为聚集。这里是文同
开玩笑,介绍人们向苏轼求画。

㉕ 鹅溪:在今四川盐亭西北,其地出产名绢"鹅溪绢",宋人常用于
绘画。

㉖ 扫取寒梢:比喻画竹。

㉗ 匹：量词，古时一匹等于四十尺，二百五十匹正合一万尺。

㉘ 实之：指苏轼偏偏坐实有万尺之竹。

㉙ 许：如此。

㉚ 辩：善辩。

㉛ 两句谓但有了二百五十匹绢，我就用来买田归居养老了。

㉜ 尝：曾经。洋州三十咏：歌咏洋州的三十首诗。

㉝ 汉川：汉水。洋州在汉水上游。

㉞ 箨（tuò）龙：指笋。箨：原指笋壳。

㉟ 太守：指文同，时任洋州知州。

㊱ 渭滨千亩：渭水边上千亩竹子。渭水流经陕西，渭滨这里特指洋州。在胸中：双关语。一指吃了笋；一指"成竹在胸"的绘画技法。

㊲ 发函：打开信封。

㊳ 陈州：治所在今河南淮阳。

㊴ 湖州：今属浙江。本年四月，苏轼改任湖州知州。

㊵ 废卷：放下画卷。

㊶ 曹孟德：曹操，字孟德。桥公：桥玄，睢阳（今河南商丘）人，曹操旧友。

㊷ 有"车过"、"腹痛"之语：曹操击败袁绍后，治理睢阳渠，曾遣使用太牢祭祀桥玄，并写祭文说："从容约誓之言：'殂逝之后，路有经由，不以斗酒只鸡过相沃酹，车过三步，腹痛勿怪。'虽临时戏笑之言，非至亲之笃好，胡肯为此辞乎？"

【品评】

　　文同是苏轼的从表兄，又是"湖州竹派"的创立者；苏轼曾从他学画，成为这一画派的重要成员。文同死后，苏轼在晒所藏书画时，偶见文同所赠的《筼筜谷偃竹图》，不禁感慨万端：追思往事，遂写下这篇记文,以发抒对至亲好友的悼念之情。

散文的特点是"散",也就是笔法自由,剪裁灵活。本文先写文同"成竹在胸"的艺术见解,生动地阐述了我国绘画理论中关于"神似"和"形似"的著名论点,也就是说,艺术家对于客观事物,不应零敲碎打地去追求一枝一叶的简单摹拟,而应该从整体上去突出事物的精神。文中还强调艺术作品要忠于生活,创作灵感的迸发来源于对生活的高度把握和熟练的艺术技巧,这些都是深得艺术奥秘的经验之谈。接着,本文写了与文同之间的戏谑调侃,轻松的戏笑寄托着严肃诚挚的友谊,从中可见彼此间相知相亲之深。而当年的"失笑"与现时的"哭失声"所造成的强烈反差,正显示出苏轼的悲痛之深。文章时而引证别人的诗文,时而记叙与文同的诗歌酬答或来往传语,叙事、议论、抒情交织并出,似乎散漫无章,实际上都是服从于从文同画竹写悼念之情这个主旨。文章从竹的生长写起,艺术见解由画竹而发,互相戏谑也不离竹的话题,处处有"竹",处处活现文同的精神风貌,处处见出两人的情谊。所以,散文的特点虽是"散",更确切地说,应该是形散神不散。

石 钟 山 记①

《水经》云②:"彭蠡之口③,有石钟山焉。"郦元以为④:"下临深潭,微风鼓浪,水石相搏,声如洪钟⑤。"是说也,人常疑之。今以钟磬置水中⑥,虽大风浪不能鸣也,而况石乎?至唐李渤⑦,始访其遗踪⑧,得双石于潭上。"扣而聆之⑨,南声函胡⑩,北音清越⑪,枹止响腾⑫,馀韵徐歇⑬",自以为得之矣⑭。然是说也,余尤疑之。石之铿然有声者,所在皆是也⑮,而此独以"钟"名,何哉?

元丰七年六月丁丑^⑯，余自齐安舟行^⑰，适临汝^⑱，而长子迈将赴饶之德兴尉^⑲，送之至湖口，因得观所谓"石钟"者。寺僧使小童持斧，于乱石间择其一二扣之，硿硿焉^⑳，余固笑而不信也。至莫夜月明，独与迈乘小舟，至绝壁下。大石侧立千尺，如猛兽奇鬼，森然欲搏人^㉑；而山上栖鹘^㉒，闻人声亦惊起，磔磔云霄间^㉓；又有若老人咳且笑于山谷中者，或曰^㉔："此鹳鹤也^㉕。"余方心动欲还，而大声发于水上，噌吰如钟鼓不绝^㉖，舟人大恐，徐而察之，则山下皆石穴罅^㉗，不知其浅深，微波入焉^㉘，涵澹澎湃而为此也^㉙。舟回至两山间，将入港口，有大石当中流，可坐百人，空中而多窍^㉚，与风水相吞吐，有窾坎镗鞳之声^㉛，与向之噌吰者相应^㉜，如乐作焉。因笑谓迈曰："汝识之乎^㉝？噌吰者，周景王之无射也^㉞；窾坎镗鞳者，魏庄子之歌钟也^㉟。古之人不余欺也^㊱。"

事不目见耳闻而臆断其有无，可乎？郦元之所见闻，殆与余同^㊲，而言之不详；士大夫终不肯以小舟夜泊绝壁之下，故莫能知；而渔工水师^㊳，虽知而不能言，此世所以不传也。而陋者乃以斧斤考击而求之^㊴，自以为得其实。余是以记之，盖叹郦元之简，而笑李渤之陋也。

【注释】

① 石钟山：在今江西湖口县。

②《水经》：我国古代的一部地理书，记述江水河道的分布情况。

③ 彭蠡：即鄱阳湖，在今江西北部。

④ 郦元：即郦道元，北魏时范阳涿（今河北涿县南）人。他为《水经》作注，注文翔实，文字优美生动，在地理学和文学上都有相当价值。《水经注》计四十卷。

⑤ 相搏：互相搏击。洪钟：大钟。按，苏轼所引《水经》两句和《水经注》四句，今本均无。系转引自李渤《辨石钟山记》一文。

⑥ 磬：古代一种用玉或石制成的乐器。

⑦ 李渤：唐洛阳(今属河南)人，曾任江州(今江西九江)刺史，治理湖水，筑堤七百步。他写过一篇《辨石钟山记》的文章。

⑧ 遗踪：旧迹。

⑨ 扣：敲击。聆：听。

⑩ 南声函胡：南边那块石头的声音含糊不清。函胡：即含糊。

⑪ 北音清越：北边那块石头的声音清脆响亮。

⑫ 枹(fú)止响腾：停下鼓槌，响声还在腾播。枹：木制的鼓槌。腾：腾播，传扬。

⑬ 馀韵徐歇：馀音久久才静止下来。按，从"扣而聆之"以下五句，均见李渤《辨石钟山记》一文。

⑭ 之：指石钟山命名的原因。

⑮ 所在皆是：各处都是这样的。

⑯ 元丰七年：公元 1084 年。元丰，宋神宗的年号(1078—1085)。丁丑：古人常以干支纪年月日，元丰七年六月丁丑，是六月初九日(1084 年 7 月 14 日)。

⑰ 齐安：即黄州，今湖北黄冈。

⑱ 适：到，往。临汝：今河南临汝。当时苏轼由黄州团练副使改官汝州。

⑲ 饶之德兴：饶州府德兴县(今属江西)。尉：县尉，县的副长官。

⑳ 硿硿焉：击石声。

㉑ 森然：阴森森地。搏：扑击。

㉒ 鹘：鸷鸟，一种凶猛的鸟。

㉓ 磔磔：鸟鸣声。

㉔ 或曰：有人说。

㉕ 鹳鹤：鸟名，像鹤而无红顶，颈长嘴尖，全身灰白，翅尾黑色。在树上结巢。

㉖ 噌吰：响亮厚重的钟声。

㉗ 穴罅(xià)：洞口和裂缝。

㉘ 焉：于此。此指穴罅。

㉙ 涵澹：大水流动的样子。澎湃：波涛奔腾的样子。而为此：而形成了噌吰之声。

㉚ 窍：小孔。

㉛ 窾(kuǎn)坎：击物声。镗鞳：钟鼓声。

㉜ 向：刚才。

㉝ 识：知道。

㉞ 无射(yì)：春秋时周景王(姬贵)铸造的钟名。

㉟ 魏庄子：魏绛，春秋时晋国大夫。晋悼公曾赐给他歌钟一肆(十六座钟)。

㊱ 这句意谓古人把这座山命名为"石钟山"，确有根据，没有欺骗我们啊。不余欺：不欺余。

㊲ 殆：大概。

㊳ 渔工：渔夫。水师：船夫。

㊴ 陋者：见识低下的人，这里指李渤。斧斤：斧头之类的工具。考击：敲击。

【品评】

　　"记"这种文体原以记叙为主，但宋代散文家却不拘成法，别出机杼，或巧妙地融入记叙以外的成分，如议论、抒情，或适当地吸取其他文体的特点，使杂记文呈现多姿多态的风貌。苏轼在欧阳修、王安石(如本书所选的《游褒禅山记》等)基础上，对此更作出突出的贡献。

　　这篇记是写石钟山命名意义的探求过程的，实是辨误之作，带有议论文的性质。作者既不满郦道元之"简",因为他只说命名之由是"水石相搏,声如洪钟",语焉不详;又指斥李渤之"陋",因为他竟用潭上双石之声来求命名原因。作者亲自进行了一番实地调查,几经曲折,才对这个疑案提出了自己的解答:在郦道元"水石相搏"说的基础上作了具体的说明。虽然后人对苏轼的这个解答也提出过异议(认为因山形如覆盖之钟而得名),但本文所阐明的道理,即"臆断"如何妨碍对事物的正确认识,仍然富有启示意义。同时,对前人成说不迷信、不盲从,必得重新加以检验,这种精神也是十分可贵的。

文章的主旨在明理,但与叙事写景交相映衬抉发,而不是抽象的推理议论。全篇笔意轻灵,文情酣畅。尤其描写石钟山夜景一段,几笔点染,便凸现一个阴森逼人的境界,很见工力。

书蒲永升画后①

古今画水多作平远细皱,其善者不过能为波头起伏,使人至以手扪之②,谓有洼隆③,以为至妙矣。然其品格,特与印板水纸争工拙于毫厘间耳④。

唐广明中⑤,处士孙位始出新意⑥,画奔湍巨浪⑦,与山石曲折,随物赋形⑧,尽水之变,号称神逸。其后蜀人黄筌、孙知微皆得其笔法⑨。始⑩,知微欲于大慈寺寿宁院壁作湖滩水石四堵,营度经岁⑪,终不肯下笔。一日,仓皇入寺⑫,索笔甚急,奋袂如风⑬,须臾而成⑭,作输泻跳蹙之势⑮,汹汹欲崩屋也。知微既死,笔法中绝五十馀年。

近岁成都人蒲永升,嗜酒放浪,性与画会⑯,始作活水,得二孙本意,自黄居寀兄弟、李怀衮之流,皆不及也⑰。王公富人或以势力使之,永升辄嘻笑舍去⑱,遇其欲画,不择贵贱，顷刻而成。尝与余临寿宁院水^⑲，作二十四幅，每夏日挂之高堂素壁，即阴风袭人，毛发为立。永升今老矣，画益难得，而世之识真者亦少。如往时董羽、近日常州戚氏画水^⑳，世或传宝之；如董、戚之流，可谓死水，未可与永升同年而语也^㉑。元丰三年十二月十八日夜^㉒，黄州临皋亭西斋戏书^㉓。

【注释】

① 题一作《画水记》。蒲永升：成都（今属四川）人，与苏轼同时而稍长，其生平事迹仅见此文。

② 扪：摸。

③ 洼隆：高低起伏。

④ 特：只是。

⑤ 广明：唐僖宗（李俨）的年号（880—881）。

⑥ 处士：有才德的隐居不仕的知识分子。孙位：唐代画家，擅长人物、鬼神、松石、墨竹、鹰犬等，笔势超逸，气象雄放，画水尤为入神。

⑦ 奔湍：奔腾的急流。

⑧ 随物赋形：随着碰到的山石形状的不同而得到不同的形态。

⑨ 黄筌：五代时画家，成都人。他的花鸟画法，被宋朝的国立画院定作"程式"（标准）。孙知微：宋代画家，眉山（今属四川）人。专攻宗教故事画，有"逸格"之称。

⑩ 始：最初。

⑪ 营度经岁：经营和酝酿了一年之久。

⑫ 仓皇：匆匆忙忙。

⑬ 奋袂：挥臂。袂，衣袖。

⑭ 须臾：一会儿工夫。

⑮ 输泻：指水势直奔而下。跳蹙（cù）：指水势奔腾紧迫。

⑯ 性与画会：性情和画完全融合。

⑰ 黄居寀：黄筌的第三子，继承家传绘画技法，在花鸟、人物及杂画等方面，沿袭和发挥了黄筌的风格。曾在五代后蜀和宋朝做过宫廷画家。李怀衮：宋四川人，擅长花竹翎毛，水石学黄筌笔意。

⑱ 辄：就。舍去：离去。

⑲ 尝：曾经。与：给。临：临摹。

⑳ 董羽：昆陵（今江苏常州）人，曾为南唐和宋朝的宫廷画师，善画龙、水。戚氏：指宋朝人戚文秀，以善画水得名。

㉑ 同年而语：相提并论。

㉒ 元丰三年：公元 1080 年。元丰，宋神宗的年号（1078—1085）。

㉓ 黄州：州治在今湖北黄冈。临皋亭：在黄冈南大江边，苏轼贬居黄州时曾家居于此。

【品评】

　　在这篇谈画的跋文里，作者提出"死水"和"活水"的区别。他认为前人乃至其时董羽、戚文秀等所画之水，大都摹写了"平远细皱"、"波头起伏"的形貌而已，与"印板水纸"无异，是谓"死水"；自孙位、黄筌、孙知微直至蒲永升等画家，则自出新意，"尽水之变"，获得了"汹汹欲崩屋"或"阴风袭人，毛发为立"的感受效果，此之谓"活水"。他结合唐宋画水艺术的发展实际，形象地阐发了我国绘画中"形似"和"神似"的理论。也就是说，艺术家不应该满足于对事物外貌的逼真摹写，而应着力于表现事物的神理。这是深得艺术奥秘的，对我国艺术理论和文学理论都有深远影响（诗歌中即有"死法"、"活法"之说）。

　　文中还生动地描绘了孙知微创作冲动的情状，提出了创作灵感问题。灵感具有突发性、不确定性的特点，倏忽而来，瞬息即逝，但并不是完全神秘而不可理喻的。它是艺术家在长期酝酿、艰苦积累、

"营度经岁"的基础上，又当精神高度兴奋集中之时的突然爆发，是艺术家"性与画会"、创作潜力的强烈迸射。作为一位大文学家，苏轼本人屡有亲身体会。本文原是信手挥就的"戏笔"，记叙议论，交错并出。写孙知微仓皇入寺一段，也堪称神来之笔；写蒲永升画品、人品处，寥寥几语，却呼之欲出，可以看作一幅极省简而又传神的人物素描。本文论画状人，可作一字评：神。

答谢民师书①

近奉违②，亟辱问讯③，具审起居佳胜④，感慰深矣。某受性刚简⑤，学迂材下⑥，坐废累年⑦，不敢复齿搢绅⑧。自还海北⑨，见平生亲旧，惘然如隔世人，况与左右无一日之雅而敢求交乎⑩？数赐见临⑪，倾盖如故⑫，幸甚过望⑬，不可言也。

所示书教及诗赋杂文⑭，观之熟矣。大略如行云流水，初无定质⑮，但常行于所当行，常止于所不可不止，文理自然，姿态横生。孔子曰："言之不文，行而不远⑯。"又曰："辞，达而已矣⑰。"夫言止于达意，即疑若不文⑱，是大不然。求物之妙，如系风捕影；能使是物了然于心者⑲，盖千万人而不一遇也，而况能使了然于口与手者乎？是之谓辞达。辞至于能达，则文不可胜用矣⑳。扬雄好为艰深之辞㉑，以文浅易之说㉒；若正言之㉓，则人人知之矣。此正所谓"雕虫篆刻"者㉔，其《太玄》《法言》皆是类也㉕。而独悔于赋，何哉？终身雕篆而独变其音节㉖，便谓之"经"，可乎㉗？屈原作《离骚经》，盖风、雅之再变者㉘，虽与日月争光可也，可以其似赋而谓之"雕虫"乎？使贾谊见孔子㉙，升堂有馀矣㉚；而乃以赋鄙之㉛，至与司马相如同科㉜。雄之陋如此比者甚众㉝。"可与知者道，难与俗人言也㉞"，因论文偶及之耳。欧阳文忠公言㉟："文章如精金美玉，市有定价，非人所能以口舌定贵贱也。"纷纷多言，岂能有益于左右，愧悚不已㊱。

所须惠力"法雨堂"字㊲，轼本不善作大字，强作终不佳，又舟中局迫难写㊳，未能如教。然轼方过临江㊴，当往游焉。或僧有所欲记录，当为作数句留院中，慰左右念亲之意㊵。今日至峡山寺㊶，少留即去，愈远㊷。惟万万以时自爱㊸，不宣㊹。

【注释】

① 题一作《与谢民师推官书》。谢民师：名举廉，新淦（今江西新干）人。宋哲宗元符三年(1100)，他在广东做幕僚，遇到苏轼从海南岛赦回，彼此书信往返，结交为友。

② 奉违：离别。奉：表示尊敬的用语。

③ 亟：屡次。辱：辱蒙、辱承的略语，谦词。问讯：写信问候。

④ 具：完全。审：明白。起居：指日常生活。

⑤ 受性：秉性。刚简：刚直简慢。

⑥ 学迂：学问迂阔，不合时宜。

⑦ 坐废：因事贬职。累(lěi)：好几年。

⑧ 复齿搢(jìn)绅：再列入官僚士大夫阶层。搢绅：古代官员的装束，借指官员。搢：插，指插笏（手版，记事用）于带。绅：官员腰间束于衣外的带子。

⑨ 自还海北：自从渡海北返。

⑩ 左右：对受信者的敬词。意谓不敢直接干犯对方，而由其左右转致。无一日之雅：平素没有来往。雅：素常。

⑪ 数赐见临：承蒙您几次来看望我。见：被动词，承受之意。

⑫ 倾盖如故：一见如故。倾盖：两人乘车偶然相遇，并车对语，彼此的车盖相依而下倾，比喻偶遇之间就如同老友一样。

⑬ 过望：出于望外。

⑭ 书教：指书启信函。

⑮ 初无定质：本来没有一定的形状。

⑯ 两句谓语言没有文采，传播就不远。原话见于《左传·襄公二十五年》。

⑰ 辞，达而已矣：文章，只要能够达意就足够了。语出《论语·卫灵公》。

⑱ 疑若不文：误以为不需要文采。

⑲ 了然：彻底明白。

⑳ 两句谓"辞"能够做到达，那么文采（包括各种修辞手段）已经用不胜用了（意思是文采已经很丰富了）。

㉑ 扬雄：字子云，西汉著名文学家。

㉒ 文：文饰，遮掩。说：内容。

㉓ 正言之：直截了当地说出来。

㉔ 雕虫篆刻：意为雕琢字句。扬雄曾后悔作赋，认为这是小孩子的雕虫小技。（《法言·吾子》："童子雕虫篆刻。"）

㉕ 《太玄》、《法言》：都是扬雄的著作，内容谈哲理和政治，形式模仿《易经》和《论语》。皆是类也：都是这一类雕虫篆刻的东西。

㉖ 独变其音节：单单改变《太玄》、《法言》的句法，使它们散文化而不同于赋的韵文形式。

㉗ 两句谓便自称《太玄》、《法言》是"经书"，这可以吗？

㉘ 风、雅：《诗经》的组成部分，后来常用以作为《诗经》的代称。再变：指屈原《离骚》继承发扬《诗经》的传统。

㉙ 贾谊：西汉著名政论家，著有《新书》，也写过赋。

㉚ 升堂：入门、升堂、入室，比喻学问由浅至深的三种境界。升堂：

喻学问已达到相当的深度；升堂有馀，已快达到"入室"的极深造诣阶段。

㉛ 以赋鄙之：指扬雄因为贾谊曾作过赋而轻视他。

㉜ 至与司马相如同科：竟至于把贾谊和司马相如同等相待。司马相如：字长卿，西汉著名词赋家。同科：等类齐观。

㉝ 陋：指见识低下。比：类。

㉞ 两句见司马迁《报任安书》："可为智者道，难为俗人言也。"

㉟ 欧阳文忠公：欧阳修，文忠是他的谥号。

㊱ 愧悚：惭愧和恐惧。

㊲ 惠力：寺名。谢民师替该寺向苏轼求字。

㊳ 局迫：局促，狭窄。

㊴ 临江：即临江军（军，宋朝行政区域名称），今江西清江。

㊵ 慰左右念亲之意：安慰您对乡亲的思念。

㊶ 峡山寺：即广庆寺，是古代有名寺庙之一，在今广东清远。

㊷ 愈远：离您越远。

㊸ 惟万万以时自爱：请您千万要随时保重自己。

㊹ 不宣：旧时书信末尾常用套语，不一一陈述的意思。

【品评】

　　本文作于元符三年（1100），苏轼自海南岛北归常州，途经广东清远时。

　　在这封回信中，作者表述了自己的艺术主张。一是崇尚"行云流水"的"自然"风格，反对束缚雕饰，又强调"常行于所当行，常止于所不可不止"，也就是说，圆活流转，自然真率之美，又必须与艺术规律的"当"相统一。二是与此相联系，他从作家对于客观事物的艺术把握的角度，阐述了"辞达"的内涵。从"了然于心"到"了然于口与手"，这就是说，作家首先必须对事物特征具有深刻的观察和全面的认识，然后充分发挥文字的性能,加以准确而形象的表现。作为对立面,他批评了扬雄的文意浅易而辞句艰涩之弊。三是肯定文学作品"如精金美玉",有其独立的自身价值,不由世俗的"口舌"来决定"贵贱"。这就坚持了文学批评的客观的、科学的标准。这封文艺书简,应该看作是苏轼晚年对于自己创作经验的宝贵总结,是很值得珍视的。

作者信笔挥洒,亲切如晤,用语简洁生动,比喻新颖贴切。短短篇幅,即把艺事真谛奥秘抉剔无遗,真非大手笔不办。吕留良云:"论文到精妙处,亦唯东坡能达。"的确如此。

日　喻

生而眇者不识日①,问之有目者②。或告之曰:"日之状如铜盘。"扣盘而得其声③,他日闻钟④,以为日也。或告之曰:"日之光如烛。"扪烛而得其形⑤,他日揣籥⑥,以为日也。

日之与钟、籥亦远矣,而眇者不知其异,以其未尝见而求之人也⑦。道之难见也甚于日,而人之未达也⑧,无以异于眇。达者告之,虽有巧譬善导⑨,亦无以过于盘与烛也。自盘而之钟,自烛而之籥,转而相之⑩,岂有既乎⑪?故世之言道者,或即其所见而名之,或莫之见而意之,皆求道之过也⑫。然则道卒不可求欤⑬?苏子曰⑭:道可致而不可求⑮。何谓致?孙武曰⑯:"善战者致人,不致于人⑰。"子夏曰⑱:"百工居肆,以成其事,君子学以致其道⑲。"莫之求而自至,斯以为致也欤⑳!

南方多没人㉑,日与水居也,七岁而能涉㉒,十岁而能浮㉓,十五而能没矣。夫没者岂苟然哉㉔?必将有得于水之道者㉕。日与水居,则十五而得其道;生不识水,则虽壮,见舟而畏之。故北方之勇者,问于没人,而求其所以没㉖,以其言试之河,未有不溺者也。故凡不学而务求道,皆北方之学没者也。

昔者以声律取士㉗,士杂学而不志于道;今也以经术取士㉘,士知求道而不务学。渤海吴君彦律㉙,有志于学者也,方求举于礼部㉚,作《日喻》以告之。

【注释】

① 生而眇者:天生的瞎子。眇:瞎一只眼睛。这里泛指瞎子。

② 之:指太阳的形状。

③ 扣:敲。

④ 他日:后来有一天。

⑤ 扪:摸。

⑥ 揣:摸索。籥(yuè):一种似笛的管乐器。

⑦ 以:因为。

⑧ 达:懂得,明白。

⑨ 巧譬:巧妙的比喻。导:开导,指点。

⑩ 转而相之:一个譬喻连着一个譬喻地辗转相比。

⑪ 既:完。

⑫ 四句谓所以一般论"道"的人,或是只就他所见的那一部分而称之为道,或是根本未曾见"道"而只凭主观的臆测,这都是硬求"道"的弊病。

⑬ 卒:终于,毕竟。

⑭ 苏子:苏轼自称。

⑮ 致:使其自至。求:强求。

⑯ 孙武:春秋时期著名的军事学家,著有《孙子》,是著名的兵书。

205

⑰ 这两句引自《孙子·虚实篇》,意谓善于打仗的人使别人不自觉地落入自己的罗网,而不使自己被别人牵制。致:招致。

⑱ 子夏:孔子的弟子。

⑲ 这几句引自《论语·子张》,意谓工匠们只有住在自己的工场,才能把活干好;君子只要不断地学习,就能自然而然地得到"道"。

⑳ 斯以为:这就是所谓。

㉑ 没人:能潜水的人。

㉒ 涉:步行渡河。

㉓ 浮:浮水。

㉔ 岂苟然哉:难道是偶然的吗? 苟:随便。

㉕ 水之道:水性。

㉖ 句谓请教潜水的方法。

㉗ 以声律取士:唐朝和宋初都用诗赋取士。

㉘ 以经术取士:自王安石变法以后,改用经义取士。苏轼以为这样形成了知识分子只读经书,空求仁义之道而不讲求广泛的学习。

㉙ 渤海:旧郡名,郡治在今山东阳信县南。吴彦律,名琯,苏轼知徐州时,吴为监酒正字。曾与苏轼交往唱和。

㉚ 求举:应试。礼部:管理教育、考试的中央机关。

【品评】

此文题一作《日喻说》,实系韩愈《杂说》一类作品,其特点是借喻论证,托事说理抒感。它不同于一般议论文中的作为修辞手段的片断比喻,也不同于有一定故事或情节的寓言,而是用比喻来建构通篇的论说结构,从喻体引发到本论,由此及彼,联想自然,推论合理。这种写法在韩愈以后的散文史中已形成系列(如本书所选的《爱莲说》

等），极大地提高了说理文的形象性和说服力。苏轼此文即以"盲人议日"和"北人学没"两个比喻来组织全篇，借以阐明"道可致而不可求"和"学以致其道"两点见解。首先应该说明，本文含有对王安石变法中改革科举制度的指责。王安石以经术取士，取代以往的以诗赋取士，自有其合理的根据；但作为封建官僚选拔的具体制度，其间的是非优劣颇难遽下判断。苏轼是主张维护原来的考试科目的，但在本文中，却同时批评两者的弊端：一个是"士杂学而不志于道"，一个是"士知求道而不务学"，态度较为辩证公允。然而，本文提出的两点见解，其意义大大超出了这一具体论争，而涉及关于"道"的本体特征的深刻思想。

"道"是中国古代哲学中的基本概念，它是人们对于自然或社会发展的总的认识和最高概括，有时也专指孔孟之道。作者继承先哲所谓"道可道，非常道"，"道不可言，言而非也"的看法，认为"道"是难以言传的，至理妙道存在于言语迹象之外。从根本上说，语言作为表达媒介不能完全再现道的真相，因而单靠"达者"的"巧譬善导"也是无法勉强求得的，而只能在实践中去体认领悟，使其自然而然地获得。

苏轼的论述触及"道"的无限性和模糊性的本体特征，似有一些神秘色彩；但他同时认为，"道"并不是不可知的，通过"学"，即长期不断地亲身实践，是能够逐步掌握"道"的奥秘的，充分肯定实践对认识的关键作用。

两个著名的比喻，也超出论"道"的范围而产生独立形象的意义。"盲人识日"突出强调了耳目见闻直接感受客观事物的重要性，"识日"必须用眼，要知梨子的滋味必须亲口一尝；也巧妙地说明只求一点、不及其馀的方法，将会导致何等荒谬的结论。"北人学没"又生动地阐发了客观事物必须在亲身实践中才能领会和掌握，光凭一点理论知识，仍然是要碰壁的。这在认识论上都对人们具有普遍的启迪作用。

记承天寺夜游^①

元丰六年十月十二日^②，夜解衣欲睡；月色入户，欣然起行，念无与为乐者^③。遂至承天寺，寻张怀民^④。怀民亦未寝，相与步于中庭。

庭下如积水空明^⑤，水中藻、荇交横^⑥，盖竹柏影也。

何夜无月，何处无竹柏，但少闲人如吾两人者耳^⑦。

【注释】

① 承天寺：故址在今湖北黄冈南。

② 元丰六年：公元 1083 年。元丰：宋神宗的年号（1078—1085）。

③ 句谓想到没有可与自己一起领略这月夜乐趣的人。

④ 张怀民：即张梦得，清河人，当时亦贬居黄州。

⑤ 如积水空明：月光宛如一泓积水那样清澈透明。

⑥ 藻、荇(xìng)：两种水草名。

⑦ 闲人：指清闲少事而能从容赏景的人。苏轼当时贬官为黄州团练副使，是有名无实的官；加以官衔上有"本州安置"的字样，更近于流放。既无一定的职务，所以称为"闲人"。

【品评】

苏轼有许多随笔式的散文，大都从日常生活片断的记叙中，坦率地表现了落拓不羁、随缘自适的个性。它们在艺术上的显著特色，是用少到不能再少的文字，鲜明地而又仿佛极不经意地渲染出一种情调或一片心境。这对以后明朝的小品文的发展，起过很大作用。这篇八十四字的短记，就是其中的一个典型例子。

此文俨然也是先叙事、继写景、结抒慨，具有一般杂记文的规格，但这样冷静乃至冷漠的分析，未必符合作者写作和读者欣赏时内心的律动。不错,不少论者指出其中"庭下"三句景物描写的入神,但类似描写在作者的《月夜与客饮杏花下》之类作品中也有("褰衣步月踏花影,炯如流水涵青蘋"),未必获得在此文中的艺术效果。这篇短记激动人们之处在于认识了一个既寂寞又自悦、遭际困于他人而在精神生活上超出常人的灵魂。胸怀大志却落得有闲之身固然引起千愁万恨,但正是"闲人"才是无主江山的真正主人,多少佳景胜概被"忙人"匆匆错过。"庭下"三句正是在这个意义上取得了诗意和哲理,使人玩味不尽。平心而论,苏轼所写之地,景物实很平常,几乎随处可见,但他在平常景物中发现了美,或领悟到人生的某些哲理,使人们认识到发现这种自然美和人生哲理的心灵的丰富性。这是不少读者喜爱乃至偏爱他这类作品的重要原因。

苏辙（1039—1112）

字子由，号颍滨，眉州眉山（今属四川）人。宋仁宗嘉祐时，与兄苏轼同时考中进士。神宗时，与王安石政见不合，出任河南府推官，并屡遭贬谪。哲宗时，旧党执政，他官至尚书右丞、门下侍郎等显职。晚年又遭贬谪。他与父兄合称"三苏"，同入"唐宋八大家"之列。世称"小苏"。其文含蕴澹泊而又清秀奇拔。有《栾城集》。

上枢密韩太尉书①

太尉执事②：辙生好为文，思之至深，以为文者气之所形；然文不可以学而能，气可以养而致③。孟子曰："我善养吾浩然之气④。"今观其文章宽厚宏博，充乎天地之间，称其气之小大⑤。太史公行天下⑥，周览四海名山大川，与燕赵间豪俊交游⑦，故其文疏荡⑧，颇有奇气。此二子者岂尝执笔学为如此之文哉⑨？其气充乎其中而溢乎其貌，动乎其言而见乎其文，而不自知也⑩。

辙生十有九年矣，其居家所与游者，不过其邻里乡党之人⑪，所见不过数百里之间，无高山大野可登览以自广⑫。百氏之书虽无所不读⑬，然皆古人之陈迹，不足以激发其志气。

恐遂汩没^⑭，故决然舍去，求天下奇闻壮观，以知天地之广大。过秦汉之故都^⑮，恣观终南、嵩、华之高^⑯，北顾黄河之奔流，慨然想见古之豪杰。至京师仰观天子宫阙之壮^⑰，与仓廪、府库、城池、苑囿之富且大也^⑱，而后知天下之巨丽。见翰林欧阳公^⑲，听其议论之宏辩，观其容貌之秀伟，与其门人贤士大夫游，而后知天下之文章聚乎此也。

太尉以才略冠天下，天下之所恃以无忧，四夷之所惮以不敢发^⑳，入则周公、召公，出则方叔、召虎^㉑，而辙也未之见焉。且夫人之学也，不志其大^㉒，虽多而何为？辙之来也，于山见终南、嵩、华之高，于水见黄河之大且深，于人见欧阳公，而犹以为未见太尉也。故愿得观贤人之光耀^㉓，闻一言以自壮，然后可以尽天下之大观而无憾者矣。

辙年少，未能通习吏事。向之来，非有取于斗升之禄^㉔，偶然得之，非其所乐。然幸得赐归待选^㉕，使得优游数年之间^㉖，将归益治其文^㉗，且学为政。太尉苟以为可教而辱教之^㉘，又幸矣^㉙。

【注释】

① 韩太尉：韩琦，时任枢密使。太尉：秦汉时官名，是全国军事首脑。枢密使相当于太尉，故称。

② 执事：左右的人。旧时信中常用作对对方的尊称，表示不敢直指。

③ 三句谓我认为文章是气的表现；但文章不是通过学习就能写好的，而气经过修养却是能获得的。

④ 浩然之气：指刚正不阿之气。

⑤ 称（chèn）：符合。小大：指大小的程度。

211

⑥ 太史公：指西汉著名史学家司马迁,曾任太史令,自称太史公。

⑦ 燕赵：战国时两国名,这里借指现在的河北、山西一带。

⑧ 疏荡：指文风疏放洒脱、跌宕多姿。

⑨ 岂尝：何曾。

⑩ 几句谓他们二人的"气"充满在心中,就会表露在外表上,发而为言语,表现为文章。自己是不知不觉而然的。中：内心。

⑪ 乡党：本乡本土。古代以一万二千五百家为乡,以五百家为党。

⑫ 自广：扩大自己的胸襟。

⑬ 百氏：指诸子百家。

⑭ 汩没：埋没。

⑮ 指秦都城咸阳(今属陕西)、西汉都城长安(今陕西西安)、东汉都城洛阳(今属河南)。

⑯ 恣：尽情。终南：山名,在今陕西南部。嵩：中岳嵩山,在今河南登封北。华：西岳华山,在今陕西华阴。

⑰ 宫阙：宫殿。阙原指宫廷外面的望楼。

⑱ 苑囿：种植花木、畜养禽兽的园子。

⑲ 翰林欧阳公：欧阳修,曾任翰林学士。

⑳ 四夷：指边境各少数民族。惮：畏惧。发：侵扰。

㉑ 二句指韩琦兼有将相才能。入：在朝。周公、召公,均为周初大臣,武王之弟。辅助幼主成王,政绩卓著。出：出守边疆。方叔、召虎,周宣王时名臣,都曾征战有功。

㉒ 不志其大：不在大处上着眼。

㉓ 光耀：指人的风采。

㉔ 二句谓以前来此,并非为了取得区区官俸。向：以前。

㉕ 赐归待选：诏令回家,等待考选。

㉖ 优游：空闲。

㉗ 益治：更加研究。

㉘ 苟：如果。辱教：屈尊指教。辱：谦词。

㉙ 幸：幸运。

【品评】

这是初出茅庐的苏辙写给声位隆重的韩琦的一封求见信。这本属"干谒"文字，但却一扫此类文字中所常见的阿谀献谄、低声下气的鄙薄不堪之状，而是自抒志向、意气风发，并提出了重要的文论思想，无论就内容而言，或就文势而言，都足以名世。

作者沿承古人论文重气的传统，认为文章是"气"的表现。同时他又给"气"赋予了新的内涵：所谓"气"是人的修养、气质和精神力量的总和，是可以"养而致"的。接着详细阐述了如何"养气"的两条途径：一是侧重内在的自我修养，如孟子的"善养吾浩然之气"；一是侧重于外境的阅历交游，如司马迁的"周览四海名山大川"，与"豪俊交游"。在这两者中，作者更偏重于后者。作者以"养气"为中介，把写作与社会生活相联系，这是"养气说"的重要发展。此信由此也成为苏辙文论思想的一个重要文献。

此信在文势上有两个特点。一是纡徐曲折，饶有馀味。作者先就文章与养气关系说起，中叙自己为了养气治文已游览了名山大川，拜见了京华人物，独以未见韩琦为憾。最后点明主旨，方吐求见之语。起笔远，推进缓，一波三折，然后委婉见旨。

此信的内容是论气，而信本身亦即奇气灌注，盛气逼人，这是此信在文势上的另一特点。信中提及孟子、司马迁，明为取譬，实是取则，暗以自许。作者游历的是名山大川，愿结交的是欧阳修、韩琦等时彦，既赞誉了对方，又显示出自己的胸襟博伟、意气英迈。而作者求见，不是为了猎取功名利禄，而是为了养气治文，自占高标。所以虽是求见求教，但意气无所屈抑，于从容含蕴中，充溢着一股疏宕之气。苏轼曾评论其弟为文特征："汪洋澹泊，有一唱三叹之声，而其秀

213

杰之气,终不可没。"于此文中可窥一斑。

黄州快哉亭记①

江出西陵②,始得平地,其流奔放肆大③。南合湘沅④,北合汉沔⑤,其势益张⑥。至于赤壁之下⑦,波流浸灌⑧,与海相若⑨。清河张君梦得谪居齐安⑩,即其庐之西南为亭⑪,以览观江流之胜,而余兄子瞻名之曰"快哉"。

盖亭之所见,南北百里,东西一舍⑫,涛澜汹涌,风云开阖⑬。昼则舟楫出没于其前,夜则鱼龙悲啸于其下⑭。变化倏忽⑮,动心骇目,不可久视。今乃得玩之几席之上,举目而足⑯。西望武昌诸山⑰,冈陵起伏,草木行列⑱,烟消日出,渔夫樵父之舍,皆可指数⑲:此其所以为快哉者也。至于长洲之滨⑳,故城之墟㉑,曹孟德、孙仲谋之所睥睨,周瑜、陆逊之所骋骛㉒,其流风遗迹㉓,亦足以称快世俗㉔。

昔楚襄王从宋玉、景差于兰台之宫㉕,有风飒然至者㉖,王披襟当之曰㉗:"快哉此风!寡人所与庶人共者耶㉘?"宋玉曰:"此独大王之雄风耳,庶人安得共之!"玉之言盖有讽焉㉙。夫风无雌雄之异,而人有遇不遇之变㉚;楚王之所以为乐,与庶人之所以为忧,此则人之变也,而风何与焉㉛?士生于世,使其中不自得,将何往而非病㉜?使其中坦然,不以物伤性,将何适而非快㉝?今张君不以谪为患,窃会计之馀功㉞,而自放山水之间㉟,此其中宜有以过人者㊱。将蓬户瓮牖无所不快㊲,而况乎濯长江之清流,揖西山之白云㊳,穷耳目之胜以自适也哉㊴!不然,连山绝壑㊵,长林古木,振之以清风^㊶,照之以明月,此皆骚人思士之所以悲伤憔悴而不能胜者^㊷,乌睹其为快也哉^㊸?

元丰六年十一月朔日赵郡苏辙记^㊹。

【注释】

① 快哉亭:在黄州(治所在今湖北黄冈)城南。

② 江:长江。西陵:西陵峡,长江三峡之一,西起湖北巴东,东至宜昌,全长一百多公里。

③ 句指水流迅急、浩大。

④ 湘沅:湘江、沅江,均北流入洞庭湖,注入长江。

⑤ 汉沔:即汉水。汉水上游的一段称沔水。源出陕西宁强,东南流至湖北武汉,注入长江。

⑥ 张:大。

⑦ 赤壁:指赤鼻矶,在今黄冈西北,并非三国赤壁之战的旧址。但下文混称之。

⑧ 浸灌:灌注。

⑨ 相若:相似。

⑩ 清河:古郡名,治所在今河北清河。齐安:古郡名,即黄州。

⑪ 即:就着。

⑫ 一舍:古时以三十里为一舍。

⑬ 风云开阖:指风云时散时聚,变幻不定。阖:通"合"。

⑭ 鱼龙:指鱼类。

⑮ 倏(shū)忽:迅急。

⑯ 二句谓现在能在亭中的几旁席上赏玩江景,举目一望,就能看到全景。

⑰ 武昌:指今湖北鄂城,与黄冈隔长江相望,并非今日武昌。

⑱ 行列:一行行排列着。

⑲ 指数：用手指一一点数。

⑳ 长洲：水中长条形的陆地。

㉑ 故城：指邾城，战国时楚宣王所建，遗址在黄冈西北，今呼女王城（或禹王城）。隋唐时始改置黄州，州治移至今黄冈。

㉒ 二句谓此地曾是曹操（字孟德）、孙权（字仲谋）窥伺欲得的地方，也是周瑜、陆逊驰骋争战的所在。睥睨：斜视。这里引申为侧目窥察。周瑜、陆逊：吴国名将。骋骛：往来奔跑的样子。

㉓ 流风：前代流传下来的良好风尚。

㉔ 称快世俗：为社会时尚所称快。

㉕ 此事出于宋玉所撰《风赋》。楚襄王：战国时楚国国君。从：侍从，指楚襄王由宋玉、景差二人侍从。宋玉、景差：楚国人，辞赋家。兰台：楚国宫苑，旧址在今湖北钟祥。

㉖ 飒然：风声。

㉗ 披襟当之：解开衣襟迎着风。

㉘ 寡人：国君自称，谦词。庶人：平民。共：共享，共有。

㉙ 句谓宋玉的话里大概有讽喻的意思。

㉚ 遇：遇合，旧时指得到上级的赏识。变：不同。

㉛ 句谓跟风又有什么关系。与：参与。

㉜ 二句谓假使他心中没有自得之乐，那么他将去何处而不感到忧怨？病：忧怨。

㉝ 适：到。

㉞ 窃：这里是偷闲、利用之意。会计：办理钱谷赋税等财务。馀功：馀暇。

㉟ 放：纵情。

㊱ 句谓他心中该是有超过常人识见的地方。

㊲ 将：即使。蓬户瓮牖（yǒu）：用蓬草编成门，用破瓮当作窗，形容住所简陋。

㊳ 揖：这里是拱手相对之意。西山：一名樊山，在鄂城西。

㊴ 穷：穷尽。胜（shèng）：美景。自适：自我满足。

㊵ 绝壑：险峻的山谷。

㊶ 振：摇动，这里指"吹"。

㊷ 骚人：诗人。思士：有忧思的人。胜（shēng）：担，任。与上文"耳目之胜"的"胜"音义均不同。

㊸ 句谓哪里看得出这里快乐的呢？

㊹ 元丰六年：公元1083年。元丰：宋神宗的年号。赵郡：苏辙祖籍为赵郡栾城（今河北赵县）人。

【品评】

　　这也是一篇抒写贬谪心态的亭阁记。快哉亭的建造者张梦得、命名者苏轼谪居黄州，而作者时亦贬官筠州（治所在今江西高安），文章的着眼点很自然地落在如何看待这共同的遭遇上。作者因景生意，通过对亭名"快哉"之义的抉发，着重宣扬了一种随缘自适的人生观，既藉以誉人慰人，也用来自慰自勉。这番由"快哉"一词的出处所引发的议论，是从外境与心境关系切入的。作者认为外境本无忧乐，而随人的心境之变而变。接着从正反两面进行说明：内心自得者，无往而不适，身居劣境，一样怡然而乐；不自得者，即使面对清风明月，也会不胜悲悼憔悴。这番议论，宏阔旷放而又具现实性。因为在困厄之时，这种不以物伤性的处世原则，是保持内心平宁的有效武器。这正是作者所追求的人生境界。

　　在议论中，穿插了对张梦得能随遇而安的赞美，巧妙地绾合了题意；而对苏轼的称赏，则是以全文解释"快哉"的来由和内涵来达到的。因为苏轼是命名者，苏辙对乃兄的理解，显示了两人在这个问题上的心心相印。三人（尤其是苏氏兄弟）患难与共，志趣相投，无疑在这凶险叵测的宦海仕途中，平添了一份默契和温馨，令后世读者感佩

217

羡慕不已。

　　议论是本文的重点,而叙事绘景之处,笔力亦不弱。文章紧紧扣住"快哉"两字,着力渲染亭子周围足以快意的胜景古迹。劈头写江流出峡后,水势三变而愈为壮阔浩大,在托出亭子时,已饱蓄着峭劲奔放的痛快之意,顺势写及亭名为"快哉"。而后的赏景吊古,进一步畅抒"快哉"之情,分别结以"此其所以为快哉者也"、"亦足以称快世俗"。"快哉"一意贯穿全文,熔叙事、写景、议论于一炉,笔势明快洒脱、雄健酣畅。

晁补之(1053—1110)

字无咎,号归来子,济州钜野(今属山东)人。宋神宗元丰时进士。历任著作佐郎、吏部员外郎、礼部郎中和扬州、齐州等地方官。后遭贬谪,退居故里。他工书画,善诗词文,其文清峻典雅、好奇务深,早年即受知于苏轼,为"苏门四学士"之一。有《鸡肋集》《晁氏琴趣外编》等。

新城游北山记①

去新城之北三十里,山渐深,草木泉石渐幽。初犹骑行石齿间②,旁皆大松,曲者如盖③,直者如幢④,立者如人,卧者如虬⑤。松下草间有泉,沮洳伏见⑥,堕石井⑦,锵然而鸣⑧。松间藤数十尺,蜿蜒如大蚿⑨。其上有鸟,黑如鸲鹆⑩,赤冠长喙⑪,俯而啄,磔然有声⑫。稍西一峰高绝,有蹊介然⑬,仅可步。系马石鬐⑭,相扶携而上,篁筱仰不见日⑮,如四五里,乃闻鸡声。有僧布袍蹑履来迎⑯,与之语,愕而顾,如麇鹿不可接⑰。顶有屋数十间,曲折依崖壁为栏楯⑱,如蜗鼠缭绕乃得出⑲,门牖相值⑳。既坐,山风飒然而至,堂殿铃铎皆鸣㉑。二三子相顾而惊㉒,不知身之在何境也。且莫㉓,皆宿。

于时九月㉔，天高露清，山空月明，仰视星斗皆光大㉕，如适在人上㉖。窗间竹数十竿相摩戞㉗，声切切不已。竹间梅棕森然㉘，如鬼魅离立突鬓之状㉙，二三子又相顾魄动而不得寐㉚。迟明皆去㉛。

既还家数日，犹恍惚若有遇，因追记之。后不复到，然往往想见其事也。

【注释】

① 新城：今属浙江富阳。北山：官山，在新城北。

② 骑行：骑马而行。石齿：指路面有突出的齿状碎石。

③ 盖：车盖。盖柄弯曲，故形容曲松。

④ 幢：古代旗子一类的东西。

⑤ 虬：传说中一种有角的小龙。形容盘曲的松树。

⑥ 沮洳(jù rù)：低湿的地方。伏见：指泉流忽隐忽现。

⑦ 句指泉水流入石井。

⑧ 锵然：象声词。

⑨ 蜿蜒：曲折绵长的样子。蚖(wán)：即蝮蛇。

⑩ 鸲鹆(qú yù)：即八哥。

⑪ 喙(huì)：鸟嘴。

⑫ 磔然：鸟鸣声。

⑬ 句谓有一条界线分明的小径。介然：界线分明的样子。

⑭ 石觜：石角。

⑮ 篔筬(xiǎo)：竹。

⑯ 布袍蹑履：穿着袍子、鞋子。

⑰ 句谓僧人如鹿一般不与外人交接。麛：鹿的一种。

⑱ 栏楯(shǔn)：栅栏。直为栏，横为楯。

⑲ 如蜗鼠缭绕：像蜗牛、老鼠那样弯曲而行。

⑳ 相值：相对。

㉑ 铎：大铃。

㉒ 二三子：同行的几位朋友。

㉓ 且：将。莫：通"暮"。

㉔ 于时：时值。

㉕ 光大：指星既亮且大。

㉖ 适：正，刚。

㉗ 摩戛：摩擦相击。

㉘ 棕：棕榈。森然：阴森森的样子。

㉙ 离立突鬓：两两并立、鬓发怒张的样子。

㉚ 魄动：心惊。

㉛ 迟明：天将明末明之时。

【品评】

　　此文中的"北山"与柳宗元《永州八记》中的诸景一样都是人迹罕至之处，文章也深受柳文的影响，从语言的凝练简洁到风格的峭刻峻拔，无不肖似。然而两者形似质异。柳文以意驭景，意主景宾，幽邃冷寂的景观处处烙上了主观情感的印记，映照出一个物我相融的心灵世界，读后有意在笔先的感觉。而晁氏此文则是景主意宾，虽然其主观感受（惊怖之感）被渲染到极点，但终不过是外在景物的自然引发。所以文章也侧重于对景物的摹刻和对恐怖氛围的烘托上。这也是全文最为精彩的地方。

　　作者的摹写抓住了北山幽僻冷峭、令人神凄骨寒的特点，绘形绘色，如在目前。前一段北山之游，按行进方式分三层。第一层是石径"骑行"。只写怪松、鸣泉、虬藤、黑鸟四物，已酝酿出诡怪之意。第二层是小蹊步行。则竹篁茂密蔽日，僧人见人而惊，又生荒外绝世之感。第三层崖壁间攀行，如蜗如鼠。山顶静坐，唯闻风声铃声。真是渐行渐幽,步步逼向惊惧,其层次清晰可按。最后一段山上投宿,状写秋夜,更为狞厉,照应并强化了恐怖的感受。刻肖传神的状景绘物,使此文在山水游记中自占一席之地。

李 格 非

字文叔,济南(今属山东)人。生卒年不详。宋神宗熙宁时进士。历任礼部员外郎、提点东京刑狱等官。后因列入元祐党籍而被罢官。他工于词章,笔力健迈,陵轹直前,文章曾受到苏轼的称赏。著作颇丰,现仅存《洛阳名园记》。

书《洛阳名园记》后①

洛阳处天下之中,挟殽、渑之阻②,当秦、陇之襟喉③,而赵、魏之走集④,盖四方必争之地也。天下常无事则已;有事,则洛阳先受兵⑤。予故尝曰:"洛阳之盛衰,天下治乱之候也⑥。"

方唐贞观、开元之间⑦,公卿贵戚开馆列第于东都者⑧,号千有馀邸⑨。及其乱离⑩,继以五季之酷⑪,其池塘竹树,兵车蹂践,废而为丘墟;高亭大榭⑫,烟火焚燎,化而为灰烬,与唐共灭而俱亡,无馀处矣。予故尝曰:"园圃之废兴,洛阳盛衰之候也。"

且天下之治乱⑬,候于洛阳之盛衰而知⑭;洛阳之盛衰,候于园圃之废兴而得;则《名园记》之作,予岂徒然哉⑮?

呜呼!公卿大夫方进于朝⑯,放乎一己之私以自为⑰,而忘天下之治忽⑱，欲退享此乐⑲，得乎？唐之末路是矣⑳。

【注释】

① 书后：即跋，又称后记、后序，置于正文后面的文辞。

② 挟：靠着。殽（yáo）：山名，主峰在今河南灵宝东南。渑池：古时"九塞"之一，在今河南渑池。阻：险阻。

③ 当：正处于。秦：指秦地，今陕西一带。陇：指今陕西西部和甘肃一带。襟喉：衣襟和咽喉，比喻地势险要。

④ 赵、魏：指赵地和魏地，今河北、山西、河南接邻地区。走集：原指边境上的堡垒，常地处险要，是往来的必经之地，故称"走集"。这里指洛阳是通往赵、魏的要冲。

⑤ 受兵：遭逢战事。

⑥ 候：征兆，标志。

⑦ 方：当。贞观：唐太宗的年号。开元：唐玄宗的年号。

⑧ 开、列：建造，设置。东都：唐代以洛阳为东都（陪都）。

⑨ 号：号称。邸：官员的住宅。

⑩ 乱离：指遭乱而流离失所。

⑪ 五季：五代，即梁、唐、晋、汉、周。酷：指兵祸惨重。

⑫ 榭：建造在高台上的敞屋。

⑬ 且：相当于"那么"之意。

⑭ 候：作动词用，象征，预兆。

⑮ 句谓我难道是白白写作吗？意指是别有寄托的。

⑯ 进：进用。

⑰ 放：放纵。自为：为所欲为。

⑱ 治忽：指国事的好坏。忽：怠忽，轻慢。

⑲ 退：退隐不做官。

⑳ 句谓唐朝灭亡时的情况就是这样的。

【品评】

作者曾著《洛阳名园记》一卷,记述北宋洛阳十九座花园的情况。此文即为其跋记。但它与其说是阐述写作旨意的后记,毋宁说饱含忧患意识的政论文。本是游观之属的园池亭榭,在作者看来却关系至大,其兴废系乎都市的盛衰、国运的治乱,并用前代惨痛事实告诫沉湎于享乐的"公卿大夫"。因小及大,目光如炬,对于目前殆危国势有着清醒的认识和深深的担忧。二十多年后,北宋覆灭,洛阳陷落,繁丽的花园也随之灰飞烟灭。作者的忧虑不幸而成现实,他的告诫最终于国事无补。难怪南宋不少人读此文,为之流涕不已。

从洛阳建筑的盛衰来窥测国家的兴亡,并非肇始于此文。北朝杨衒之的《洛阳伽蓝记》,早已借寺庙的兴废寄托对故朝崩溃的哀悼。但杨氏是于乱后残毁的洛阳追记前盛,李氏则于盛时的洛阳预测后事,两者异曲同工,都赋予洛阳象征国运盛衰的这一特殊的历史内涵。

文章立论的角度是因小及大,而结构却是由大及小。先论洛阳与国家之间的兴衰关系,进而论及园圃与洛阳之间的兴衰关系,然后揭出写作目的和对公卿大夫的告诫。逐层推理,逻辑严密,兼用大段的排比、复叠,文势畅达。语言也省净利落,结尾戛然而止,健拔有力。

李清照(1084—1152后)

自号易安居士,济南(今属山东)人。她为李格非之女,自幼即受到良好的教育,文名早著。十八岁与太学生赵明诚结婚,夫妇志趣相投,相得与乐。金人南侵,举家渡江逃亡,赵明诚随即病逝,她辗转避乱,晚境凄苦。能诗善文,尤长于词,是我国杰出的女词人,有《漱玉词》。今人辑有《李清照集》。

《金石录》后序①

右《金石录》三十卷者何②?赵侯德父所著书也③。取上自三代④,下迄五季⑤,钟、鼎、甗、鬲、盘、匜、尊、敦之款识⑥,丰碑、大碣,显人、晦士之事迹⑦,凡见于金石刻者二千卷⑧,皆是正伪谬⑨,去取褒贬,上足以合圣人之道,下足以订史氏之失者⑩,皆载之,可谓多矣。呜呼!自王播、元载之祸⑪,书画与胡椒无异;长舆、元凯之病⑫,钱癖与传癖何殊。名虽不同,其惑一也⑬。

余建中辛巳⑭,始归赵氏⑮。时先君作礼部员外郎,丞相时作吏部侍郎⑯。侯年二十一,在太学作学生⑰。赵、李族寒,素贫俭。每朔望谒告出⑱,质衣⑲,取半千钱,步入相国寺⑳,市碑文果实归㉑,相对展玩咀嚼,自谓葛天氏之民也㉒。

226

后二年，出仕宦，便有饭蔬、衣练[23]，穷遐方绝域[24]，尽天下古文奇字之志[25]。日就月将[26]，渐益堆积。丞相居政府[27]，亲旧或在馆阁[28]，多有亡诗、逸史，鲁壁、汲冢所未见之书[29]，遂尽力传写，浸觉有味[30]，不能自已。后或见古今名人书画，三代奇器，亦复脱衣市易。尝记崇宁间[31]，有人持徐熙牡丹图[32]，求钱二十万。当时虽贵家子弟，求二十万钱，岂易得耶。留信宿[33]，计无所出而还之。夫妇相向惋怅者数日。

后屏居乡里十年[34]，仰取俯拾[35]，衣食有馀。连守两郡[36]，竭其俸入，以事铅椠[37]。每获一书，即同共勘校，整集签题[38]。得书、画、彝、鼎[39]，亦摩玩舒卷，指摘疵病，夜尽一烛为率[40]。故能纸札精致[41]，字画完整，冠诸收书家。余性偶强记[42]，每饭罢，坐归来堂烹茶[43]，指堆积书史，言某事在某书某卷第几叶第几行，以中否角胜负[44]，为饮茶先后。中即举杯大笑，至茶倾覆怀中，反不得饮而起。甘心老是乡矣[45]！故虽处忧患困穷，而志不屈。

收书既成，归来堂起书库大橱，簿甲乙[46]，置书册。如要讲读，即请钥上簿，关出卷帙[47]。或少损污，必惩责揩完涂改，不复向时之坦夷也[48]。是欲求适意而反取憀栗[49]。余性不耐，始谋食去重肉，衣去重采[50]，首无明珠、翠羽之饰，室无涂金、刺绣之具。遇书史百家，字不刓缺、本不讹谬者(51)，辄市之，储作副本。自来家传《周易》、《左氏传》，故两家者流(52)，文字最备。于是几案罗列，枕席枕藉，意会心谋，目往神授(53)，乐在声色狗马之上(54)。

至靖康丙午岁(55)，侯守淄川(56)，闻金寇犯京师，四顾茫然，盈箱溢箧，且恋恋，且怅怅，知其必不为己物矣。建炎丁未春三月(57)，奔太夫人丧南来。既长物不能尽载(58)，乃先去书之重大印本者，又去画之多幅者，又去古器之无款识者。后又去书之监本者(59)，画之平常者，器之重大者。凡屡减去，尚载书十五车。至东海(60)，连舻渡淮(61)，又渡江，至建康(62)。青州故第，尚锁书册什物，用屋十馀间，期明年春再具舟载之(63)。十二月，金人陷青州，凡所谓十馀屋者，已皆为煨烬矣(64)。

建炎戊申秋九月，侯起复知建康府(65)。己酉春三月罢(66)，具舟上芜湖(67)。入姑孰(68)，将卜居赣水上(69)。夏五月，至池阳(70)。被旨知湖州(71)，过阙上殿(72)。遂驻家池阳，独赴召。六月十三日，始负担舍舟，坐岸上，葛衣岸巾(73)，精神如虎，目光烂烂射人，望舟中告别。余意甚恶(74)，呼曰："如传闻城中缓急(75)，奈何?"戟手遥应曰(76)："从众。必不得已，先弃辎重，次衣被，次书册卷轴，次古器，独所谓宗器者(77)，可自负抱，与身俱存亡，勿忘也!"遂驰马去。途中奔驰，冒大暑，感疾。至行在(78)，病痁(79)。七月末，书报卧病。余惊怛(80)，念侯性素急，奈何病痁；或热，必服寒药，疾可忧。遂解舟下，一日夜行三百里。比至，果大服柴胡、黄芩药(81)，疟且痢，病危在膏肓(82)。余悲泣仓皇，不忍问后事。八月十八日，遂不起。取笔作诗，绝笔而终，殊无分香卖履之意(83)。

葬毕，余无所之(84)。朝廷已分遣六宫(85)，又传江当禁渡(86)。时犹有书二万卷，金石刻二千卷，器皿、茵褥(87)，可待百客(88)，他长物称是(89)。余又大病，仅存喘息。事势日迫。念侯有妹婿任兵部侍郎，从卫在洪州(90)，遂遣二故吏，先部送行李往投之(91)。冬十二月，金寇陷洪州，遂尽委弃。所谓连舻渡江之书，又散为云烟矣！独馀少轻小卷轴书帖，写本李、杜、韩、柳集[92]，《世说》《盐铁论》[93]，汉唐石刻副本数十轴，三代鼎鼐十数事[94]，南唐写本书数箧，偶病中把玩，搬在卧内者，岿然独存[95]。

上江既不可往[96]，又虏势叵测[97]，有弟远[98]，任敕局删定官[99]，遂往依之。到台[100]，守已遁[101]。之剡[102]，出陆[103]，又弃衣被。走黄岩[104]，雇舟入海，奔行朝[105]，时驻跸章安[106]，从御舟海道之温[107]，又之越[108]。庚戌十二月[109]，放散百官[110]，遂之衢[111]。绍兴辛亥春三月[112]，复赴越，壬子[113]，又赴杭。

先侯疾亟时[114]，有张飞卿学士，携玉壶过视侯，便携去，其实珉也[115]。不知何人传道[116]，遂妄言有颁金之语[117]。或传亦有密论列者[118]。余大惶怖，不敢言，亦不敢遂已[119]，尽将家中所有铜器等物，欲赴外廷投进[120]。到越，已移幸四明[121]。不敢留家中，并写本书寄剡。后官军收叛卒取去，闻尽入故李将军家。所谓"岿然独存"者，无虑十去五六矣[122]！惟有书画砚墨可五七箧[123]，更不忍置他所。常在卧榻下，手自开阖。在会稽[124]，卜居土民钟氏舍。忽一夕，穴壁负五箧去[125]。余悲恸不得活，立重赏收赎。后二日，邻人钟复皓出十八轴求赏，故知其盗不远矣。万计求之，其馀遂不可出。今知尽为吴说运使贱价得之[126]。所谓"岿然独存"者，乃十去其七八。所有一二残零不成部帙书册，三数种平平书帙，犹复爱惜如护头目，何愚也耶！

今日忽阅此书，如见故人。因忆侯在东莱静治堂[127]，装卷初就，芸签缥带[128]，束十卷作一帙。每日晚吏散，辄校勘二卷，跋题一卷。此二千卷，有题跋者五百二卷耳。今手泽如新[129]，而墓木已拱[130]，悲夫！

昔萧绎江陵陷没，不惜国亡，而毁裂书画^⑬；杨广江都倾覆，不悲身死，而复取图书^⑬：岂人性之所著，死生不能忘之欤^⑬？或者天意以余菲薄^⑭，不足以享此尤物耶^⑬？抑亦死者有知，犹斤斤爱惜，不肯留在人间耶？何得之艰而失之易也？呜呼！余自少陆机作赋之二年，至过蘧瑗知非之两岁^⑬，三十四年之间，忧患得失，何其多也？然有有必有无，有聚必有散，乃理之常。人亡弓，人得之^⑬，又胡足道？所以区区记其终始者^⑬，亦欲为后世好古博雅者之戒云。

绍兴二年玄黓岁壮月朔甲寅易安室题^⑬。

【注释】

① 《金石录》：书名，赵明诚撰。收集汇录了镌刻在古代青铜器和石碑上的文字资料。后序：《金石录》书已前有赵明诚自序，李清照此序，放在书后。

② 右："以上"的意思。

③ 侯：旧时对州郡地方长官的尊称，赵明诚曾任几处知州，故称。德父：赵明诚的字。

④ 三代：指夏、商、周。

⑤ 五季：五代，即梁、唐、晋、汉、周。

⑥ 这些都是商周青铜器的名称。钟：古代乐器。鼎：古代炊器。甗（yǎn）：古代炊器，分上下两层，上层蒸物，下层煮物。鬲（lì）：鼎类的炊器。盘：盛水的器具。匜（yí）：舀水的器具。尊：酒器。敦（duì）：盛食物的器具。款识（zhì）：铭刻的文字。

⑦ 大碣：大石碑。显人：声位显赫之人。晦士：不为人所知之人。

⑧ 卷：这里相当"幅"、"件"之意。

⑨ 是正：校订。

⑩ 史氏：历史学家。

⑪ 王播：字明扬，唐文宗时尚书左仆射。生平没有藏书画的事，亦没有遇祸，疑当作王涯。王涯，字广津，唐文宗时宰相，酷爱书画，收藏甚富，后来全被抄没。元载：字公辅，唐代宗时的宰相，后因罪抄家，仅胡椒就有八百石。

⑫ 长舆：和峤的字，晋人，性悭吝，人称"钱癖"。元凯：杜预的字，晋人，注《春秋左传》等书。他曾对晋武帝说："臣有《左传》癖！"

⑬ 二句谓收藏的名称不一样，但痴迷的本质是一样的。这是反话，表示感慨激愤之意。

⑭ 建中辛巳：宋徽宗建中靖国元年，公元 1101 年。

⑮ 归：出嫁。

⑯ 丞相：指赵明诚之父赵挺之，曾任尚书右仆射兼中书侍郎，相当于宰相。

⑰ 太学：官立的最高学府。

⑱ 朔：阴历每月初一。望：阴历每月十五。谒告：请假。

⑲ 质：典当。

⑳ 相国寺：在今河南开封。

㉑ 市：买。

㉒ 葛天氏：传说中远古帝王名，代指生活纯朴悠闲的远古时代。

㉓ 练：这里指粗糙的丝帛。一作"缣"，即粗布。

㉔ 穷：尽，这里是走遍之意。遐方绝域：遥远的边地。

㉕ 古文：指秦以前的文字。奇字：指异体字。

㉖ 句谓日有所成，月有所得。

㉗ 句指宋徽宗崇宁二年(1103)赵挺之任中书侍郎。政府：指中书省，全国最高行政机构。

㉘ 馆阁：收藏图书、编修国史的机关。

㉙ 句指罕见的书籍秘本。鲁壁：汉武帝时，鲁恭王捣毁孔子故宅墙壁，发现《古文尚书》等书。汲冢：晋武帝时，汲郡(今河南汲

县)人盗战国魏襄王墓,得到竹书十车。

㉚ 浸:渐渐。

㉛ 崇宁:宋徽宗的年号(1102—1106)。

㉜ 徐熙:五代南唐大画家,擅长花鸟画。

㉝ 信宿:连宿两夜。信:再宿。

㉞ 屏居:隐居。

㉟ 句谓仰头取低头拾,形容节俭,博取无遗。

㊱ 句指赵明诚任莱州(今山东掖县)、淄州(今山东淄博)知州。

㊲ 铅椠(qiàn):指校勘、刻版、著述。铅:粉笔,用以改正错字。椠:没有写过字的书板。

㊳ 句谓整理收集、题上书名。

㊴ 彝:古代祭器的总称。

㊵ 率:标准。

㊶ 纸札:纸张。

㊷ 偶:偶然,谦词。强记:记忆力很强。

㊸ 归来堂:在青州(今属山东)赵明诚家中。

㊹ 角:比赛。

㊺ 老是乡:终老于这种环境里。

㊻ 簿甲乙:编制目录。

㊼ 二句谓就领出钥匙(开橱)、登记书目后领出书籍。

㊽ 向时:以前。坦夷:随随便便。

㊾ 句谓本想追求快意,却反而心存顾忌受到拘束。憀栗(liáo lì):严肃拘谨。

㊿ 重肉:两种以上的荤菜。重采:两件以上的锦衣绣服。

(51) 刓(wán)缺:残缺。

(52) 两家者流:指有关《周易》、《左传》的各种注疏书。

(53) 二句谓意与书会,心与书合,目所视是书,精神所注也是书。形容人对书籍的极度爱好，已达到彼此精神相通的境界。
(54) 声色：音乐和女色。狗马：代指玩好之物。
(55) 靖康丙午：即靖康元年(1126)。靖康：宋钦宗的年号。
(56) 淄川：即淄州，今山东淄博。
(57) 建炎丁未：即建炎元年(1127)。建炎：宋高宗的年号(1127—1130)。
(58) 长物：多馀的东西。
(59) 监本：国子监印行的书，称监本。因公开出售，较为普通易得。
(60) 东海，古郡名，辖区在今江苏东北及山东南部一带。
(61) 连舻：大船前后衔接，指船多。
(62) 建康：今江苏南京。
(63) 具舟：备船。
(64) 煨烬：火灰。
(65) 建炎戊申：即建炎二年(1128)。起复：又被任用。
(66) 己酉：即建炎三年(1129)。
(67) 芜湖：今属安徽。
(68) 姑孰：溪名，在今安徽当涂。
(69) 卜居：选择居处。赣水：赣江，在今江西。
(70) 池阳：今安徽贵池。
(71) 湖州：今属浙江。
(72) 句谓至京晋见皇帝。
(73) 葛衣：葛布衣服。岸巾：把头巾推后，露出额顶。表示穿戴随便。
(74) 句谓我的心绪不好。
(75) 缓急：偏意复词，指紧急事变。
(76) 戟手：竖起食指、中指来指人，其形如戟(古时一种兵器)。一般形容怒骂之态，这里是加强语气的动作。

⑦ 宗器：祠堂里祭祀和陈设的礼器。

⑧ 行在：皇帝外出时临时的驻所，这里指建康。

⑦ 病痁：患疟疾。

⑧ 惊怛（dá）：惊恐忧伤。

㉛ 柴胡、黄芩药：均属寒性药。

㉜ 膏肓：心膈之间。中医认为这里是药力达不到的。

㉝ 句谓没有留下安排家事的遗嘱。分香卖履，曹操临死前，令把剩馀的香料分给众夫人；又让她们学制鞋带卖钱。

㉞ 之：往。

㉟ 分遣六宫：指把后妃们遣散到安全的地方。宋高宗建炎三年（1129）七月，隆祐太后率六宫逃往洪州（今江西南昌）。

㊱ 江：指长江。

㊲ 茵：垫子。

㊳ 待：招待。

㊴ 句谓其他项用的东西与上述器物数目略同。

㊵ 从卫：侍从保卫皇室。

㊶ 部送：护送。

㊷ 写本：抄写本。李、杜、韩、柳集：指李白、杜甫、韩愈、柳宗元的集子。

㊸ 《世说》：《世说新语》，刘义庆著。《盐铁论》：汉朝桓宽著。

㊹ 鼐：大鼎。事：件。

㊺ 岿然：单独的样子。

㊻ 上江：这里指江西一带。今"上江"指安徽一带，"下江"指江苏一带。

㊼ 叵：不可。

㊽ 有弟远：作者之弟李远。

㊾ 敕局删定官：官名，负责编定政府诏令的机构中的官员。

⑩ 台：台州，今浙江临海。

⑩ 守：指台州知州晁公为。

⑩ 剡(shàn)：今浙江嵊县。

⑩ 陆：一作"睦"，今浙江建德。

⑩ 黄岩：今属浙江。

⑩ 行朝：即上文的"行在"。

⑩ 驻跸：皇帝临时居地。章安：镇名，在今浙江临海东南。

⑩ 温：温州，今属浙江。

⑩ 越：越州，今浙江绍兴。

⑩ 庚戌：建炎四年(1130)。

⑩ 句谓下诏让百官自由择地居住，不必跟随皇帝。

⑪ 衢：衢州，今属浙江。

⑫ 绍兴辛亥：即绍兴元年(1131)。绍兴：宋高宗的年号(1131—
1162)。

⑬ 壬子：绍兴二年(1132)。

⑭ 疾亟：病危。

⑮ 珉：像玉的石头。

⑯ 传道：谣言。

⑰ 句谓于是就有人乱说赵明诚把玉送给金人。颁：赐予。

⑱ 句谓或传说有人秘密向朝廷告发此事。论列：议论、列举罪状，
弹劾。

⑲ 已：罢休。

⑳ 外廷：朝廷，与"内廷"相对而言。

㉑ 幸：皇帝到某处，称"幸"。四明：明州，今浙江宁波。

㉒ 无虑：大概。

㉓ 可：大约。

㉔ 会稽：今浙江绍兴。

㉕ 穴壁：掘壁（偷盗）。

㉖ 吴说：字傅朋，当时名画家，曾任福建路转运判官。

㉗ 东莱：莱州，今山东掖县。

㉘ 芸签：书签。古时藏书多用芸草驱蠹虫，故称。缥带：束书用的浅青色的带子。

㉙ 手泽：指赵明诚的墨迹。

㉚ 句谓坟上的树木已粗壮到要用手合抱。意思是去世很久。

㉛ 三句指梁元帝萧绎在北魏攻陷梁都江陵时，烧毁了图书十四万卷。

㉜ 三句指隋炀帝杨广出游江都时，为部将宇文化及所杀。据载他临死前曾烧书三十七万卷。复取：再取，这里指焚烧。

㉝ 二句谓难道人心中所执著的东西，无论生死都不会忘吗？著：附着。

㉞ 菲薄：微不足道。

㉟ 尤物：优异之物。

㊱ 二句谓作者嫁与赵明诚的十八岁到写此序时的五十二岁。陆机，字士衡，晋朝文学家，相传他二十岁作《文赋》。蘧瑗：字伯玉，春秋卫国大夫。五十岁自知四十九时之非。后世即用"知非之年"代称五十岁。

㊲ 二句语出《孔子家语》。相传楚恭王丢失一张名弓，侍从们欲去寻找，楚王阻止道："楚人失之，楚人得之。"孔子听说后，认为楚王胸襟还不够大，应该说："人遗弓，人得之。"这里借以表示自己所得或为人所得，没有什么两样。这是作者无可奈何的自慰语。

㊳ 区区：爱而不舍的样子。

㊴ 即公元 1132 年夏历八月初一。玄黓（yì），古时以干支纪年，太岁在壬称"玄黓"，绍兴二年干支为壬子，故称。壮月，八月的别

称。朔甲寅,初一日。查绍兴二年八月初一日的干支是戊子,
疑有脱误。另据宋刊本洪迈《容斋四笔》卷五等书记载,此序应
作于绍兴四年,较符合李清照生平。易安室:李清照的居室
名。这里是"易安室主人"的意思。

【品评】

这篇序文除了开头说明《金石录》一书的内容和目的外,主要可
分两大部分。前一部分是写作者夫妇如何节衣缩食收集金石典籍,
以及沉浸其中的乐趣,调子是欢快的;后一部分写在金兵南下以后的
逃亡生活中,收藏的文物如何屡遭厄运,充满了悲惨低沉的情思。最
后以抒发感慨作结。全文大致以事件发生的先后为次序,逐层写来,
文字简洁朴实,而其内蕴却大大超出一般书序的范围。

序文是围绕金石资料和文献典籍的"得难失易"的思想线索来写
的,这样才能和书序切题;但是,此点与作者的生活和命运有着密切
的关联,其中凝结着她对往日美满和谐生活的温馨追忆和遭遇变故
后辛酸痛楚的感受,反映出作者生活史和感情史的巨大转折;而作者
生活和感情的巨变又与南渡前后整个时代、政局息息相关,因而"金
石存亡—身世巨变—时代动乱"这三个层面实是合而为一的,文物的
历史映照出人的历史,而个人的命运又折射出时代的命运,这使文章
在清晰脉络之中而显得意蕴深沉。而最后一段关于得失聚散,"乃理
之常"的感慨,又把这一切提高到普遍性的人生哲理的思考,增加了
本文的思想深度。

文章夹叙夹议,一路信笔挥洒,纯用白描手法。而对典型细节,
却不惮辞繁,肆意点染,使文情酣畅,摇曳多姿。如夫妇质衣换钱,展
玩碑文,咀嚼果实,尽力传写,摩玩舒卷,特别是归来堂猜书角胜斗茗
一段,犹如传神阿堵,活画出一幅夫妇陶醉学术文化、乐在其中的行
乐图,一股墨香书卷之气扑面而来;后幅写在金石图书的被弃、被焚

的背景中，赵明诚的临行嘱咐，表示了宗器文物"与身俱存亡"的决心，仓促间夫妻一问一答，神情腔吻宛然。前后幅喜悲互衬。对比强烈，尤具震撼人心的力量。这些对细节的精心选择和描摹，不仅叙出李、赵二人的生平行迹（《宋史》中二人均无传），而且刻画了他们的性格志趣和音容笑貌，使这篇序具有传记文学的特色和性质。

　　清人李慈铭曾评本文云："叙致错综，笔墨疏秀，萧然出畦町之外。予向爱诵之，谓宋以后闺阁之文，此为观止。"肯定了本文的独创性及其在中国妇女文学中的特殊地位，是有见地的。

刘子翚(1101—1147)

字彦冲,自号病翁,建州崇安(今属福建)人。曾任兴化军(治所在今福建仙游县东)通判。后退居屏山讲学,被称为屏山先生。朱熹少时曾从其受学。能诗,颇有感慨时事之作。有《屏山集》。

试梁道士笔

善将不择兵,善书不择笔①,顾所用如何耳②！南渡以来③,毛颖乏绝④,幔亭黄冠以笔遗予⑤,玉表霜里⑥,视之皆触藩之柔毳也⑦。束缚精妙,驱使如意,亦管城之亚匹焉⑧。因念神州赤县半没埃秽中⑨,或言南兵剽轻不足仗者⑩,而春秋吴、楚之霸⑪,六朝晋、宋之捷⑫,不闻借锐于他方⑬,选徒于外境⑭。昔人云："京口酒可饮,兵可用⑮。"岂用之自有道邪⑯？书生过计⑰,推此理于试笔之间,庶几巍巍之裔⑱,不得专美于旧谈⑲,组练之军⑳,或有为于今日。

【注释】

① 二句谓善于带兵的人用不着挑选士兵,善于写字的人用不着挑选毛笔。

② 顾:但看。

239

③ 南渡：指公元 1127 年，金兵攻占北宋首都汴京（今河南开封），宋高宗率群臣渡江，定都临安（今浙江杭州）。

④ 毛颖：指毛笔。

⑤ 幔亭：山峰名，在福建武夷山。黄冠：道士的代称，这里指梁道士。遗：送。

⑥ 玉表霜里：形容笔毛内外洁白。

⑦ 触藩：指羊抵擦篱笆，这里代指羊。柔毳（cuì）：柔软的细毛。

⑧ 管城：上好毛笔的别称。韩愈《毛颖传》把毛笔拟人化，并说秦始皇把毛笔封为管城（实指笔管），号为"管城子"。亚匹：相配、匹敌。亚：次，引申为俦匹。

⑨ 句指北中国被女真族占领。神州赤县：中国的别称。战国齐人邹衍创立"大九州"之说，把中国称为赤县神州。

⑩ 剽轻：剽悍而易动好乱。

⑪ 春秋时，吴、楚（地在湘、鄂、皖、江、浙一带的两个国家）曾先后称霸一时。

⑫ 六朝时，东晋和刘宋均建都在今江苏南京，曾屡次打败入侵的北方少数民族统治者。

⑬ 锐：精兵劲卒。

⑭ 徒：士兵。

⑮ 昔人：指东晋大将桓温。其语出《晋书·郗超传》。京口：现在江苏镇江。

⑯ 道：方法。

⑰ 过计：多虑。

⑱ 㕙嬴（jùn nuò）之裔：指毛笔。㕙嬴：两种兔子。

⑲ 旧谈：前人以毛笔为题的文章，如韩愈《毛颖传》等。

⑳ 组练："组甲被练"的简称，军士所穿的两种衣甲，引申为精壮的军队。

【品评】

这则杂感式的短文,从一支毛笔谈起,联想到用兵救亡的大事,旨在表达作者奋起抗战、收复中原失地的坚决意志和对国家命运的深切关怀。

作者暗以反驳南方笔、兵不如北方笔、兵之旧说,作为立论的出发点。首先提出"善将不择兵,善书不择笔"的论点,着重举出古人用南兵战胜北兵之例,强调兵不必选择,关键在于"善用";其次,用梁道士所送南方之佳笔,暗示南方亦有精兵锐卒,进一步强调了南兵的"可用"。总此两条,顺势推出了只要有抗战的决心,就无不胜之理("或有为于今日")的结论。

全文以择笔、用笔比喻择兵、用兵,笔为喻体,兵为本体;但文章开头以"善将不择兵"兴起"善书不择笔",却是笔为主,兵为宾,以照应"试笔"题意。中间以"因念"一词领起,由试笔推想用兵,转入阐发抗战的本旨。行文中喻体、本体,主宾互换,而又转接自然,不露痕迹。

陆游（1125—1210）

字务观，号放翁，越州山阴（今浙江绍兴）人。一生主张抗击金兵，恢复中原。早年应省试，为第一；次年应礼部试，却为秦桧所黜。后长期遭排挤。中年入蜀，投身军旅，对其创作产生深刻影响。晚年罢职还乡，间或出任地方官。在乡村躬耕著书，仍关注国家命运。他是著名爱国诗人，现存诗作九千馀首，为宋人之冠。其诗各体兼备，七律更胜；风格多样，以壮阔豪迈为主。并擅词文。其中志铭记序一类作品，超迈简洁，尤能体现其散文成就。有《剑南诗稿》《渭南文集》等。

姚平仲小传①

姚平仲，字希晏，世为西陲大将②。幼孤，从父古养为子③。年十八，与夏人战臧底河④，斩获甚众，贼莫能枝梧⑤。宣抚使童贯召与语⑥，平仲负气不少屈⑦，贯不悦，抑其赏。然关中豪杰皆推之⑧，号"小太尉"。睦州盗起⑨，徽宗遣贯讨贼，贯虽恶平仲⑩，心服其沉勇，复取以行。及贼平，平仲功冠军⑪，乃见贯曰："平仲不愿得赏，愿一见上耳。"贯愈忌之。他将王渊、刘光世皆得召见，平仲独不与⑫。钦宗在东宫知其名，及即位，金人入寇，都城受围，平仲适在京师，得召对福宁殿,厚赐金帛,许以殊赏。于是平仲请出死士斫营擒虏帅以献⑬。及出,连破两寨,而虏已夜徙去。平仲功不成,遂乘青骡亡命,一昼夜驰七百五十里,抵邓州⑭,始得食。入武关⑮,至长安⑯,欲隐华山⑰,顾以为浅⑱,奔蜀,至青城山上清宫⑲,人莫识也。留一日,复入大面山⑳,行二百七十馀里,度采药者莫能至㉑,乃解纵所乘骡,得石穴以居。朝廷数下诏物色求之㉒,弗得也。乾道、淳熙之间㉓,始出,至丈人观道院㉔,自言如此。时年八十馀,紫髯郁然㉕,长数尺,面奕奕有光,行不择崖堑、荆棘㉖,其速若奔马;亦时为人作草书,颇奇伟,然秘不言得道之由云。

【注释】

① 姚平仲:北宋末年名将。

② 世:世世代代。西陲:西部边疆。

③ 从父:伯父或叔父。古:姚古,北宋末名将。汴京危急,曾率部驰援。

④ 夏人:西夏党项人。臧底河:指臧底河城,宋夏于宋徽宗政和时曾在此一战。

⑤ 枝梧:抵挡。

⑥ 童贯:北宋著名奸恶宦官。曾任陕西、河东、河北宣抚使,负责西北和北部地区军事。

⑦ 负气不少屈:自恃意气,不肯屈居事人。

⑧ 关中:今陕西中部一带。推:推崇。

⑨ 睦州盗:指方腊起义军。睦州:治所在今浙江建德。

⑩ 恶:讨厌。

⑪ 功冠军:功劳为全军之首。

⑫ 不与：不在其内。

⑬ 斫营：袭击敌营。

⑭ 邓州：今河南邓县。

⑮ 武关：在今陕西商南县西北。

⑯ 长安：今陕西西安。

⑰ 华山：在今陕西华阴。

⑱ 句谓只认为(华山)不够幽深。

⑲ 青城山：在今四川灌县西南，山顶有上清宫。

⑳ 大面山：为青城山主峰。

㉑ 度：猜测。

㉒ 物色：寻找。

㉓ 乾道：宋孝宗的年号(1165—1173)。淳熙：宋孝宗的年号(1174—1189)。

㉔ 丈人观道院：青城山有丈人峰，丈人观道院即在此峰。

㉕ 郁然：浓密的样子。

㉖ 崖堑：山崖和山沟。

【品评】

"小传"不像正式传记那样要概述传主一生的行事大节，面面俱到，而是要突出重点，摹刻出人物最具特色、最显风采的一面。在这篇不足四百字的传记中，作者突出了姚平仲的传奇色彩，简要地记叙了这位名将不平凡的一生。

围绕传主的传奇性，作者作了多角度、多层次的描绘和渲染。首先通过大胜夏兵、豪杰敬重、权奸嫉恨而又不得不倚重其力等描写，既强调其骁勇善战的特点，又从侧面点出遭际的坎坷，给读者一个不同凡响的初步印象。其次，晋见钦宗，誓死斩敌，必欲力挽狂澜；功不成后，便遁入深山，隐居长达数十年。从叱咤风云的猛将到避居绝境的隐士,强烈的形象反差又给人物增添了浓厚的传奇色彩。最后,写传主年虽老而面有神光,攀崖走壁,健步如飞,书法奇伟,在这位隐士身上犹见当年的豪气。而一句"秘不言得道之由",则给人物又蒙上一层神秘的面纱。

作者在刻画传主的经历、才能、性格的不平凡时,表达了由衷的敬佩之情,同时也揭露出当时权宦弄权误国、忠臣良将备遭排挤的黑暗现象。联系作者自身的遭际,他撰写此传当是有感而发的。

跋李庄简公家书①

李丈参政罢政归乡里时②,某年二十矣。时时来访先君③,剧谈终日④。每言秦氏,必曰"咸阳⑤",愤切慨慷,形于色辞。

一日,平旦来⑥,共饭,谓先君曰:"闻赵相过岭⑦,悲忧出涕。仆不然⑧,谪命下,青鞵布袜行矣⑨,岂能作儿女态邪?"方言此时,目如炬,声如钟,其英伟刚毅之气,使人兴起⑩。

后四十年,偶读公家书,虽徙海表⑪,气不少衰;丁宁训戒之语,皆足垂范百世⑫。犹想见其道"青鞵布袜"时也。淳熙戊申五月己未⑬,笠泽陆某书⑭。

【注释】

① 李庄简公:李光,字泰发,上虞(今属浙江)人。宋徽宗时进士。宋高宗时,任吏部尚书、参知政事等职,因与秦桧政见不合,被罢职。死后谥庄简。

② 丈:对男性长辈的尊称。参政:参知政事的简称。

③ 先君:指陆游亡父陆宰。

④ 剧谈:畅谈。

⑤ 二句谓每次提及秦桧,必称作"咸阳"。咸阳是秦朝国都,这里代指秦桧姓氏,表示愤恨,不愿直呼其姓。

⑥ 平旦:早晨。

⑦ 赵相:赵鼎,字元镇。宋徽宗时进士。宋高宗时任同中书门下平章事兼枢密使等职,立志恢复中原,与秦桧不合,被贬至岭南。

⑧ 仆:男性自称,谦词。

⑨ 韈:鞋。

⑩ 句谓让人振奋。

⑪ 海表:海外,指琼州(今属海南岛)。

⑫ 垂范百世:为后代留下典范。

⑬ 淳熙戊申五月己未:即淳熙十五年五月二十四日,公元 1188 年 6 月 20 日。

⑭ 笠泽:太湖。陆游祖籍甫里(今江苏苏州吴中区甪直),靠近太湖,故称。一说,笠泽为吴淞江(古称松江),流经吴县,陆游亦可自称籍贯为笠泽。

【品评】

陆游此跋的用意,与他的《姚平仲小传》相同:都为抗敌的仁人志士写照立传,抒发自己的崇仰之心和报国之志。所以文虽短小而气势旺盛,精神贯注,富有感染力。比如描写少时亲见李光慷慨陈说"岂能作儿女态邪"的情形,作者结以"使人兴起",此并非泛语,正是他自身感情投入参与的表现。

此跋在叙写这位愤切国事的抗金名臣时,避开其重大行迹,专择细节琐事,突出一个"气"字,串连起其生平两件小事(言秦氏、评赵相)和晚年家书,寥寥几笔,其英伟刚毅的形象,鲜明生动,呼之欲出,达到了很高的文字功力。

朱熹 (1130—1200)

字元晦,号晦翁,徽州婺源(今属江西)人。宋高宗绍兴时进士。曾知南康军(治所在今江西星子),恢复白鹿洞书院,并订立学规。后又任漳州(今属福建)知州、焕章阁待制侍讲等职。卒谥"文"。他集宋代理学之大成,著述甚丰,创立"闽学"流派。其文与曾巩相近,长于议论,思致周密,简健有力。有《朱文公文集》、《朱子语类》等。

送郭拱辰序①

世之传神写照者②,能稍得其形似,已得称为良工。今郭君拱辰叔瞻,乃能并与其精神意趣而尽得之,斯亦奇矣。

予顷见友人林择之、游诚之③,称其为人,而招之不至。今岁惠然来自昭武④,里中士夫数人⑤,欲观其能⑥,或一写而肖,或稍稍损益⑦,卒无不似,而风神气韵,妙得其天致⑧。有可笑者:为予作大小二象,宛然麇鹿之姿,林野之性⑨,持以示人,计虽相闻而不相识者,亦有以知其为予也。

然予方将东游雁荡⑩,窥龙湫,登玉霄以望蓬莱⑪,西历麻源⑫,经玉笥⑬,据祝融之绝顶⑭,以临洞庭风涛之壮,北出九江⑮,上庐阜⑯,入虎溪,访陶翁之遗迹⑰,然后归而思自休焉。彼当有隐君子者,世人所不得见,而予幸将见之,欲图其形以归。而郭君以岁晚思亲⑱,不能久从予游矣。予于是有遗恨焉。因其告行⑲,书以为赠。淳熙元年九月庚子晦翁书⑳。

【注释】

① 郭拱辰:字叔瞻,三山(今福建福州)人。朱熹门生,善画。

② 传神写照者:指人物肖像画家。

③ 林择之:林用中,字择之,古田(今属福建)人,朱熹门生。游诚之:游九言,字诚之,建阳(今属福建)人,张栻门生。官至知光化军(治所在今湖北光化西)。

④ 今岁:指宋孝宗淳熙元年(1174)。惠然:敬词,这里指惠临、光顾的意思。昭武:即邵武,今属福建。

⑤ 里中:闾里之中,指本地。

⑥ 能:技能,本领。

⑦ 损益:删削和增添几笔,指修改。

⑧ 天致:天然的意态情趣。

⑨ 麋鹿之姿,林野之性:比喻自然天真的状貌,纯朴率真的性格。

⑩ 雁荡:山名,在浙江乐清县境,有大小龙湫。

⑪ 玉霄:峰名,在浙江天台西北,为桐柏山九峰之一。望蓬莱:指望海。蓬莱:与方丈、瀛洲并为古代传说中海上的三座仙山。

⑫ 麻源:地名,在今江西南城西。

⑬ 玉笥:山名,在湖南湘阴东北。

⑭ 祝融:衡山七十二峰之一。

⑮ 九江:亦名浔阳江,是长江的一段,流经今江西九江市一带。

⑯ 庐阜:庐山。山中有东林寺,虎溪即在其寺前。

⑰ 陶翁:指陶渊明,浔阳柴桑(今九江市西南)人。柴桑有其故居。

⑱ 岁晚：一年将尽。

⑲ 句谓趁他来向我辞行之机。

⑳ 九月庚子：即九月十六日。

【品评】

从表面上看，此序的内容、结构相当单纯，似乎可以一览而尽，无奥折曲衍之处。文章先是从虚实两面赞扬郭拱辰的画艺高超，传神入妙；继而叙及自己将远游，欲邀郭同行，发挥其一技之长；最后以郭氏思亲将归不能从行为憾，从而表示了惜别之意，归结到送别这一题旨上。单就这一层来看，本文已是文简意足，可算作是一篇刻画生动、笔致隽永、有情有感的赠序。

但此文似乎别有深意，可堪玩索。文中数次提及隐逸之事，恐怕不是无谓的闲笔。首先郭氏给作者画像，画出其"宛然麋鹿之姿，林野之性"，暗示作者有隐士的风度；其次作者拟游名山，这也是追踪隐逸、放身世外的表现；又提及欲"访陶翁之遗迹"，而陶渊明自古就有"隐逸之宗"的称号；他邀约郭氏同行，是请其为屏居山中的隐士画像留世；并宣称游山归来，将准备退休。这层若隐若现的向往隐逸的意思，贯穿在作者对郭氏画技的称美和邀游不成的怅惜之中，向人们展露出在送别惜别后面的某种较为深层的心态。

至于朱熹对隐逸的向往，难道仅仅是一种兴趣好尚吗？清代林云铭认为朱熹是别有所怀的。朱熹所拟就的游历路线，实为南宋东西北三方的疆域极限，暗示了版图的狭小；隐士实为生不逢时的贤人，而朱熹对他们的认同和追寻，则表示他对现实的不满。因而文章"语虽壮而实悲"。从朱熹平生的为人和政治倾向来看，这种分析不无道理，可备一说。

文天祥(1236—1283)

　　字宋瑞,又字履善,自号文山。吉水(今江西吉安)人。宋理宗宝祐时状元。历任湖南提刑、赣州知州等职。元兵渡江后,他从赣州率部入卫京师,任右丞相、枢密使,积极组织抗元。后兵败被俘,囚拘大都(今北京)三年,最后从容就义,至死不屈。他是著名的民族英雄,其诗文也多以救国复兴的内容为主,慷慨激昂,气贯长虹。有《文山先生全集》。

《指南录》后序①

　　德祐二年正月十九日②,予除右丞相兼枢密使③,都督诸路军马④。时北兵已迫修门外⑤,战、守、迁皆不及施⑥。缙绅、大夫、士萃于左丞相府⑦,莫知计所出。会使辙交驰⑧,北邀当国者相见⑨。众谓予一行为可以纾祸⑩。国事至此,予不得爱身,意北亦尚可以口舌动也⑪。初,奉使往来无留北者⑫,予更欲一觇北⑬,归而求救国之策;于是辞相印不拜⑭。翌日,以资政殿学士行⑮。

　　初至北营⑯,抗辞慷慨,上下颇惊动。北亦未敢遽轻吾国。不幸吕师孟构恶于前⑰,贾馀庆献谄于后⑱,予羁縻不得还⑲,国事遂不可收拾。予自度不得脱⑳,则直前诟虏帅失信㉑，数吕师孟叔侄为逆㉒，但欲求死，不复顾利害。北虽貌敬，实则愤怒。二贵酋名曰“馆伴”㉓，夜则以兵围所寓舍，而予不得归矣。

未几，贾馀庆等以祈请使诣北㉔。北驱予并往，而不在使者之目㉕。予分当引决㉖，然而隐忍以行，昔人云：“将以有为也㉗。”至京口㉘，得间奔真州㉙，即具以北虚实告东西二阃㉚，约以连兵大举㉛。中兴机会，庶几在此。留二日，维扬帅下逐客之令㉜。不得已，变姓名㉝，诡踪迹㉞，草行露宿，日与北骑相出没于长淮间㉟，穷饿无聊，追购又急㊱，天高地迥，号呼靡及㊲。已而得舟，避渚洲，出北海，然后渡扬子江，入苏州洋，展转四明、天台，以至于永嘉㊳。

呜呼！予之及于死者，不知其几矣㊴。诋大酋当死㊵；骂逆贼当死㊶；与贵酋处二十日，争曲直㊷，屡当死；去京口，挟匕首以备不测，几自刭死㊸；经北舰十馀里㊹，为巡船所物色㊺，几从鱼腹死㊻；真州逐之城门外，几彷徨死；如扬州㊼，过瓜洲、扬子桥㊽，竟使遇哨，无不死；扬州城下，进退不由㊾，殆例送死㊿；坐桂公塘土围中(51)，骑数千过其门，几落贼手死；贾家庄几为巡徼所陵迫死(52)；夜趋高邮(53)，迷失道，几陷死(54)；质明(55)，避哨竹林中，逻者数十骑(56)，几无所逃死；至高邮，制府檄下(57)，几以捕系死；行城子河(58)，出入乱尸中，舟与哨相后先(59)，几邂逅死(60)；至海陵(61)，如高沙(62)，常恐无辜死；道海安、如皋(63)，凡三百里，北与寇往来其间(64)，无日而非可死；至通州(65)，几以不纳死(66)；以小舟涉鲸波出(67)，无可奈何，而死固付之度外矣。呜呼，死生昼夜事也(68)，死则死矣，而境界危恶，层见错出，非人世所堪。痛定思痛，痛何如哉(69)！

予在患难中,间以诗记所遭,今存其本不忍废⑦,道中手自抄录。使北营,留北关外⑦,为一卷;发北关外,历吴门、毗陵⑦,渡瓜洲,复还京口,为一卷;脱京口,趋真州、扬州、高邮、泰州、通州,为一卷;自海道至永嘉,来三山⑦,为一卷。将藏之于家,使来者读之,悲予志焉。

呜呼,予之生也幸,而幸生也何为⑦?所求乎为臣,主辱臣死,有馀戮⑦,所求乎为子,以父母之遗体,行殆而死,有馀责⑦。将请罪于君,君不许;请罪于母,母不许;请罪于先人之墓。生无以救国难,死犹为厉鬼以击贼,义也。赖天之灵,宗庙之福,修我戈矛⑦,从王于师,以为前驱⑦,雪九庙之耻⑦,复高祖之业⑧。所谓"誓不与贼俱生",所谓"鞠躬尽力,死而后已",亦义也。嗟夫,若予者,将无往而不得死所矣⑧!向也使予委骨于草莽,予虽浩然无所愧怍,然微以自文于君亲,君亲其谓予何⑧!诚不自意返吾衣冠,重见日月,使旦夕得正丘首⑧,复何憾哉! 复何憾哉!

是年夏五,改元景炎⑧。庐陵文天祥自序其诗⑧,名曰《指南录》。

【注释】

① 《指南录》:文天祥诗集名。宋恭帝德祐二年(1276),元兵进逼南宋首都临安(今浙江杭州)。文天祥奉命赴元营谈判,遭扣押。后乘隙逃归福州。此集便是他出使、被扣和逃归途中的纪行诗集。后序:此集前面有《自序》、《后序》两篇,本文即为《后序》(不在诗集之末)。

② 正月:原文作"二月",实误。今据《指南录·自序》订正。

③ 除:被任命。

④ 都督：统领监督。路：宋朝大行政区名。

⑤ 修门：国都的城门。

⑥ 句谓无论抗战、守城或迁都，都来不及进行了。

⑦ 缙绅：做官的人。萃：会集。左丞相府：即左丞相吴坚家中。

⑧ 句谓恰好双方使节往来频繁。辙：车印，代指车子。

⑨ 北：指元人、元军。当国者：执政的人。

⑩ 句谓众人都认为我出使一次可以解除祸患。

⑪ 句谓估计元人也还是可以用言语打动的。

⑫ 无留北者：没有被扣留在元地的。

⑬ 一觇（chān）：暗中察看一下。

⑭ 不拜：不接受官职。

⑮ 句谓以资政殿学士名义出发。资政殿学士，宋朝所设一种荣誉官衔，授予大臣。

⑯ 北营：指当时元军统帅伯颜的军营。

⑰ 吕师孟本为宋朝兵部尚书，为叛将吕文焕之侄，文天祥曾上书要求斩他。他曾在德祐元年（1275）出使元军求和，愿向元称侄纳币。此次文天祥在元营中谈判，相持不下时，吕师孟却带来降表。构恶：做坏事。

⑱ 贾馀庆本是宋朝的同签书枢密院事、知临安府。与文天祥一起出使元营，暗与元军统帅伯颜商定宋朝投降之事，并唆使元军扣留文天祥。献谄：讨好。

⑲ 羁縻：扣押。

⑳ 度：猜想，估计。

㉑ 虏帅失信：伯颜放回贾馀庆等人，却单独扣留了文天祥。文天祥当场责骂伯颜失信。

㉒ 吕师孟叔侄：吕师孟之叔吕文焕原为宋朝襄阳守将，时已降元。

㉓ 贵酋：高级头目。馆伴：陪伴外国使臣的接待人员。

253

㉔ 二句指德祐二年二月元兵占领临安,宋帝降元,并派贾馀庆为"祈请使"赴大都。祈请使:求和的专使。

㉕ 句谓不算使者之列。

㉖ 分当:本当。引决:自杀。

㉗ "将以有为也"一语,原系唐朝名将南霁云所说(参见韩愈《张中丞传后叙》),意谓忍辱留生,是为了有所作为。

㉘ 京口:今江苏镇江。

㉙ 得间:趁机。真州:治所在今江苏仪征。

㉚ 东西二阃:指淮东、淮西制置使(主管边防军务的长官)李庭芳和夏贵。阃:在朝廷外统管军事的将帅。

㉛ 句指约定李庭芝、夏贵和真州守将苗再成联兵攻元。

㉜ 当时李庭芝听信谣言,以为文天祥是元人派来说降的,便密令苗再成处死文天祥。维扬帅:李庭芝驻扎在扬州,故称。下逐客之令:即借指李庭芝的密令。

㉝ 苗再成不忍杀文天祥,便放走了他。文天祥东行时,自称"刘洙"。

㉞ 句指行动秘密。

㉟ 长淮:淮河流域,这里指淮东路(今江苏中部一带)。

㊱ 追购:指元人对文天祥的悬赏缉捕。

㊲ 二句谓天高地远,呼叫不应。

㊳ 避渚洲等六句是文天祥南行的路线。他避开长江中已被元军占领的沙洲,便绕道走淮海,从长江口渡江,从海上到宁波、天台,最后到温州。渚洲:长江中的沙洲。北海:淮海,是东海的里海。苏州洋:长江口外偏南的一片海面。四明:明州,治所在今浙江宁波。永嘉:今浙江温州。

㊴ 二句谓我面临死亡不知有多少次了。

㊵ 诋:辱骂。大酋:指伯颜。

㊶ 骂逆贼：指痛骂吕文焕、吕师孟叔侄。
㊷ 曲直：是非。
㊸ 自刭：刎颈自杀。
㊹ 句谓从北军战船旁经行了十多里。
㊺ 物色：搜寻。
㊻ 从鱼腹死：指投水死。
㊼ 如：到。
㊽ 瓜洲：在今江苏扬州南四十里。扬子桥：地名，在扬州南。
㊾ 不由：不能自主。
㊿ 句谓几乎等于去送死。例：类乎。
(51) 桂公塘：小丘名，在扬州城外，山腰有土围墙。
(52) “贾家庄”六句指文天祥在贾家庄遇到宋朝骑兵，他们挥刀欲砍，文天祥贿以钱财才免遭毒手。贾家庄：在扬州城北门外。巡徼：指宋朝的巡逻兵。陵迫：欺侮。
(53) 高邮：今属江苏。
(54) 陷死：陷入敌手而死。
(55) 质明：黎明。
(56) 逻者：指元军巡逻兵。
(57) 句谓李庭芝的制置府发下命令。即指李庭芝误信文天祥已降元的谣言，发出缉捕命令。
(58) 城子河：在高邮附近。
(59) 句谓所乘之船与元军哨兵险些遭遇。
(60) 邂逅：不期而遇。
(61) 海陵：今江苏泰县。
(62) 高沙：在高邮西南城子河滨。
(63) 海安、如皋：均今属江苏。
(64) 寇：土匪。

㉊ 通州：今江苏南通。

㉋ 不纳：不准入城。

㉌ 涉鲸波出：指出海。鲸波：大浪。

㉍ 句谓生死是早晚间事，随时有死的可能。

㉎ 二句谓事后追思当时所受的痛苦，又是怎样的痛苦啊！

㉏ 本：底稿。

㉐ 北关外：指临安北门外明因寺，文天祥初即在此与伯颜谈判。

㉑ 吴门：吴县，今江苏苏州。毗陵：今江苏常州。

㉒ 三山：指福州市南有闽山、越王山、九仙山等三座山。这里代指福州。

㉓ 二句谓我能逃生很幸运的，但活下来又是为了什么呢？

㉔ 三句谓求做忠臣的话，国君受辱，臣子就该效死；我不死是有馀罪的。戮：罪。

㉕ 三句谓求做孝子的话，把父母留给自己的身体去冒极大的危险而死，是要受到重责的。

㉖ 句谓整治我的武器。语出《诗经·秦风·无衣》。

㉗ 二句谓跟随国君投身军旅，去做前锋。

㉘ 九庙：指被破坏的皇室宗庙。

㉙ 高祖：指宋朝开国皇帝太祖赵匡胤。

㉚ 句谓任何地方都可能是我死的场所。

㉛ 四句谓以前如果我抛尸在荒草丛中，虽然光明正大，无惭愧之处，但在君王父母面前，无法文饰自己的过失，君王父母又会怎样说我呢？微：无。

㉜ 三句谓真没想到我能再穿上宋朝官服，重见宋帝，能够死在故国。日月：指宋帝。正丘首：古代传说狐狸在外死去，必把头对着洞穴所在的山丘，表示对老巢的依恋。引申为死于故国、故乡。

⑭ 宋端宗在公元 1276 年夏五月即位,改元景炎。

⑮ 庐陵:古郡名,即吉州吉水,今江西吉安。

【品评】

用"文如其人"来评文天祥此文,是再恰当不过了。此文通篇突出地表达了作者的坚定信念和巨大毅力。作者的悲剧遭遇是双重的:既有来自敌人的悬购追捕,又有来自我方内部的误解和误伤。因此,这非同寻常的九死一生的经历,越发昭示出他信念的崇高和毅力的非凡。

文章三次重复南下路线,但每次作用各异。《指南录》是纪行诗集,第三次所叙只是客观地介绍四卷诗编次的起讫地点:第一次用于记述南逃过程的大要,属于总写;第二次则是特写,最为详尽也最为重要。与众多地名相结合的种种死境,成了作者宣泄悲愤情怀的爆发点,也是人们窥视其高尚情操、坚贞心灵的窗口。这三次记叙,由于作用、目的不同,表达方式也随之有异,语气有缓有急,自叙出使元营、不幸被拘、真州脱逃、辗转而至永嘉、福州的始末,显示出这位民族英雄的如日月经天的一身正气、至死不渝的爱国忠心、救亡图存的报国宏愿。全文在朴实的记事中,涌动着一股真情激流,是一曲用血泪凝成的悲壮的爱国之歌,足以垂范后世,浩气永存。

文章最令人过目难忘的是"呜呼!予之及于死者,不知其几矣"领起的第四段,一连列举 18 种面临死亡的险境。且叙且议,悲愤沉郁之情充溢其中;句式全用并立排比句,或长或短,每句大都以"死"字煞尾,具有紧迫而不可稍顿的前驱力和一气呵成的凌厉文势,犹如奇峰突起,飞瀑自天而降,万派奔腾齐注,构成了全文的高潮,主观感情色彩有浓有淡,造成了低、高、低的曲折起伏的行文节奏。总之,这三次重复,说明作者的受刺激之强和痛苦之烈,也给读者以深刻的印象。

谢翱(1249—1296)

字皋羽,晚号晞发子,福州长溪(今福建霞浦)人。宋末著名的爱国志士。元军南下,文天祥起兵,他散家财募集乡兵,投入文天祥部下,任咨议参军。宋亡后,他坚不仕元,与一批遗民诗人组成具有浓厚政治色彩的诗社,互相唱和,抒发亡国之痛。后漫游两浙,病死于杭州。他是宋末代表作家。其诗沉郁悲愤,散文则效法柳宗元,风格峭劲。有《晞发集》。

登西台恸哭记①

始,故人唐宰相鲁公开府南服②,余以布衣从戎③。明年,别公漳水湄④。后明年,公以事过张睢阳庙及颜杲卿所尝往来处⑤,悲歌慷慨⑥,卒不负其言而从之游⑦。今其诗具在,可考也。

余恨死无以藉手见公⑧,而独记别时语,每一动念,即于梦中寻之。或山水池榭⑨,云岚草木⑩,与所别之处及其时,适相类⑪,则徘徊顾盼,悲不敢泣。又后三年⑫,过姑苏⑬。姑苏,公初开府旧治也⑭,望夫差之台而始哭公焉⑮。又后四年⑯,而哭之于越台⑰。又后五年及今⑱,而哭之于子陵之台。

258

先是一日,与友人甲、乙若丙约⑲,越宿而集⑳。午雨未止,买榜江涘㉑。登岸,谒子陵祠;憩祠旁僧舍,毁垣枯甃㉒,如入墟墓㉓。还,与榜人治祭具㉔。须臾雨止,登西台,设主于荒亭隅㉕;再拜,跪伏;祝毕㉖,号而恸哭者三㉗,复再拜,起。又念余弱冠时㉘,往来必谒拜祠下。其始至也,侍先君焉㉙。今余且老,江山人物,眷焉若失㉚。复东望,泣拜不已。有云从西南来,渰浥浡郁㉛,气薄林木㉜,若相助以悲者。乃以竹如意击石㉝,作楚歌招之曰㉞:“魂朝往兮何极㉟?暮归来兮关塞黑㊱,化为朱鸟兮有咮焉食㊲?”歌阕㊳,竹石俱碎,于是相向感喟㊴。复登东台㊵,抚苍石,还憩于榜中。榜人始惊余哭,云:“适有逻舟之过也㊶,盍移诸㊷?”遂移榜中流,举酒相属㊸,各为诗以寄所思。薄暮,雪作风凛,不可留,登岸宿乙家,夜复赋诗怀古。明日,益风雪㊹,别甲于江。予与丙独归。行三十里,又越宿乃至。其后,甲以书及别诗来,言:“是日风帆怒驶㊺,逾久而后济㊻;既济,疑有神阴相以著兹游之伟㊼。”予曰:“呜呼!阮步兵死㊽,空山无哭声且千年矣!若神之助,固不可知;然兹游亦良伟。其为文词,因以达意,亦诚可悲已。”予尝欲仿太史公,著《季汉月表》,如《秦楚之际》㊾。今人不有知予心,后之人必有知予者。于此宜得书㊿,故纪之,以附季汉事后。

时,先君登台后二十六年也。先君讳某(51),字某。登台之岁在乙丑云(52)。

【注释】

① 西台:指东汉隐士严子陵的钓鱼台,即下文所称“子陵之台”,在

今浙江桐庐。

② 始：当初。唐宰相鲁公：本指唐朝宰相颜真卿,他曾抗击安禄山叛乱,后被封为鲁郡公。这里借指宋朝宰相文天祥。开府南服：文天祥景炎元年(1276)七月在南剑(今福建南平)建立府署,聘选僚属。南服：南方。

③ 布衣：平民。

④ 景炎二年(1277),文天祥率部赴漳州(今属福建)作战,作者在漳江边与文天祥分别。湄：水滨。

⑤ 祥兴元年(1278)十二月,文天祥兵败被俘。次年,被押往大都,路过张巡庙和颜杲卿作战过的地方。以事：忌讳之辞,指文天祥被俘北行。张睢阳,指唐代名将张巡,曾在睢阳(今河南商丘)抗击安禄山,后城破被俘,慷慨殉难。后人在睢阳立庙纪念张巡等人。参见韩愈《张中丞传后叙》。颜杲卿,安禄山叛乱时,他任常山(今河北正定)太守,城陷被俘,痛骂不屈,被割去舌头。

⑥ 文天祥北上,曾有《睢阳》、《颜杲卿》等诗,吊唁张、颜,并表示殉国决心。

⑦ 卒：终于。从之游：指文天祥追随张巡、颜杲卿殉国而死。

⑧ 句谓文天祥死时我恨找不到机会见他。藉：凭借。

⑨ 榭：建筑在高台上的敞屋。

⑩ 云岚：云气。

⑪ 句谓恰好相似。

⑫ 即元世祖至元十九年十二月(1282 年 1 月),文天祥于是年就义。

⑬ 姑苏：今江苏苏州。

⑭ 德祐元年(1275),文天祥被任命浙西江东制置使兼江西安抚大使知平江府事,驻守吴县(今江苏苏州)。

⑮ 夫差之台：即姑苏台,在苏州姑苏山上。夫差：春秋时吴国国王。

⑯ 即元世祖至元二十三年(1286)。

⑰ 越台：越王台,在今浙江绍兴稷山,为春秋战国时越王勾践所建。

⑱ 即元世祖至元二十七年冬(1291 年初)。

⑲ 友人甲、乙若丙：谢翱朋友吴思齐、严侣和冯桂芳。谢翱为避免元朝统治者的迫害,不敢直书姓名,故用代称。若：和。

⑳ 越宿：过了一夜。

㉑ 买榜：雇船。江涘(sì)：江边。

㉒ 句谓倒毁的墙、干枯的井。甃(zhòu),井里用砖砌的墙,代指井。

㉓ 墟墓：废墓。

㉔ 榜人：船夫。

㉕ 主：牌位。

㉖ 祝：祷告。

㉗ 句谓多次悲声痛哭。

㉘ 弱冠：二十岁左右。古代男子年满二十举行冠礼,以示成年。

㉙ 先君：指作者亡父谢钥。

㉚ 此句是悲痛宋朝江山人物的沦亡。眷：反顾,依恋。

㉛ 潆洄浮郁：形容云气的润湿和蕴积。

㉜ 薄：逼近。

㉝ 如意：原为搔痒用器,后演变为玩赏之物,用竹、玉、骨等制成,头部制成灵芝或云叶形状,柄稍弯曲。此处作为唱歌时打节拍的工具。

㉞ 作楚歌：指模仿《楚辞》的声调和形式。招：招魂。

㉟ 何极：到哪里为止。

261

㊱ 关塞：关口。

㊲ 句谓文天祥的灵魂化为南方的鸟形星宿,虽有嘴但能吃什么?言外之意,宋朝已沦亡,不能为文天祥立庙祭祀。朱鸟:南方七个星宿之总称。咮:鸟嘴。

㊳ 歌阕:歌毕。

㊴ 感喟(jiè):叹惜。

㊵ 东台:与西台相对。

㊶ 逻舟:指元朝巡逻船。

㊷ 盍:何不。

㊸ 相属:互相敬酒。

㊹ 益:更加。

㊺ 怒驶:急驶。

㊻ 句谓过了很长时间,才渡过了河。

㊼ 句谓怀疑暗里相助来表彰我们此游的壮伟。

㊽ 阮步兵:阮籍,魏晋名士,任步兵校尉。在魏晋易代之际,曾驾车外出,随意奔驰,到无路可走时,便恸哭而返。

㊾ "予尝"三句指司马迁在《史记》中作《秦楚之际月表》,因世事纷纭,瞬息万变,所以按月纪事。宋亡之际,各地抗元斗争风起云涌;谢翱又不愿用元朝"正朔"来纪年,所以想仿效司马迁作《月表》。季汉:汉末,这里假托前朝,实指季宋(宋末)。

㊿ 宜得书:应该记录下来。

(51) 讳某:即名某。古时父名要避讳。

(52) 乙丑指宋度宗咸淳元年(1265),这是谢翱随父初登西台的时间,距此次登台(1291)已有 26 年。

【品评】

作者曾是文天祥的部下,对他的人格和气节深为景仰。在这篇登台哭祭的文章中,作者抒发了追悼文天祥的悲痛欲绝之情,也融注着对故宋的坚贞和忠诚。

本文写于至元二十七年冬,离文天祥就义已整整有八年了。《礼记·檀弓上》有语:"朋友之墓有宿草而不哭焉。"然而作者于至元十九年始哭于姑苏,至元二十三年再哭于越台,至今三哭于钓台(即西台)。"哭",正是本文的主旨所在,也是贯穿全文的"文眼"。在文中,作者对"哭"的时间、地点、情景、场面和心理活动,一一作了细致真实的描绘。这里,有哭拜仪式的详细记述:"再拜,跪伏;祝毕,号而恸哭者三,复再拜,起。"这种"琐笔"并不令人觉得繁细可厌,反而显得庄严肃穆以及感情的凝重真挚。又有自然景象的烘托:一则说,"有云从西南来,滃浥浡郁,气薄林木,若相助以悲者";二则说,"是日风帆怒驶,逾久而后济;既济,疑有神阴相以著兹游之伟"。这种写云写风的"染笔",迷离仿佛,却渲染出人神共悲、普天同悼的悲剧气氛。尤其是用竹如意击石,作楚歌一段,"歌阕,竹石俱碎",达到了感情的高潮。这是"特笔",内心的不平用不平常的方式来发泄,有力地体现了他对文天祥哀悼痛惜之情,不仅没有随时间的推移而减弱、淡薄,而是愈加深厚和强烈了。

作者在写作本文时,元朝统治已经逐渐趋于稳定,所以本文在不少地方不免隐约其辞。比如以唐宰相颜真卿借指文天祥,以季汉借指宋末,均托言前朝;用甲乙丙代称朋友,隐蔽了同祭者。这种写法在理解上固然增加一些困难,然而在文情上反而平添一种深沉压抑的气氛,跟当时的祭奠之情复又谐和。另外全文不称元朝年号,唯书甲子,这自然表明作者与元朝不共戴天的民族立场,是别有深意的。

附录一:《古文选读》六篇

一、完 璧 归 赵①

司马迁②

【注释】

① 本篇节选自《史记·廉颇蔺相如列传》,题目是编者所加。

② 司马迁(前 145—?),字子长,西汉冯翊夏阳县(在陕西省韩城市)人。汉武帝时,他做过太史令(编写国史的史官)。他根据大量的历史文献,和先后周游各地时的实际考察,以及他对封建社会的观察和认识,写成历史巨著《史记》,成为我国杰出的历史家和文学家。

蔺相如者①,赵人也。为赵宦者令缪贤舍人②。介绍蔺相如的身份。

【译文】

蔺相如,赵国人,是赵国太监头领缪贤的门客。

【注释】

① 蔺(lìn):姓。

② 宦者令:官名,太监的头领。缪(miào):姓。舍人:指有职务

的门客，后世用作官名。

赵惠文王时，得楚和氏璧①。秦昭王闻之，使人遗赵王书②，愿以十五城请易璧。赵王与大将军廉颇诸大臣谋：欲予秦③，秦城恐不可得，徒见欺④；欲勿予，即患秦兵之来。计未定，求人可使报秦者，未得。

宦者令缪贤曰："臣舍人蔺相如可使⑤。"王问："何以知之？"对曰："臣尝有罪，窃计欲亡走燕⑥。臣舍人相如止臣曰：'君何以知燕王？'臣语曰：'臣尝从大王与燕王会境上，燕王私握臣手曰："愿结友。"以此知之，故欲往。'相如谓臣曰：'夫赵强而燕弱⑦，而君幸于赵王⑧，故燕王欲结于君。今君乃亡赵走燕，燕畏赵，其势必不敢留君，而束君归赵矣⑨。君不如肉袒伏斧质请罪⑩，则幸得脱矣⑪。'臣从其计，大王亦幸赦臣。臣窃以为其人勇士，有智谋，宜可使⑫。"写秦要骗取赵璧，赵君臣谋对策，犹豫不决，缪贤推荐蔺相如可用。

【译文】

赵惠文王的时候，得到楚国著名的和氏璧。秦昭王听到后，就派人送给赵王一封国书，表示愿意用十五座城池的代价，来换取这块宝璧。赵王就跟大将军廉颇以及大臣们商量：想把宝璧给秦国，恐怕秦国的城池得不到手，白白上当；想不给，又怕秦兵立刻杀来。商量不出个结果，想找一个可以出使回复秦国的人，也没有找到。

太监头领缪贤说："我的门客叫蔺相如的可以出使秦国。"赵王问道："你怎么知道他能胜任？"缪贤回答说："我有次得罪了您大王，私下打算逃到燕国去。我的门客相如就阻止我说：'您怎么知道燕王会收留您？'我告诉他说：'我曾经随从大王在国境上会见燕王，燕王私下握着我的手说:"愿意和您交个朋友。"这样想来他大概会收留我,所以想去投奔。'相如就对我说:'赵国强,燕国弱,而您正为赵王所宠幸,所以燕王才想和您拉交情。现在您是从赵国私逃到燕国去的,燕王害怕赵国,看样子一定不敢收留您,而要把您逮起来押回赵国了。您不如解衣露体、伏在铡刀上请求处罚,那就有侥幸免罪的希望。'我听从了他的计谋,后来果然得到您大王的赦免。我私意以为此人是位勇士,又有智谋,是可以委派出使的。"

【注释】

① 和氏璧:相传楚国人卞和,得到一块内含宝玉的石头,献给楚厉王;楚厉王的玉工检验结果,认为只是一块石头,因被罚砍去左脚。到了楚武王时,卞和再献,楚武王的玉工也认为只是一块石头,竟又被砍去右脚。楚文王继位,卞和不敢再献,抱着这块宝石在山下痛哭了三天三夜。楚文王知道这件事儿后,就把宝石取来,凿去外层,果然得到一块宝璧,就取名为"和氏璧"。

② 遗(wèi):送。

③ 予:送给。

④ 见欺:被骗。

⑤ 臣:缪贤自称。

⑥ 亡走:逃跑。

⑦ 夫(fú):发语词,没有具体的意义。

⑧ 幸:得宠。

⑨ 束:捆绑。归:送回。

⑩ 肉袒:解衣露体,古代请罪时用来表示服罪。斧质:腰斩的刑具,形如现在切草用的铡刀。斧,指铡刀;质,指下面承接斧刃的砧板。这句表示自愿服罪。

⑪ 幸：侥幸。和上面"而君幸于赵王"的"幸"字，意义不同。

⑫ 宜：应该。

　　于是王召见，问蔺相如曰："秦王以十五城请易寡人之璧①，可予不②？"相如曰："秦强而赵弱，不可不许。"王曰："取吾璧，不予我城，奈何？"相如曰："秦以城求璧而赵不许，曲在赵；赵予璧而秦不予赵城，曲在秦。均之二策③，宁许以负秦曲。"王曰："谁可使者？"相如曰："王必无人，臣愿奉璧往使④。城入赵而璧留秦；城不入，臣请完璧归赵。"赵王于是遂遣相如奉璧西入秦。写蔺相如被召见，他决策和出使。

【译文】

　　于是赵王召见蔺相如，问他道："秦王说要用十五座城池来换我的宝璧，能给他吗？"相如说："秦国强，赵国弱，我们不能不答应。"赵王说："秦国拿了我的宝璧，但不给我城池，那怎么办？"相如说："秦国用城池来换宝璧，赵国不答应，那是赵国理亏；赵国给了宝璧而秦国不给赵国城池，那是秦国理亏。权衡这两种办法的利害，我们宁可答应秦国而让他来承担不讲道理的责任。"赵王说："那么谁可以出使呢？"相如说："大王如果确实找不到人，我愿意带着宝璧前往。只有城池划归了赵国，我才把璧留在秦国；如果城池不到手，我一定把宝璧完整无缺地送回赵国。"赵王于是才派相如带了宝璧向西到秦国去。

【注释】

① 寡人：国王自称。

② 不：同"否"字。

③ 之：代词，这。

④ 奉：捧护。

秦王坐章台见相如^①。相如奉璧奏秦王^②。秦王大喜，传以示美人及左右^③，左右皆呼"万岁^④"。相如视秦王无意偿赵城^⑤，乃前曰："璧有瑕^⑥，请指示王！"王授璧。相如因持璧却立^⑦，倚柱，怒，发上冲冠，谓秦王曰："大王欲得璧，使人发书至赵王，赵王悉召群臣议^⑧，皆曰：'秦贪，负其强，以空言求璧，偿城恐不可得。'议不欲予秦璧。臣以为布衣之交尚不相欺^⑨，况大国乎？且以一璧之故，逆强秦之欢^⑩，不可。于是赵王乃斋戒五日^⑪，使臣奉璧，拜送书于庭^⑫。何者？严大国之威以修敬也^⑬！今臣至，大王见臣列观^⑭，礼节甚倨^⑮；得璧，传之美人，以戏弄臣。臣观大王无意偿赵王城邑，故臣复取璧。大王必欲急臣，臣头今与璧俱碎于柱矣！"

相如持其璧睨柱^⑯，欲以击柱。秦王恐其破璧，乃辞谢固请，召有司案图^⑰，指从此以往十五都予赵^⑱。

相如度秦王特以诈详为予赵城^⑲，实不可得，乃谓秦王曰："和氏璧，天下所共传宝也^⑳，赵王恐，不敢不献。赵王送璧时，斋戒五日，今大王亦宜斋戒五日，设九宾于廷^㉑，臣乃敢上璧^㉒。"秦王度之，终不可强夺，遂许斋五日。舍相如广成传舍^㉓。写蔺相如初见秦王时所表现的机智和勇敢。

【译文】

秦王坐在章台接见相如。相如捧璧献给秦王。秦王高兴极了，把璧传给嫔妃及左右侍臣们观赏，左右的人都欢呼"万岁"。相如一看秦王根本没有意思要偿付赵国城池，就上前说："这块宝璧上有个斑点，请让我指给您大王看！"秦王就把璧递给他。相如拿着璧，倒退几步站住，靠着柱子，愤怒得头发直竖，好像要把帽子掀起来。他对秦王说："您大王想要得到宝璧，派人送给赵王国书，赵王召集全体大臣共同商议,大家都说:'秦国贪心,仗着自己的强大,想用几句空话来要璧,偿付的城池怕拿不到。'大家决议不想把璧交给秦国。我却以为老百姓之间互相交往,尚且不至于欺骗,何况大国呢?况且,为了一块璧的缘故而触伤强大秦国的友好感情,不行。于是赵王守了五天的斋期,派我捧璧前来,并亲自在正殿上行了礼,送出国书。为什么要这样做呢?为的是尊重大国的威严而加意表示恭敬啊!现在我到贵国,您大王只在普通的台观中接见我,礼仪上又十分傲慢;拿到宝璧,竟随便给嫔妃们传观,分明是戏弄我。我看到您大王没有意思偿付赵王城池,所以我取回宝璧。您大王如果一定想要逼迫我,我的头颅今天就跟这宝璧一起砸碎在柱下了!"

相如拿着璧,斜盯着柱子,想要砸去。秦王恐怕他真的把宝璧砸碎了,就婉言道歉,坚请他不要如此,并且找来有关官员查看地图,指出从这里到那里的十五座城池划归赵国。

相如猜想秦王只不过用诡计假装着给赵国城池,实际上是不能得到的,就对秦王说:"和氏璧,是天下公认的宝物,赵王由于害怕,不敢不献给您。赵王送璧时,曾经守了五天斋期,现在您大王也应该守五天斋期,并在正殿上设置'九宾'的隆重礼仪,我才能献璧。"秦王想想这事儿,毕竟不能强抢硬夺,只好答应守斋五天,并且招待相如在广成宾馆住下。

【注释】

① 章台:在秦国离宫(别墅)中,故址在今陕西省西安市长安区西南。

② 奏:进献。

③ 美人:指嫔妃、宫女等。左右:指左右的侍臣。

④ 万岁:古人一般的庆贺之辞,又用来专称皇帝。

⑤ 偿:付给。

⑥ 瑕(xiá)：斑点。璧贵整体洁白；如果杂有斑痕，就是缺陷。

⑦ 却：后退。

⑧ 悉：都，全部。

⑨ 布衣：古时老百姓只穿麻布葛布，所以叫布衣，指没有受过爵禄的人；布衣之交：老百姓交朋友。

⑩ 驩：同"欢"，指友好的感情。

⑪ 斋戒：古人在祭祀或举行典礼时，必先沐浴更衣，吃素独宿，以清心洁身，表示虔诚、恭敬。

⑫ 庭：通"廷"字，皇帝听政的正殿。

⑬ 严：尊重。修敬：加意恭敬。

⑭ 列观：一般的台观亭园，不是举行庄严典礼的所在。和上文"坐章台见相如"相应。

⑮ 倨(jù)：傲慢。

⑯ 睨(nì)：斜视。

⑰ 有司：负有专职的官吏。案：查明。

⑱ 都：城池。

⑲ 度(duó)：猜测，料想。详：同"佯"，伪装。

⑳ 共传：共同传诵，公认。

㉑ 九宾：由九个典礼的傧相依次传呼，接引宾客上殿。这是古代最隆重的礼节仪式。

㉒ 上：献上。

㉓ 舍：留宿，做动词用。广成：邑里名。传舍：宾馆。

相如度秦王虽斋，决负约不偿城，乃使其从者衣褐①，怀其璧，从径道亡②，归璧于赵。

秦王斋五日后，乃设九宾礼于廷，引赵使者蔺相如③。相

270

如至,谓秦王曰:"秦自缪公以来二十馀君①,未尝有坚明约束者也⑤。臣诚恐见欺于王而负赵,故令人持璧归,间至赵矣⑥。且秦强而赵弱,大王遣一介之使至赵⑦,赵立奉璧来;今以秦之强而先割十五都予赵,赵岂敢留璧而得罪于大王乎? 臣知欺大王之罪当诛,臣请就汤镬⑧,唯大王与群臣孰计议之⑨!"秦王与群臣相视而嘻⑩。左右或欲引相如去,秦王因曰:"今杀相如,终不能得璧也,而绝秦、赵之驩,不如因而厚遇之,使归赵。赵王岂以一璧之故欺秦邪⑪?"卒廷见相如,毕礼而归之。写蔺相如设计送璧回赵,第二次见秦王,终于胜利而归。

【译文】

　　相如猜想秦王虽然守了斋,仍然定会背约不偿付城池的,就叫他的随员穿上老百姓的粗布短衫,怀里揣着宝璧,从小路逃走,把璧送回赵国。

　　秦王五天斋戒期满,就在正殿上设置了"九宾"的隆重礼仪,延请赵国使臣蔺相如。相如到后,对秦王说:"秦国从穆公以来二十多位国王,没有一位是坚守过信约的。我实在恐怕被您欺骗以致对不起赵国,所以已叫人把璧带回去,走小路到了赵国了。秦国强,赵国弱,您大王只差一个使臣到赵国,赵国立刻送了璧来;现在以秦国的强大,先割十五座城池给赵国,赵国怎敢留住宝璧而得罪您大王呢? 我自知有欺骗您大王的罪过,理应处死,就让我受烹刑吧! 只希望大王您和各位大臣反复地考虑一番才好!"秦王和大臣们面面相觑,发出苦笑的声音。左右侍从有的想拉相如去就刑,秦王才说道:"现在杀了相如,终究不能得到宝璧,反而绝了秦、赵两国的交谊。倒不如趁此机会好好招待他,让他回赵国。赵王总不会为一块璧的缘故而欺骗秦国的吧?"终于在正殿上接见了蔺相如,完成了接见贵宾的礼仪,送他回赵国。

【注释】

① 衣（yì）：穿。褐（hè）：粗布短衫，是古代贫苦人的服装。

③ 径道：小路。

③ 引：带领，延请。

④ 缪公：即穆公，秦国国君，春秋时五霸之一。

⑤ 坚明：牢固确定。约束：遵守信约。

⑥ 间（jiàn）：间道，走小路。

⑦ 一介：一个。

⑧ 汤镬（huò）：指烹刑，在镬中盛水或油，烧沸后烹煮犯人。

⑨ 唯：助词，这里表示"希望"的语气。孰：仔细。

⑩ 嘻（xī）：苦笑声。

⑪ 邪：同"耶"，表疑问或感叹的语气词。

相如既归，赵王以为贤大夫，使不辱于诸侯，拜相如为上大夫①。秦亦不以城予赵，赵亦终不予秦璧。写蔺相如回国后因功受赏。

【译文】

相如回赵国后，赵王认为他是一位称职的大夫，出使诸侯之国，能够不被欺侮，就提升他做上大夫。后来，秦国没有把城池给赵国，赵国也终究没有把璧给秦国。

【注释】

① 拜：任命，封。上大夫：官名，最高一级的大夫。大夫分为上、中、下三级，在卿之下，士之上。

"完璧归赵"这一事件发生在赵惠文王十六年（前283）。当时秦国采取了各个击破的战术，不断地进攻六国，壮大自己的实力，为统一天下打下基础。赵国虽然拥有一定的军事力量，但与秦国是无法匹敌的。"完璧归赵"就是在这种背景下发生的。

秦国依恃武力，空言求璧。这给赵国提出了一个难题：既要表明不愿甘受欺骗和威胁；又要争取秦国的和好，防止入侵。蔺相如分析了"予璧"和"不予璧"两种办法的优劣，指出前者能够先在道义上取得主动；而在具体策略上，他又提出"城入赵而璧留秦"、"城不入"则"完璧归赵"的方针。这个困难的使命正是由他来完成的。

蔺相如的这种决策，已经显示出他的惊人的识见，使我们对缪贤的推荐，获得了初步的印证。然而，司马迁进一步把人物推向最紧张的斗争尖端上，突出地加以表现。这也是他塑造人物的一个重要方法。

蔺相如性格的基本特征是智慧和勇敢。他的智慧，表现在对于客观情势的正确判断和应变的敏捷；他的勇敢，表现在不畏强暴和宁死不屈，而这又是和他的智慧结合在一起的，就有别于盲动或逞勇。还应该指出，他的智慧和勇敢都建筑在忠于赵国、忠于赵王的思想基础上的。

蔺相如的这些性格特征，主要表现在与秦王先后两次紧张会见的过程中。其中写到蔺相如的三次行动，是情节发展的三个段落：

一、蔺相如初献璧后，"视秦王无意偿赵城"，就立刻采取第一个行动：设计把璧取回，面责秦王无礼无信，最后表示要与璧同归于尽的坚决意志，利用秦王贪璧的心理，迫使秦王作出第一次让步——"案图予城"。

二、但是，蔺相如没有上当，"度秦王特以诈详为予赵城，实不可得"，于是采取第二个行动：向秦王提出"斋戒五日"和"设九宾于廷"这两个条件。秦王考虑到当时的形势，又被迫接受。

三、蔺相如仍然没有轻信，"度秦王虽斋，决负约不偿城"，于是采取第三个行动：暗中送璧回赵，并在第二次会见时，慷慨陈辞，折服秦王,终于胜利回赵。

由此可见,"完璧归赵"中情节的发生和发展,是由人物的性格决定的,因而,情节紧张但又合情合理;另一方面,情节的紧张、戏剧性和富有层次,也有助于人物性格的逐步展现和深化。

司马迁描写的生动性和形象性也是很杰出的。如"相如因持璧却立,倚柱,怒,发上冲冠",寥寥数语,人物的面貌跃然纸上;又如"相如持其璧睨柱,欲以击柱",一个"睨"字,就突出了人物的神态,"秦王与群臣相视而嘻",一个"嘻"字,画尽了他们狼狈不堪、强作嘻笑的嘴脸:这都说明司马迁语言艺术的高度成就。

二、鸿 门 宴①

司马迁

【注释】

① 本篇节选自《史记·项羽本纪》,题目是编者所加。鸿门:在今陕西省西安市临潼区东。

沛公旦日从百馀骑来见项王①,至鸿门,谢曰:"臣与将军戮力而攻秦②,将军战河北,臣战河南,然不自意能先入关破秦③,得复见将军于此。今者,有小人之言,令将军与臣有郤④。"项王曰:"此沛公左司马曹无伤言之⑤,不然,籍何以至此⑥?"写刘邦到鸿门会见项羽,巧言辩解,气氛缓和。

【译文】

第二天,刘邦带了一百多随从骑兵来见项羽,到了鸿门,他向项羽谢罪说:"我和将军您协力攻击秦国,将军在黄河以北作战,我在黄河以南作战,我自己真没有料到能先入函谷关击破秦国,又能在这儿见到将军。现在,由于坏人的谗言,使得将军和我有了隔阂。"项羽说:"这是您部下的左司马曹无伤说的呀,不然的话,我怎么会这样办呢?"

【注释】

① 沛公:汉高祖刘邦,他起兵于沛(在江苏省沛县),称沛公。骑(jì计):骑兵。项王:西楚霸王项羽,他在河北击溃秦的主力军,进入函谷关。

② 戮(lù)力:协力。

③ 关:函谷关,在河南省灵宝市西南。

④ 郤:同"隙(xì)",嫌隙。

⑤ 左司马:官名,掌管有关军务。

⑥ 籍:项羽的字。

项王即日因留沛公与饮。项王、项伯东向坐①;亚父南向坐——亚父者②,范增也;沛公北向坐;张良西向侍③。

范增数目项王④,举所佩玉玦以示之者三⑤。项王默然不应。范增起,出,召项庄⑥,谓曰:"君王为人不忍。若入⑦,前为寿⑧,寿毕,请以剑舞,因击沛公于坐,杀之。不者⑨,若属皆且为所虏⑩!"庄则入为寿。寿毕,曰:"君王与沛公饮,军中无以为乐,请以剑舞。"项王曰:"诺⑪。"项庄拔剑起舞。项伯亦拔剑起舞,常以身翼蔽沛公⑫,庄不得击。写项羽设宴,范增定计,项庄舞剑行刺,项伯急保刘邦,情势紧迫。

【译文】

项羽当天就留刘邦饮宴,项羽、项伯向东坐在首座;亚父向南坐——亚父就是范增;刘邦向北坐在下座,张良向西坐着做陪客。

范增频频向项羽递眼色，举起他所佩带的玉玦三次示意项羽赶快动手。项羽沉默地无所表示。范增站起来，走到外面，叫来项庄，对他说："我们的大王为人心肠太软。你进去，上前去敬酒，等敬酒毕，请求舞剑助乐，觑准机会就在座位上把沛公刺死。否则，你们这班人都将被他所虏辱！"项庄就到里面去敬酒。敬酒毕，说道："大王和沛公饮酒，军中没有什么娱乐，请让我舞一回剑吧！"项羽说："好。"项庄拔剑起舞，项伯也赶紧拔剑起舞，常常用自己的身体挡住刘邦，项庄得不到刺击刘邦的机会。

【注释】

① 项伯：项羽的叔父，是张良的好朋友。在鸿门宴前，他曾私自到刘邦军营中，把项羽想攻打刘邦的事告诉张良，原意不过使张良脱离祸患。由于张良的引见，和刘邦的主动拉拢，他和刘邦结成了儿女亲家。因而在鸿门宴上，他处处保护着刘邦。东向坐：向东坐。古俗向东坐是首座，这里表示出项羽的自高自大。

② 亚父：这是项羽对范增的尊称，意思是父亲辈的人；仅次于父亲。范增是项羽的重要谋臣。

③ 张良：字子房，刘邦的重要谋臣，后封留侯。侍：陪席。

④ 数（shuò）：屡次。目：看，丢眼色。

⑤ 玉玦（jué）：一种半环形的玉佩。范增这个动作，是示意项羽下决心杀刘邦。

⑥ 项庄：项羽的堂弟。

⑦ 若：你。

⑧ 为寿：古时向尊者进酒时，要致词祝颂，叫上寿。为寿即上寿。

⑨ 不者：不然，否则。

⑩ 且：将要。

⑪ 诺：答允的声音。

⑫ 翼蔽：原意是像鸟的翅膀似地掩护着，一般即指遮掩、保护。

　　于是张良至军门见樊哙①。樊哙曰："今日之事何如？"良曰："甚急！今者项庄拔剑舞，其意常在沛公也。"哙曰："此迫矣！臣请入②，与之同命③！"哙即带剑拥盾入军门，交戟之卫士欲止不内④，樊哙侧其盾以撞，卫士仆地⑤，哙遂入。披帷西向立⑥，瞋目视项王⑦，头发上指，目眦尽裂⑧。项王按剑而跽曰⑨："客何为者？"张良曰："沛公之参乘樊哙者也⑩。"项王曰："壮士！赐之卮酒⑪！"则与斗卮酒⑫。哙拜谢，起，立而饮之。项王曰："赐之彘肩⑬！"则与一生彘肩。樊哙覆其盾于地⑭，加彘肩上，拔剑切而啗之⑮。项王曰："壮士！能复饮乎？"樊哙曰："臣死且不避，卮酒安足辞！夫秦王有虎狼之心⑯，杀人如不能举⑰，刑人如恐不胜⑱，天下皆叛之。怀王与诸将约曰⑲：'先破秦入咸阳者王之⑳。'今沛公先破秦入咸阳，毫毛不敢有所近㉑，封闭宫室，还军霸上㉒，以待大王来。故遣将守关者，备他盗出入与非常也。劳苦而功高如此，未有封侯之赏，而听细说，欲诛有功之人，此亡秦之续耳，窃为大王不取也！"项王未有以应，曰："坐！"樊哙从良坐。写樊哙入卫，折服项羽，气氛转缓。

【译文】

　　于是张良就跑到营门口找见樊哙。樊哙问道："今天的事情怎么样了？"张良说："危急万分！现在项庄拔剑起舞，常在沛公身上打主意。"樊哙说："这太危险了！让我进去，跟他们去拼命！"樊哙立刻带着剑、提着盾牌闯向营门，交叉持着长戟的卫兵们想拦住他不让他进去,樊哙侧着盾牌用力一撞,卫兵跌倒在地,樊哙就进去了。他掀开帐幕,向西一站,瞪着项羽,愤怒得连头发都要竖起来,眼眶都要裂开了。项羽按着剑把,跪着挺身,问道:"来人是干什么的?"张良说:"这是沛公的近身警卫樊哙。"项羽说:"好一位壮士!赏他一杯酒喝!"侍者立刻给他一大杯酒。樊哙下拜称谢后,就起来站着把它喝干了。项羽说:"再赏他一只猪肘子!"侍者就给他一只生的猪肘子。樊哙就把盾牌反磕在地上,再把猪肘子放在盾牌上面,拔出剑来,一块一块地切下来吃了。项羽说:"壮士!还能喝吗?"樊哙说:"我连死都不畏避,一杯酒值得推辞么!我看秦王有虎狼般的残暴心肠,杀人惟恐不能杀尽,处罚人惟恐不能用尽酷刑,因而天下的人都反对他。怀王曾与各位将军约定:'谁先破秦攻入咸阳,就立他为王。'现在沛公最先破秦攻入咸阳,连最细小的东西都不敢碰一碰,封闭了宫室,把军队退守灞上,等待您大王到来。他之所以派将守关,也不过为了防备其他盗贼出入或发生意外事故而已。这样劳苦功高,不但没有封侯的赏赐,反而听了小人的话,想杀有功的人,这是继续走秦国灭亡的路,我私下以为您大王是不该这样做的!"项羽一时无话可答,就说:"坐下吧!"樊哙就挨着张良坐下。

【注释】

① 军门:营门、辕门。樊哙(kuài):沛人,随从刘邦起义反秦,是刘邦手下的一名勇将。

② 臣:古时对人自谦的称呼,不一定有君臣之分,所以樊哙对张良也可以自称"臣"。

③ 与之同命:可作两种解释:一、去跟项羽、项庄他们拼命;二、和沛公同生共死。前种解释似与当时情景、人物口吻更适合些。

④ 戟(jǐ):古代兵器,长杆头上附有分支的利刃;交戟之卫士:指

守门的士兵。卫兵守门时把戟交叉，禁止出入。内：同"纳"，放进去。

⑤ 仆(pū)：跌倒。

⑥ 披帷(wéi 违)西向立：拉开帐幕，向西站着，正在张良背后，面对项羽。

⑦ 瞋(chēn)：瞪。

⑧ 目眦(zì)：眼眶。

⑨ 跽(jì)：长跪。古人席地而坐，挺直上身，两腿跪着叫跽。按剑而跽：准备起身刺击的姿态，写项羽见樊哙闯入而紧张戒备的样子。

⑩ 参乘：坐在车的右边担任警卫的人。

⑪ 卮(zhī)：酒杯。

⑫ 斗：最大的酒杯。

⑬ 彘(zhì)肩：猪肘子，猪腿。

⑭ 覆(fù)：反磕。

⑮ 啗：同"啖(dàn)"，吃。

⑯ 夫(fú)：发语词。

⑰ 举：完全，全部。

⑱ 刑人：处罚人。胜：尽，极。这三句借秦骂项羽。

⑲ 怀王：指楚怀王的孙子，名叫心。楚亡后，他流落民间牧羊，被项梁(项羽的叔父)立为楚怀王，使孙子承袭祖父的王号，以便号召反秦的人民。后被项羽所杀。

⑳ 咸阳：秦国的首都，就是现在陕西省西安市西北的咸阳市。

㉑ 毫毛：比喻微小的东西。

㉒ 霸上：即灞上，在今陕西省西安市东。

坐须臾，沛公起如厕①，因招樊哙出。沛公已出，项王使

279

都尉陈平召沛公②。

沛公曰:"今者出,未辞也,为之奈何?"樊哙曰:"大行不顾细谨,大礼不辞小让;如今人方为刀俎③,我为鱼肉,何辞为④!"于是遂去。乃令张良留谢。良问曰:"大王来何操⑤?"曰:"我持白璧一双,欲献项王;玉斗一双,欲与亚父。会其怒⑥,不敢献。公为我献之。"张良曰:"谨诺。"

当是时,项王军在鸿门下,沛公军在霸上,相去四十里。沛公则置车骑⑦,脱身独骑,与樊哙、夏侯婴、靳强、纪信等四人持剑盾步走⑧,从郦山下⑨,道芷阳间行⑩。沛公谓张良曰:"从此道至吾军,不过二十里耳。度我至军中⑪,公乃入。"写刘邦乘机脱走,安然返营。

【译文】

坐了一会儿,刘邦起身上厕所,便招呼樊哙出来。刘邦出来后,项羽就派都尉陈平去叫刘邦回来。

刘邦对樊哙说:"现在幸而出来了,但没有向项王告别,怎么办?"樊哙说:"干大事不可拘泥小节,行大礼不必计较琐细的礼貌;如今人家是摆着菜刀和砧板,要我们当作鱼肉来宰割,干吗一定要去告别?"于是决定就此脱走。刘邦叫张良留下向项羽去致歉。张良问道:"大王您来时可带了什么礼物?"刘邦说:"我带来白璧一对,想献给项王;玉斗一对,想献给亚父。但刚巧碰上他们生气的当儿,我不敢奉献。您替我去献吧!"张良说:"好。"

当时,项羽军队驻扎在鸿门,刘邦军队驻扎在霸上,相距四十里。刘邦就留下随从的车骑,空身骑马,与樊哙、夏侯婴、靳强、纪信等四人拿着剑和盾牌,快步离去。从骊山下,经过芷阳抄小路逃走。刘邦临走时对张良说:"从这条小路到我们军营,不过二十里光景。您估计我已到了营地时，才可进去。"

【注释】

① 如：往。

② 都尉：武官名。陈平：陈平这时在项羽部下，第二年改投刘邦，成为刘邦的重要谋士，后官至汉丞相。

③ 俎(zǔ)：砧板。

④ 何辞为：辞为何，去告辞干什么。

⑤ 何操：带来什么？指礼物。

⑥ 会：恰逢。

⑦ 置：留下，放弃。车骑：指上文所说跟刘邦一起来的"百馀骑"。

⑧ 夏侯婴、靳(jìn)强、纪信：都是刘邦手下的名将。

⑨ 郦山：即骊(lí)山，在今陕西省临潼东，鸿门的西边。

⑩ 芷阳：在今陕西省西安市东。间(jiàn)行：乘空隙的地方走，即抄小路走。

⑪ 度(duó)：估计，料想。

　　沛公已去，间至军中①。张良入谢，曰："沛公不胜桮杓②，不能辞。谨使臣良奉白璧一双，再拜献大王足下③；玉斗一双，再拜奉大将军足下④。"项王曰："沛公安在？"良曰："闻大王有意督过之，脱身独去，已至军矣。"项王则受璧，置之坐上。亚父受玉斗，置之地，拔剑撞而破之，曰："唉！竖子不足与谋⑤！夺项王天下者，必沛公也！吾属今为之虏矣！"转写项羽方面对刘邦脱走的反应。

【译文】

　　刘邦走后，张良估计已从小路到了自己营地，才进去致歉，说："沛公不能再喝酒了，不能来面辞。他叫我奉上白璧一对，再拜送给您大王;玉斗一对,再拜送给您大将军。"项羽问道:"沛公现在哪儿?"张良说:"他听说您大王故意要找他的错儿,就单身离去,现已回到营地了。"项羽就收受了白璧,把它放在座位上。范增收受了玉斗,摔在地上,拔出剑来把它剁碎,说:"唉!这小子不值得跟他商量大事!将来夺得项王天下的人,一定就是沛公!我们这班人都要成为他的俘虏了!"

【注释】

① 间(jiàn)至军中:抄小路抵达灞上。这是张良的揣度。

② 不胜(shēng):受不住。桮:同"杯";杓(sháo):取酒的器具。桮杓:酒的代称。

③ 足下:古人对人的敬称,避免直呼"汝"、"尔"。

④ 大将军:指范增。

⑤ 竖(shù)子:骂人的话,犹如俗语"小子",这里范增明骂项庄等人,暗指项羽。

沛公至军,立诛杀曹无伤。刘邦杀曹无伤,鸿门宴的馀波。

【译文】

刘邦回到营地,立刻杀死了曹无伤。

在秦末的农民大起义中,项羽和刘邦逐渐发展成为两支最强大的军事力量,最后共同推翻了秦朝的残酷统治。"鸿门宴"标志着项刘联合反秦到项刘互争霸权的历史转折点,同时也预示了"夺项王天下者,必沛公也"的发展趋势。

"鸿门宴"是一场惊心动魄的斗智斗勇的场面。当时项羽兵力比刘邦强大四倍,正是在这种力量悬殊的对比下,刘邦才不得不忍辱负重,冒着生命的危险,亲入虎穴,骗取项羽的信任,经过种种艰难曲折,然后脱险归营。司马迁以令人信服的艺术手法,描写了刘邦如何从被动中争取主动,变劣势为优势,化险为夷,转危为安,使故事的发展出人意外而又在情理之中。

司马迁在这个故事中,写了四对相应的人物:项羽和刘邦是主帅,范增和张良是谋士,项庄和樊哙是勇将,项伯和一个没有正式出场的曹无伤都是内奸。司马迁通过人物之间的复杂关系,来显示刘邦获得成功的必然性。项羽豪爽直率,刚愎自用,政治上幼稚,领袖欲强烈;刘邦机智权变,看风使舵。项羽不能看出刘邦的野心,刘邦却深刻地掌握了项羽的性格。他竭力迎合项羽自高自大、被胜利冲昏头脑的弱点,不惜卑躬屈膝,低声下气,力图消除项羽对他的疑忌。他又善于用人。张良和樊哙,一文一武,同心协力,帮助他渡过了这个难关。而项羽方面的范增和项庄,一个虽然有智有谋,但项羽不能用他;一个有勇无谋,不能出色地完成使命。刘邦对项伯的利用,在鸿门宴中起了重大的作用。项伯不仅在宴前替刘邦辩护,打消了项羽杀刘邦的念头;在宴会上又积极地保护刘邦。而刘邦的叛徒曹无伤,却徒然作了项羽轻率、幼稚的牺牲品。因此,刘邦的成功不是偶然的。

司马迁在"鸿门宴"中,运用了杰出的艺术手法,塑造了许多生动的人物形象。上面已指出了对比的手法。对比能使人物的特点更鲜明、更突出。文章结尾时写了项羽和范增对刘邦所送礼物的不同态度,也是一个很好的例证。项羽安然收下,范增摔在地上,并用剑剁碎。一个认为这是刘邦的恭顺,正陶醉在自己的胜利之中;一个认为这是项羽走向失败的起点。一个幼稚轻信而又自命不凡,一个独具识见而又器度褊狭。性格是十分鲜明的。

其次,他善于在矛盾斗争的焦点上来写人物。樊哙这位行动鲁莽、内心精细的英雄形象,正是在最紧张的斗争形势中突现出来的。他的英勇豪壮,获得了项羽的激赏;他对项羽的斥责,在严厉无情之中又含有规劝的意味,才使这位叱咤风云的"霸王"竟然"未有以应",

不加恼怒,这又表现他的粗中有细;与刘邦关于出走的一段话,又表明他对形势的清醒认识和对刘邦忠心耿耿的精神。

第三,通过人物的语言行动来写人物。司马迁没有插入第三者多馀的说明和解释,也没有静止的心理剖析,一切像现实生活中一样,人物在自己的语言行动中说明自己,表现自己。樊哙闯营、披帷,豪饮健啖,指责项羽,无不神情毕现,栩栩如生,成为"鸿门宴"中写得最生动的一个人物。其他人物的塑造,也同样运用这一艺术手法。

司马迁对细节的出色描写,紧弛相间的情节安排,人物肖像的精心刻画,也都是具有典范性的。

三、书褒城驿壁^①

孙　樵^②

【注释】

① 本篇选自《孙樵集》。褒(bāo)城:在陕西省汉中市一带。驿(yì):驿站,古时官吏、信使在旅途中休息或换马的地方。

② 孙樵(生卒不详),字可之,关东(函谷关以东)人。唐末著名散文家。他自称是大古文家韩愈的四传弟子。唐宣宗大中九年(855)考中进士。黄巢起义军攻占首都长安(在今陕西省西安市)后,他随唐僖宗出奔,做过职方郎中(主管天下舆图的曹司长官)。

褒城驿号天下第一。及得寓目,视其沼则浅混而茅,视其舟则离败而胶^①,庭除甚芜^②,堂庑甚残^③,乌睹其所谓宏丽者^④?讯于驿吏^⑤,则曰:"忠穆公尝牧梁州^⑥,以褒城控二节度治所^⑦,龙节虎旗^⑧,驰驿奔轺^⑨,以去以来,毂交蹄劘^⑩,由是崇侈其驿,以示雄大。盖当时视他驿为壮。且一岁宾至者,不下数百辈,苟夕得其庇,饥得其饱,皆暮至朝去,宁有顾惜心邪⑪? 至如棹舟,则必折篙破舷碎鹢而后止⑫;渔钓,则必枯泉汩泥尽鱼而后止⑬;至有饲马于轩⑭,宿隼于堂⑮,凡所以污败室庐,糜毁器用。官小者,其下虽气猛可制;官大者,其下益暴横难禁,由是日益碎破,不与曩类⑯。某曹八九辈⑰,虽以供馈之隙⑱,一二力治之⑲,其能补数十百人残暴乎?"借驿吏的口,说明褒城驿站残破的原因。

【译文】

褒城驿站号称天下第一。等到亲眼见到,看看池塘,池里的水又浅又浑,杂草丛生;看看船,又破又烂,陷在泥滩上;庭院里一片荒芜;堂屋和廊房破旧不堪,哪里看得见什么宏丽的样子呀? 我便向驿吏询问,他说:"忠穆公以前治理梁州时,因为褒城地据兴元府和凤翔府的要道,道上,龙节高耸,虎旗飘扬,车马奔驰,来来往往,交车频繁,连马蹄都磨损了。因此扩建和美化了这个驿站,以显示雄伟的气魄。在当时,确比其他驿站壮丽。但是一年中过路的客人,不下好几百,假使天晚了,在这里能得到住处,饿了在这里能得到饱食,他们都是傍晚到,早晨走,哪里有爱惜的心呢? 他们划船的话,一定要弄到折断了篙竿,损坏了船舷,打破了船头才肯罢手;捕鱼的话,一定要把水弄干弄浑,把鱼都打光了才能收场;还有的到屋里来喂马,到堂上来养猎鹰的,这一切都能把房子弄脏弄破,把器具毁坏的。官小的,他的下人们虽然气势汹汹但还可以劝阻;官大的,他的下人们就更加无法无天不能制止了。因此一天比一天毁坏,就跟以前大不相同了。我们八九个人,虽然在侍候进餐的空暇,一一用力修理,但怎能补救几十几百人的破坏呢?"

【注释】

①胶:陷在泥里。

② 庭除：即指庭院。庭：院子;除：台阶。

③ 堂庑(wǔ)：堂屋和堂外周围的屋子。

④ 乌：哪里。

⑤ 驿吏：管理驿站的官员。

⑥ 忠穆公：严震,字遐闻,梓州盐亭(今四川省盐亭县)人。曾任山南西道节度使(管理一路行政、军政的长官),治所在兴元府(在今陕西省汉中市南郑区东)。"忠穆"是他死后皇帝所封的谥号。牧梁州：任梁州长官。唐时梁州即山南西道,即任山南西道节度使。

⑦ 控：控制。二节度治所：指山南西道节度使治所(兴元府)和凤翔节度使治所(凤翔府,在今陕西省宝鸡市凤翔区)。

⑧ 龙节：画着龙的符节;虎旗：画着虎的旗帜。这都是官员具有赏罚权力的象征。

⑨ 轺(yáo)：一种轻便的车。

⑩ 毂(gǔ)：车轮中心、有窟窿用以插轴的地方,这里是车的代称。劘(mó)：磨损。

⑪ 宁：岂。邪：同"耶",文言里的语气词。

⑫ 鹢(yì)：水鸟。这里指装饰着鹢形的船头。

⑬ 汩(gǔ)：乱;汩泥：捣乱烂泥。

⑭ 轩(xuān)：有窗的小室。

⑮ 隼(sǔn)：猎鹰。

⑯ 曩(nǎng)：从前。类：相同。

⑰ 某曹：我们这些人。

⑱ 馈(kuì)：送食物。

⑲ 一二：即"一一",一样一样地。

语未既,有老氓笑于旁①,且曰："举今州县,皆驿也! 吾

286

闻开元中②，天下富蕃，号为理平，踵千里者不裹粮③，长子孙者不知兵④。今者天下无金革之声⑤，而户口日益破；疆埸无侵削之虞⑥，而垦田日益寡，生民日益困，财力日益竭。其故何哉？凡与天子共治天下者，刺史、县令而已⑦，以其耳目接于民，而政令速于行也。今朝廷命官，既已轻任刺史、县令，而又促数于更易⑧。且刺史、县令，远者三岁一更，近者一二岁再更。故州县之政，苟有不利于民，可以出意革去其甚者，在刺史曰：‘明日我即去，何用如此？’在县令亦曰：‘明日我即去，何用如此？’当愁醉酕⑨，当饥饱鲜，囊帛椟金⑩，笑与秩终⑪。”呜呼！州县者，真驿邪！矧更代之隙⑫，黠吏因缘，恣为奸欺⑬，以卖州县者乎？如此而欲望生民不困，财力不竭，户口不破，垦田不寡，难哉！借老农的口，从驿站残破的原因推及州县政治腐败的原因。

【译文】

驿吏的话还没说完，有个老农在旁暗笑，并且说道："现在所有的州县，也都象驿站一样呀！我听说开元时代，天下富庶，号称太平时世，千里出门的人可以不必携带干粮，有了子孙的人还不知道战争是怎么回事。现在天下也没有战争，但户口一天天减少；边疆也没有怕受侵犯的忧虑，而耕地面积一天天缩小，老百姓一天天贫困，国家财政力量一天天削弱，这是什么原故呀？大凡和天子一起治理天下的，就是刺史、县令等地方官，因为他们的见闻接近老百姓，政令的推行也较迅速。现在朝廷任命官吏，不但对刺史、县令等官轻率录用，而且常常调动。刺史、县令们，任期长的三年换一次，短的一二年换两次。因此，州、县的政事，如果有不利于老百姓、本来可以想办法革除其中最严重的，但在刺史呢？他说：'我明天就要调走，何必如此？'在县令呢？他也说：'我明天就要调走,何必如此?'在愁闷的时候畅饮美酒,当饥饿的时候饱食时鲜鱼肉,袋里塞足布帛,柜子里装满黄金,轻松愉快地做到任期终了。啊！州县难道真的是驿站吗？更何况当新旧官员交替的空隙,那班狡猾的吏办借此机会,肆意欺骗,而损害州县老百姓的呢？这样而希望老百姓不贫困,国家财政力量不削弱,户口不减少,耕地面积不缩小,的确难了!"

【注释】

① 老氓(méng)：老农。

② 开元：唐玄宗的年号(713—741)。

③ 踵(zhǒng)：原指脚后跟,引申为"走"。裹：包扎;裹粮：指携带干粮。

④ 长(zhǎng)：养育;长子孙者：意即有了子孙的人。

⑤ 金革：兵器和盔甲,比喻战争。

⑥ 埸(yì)：界线;疆埸：指边境。

⑦ 刺史、县令：州、县的地方长官。

⑧ 数(shuò)：频繁。

⑨ 酦(nóng)：质地醇厚的酒。

⑩ 椟(dú)：柜子。

⑪ 秩：任期。

⑫ 矧(shěn)：况且。

⑬ 吏：吏办,指地方政府中的僚属;黠(xiá)吏：狡猾的吏办。因缘：趁机。

予既揖退老甿,条其言①,书于褒城驿屋壁。照应"书壁"题意。

【译文】

我作揖送别这位老农以后,就把他的话整理一番,写在褒城驿站

288

的墙壁上。

【注释】

① 条：叙次，整理。

这篇文章主要分两大段：前段先从褒城驿号称天下第一的传闻提起，转到亲眼目睹的残破景象，再从驿吏口中，叙出残破的原因在于来往过客，晚来早去，不知爱惜；后段从褒城驿的残破生出，借老农的话，说明唐末州县政治的腐败，其原因和驿站的残破相似，是由于地方官吏调动频繁，肆意搜刮，无心改革弊政。文章表达了作者对人民生活贫困的同情，对国力衰弱的关心，对黑暗政治的不满。这是可取的思想。

这篇文章的写法，是结合前面的叙述引申出议论来，即结合褒城驿的残破，指出地方政治败坏的一种原因来。

这类题壁记一般都写建筑物本身的情形，因而前段对于题目来说，好像是主要内容，但实际上只是引起后段文章的一种陪衬；后段似乎离题，却是本文的主题思想所在。前后两段紧密呼应：前段写客人的暮至朝去，对驿站毫无顾惜，正和后段写地方官的调动频繁，对地方无所顾惜，不想革除弊政相应；前段写客人任意毁坏驿站，正和后段写地方官的囊帛匦金和黠吏的恣为奸欺相应；前段写驿站原来的雄伟和后来的舟败、庭芜、堂残，和后段写开元中的富蕃和后来的户口破、垦田寡、生民困、财力竭相应。这种因小及大、借题发挥的写法，对于说理的具体生动、亲切易懂，是有帮助的。

这篇文章还很注意一段中的前后呼应。就前段说，前面写驿站的残破，举出池塘荒芜、船只破碎和房屋毁污等三方面，后面就用"渔钓，则必枯泉汩泥尽鱼而后止"来呼应池塘；用"棹舟，则必折篙破舷碎鹢而后止"来呼应船；用"饲马于轩，宿隼于堂"来呼应房屋，逐一暗

中说明,文章的组织是很周密细致的。就后段说,先提出国无战事而
"户口日益破"、"垦田日益寡、生民日益困、财力日益竭"的问题;下面
就进行说明,最后说:"如此而欲望生民不困,财力不竭,户口不破,垦
田不寡,难哉!"是对前面所提问题的一种呼应,用以加深读者的
印象。

四、答司马谏议书①

王安石②

【注释】

① 本篇选自《王临川集》。司马谏议:司马光,他当时任右谏议大
  夫(向皇帝提意见的官)。

② 王安石(1021—1086),字介甫,抚州临川(今江西省抚州市临川
  区)人,是宋朝卓越的政治家,也是一位杰出的诗人和散文家。
  他很早就有改革弊政的理想。早年任地方官时,曾在局部地区
  推行他的革新措施,显示出不平凡的政治才干。宋神宗时,被
  任为参知政事(副宰相),领导了历史上著名的变法运动。但遭
  到以司马光为代表的保守派的激烈反对,被迫辞职,后忧愤而
  死。著有《王临川集》。他的散文以识解高超,议论锋利,笔力
  雄健著称。

  某启①:昨日蒙教,窃以为与君实游处相好之日久②,而
议事每不合,所操之术多异故也。虽欲强聒③,终必不蒙见
察,故略上报④,不复一一自辨;重念蒙君实视遇厚,于反复
不宜卤莽,故今具道所以⑤,冀君实或见恕也。引子:写这封
回信的缘起。

【译文】

安石启：昨日承蒙您来信指教，我私意以为跟您友好相处的日子很久了，但讨论国事往往意见不同，这是由于所采取的政治主张不同的缘故。我虽然想啰唆一番，但考虑到结果一定不能得到您的谅解，所以简单地写了封复信，不再一一地为自己辩解；后来再想到您待我一向很好，对于书信往来是不宜简慢无礼的，因此现在就详细地说明所以然的道理，希望您或许能谅解我。

【注释】

① 某：自称。这是在草稿上代替自己名字的，在正式的信上，就要写上"安石"字样。启：写信说明事情。

② 君实：司马光的字。

③ 强聒（guō）：硬在耳边啰唆，再三解说。聒：语声嘈杂。

④ 略：简略。上报：给您写回信。司马光先写了一封三千多字的信给王安石，王安石只简略地写了封回信，不跟他一一辩论。司马光又写第二封信给王安石，王安石这才写了这封信，回答他的问题。

⑤ 具道：详细说明。

盖儒者所争①，尤在于名实。名实已明，而天下之理得矣。今君实所以见教者，以为侵官②、生事③、征利④、拒谏⑤，以致天下怨谤也。某则以谓受命于人主⑥，议法度而修之于朝廷，以授之于有司⑦，不为侵官；举先王之政，以兴利除弊，不为生事；为天下理财，不为征利；辟邪说，难壬人⑧，不为拒谏；至于怨谤之多，则固前知其如此也。人习于苟且非一日，士大夫多以不恤国事、同俗自媚于众为善。上乃欲变此⑨，而某不量敌之众寡，欲出力助上以抗之，则众何为而不

291

汹汹然^⑩！盘庚之迁^⑪，胥怨者民也^⑫，非特朝廷士大夫而已。盘庚不为怨者故改其度；度义而后动^⑬，是而不见可悔故也^⑭。正文：反驳所谓"侵官"、"生事"、"征利"、"拒谏"以及"天下怨谤"等责难。

【译文】

　　我们读书人所要争论的，特别是在"名义"与"实际"是否符合上。"名义"与"实际"的关系弄清楚了，天下的事理也就有正确的认识了。现在您所以要教诲我的，是认为我"侵官"、"生事"、"征利"、"拒谏"，以致天下的人都怨恨我。我认为接受皇上的任命，议订法令制度，经朝廷上讨论修正过，交给负责官员去执行，这不能叫"侵官"；发扬先王的治国原则，以便兴利除弊，这不能叫"生事"；为国家整理财政，这不能叫"征利"；排斥不正确的谬论，批驳谄媚的小人，这不能叫"拒谏"；至于怨恨毁谤的很多，那是原来早料到会这样的。一般人习惯于苟且偷安已经不是一天了，士大夫们又大多不关心国事，以附和世俗来讨好众人为美德。皇上想要改变这种现状，而我又不顾敌人的多少，想尽力帮助皇上来抵制他们，那么，人们怎么会不大叫大嚷呢？过去商王盘庚的迁都，怨恨的有老百姓，不仅是朝廷士大夫而已。盘庚并不因为怨恨者而改变他的计划；他经过考虑，认为合理，然后做去，做得又对，看不出有什么可以后悔的缘故呀！

【注释】

① 盖：发语词。

② 侵官：王安石曾设"制置三司（盐铁、户部、度支）条例司"，作为主持变法运动的总机关，司马光诬蔑他侵犯了其他官员的职权。

③ 生事：惹是生非，指王安石派遣官吏到各地去推行新法。

④ 征利：征敛财富，这是司马光对新法中的青苗法、免役法等的

诽谤。

⑤ 拒谏：拒绝劝告,指王安石对保守派意见的拒绝和斥责。

⑥ 人主：皇帝,这里指宋神宗。

⑦ 有司：负有专职的官员。

⑧ 壬人：巧辩谄媚的小人。

⑨ 上：皇帝。

⑩ 汹汹(xiōng)：大吵大闹。

⑪ 盘庚：商朝的一个君主。迁：迁都。商原来建都在黄河以北,常有水灾,所以盘庚决定迁都亳(bó)京(在今河南省洛阳市偃师区西)。

⑫ 胥怨：相怨。盘庚决定迁都,一般老百姓起初都表示反对,后来盘庚说服了他们,终于在亳京定居下来。

⑬ 度(duó)：考虑,做动词用。前面“改其度”的“度”是名词。

⑭ 是：认为做得对。

如君实责我以在位久,未能助上大有为,以膏泽斯民①,则某知罪矣；如曰今日当一切不事事②,守前所为而已,则非某之所敢知。无由会晤,不任区区向往之至③。结尾,进一步表明改革的决心。

【译文】

如果您责备我执政很久了,还不能帮助皇上大有作为,以便造福人民,那我自知有罪；但知果说今天应当什么事也不必干,只要守着老规矩就可以了,那不是我所敢领教的。没有会面的机会,实在仰慕得很。

【注释】

① 膏泽：施恩惠。斯民：此民,指当时的老百姓。

② 事事：做事。前一"事"字是动词，指从事，做；后一"事"字是名
　词，指一切事情或事件。
③ 不任：受不住。区区：诚恳。向往：仰慕；形容情意的深重，这
　是表示客气的应酬语。

　　宋初百馀年间，阶级矛盾日益发展，国防危机日益加重。大地
主、大官僚阶级享有种种封建特权，疯狂地兼并土地；辽和西夏又严
重地威胁西北边境，逐渐形成了积贫积弱的社会局势。

　　王安石领导的变法运动，就以理财和整军为主要内容。它主要
代表了中小地主和工商业者的利益，限制了大地主、大官僚的某些特
权，客观上也给农民带来一些好处，企图以此缓和阶级矛盾，发展社
会生产，达到富国强兵、巩固地主阶级专政的目的。王安石的变法运
动虽然只是在封建制度内部，对某些环节作些改革和调整，却引起了
保守的大地主、大官僚阶级的猛烈反对。司马光就是保守派的领袖。

　　宋神宗熙宁三年(1070)，正当新法在激烈斗争中迅速推行的时
候，司马光一方面要求神宗取消新法的一项重要内容——青苗法，一
方面以老朋友的资格，用劝勉、威胁的语调，接连写了三封信给王安
石，特别在第一封长达三千多字的信中，对于新法，竭尽其诽谤、诬蔑
之能事，企图阻挠改革。

　　本篇是王安石接到司马光第二封短信后写的复信，主要是反驳
他第一封信中所提出的责难。信中第一段开门见山地指出二人在政
治上的分歧，并说明本来不愿一一答复，但想到往日私人的交情，才
勉强写信的。

　　第二段是信的主要内容。先对司马光来信的四点责难——"侵
官"、"生事"、"征利"、"拒谏"，进行了针锋相对的驳斥。文字不多，但
笔锋尖锐犀利，态度光明磊落。然后对所谓"天下怨谤"的责备，详加
剖析。因为这个问题直接关系到当时反对派舆论浪潮。王安石揭露

了保守派不顾国家大局、迎合流俗的本来面目,指出声势浩大的反对派的出现,原是意料中事,不值得什么大惊小怪,更不应该因此而动摇变法的决心。

最后一段先表示自己执政已久,尚无重大建树,的确惭愧;接着就用坚定的语气,断然拒绝司马光提出的维持现状的要求。这里用了先退后进、反戈一击的论战手法,进一步表现了王安石对保守派毫不妥协的斗争精神。

这封书信具有政论文的尖锐性和战斗性。文字简洁明快,说理精辟,只用三言两语就能揭示出问题的实质,给政敌以致命的回击。

五、项脊轩志[①]

归有光[②]

【注释】

① 本篇选自《震川集》。项脊轩:归有光的书房,它的命名的意义,有两种解释:一说作者的远祖曾居太仓项脊泾(在今江苏省太仓市),取此为名,表示纪念祖先的意思;一说是形容这座书斋的狭窄。轩(xuān):有窗的小室。

② 归有光(1507—1571),字熙甫,明朝昆山(今江苏省昆山市)人。曾在嘉定(今上海市嘉定区)招徒讲学,人们尊称为震川先生。晚年考中进士后,做过一些地方官,后在京中任职。在当时的文坛上,以王世贞(后七子之一)为首的复古主义诗文风行一时,主张“文必秦汉”,作品字摹句拟,古奥艰深。归有光表示竭力反对。他推崇唐宋散文的自然流畅,文从字顺,是所谓“唐宋派”中写作成就较高的作家。

项脊轩,旧南阁子也。室仅方丈,可容一人居。百年老屋,尘泥渗漉①,雨泽下注;每移案,顾视无可置者。又北向,不能得日,日过午已昏。余稍为修葺②,使不上漏;前辟四窗,垣墙周庭③,以当南日,日影反照,室始洞然④。又杂植兰桂竹木于庭,旧时栏楯⑤,亦遂增胜。借书满架,偃仰啸歌,冥然兀坐⑥,万籁有声⑦。而庭阶寂寂,小鸟时来啄食,人至不去。三五之夜,明月半墙,桂影斑驳⑧,风移影动,珊珊可爱⑨。写项脊轩修理后的幽美环境。

【译文】

项脊轩,就是原来的南阁子。屋里才一丈见方,只可容纳一个人居住。百年老屋,尘土和泥灰不断渗出水,雨水也要漏进来;常常挪移桌子,环顾室内,没有可以放得下的干净地方。项脊轩坐南朝北,不能得到阳光,太阳一过中午,室内就已昏暗了。我稍稍修理了一下,使它不再掉土漏水。前面又开了四个窗户,周围筑起围墙,用来承当南边的阳光;阳光反照,屋中才明亮了。在院子里又种了些兰、桂、竹和其他杂树,旧时的栏杆,也就显得可观。借来的书堆满了书架,或者躺下,或者仰望,吹口哨,唱唱歌,有时一声不响地独坐着,听听自然界的种种声响。而院子的台阶上,寂然无声,小鸟常来啄食,人过去也不飞走。每当月半的夜里,明月照着一半墙壁,桂影杂乱,树影随风动摇,袅袅婷婷地真是可爱。

【注释】

① 渗漉(shèn lù):由小孔渗水。

② 修葺(qì):修理。

③ 周:围绕。

④ 洞然:明亮的样子。

⑤ 栏楯(dùn):栏杆。直的叫栏,横的叫楯。

⑥ 兀(wù)坐:独坐。

⑦ 籁(lài)：从孔穴里发出的声音；万籁：比喻一切自然的声响。

⑧ 斑驳：杂乱。

⑨ 珊珊：形容树影晃动时轻盈、舒缓的样子。

　　然余居于此，多可喜，亦多可悲。先是庭中通南北为一；迨诸父异爨①，内外多置小门墙，往往而是。东犬西吠，客逾庖而宴，鸡栖于厅。庭中始为篱，已为墙，凡再变矣。记叙项脊轩中曾经发生过的家事之一：叔伯们分家后的混乱情形。

【译文】

　　然而我住在轩中，有许多可喜的事，也有许多可悲的事。原先院子里南北连成一片；等到叔伯们分家以后，里里外外筑起了不少小门墙，处处都有。东家的狗跑到西家去叫，客人要跑过厨房才能到餐厅去进餐，鸡也会歇在厅堂上。院子里最先是筑了篱笆，后来又筑起围墙，已经换了几个样子了。

【注释】

　　① 异爨(cuàn)：各自做饭；诸父异爨：指叔伯们分家。

　　家有老妪①，尝居于此。妪，先大母婢也②，乳二世，先妣抚之甚厚③。室西连于中闺，先妣尝一至。妪每谓余曰："某所而母立于兹④。"妪又曰："汝姊在吾怀，呱呱而泣⑤；娘以指扣门扉曰：'儿寒乎？ 欲食乎？'吾从板外相为应答……"语未毕，余泣，妪亦泣。余自束发⑥，读书轩中。一日，大母过余曰："吾儿！久不见若影⑦，何竟日默默在此，大类女郎也？"比去，以手阖门，自语曰："吾家读书久不效，儿之成，则可待乎？"顷之，持一象笏至⑧，曰："此吾祖太常公宣德间执

297

此以朝⑨,他日汝当用之!"瞻顾遗迹,如在昨日,令人长号不自禁。记叙项脊轩中曾经发生过的家事之二:有关母亲、祖母的遗事。

【译文】

　　家里有个老妈妈,曾经在这轩中住过。她是我已故祖母的婢女,已经奶了我家二代人,我已故的母亲待她很好。轩内西连内眷寝室,我已故的母亲曾经来过一次。老妈妈常常对我说:"那儿你母亲曾经站过的。"老妈妈又说:"你姐姐还在我怀抱里,有时呱呱地哭起来;你母亲就用手指敲敲门说:'孩子是不是冷了?是不是想吃点东西呀?'我就在门板外和她互相应答……"她的话还未说完,我就哭起来,老妈妈也跟着哭了。我从童年时起,就在轩中读书。有一天,祖母走来对我说:"儿呀!好久不见你的人影,为什么整天在这里不声不响,好象大闺女一样呀?"等到她离去,用手掩好门,自言自语地说:"我家的人读书老是不见出头的,这孩子的考中功名,总可期待的吧?"过了一会儿,她拿了一块朝版来,说:"这是我祖父太常公在宣德年间拿它上朝用的,以后你也该用它!"看看轩内的一切,象在昨天刚发生的一样,真使人禁不住要大哭一场。

【注释】

①　老妪(yù):老妇人。

②　先大母:称呼已故的祖母。

③　先妣:称呼已故的母亲。

④　而:你。

⑤　呱呱(gū gū):小孩的哭声。

⑥　束发:古代男子未成年时的发式。

⑦　若:你。

⑧　象笏(hù):象牙制成的朝版。

⑨ 太常公：指夏昶(chǎng)，字仲昭，昆山人。曾官太常寺卿(掌管宗庙礼仪的官)。宣德：明宣宗年号(1426—1435)。

轩东故尝为厨；人往，从轩前过。余扃牖而居①，久之，能以足音辨人。轩凡四遭火，得不焚，殆有神护者。记叙项脊轩中曾经发生过的家事之三：写一些琐事作馀波。

【译文】

轩的东面，曾经是一所厨房；人们到那里去，是要从轩前经过的。我关着窗户住在里面，久而久之，能够凭着脚步声而知道是谁。这座轩曾经遭到四次火灾，能不被烧掉，大概是有菩萨在保佑。

【注释】

① 扃牖(jiōng yǒu)：关上窗户。

项脊生曰①：蜀清守丹穴，利甲天下，其后秦皇帝筑女怀清台②。刘玄德与曹操争天下③，诸葛孔明起陇中④。方二人之昧昧于一隅也，世何足以知之？余区区处败屋中，方扬眉瞬目⑤，谓有奇景；人知之者，其谓与坎井之蛙何异⑥？写作者的议论和感慨。

【译文】

我以为：巴蜀的寡妇名叫清的，守着丹砂矿井，而获利为天下第一，后来秦始皇特地造了"女怀清台"来表扬她。刘备跟曹操争夺天下，诸葛亮是从隆中出山的。当寡妇清和诸葛亮无声无息地住在偏僻地方时，世上怎能知道他们？我住在小小的破屋里，当扬眉眨眼的时候，认为这破屋中自有不平凡的景物；知道的人，都说我跟浅井之蛙的浅薄自大有什么不同？

【注释】

① 项脊生：作者自称。

② "蜀清守丹穴"三句：巴蜀（在四川、重庆一带）有个名叫清的寡妇，发现了蕴藏丹砂的矿山，加以开采，获得巨利。秦始皇为了表扬她，特地造了一座"女怀清台"（在重庆市长寿县南）。

③ 刘玄德：即刘备，玄德是他的字。

④ 诸葛孔明：即诸葛亮，孔明是他的字。陇中：应作"隆中"，在今湖北省襄阳市西，诸葛亮出山前，隐居在此。

⑤ 扬眉瞬目：形容得意高兴时的情状。

⑥ 垆：同"坎(kǎn)"；垆井：浅井。

　　余既为此志①，后五年②，吾妻来归③。时至轩中，从余问古事，或凭几学书。吾妻归宁④，述诸小妹语曰："闻姊家有阁子，且何谓阁子也？"其后六年⑤，吾妻死，室坏不修。其后二年⑥，余久卧病无聊，乃使人复葺南阁子，其制稍异于前。然自后余多在外，不常居。补记亡妻在轩中的生活和轩在后来的变迁。

【译文】

　　我写好这篇记后五年，我的妻子才嫁给我。她常到轩中来，向我问问古代的事情，或者在几案上学写字。我妻子从娘家回来，转述几位妹妹的话说："听说姊姊家里有座阁子，什么叫阁子呀？"过了六年，我的妻子死了，屋子坏了也没修理。又过了二年，我长久卧病，无聊得很，就叫人把南阁子重加修理，它的规模和以前稍稍有些不同。但是我以后多在外面，不能常常来住。

【注释】

① 《项脊轩志》的正文是作者十八岁时所写，这句以下是三十九岁

时补记的。

② 后五年：时作者约二十三岁。

③ 归：女子出嫁。

④ 归宁：出嫁的女儿回娘家探望。

⑤ 其后六年：时作者约二十九岁。

⑥ 其后二年：时作者约三十一岁。

庭有枇杷树，吾妻死之年所手植也，今已亭亭如盖矣①。以亡妻遗迹作结，抒发人亡树在的哀感。

【译文】

院子里有棵枇杷树，是我妻子在逝世那年亲手种的，现在已经高高耸立，树叶象车盖那样茂盛了啊！

【注释】

① 亭亭：耸立的样子；盖：车盖。亭亭如盖：指树已长大。

项脊轩是作者青年时代朝夕所居的书斋，作者在这里读书休憩，在这里听过老奶妈讲述母亲的一些往事，在这里受过祖母的关怀，也在这里和妻子闲谈家常。项脊轩和作者生平有着密切的关系，这座"百年老屋"似乎成了作者个人生活和家庭生活的活的见证人。因而作者写出了对于它的亲切感情，也写出了对于亲人的深沉怀念。

这篇文章在写作技巧上有以下几个主要特色：

第一，作者善于通过一二个突出事件的叙述，精炼而细致地写出人物的某种心情或性格。文中写祖母、母亲、妻子三人，笔墨不多，事情也很少，只留下人物的一些身影，但很生动难忘。如祖母"吾儿！……"一段话，表示出慈爱长者对晚辈的关怀，又隐隐包含着一种夸奖；"象笏"一段写老祖母对作者的期望——取得功名，荣宗耀祖。这是封建时代一般家长对子女的希望，显然有庸俗的地方；但作者能在寥寥几笔中，刻画出这位老妇人既有期待又有勉励的复杂心理，在艺术上还是值得借鉴的。

　　第二，作者在叙事或写景时，都渗透着深厚的感情。第一段写书斋环境的幽美和日常生活，表现出作者怡然自得的情趣。后面叙述琐琐家事，字里行间也充满着怀念和感伤。即使是"项脊生曰"那段议论，身处陋室而自谓发现奇景，这里夹杂着作者的自嘲、自叹和自尊；对于把自己比成"坎井之蛙"的庸夫俗子，也有一种反讥的意味。这样，这篇文章实际上成为抒情性的散文了。

　　第三，本篇写景、叙事或议论，看来似乎随手拈来，散漫无章；但实际上都与"项脊轩"息息相关。"项脊轩"是贯串全文的一条线索。其中大致第一段写"可喜"之事，后面写"可悲"之事。形散神不散，是优秀散文的一般特点，也是本篇的一个长处。最后写了一棵枇杷树，不仅表达了物在人亡的感念，而且使文章馀味无穷，引人思索，也是一个难得的好结尾。

六、五人墓碑记

张　溥①

【注释】

① 张溥（1602—1641），字天如，明末太仓（今江苏省太仓市）人。一生好学，名重一时。他继承东林党反对黑暗政治的优良传统，组织爱国社团——复社，激烈批评时政，跟魏忠贤阉党的残馀势力进行斗争，成为复社的杰出领袖。

五人者，盖当蓼洲周公之被逮①，激于义而死焉者也。

至于今,郡之贤士大夫请于当道②,即除魏阉废祠之址以葬之③,且立石于其墓之门,以旌其所为④。呜呼,亦盛矣哉!夫五人之死,去今之墓而葬焉,其为时止十有一月耳。夫十有一月之中,凡富贵之子,慷慨得志之徒,其疾病而死,死而湮没不足道者⑤,亦已众矣,况草野之无闻者欤!独五人之皦皦⑥,何也? 点明五人墓的缘起。

【译文】

这五人,就是为了周顺昌公的被捕,激于义愤而被杀害的。到了现在,当地有声望的人请求当局,准予在魏忠贤被废的生祠旧址上安葬他们,并且在墓门立碑,以表彰他们的事迹。啊,这也是一件盛事呀! 从这五人的牺牲,到现在筑墓安葬,为时不过十一个月。在这十一个月当中,所有富家子弟和意气豪放志得意满的人,因患病而死,死后埋没不为人们说起的,为数也已不少了;更何况身居草野、毫无名声的普通百姓呢! 惟独这五人的名声皎如白日,这是什么缘故呀?

【注释】

① 盖:发语词。蓼洲周公:周顺昌,字景文,号蓼洲,吴县(今江苏省苏州市)人。明神宗万历时考中进士。为人刚正不阿,嫉恶如仇。熹宗天启六年(1626),因反对魏忠贤被捕,同年解赴京城被害。

② 郡:指吴郡,即苏州。贤士大夫:泛指有声望的人。当道:当局,执政者。

③ 阉:指太监;魏阉:指魏忠贤。祠:魏忠贤当权时,许多地方官吏为了向他讨好,争着替他立生祠;废祠:被废的祠堂,因当时魏忠贤已经失败。

④ 旌(jīng):表彰。

303

⑤ 湮(yān)没：埋没。

⑥ 皦(jiǎo)皦：即"皎皎"，光明的样子。

予犹记周公之被逮，在丁卯三月之望①。吾社之行为士先者②，为之声义，敛赀财以送其行，哭声震动天地。缇骑按剑而前③，问："谁为哀者?"众不能堪，抶而仆之④。是时以大中丞抚吴者⑤，为魏之私人，周公之逮所由使也。吴之民方痛心焉，于是乘其厉声以呵，则噪而相逐，中丞匿于溷藩以免⑥。既而以吴民之乱请于朝，按诛五人，曰：颜佩韦、杨念如、马杰、沈扬、周文元⑦，即今之傫然在墓者也⑧。然五人之当刑也，意气阳阳⑨，呼中丞之名而詈之⑩，谈笑以死。断头置城上，颜色不少变。有贤士大夫发五十金买五人之脰而函之⑪，卒与尸合。故今之墓中，全乎为五人也。记叙五人之死的经过情形。

【译文】

我还记得周公被捕，是在丁卯年三月十五日。我们东林党里那些作士大夫表率的人，为他声扬正义，募集财物送他起行，哭声震天动地。押解的差役们按着剑把上前问道："谁是哀怜周顺昌的人?"大家怒不可忍，就把押差们打倒地上。当时以大中丞官衔做吴郡巡抚的人，是魏忠贤的私党，周公被捕就是他主使的。吴郡的老百姓为这事正在痛恨他，于是趁他厉声呵骂的机会，索性叫喊起来，追赶他。这位巡抚只好躲到厕所里才逃脱了。后来他向朝廷诬告吴郡百姓造反，按照法律处死了五人，名叫颜佩韦、杨念知、马杰、沈扬、周文元，这就是现在在墓中身首支离的五个人。然而在五人就刑的当儿，神情激昂自若，喊着巡抚的名字骂着，谈笑而死。他们的首级放在城上示众，脸色一点也不变。有声望的人士出来，用五十金买了五人的首极，用匣子盛好，最后跟尸体合在一块儿，所以现在墓中，仍是五人的全身。

【注释】

① 丁卯三月之望：熹宗天启七年三月十五日（1627 年 4 月 30 日）。望：阴历每月十五日。按，周顺昌被捕应是天启六年（1626），这里似是作者误记。

② 吾社：指东林党。

③ 缇（tí）：红黄色的帛；缇骑：古代贵官的前导和随从的骑士，后来泛指逮捕犯人的差役。

④ 抶（chì）：敲打。

⑤ 大中丞：指巡抚毛一鹭。中丞，官名，原是御史台的副长官。明初置都察院，设左右都御史、副都御史和金都御史，职与御史中丞略同，他们常放到州郡去做巡抚（地方最高长官之一），所以也称巡抚为中丞。

⑥ 溷（hùn）藩：厕所。

⑦ 颜佩韦：商人的儿子。杨念如：卖衣的商人。马杰：市民。沈扬：牙行的中人。周文元：周顺昌的轿夫。

⑧ 儽（léi）然：败坏的样子。因五人都被斩，尸体不完整，所以这样说。

⑨ 阳阳：即"扬扬"，慷慨自若的样子。

⑩ 詈（lì）：骂。

⑪ 脰（dòu）：脖子，代指头。函：匣子，这里做动词用；函之：用匣子把头盛好。

嗟夫！大阉之乱，缙绅而能不易其志者①，四海之大，有几人欤？而五人生于编伍之间②，素不闻诗书之训，激昂大义，蹈死不顾，亦曷故哉③？且矫诏纷出④，钩党之捕⑤，遍于天下,卒以吾郡之发愤一击,不敢复有株治⑥;大阉亦逡巡畏义⑦,非常之谋⑧,难于猝发。待圣人之出⑨,而投缳道路⑩,不可谓非五人之力也。说明五人之死的重大意义。

【译文】

唉!当宦官魏忠贤搅乱朝政的时候,在官僚中能够不改变志节的,中国之大,能有几个呢?而这五人生于普通民间,平素不知道诗书的教诲,而能被大义所激奋,连死也不顾,这是什么原故呀?当假传圣旨纷纷而来,追捕党人遍于天下,终于因为我们吴郡人的发愤一击,使他们不敢再来牵引株连;魏忠贤也迟疑不决,害怕正义,政变的阴谋,难于立刻发动。等到当今皇上即位,魏忠贤竟在路上上吊死去,不能不说是这五人的功劳呀!

【注释】

① 缙(jìn)绅:也作"搢绅"。搢:插;绅:衣带。搢绅,指把朝版插在衣带上,是古代官吏的服饰,后成为官僚士大夫的代称。

② 伍:古时以五家为一伍;编伍:指按户口编列的平民。

③ 曷(hé):疑问词,怎么。

④ 矫诏:假托皇帝的诏命。

⑤ 钩党:互相牵连,引为同党。

⑥ 株治:株连追究。

⑦ 逡(qūn)巡:迟疑不决。

⑧ 非常之谋:指魏忠贤阴谋发动政变。

⑨ 圣人:指明思宗朱由检。他即位后,对魏忠贤的阉党,采取了严厉镇压的政策,以巩固自己的权力。

⑩ 缳(huán):绳圈;投缳:即自缢。天启七年(1627)十一月,思宗把魏忠贤放逐到凤阳(今安徽省凤阳县),途中他畏罪自缢而死。

由是观之,则今之高爵显位,一旦抵罪①,或脱身以逃,不能容于远近;而又有剪发杜门②,佯狂不知所之者,其辱人贱行,视五人之死,轻重固何如哉! 是以蓼洲周公,忠义暴于朝廷③,赠谥美显④,荣于身后;而五人亦得以加其土封⑤,列其姓名于大堤之上。凡四方之士,无有不过而拜且泣者,斯固百世之遇也。不然,令五人者保其首领,以老于户牖之下⑥,则尽其天年⑦,人皆得以隶使之⑧,安能屈豪杰之流,扼腕墓道⑨,发其志士之悲哉? 故予与同社诸君子,哀斯墓之徒有其石也,而为之记,亦以明死生之大,匹夫之有重于社稷也⑩。写五人荣于身后,遗爱人间。

【译文】

这样看来,今天那班得高官、居大位的人,一朝犯罪,有的脱身逃走,不能为远近所容;有的剪去头发,关起大门,假作发狂而不知所措的,他们这种可耻的人格和卑贱的行为,比起这五人的死来,轻重之别又是怎样呢! 因此周顺昌公的忠义大白于朝廷,赠予美好高贵的谥号,死后荣耀;而这五人也得到营墓安葬的恩宠,刻名立碑于大堤之上。凡是四方人士,经过这里没有不跪拜流泪的,这实在是百年难遇的事呀! 不这样的话,叫这五人保全了脑袋,终身在家中,那末活到寿命结束,人人都可以把他们当奴仆使唤,哪能使英雄豪杰们拜倒,在墓道上深深悼惜,发出有志之士的悲哀呢? 所以我和社中同人惋惜这墓只有一块光石碑,特地替它做了这篇记,也借以说明死和生关系的重大,一个普通百姓也能对整个国家发生重要作用的。

【注释】

① 抵罪:犯罪。

② 剪发:剪发毁容,以表示发狂。杜门:闭门不出。这里暗指阉

307

党们的下场。

③ 暴(pù)：表露。

④ 赠谥美显：指明思宗给周顺昌以"忠介"的谥号。谥是人死后朝廷或其他人给他定的称号。

⑤ 加其土封：指营建坟墓。

⑥ 户牖(yǒu)：门和窗，这里代指家中。

⑦ 天年：自然的年寿；尽其天年：意即善终。

⑧ 隶使：当仆役来使唤。

⑨ 扼腕：一只手握住另一只手的手腕，以表示悲愤、惋惜等强烈情绪。

⑩ 匹夫：普通的个人。社稷：原指古代国家祭祀的土地神和谷神，一般用作国家的代称。

贤士大夫者：冏卿因之吴公、太史文起文公、孟长姚公也①。补白。

【译文】

我上面所说的有声望的人是：太仆少卿吴因之公、翰林文文起公、姚孟长公。

【注释】

① 冏(jiǒng)卿：太仆寺卿（掌管皇帝车马的官）。吴默，字因之，曾任太仆少卿（副长官）。太史：指翰林学士，原是皇帝的文学侍从之臣，替皇帝起草诏令或备顾问。明清两代把编修国史的工作归之翰林院，所以也称翰林为太史。文震孟，字文起；姚希孟，字孟长，是文震孟的外甥，二人都做过翰林。

明朝末年，统治阶级内部的斗争十分激烈。大官僚、大地主和当权的宦官,专权暴虐,欺压人民。宦官魏忠贤自封为"上公",结成阉党,杀戮大臣,无恶不作,把明代政治推向黑暗的深渊。这时,以顾宪成为首的正直知识分子,在无锡东林学院讲学,指斥时政,结成东林党。但遭到魏忠贤阉党的残酷迫害。苏松巡抚周起元因事触犯魏忠贤,竟被撤职,当时在苏州的东林党人周顺昌就写文章送他,斥责阉党;另一东林党人魏大中被捕后路过苏州时,周顺昌也曾为他饯别,席间大骂过魏忠贤。周顺昌在天启六年(1626)也遭逮捕。周顺昌的被捕,激起了苏州市民和一般知识分子的公愤,与捕差发生武力冲突。事后为首的五人被害。不到一年,阉党失败,苏州人士为了纪念这五人的英勇牺牲,合资安葬他们。作者就写了这篇碑记。

作者怀着崇敬、激动的心情,记叙了颜佩韦等五位义士勇敢顽强、至死不屈的斗争业迹,对他们的自我牺牲精神作了高度的赞扬,并充分肯定他们对后世的重大影响;也反映了这次苏州市民和知识分子反抗魏忠贤残酷统治的激烈斗争。

跟这个主题思想相适应,作者采用了夹叙夹议的写作手法。这样,既能具体描写这次事件的经过,又便于随处表明作者的爱憎态度。而从全篇来说,前半重于记叙,后半重于议论,是有所区别的。

本篇文字凝练遒劲,铿锵有力,描写五人就义一段,更是大处落墨,形象生动,使人历久难忘。

本篇反复地用对比反衬手法,来突出五位义士牺牲的光荣,写得极为生动有力。先用富贵之子、慷慨得志之徒来作反衬,在当时人眼中,五人生前是完全不能和他们比的;但五人的仗义牺牲,光辉照耀,就远远超过富贵之子、慷慨得志之徒的没没无闻地死去了。经过这一反衬,五人仗义牺牲的光荣就突出来了。再用缙绅的辱身贱行来反衬五人的激昂大义,用高爵显位的逃亡和佯狂的丑态来反衬五人之死有重于社稷,这就更显出五人的不平凡了。

再把魏忠贤的不敢株治，和他的投缳道路，跟五人的仗义牺牲联系起来，归结到匹夫之有重于社稷，突出五位义士牺牲的重大影响，就有深刻的含义。

（以上九篇原载《古文选读》，中国青年
出版社 1964 年 10 月版）

附录二:《中华活叶文选》九篇

一、晋书·周处传

房玄龄等

【说明】

本文选自《晋书》卷五八。

周处"除三害"的故事流传较广,今天还有一些民间传说,传统戏曲中也有此剧目。俗话说"浪子回头金不换",人是可以变的。坏人在一定条件下可以变为好人,关键在于自己的主观努力。周处从一个人们畏惮的地方恶少变为气节凛然的名臣良将,一是他有"改励之志",即改恶从善的愿望,这是转变的出发点。二是他从实际生活中深切认识到自己恶行的严重性和危害性。当他与蛟龙搏斗三日不还,乡人们误以为他已死去而额手相庆时,周处知道后,"始知人患己之甚"。三是改错不嫌早晚,说改就改。他原也顾虑"年已蹉跎,恐将无及",改也来不及了,但在陆云的开导、劝说下,他不沮丧,不沉沦,认真改错,终于成为一个受到肯定的历史人物。这是很有教育意义的。

这篇传记还写了周处因刚直不阿,得罪了梁王,终被梁王挟嫌害死的故事,也颇值得深思。周处执法如山,不怕触犯宠戚,连梁王违法,他也严格按律审处。后来,他作为梁王部下出征,明知必遭暗算,却能不避斧钺,结果力战而死。这个故事集中显示出周处的品质和

311

节操，最后完成了从与虎、蛟并列的"三害"之一而变为"忠贤"、"烈士"的过程，同时也揭露了打击报复者的险恶用心。

　　周处字子隐，义兴阳羡人也①。父鲂②，吴鄱阳太守③。处少孤，未弱冠④，膂力绝人⑤，好驰骋田猎，不修细行⑥，纵情肆欲⑦，州曲患之⑧。处自知为人所恶，乃慨然有改励之志，谓父老曰："今时和岁丰，何苦而不乐耶？"父老叹曰："三害未除，何乐之有！"处曰："何谓也？"答曰："南山白额猛兽⑨，长桥下蛟⑩，并子为三矣⑪。"处曰："若此为患，吾能除之。"父老曰："子若除之，则一郡之大庆，非徒去害而已⑫。"处乃入山射杀猛兽，因投水搏蛟，蛟或沈或浮⑬，行数十里，而处与之俱，经三日三夜，人谓死⑭，皆相庆贺。处果杀蛟而反⑮，闻乡里相庆，始知人患己之甚，乃入吴寻二陆⑯。时机不在，见云，具以情告，曰："欲自修而年已蹉跎，恐将无及⑰。"云曰："古人贵朝闻夕改⑱，君前涂尚可⑲，且患志之不立，何忧名之不彰⑳！"处遂励志好学，有文思，志存义烈，言必忠信克己㉑。期年㉒，州府交辟㉓。仕吴为东观左丞㉔。孙皓末㉕，为无难督㉖。

　　及吴平㉗，王浑登建邺宫酾酒㉘，既酣，谓吴人曰："诸君亡国之馀，得无慼乎㉙？"处对曰："汉末分崩，三国鼎立，魏灭于前，吴亡于后，亡国之慼，岂惟一人！"浑有惭色㉚。

　　入洛㉛，稍迁新平太守㉜，抚和戎狄，叛羌归附，雍土美之㉝。转广汉太守㉞。郡多滞讼㉟，有经三十年而不决者，处详其枉直㊱，一朝决遣㊲。以母老罢归。寻除楚内史㊳，未之官，征拜散骑常侍㊴。处曰："古人辞大不辞小㊵。"乃先之楚。

而郡既经丧乱，新旧杂居，风俗未一，处敦以教义㊶，又检尸骸无主及白骨在野收葬之，然始就征㊷，远近称叹。

及居近侍，多所规讽。迁御史中丞㊸，凡所纠劾，不避宠戚。梁王肜违法㊹，处深文案之㊺。及氐人齐万年反㊻，朝臣恶处强直，皆曰："处，吴之名将子也，忠烈果毅。"乃使隶夏侯骏西征㊼。伏波将军孙秀知其将死，谓之曰："卿有老母㊽，可以此辞也㊾。"处曰："忠孝之道，安得两全㊿！既辞亲事君，父母复安得而子乎㉛？今日是我死所也。"万年闻之，曰："周府君昔临新平㉜，我知其为人，才兼文武，若专断而来，不可当也。如受制于人，此成擒耳㉝。"既而梁王肜为征西大将军、都督关中诸军事。处知肜不平，必当陷己㉞，自以人臣尽节，不宜辞惮㉟，乃悲慨即路㊱，志不生还。中书令陈准知肜将逞宿憾㊲，乃言于朝曰："骏及梁王皆是贵戚，非将率之才㊳，进不求名㊴，退不畏咎㊵。周处吴人，忠勇果劲，有怨无援，将必丧身。宜诏孟观以精兵万人㊶，为处前锋，必能殄寇㊷。不然，肜当使处先驱，其败必也。"朝廷不从。时贼屯梁山㊸，有众七万，而骏逼处以五千兵击之。处曰："军无后继，必至覆败，虽在亡身，为国取耻㊹。"肜复命处进讨，乃与振威将军卢播、雍州刺史解系攻万年于六陌㊺。将战，处军人未食，肜促令速进，而绝其后继。处知必败，赋诗曰："去去世事已，策马观西戎㊻。藜藿甘粱黍㊼，期之克令终㊽。"言毕而战，自旦及暮，斩首万计。弦绝矢尽㊾，播、系不救。左右劝退，处按剑曰："此是吾效节授命之日㊿，何退之为！且古者良将受命，凿凶门以出㈠，盖有进无退也。今诸军负信㈡，势必不振。我为大臣，以身徇国㈢，不亦可乎！"遂力战而

313

没㊆。追赠平西将军,赐钱百万,葬地一顷,京城地五十亩为第,又赐王家近田五顷㊎。诏曰:"处母年老,加以远人㊏,朕每愍念㊐,给其医药酒米,赐以终年。"

处著《默语》三十篇及《风土记》,并撰集《吴书》。时潘岳奉诏作《关中诗》曰:"周徇师令,身膏齐斧㊘。人之云亡,贞节克举㊙。"又西戎校尉阎缵亦上诗云:"周全其节,令问不已㊚。身虽云没,书名良史㊛。"及元帝为晋王㊜,将加处策谥㊝,太常贺循议曰㊞:"处履德清方,才量高出㊟;历守四郡,安人立政㊠;入司百僚,贞节不挠㊡;在戎致身,见危授命㊢:此皆忠贤之茂实㊣,烈士之远节㊤。案谥法执德不回曰孝㊥。"遂以谥焉。有三子:玘、靖、札。靖早卒,玘、札并知名。

【注释】

① 义兴阳羡:义兴郡阳羡县,郡、县治所都在阳羡,故址在今江苏省宜兴市。

② 鲂(fáng):周鲂,东吴孙权时曾任鄱阳太守。

③ 鄱阳:鄱阳郡,治所在今江西省鄱阳县。

④ 弱冠(guàn):古代男子二十岁行冠礼,所以用弱冠称男子二十左右的年龄。弱,年少。

⑤ 膂(lǚ)力绝人:体力超过一般人。

⑥ 细行:生活小节。

⑦ 肆欲:放纵自己的欲望。

⑧ 州曲患之:乡里的人们以他为祸患。州曲,乡里。

⑨ 南山:即荆南山,一名君山、铜山,在今江苏省宜兴市南。白额猛兽:指虎。

⑩ 长桥:在宜兴市城中,桥跨荆溪。一名蛟桥,即因周处斩蛟而得

314

　名。蛟：这里指鳄鱼之属。

⑪ 子：古代对男子的尊称。

⑫ 非徒：不仅仅。

⑬ 沈：同"沉"。

⑭ 人谓死：有的本子作"人谓已死"。

⑮ 反：同"返"，指返回岸上。

⑯ 二陆：陆机、陆云兄弟，吴郡吴县华亭（今上海市松江区）人。两
　人以文才著名当时，世称"二陆"。

⑰ 蹉跎：时间白白过去。这两句意思说：自己打算修德改过，但
　岁月蹉跎光阴虚度，恐怕已来不及了。

⑱ 朝闻夕改：语出《论语·里仁》："朝闻道，夕死可矣。"

⑲ 前涂：同"前途"。

⑳ 这两句说：况且只怕志向的不能树立，何用担心声名的不能彰
　明呢？

㉑ 这两句说：以坚守义烈为志向，说话一定讲忠信并且克制、约束
　自己。

㉒ 期（jī）年：过了一整年。

㉓ 交辟（bì）：争相征召，请他任职做事。

㉔ 东观：原是汉代宫中藏书的地方，此指东吴收藏图书典籍的机
　构。左丞：长官的助理官。

㉕ 孙皓：东吴末代皇帝。公元264年至280年在位。

㉖ 无难：东吴时有左右无难营兵；督：都督。

㉗ 吴平：天纪四年（280），晋武帝司马炎六路出兵攻吴，大将王濬
　先到建业（吴国都城，今南京市），吴主孙皓出降，吴亡。

㉘ 王浑：他与王濬一起领兵灭吴，以功升任大将军，录尚书事。酾
　（shī）酒：斟酒。

㉙ 慼：同"戚"，悲哀。

315

㉚ 浑有惭色：王浑是魏司空王昶之子，他自己在魏也任过怀县令、散骑黄门侍郎、散骑常侍等职。魏臣和吴臣同是亡国之臣，所以听了周处的话他自感羞愧。

㉛ 洛：洛阳。

㉜ 新平：郡名，治所在今陕西省彬州市。

㉝ 雍：泛称古雍州之地，相当于现在陕西中部、甘肃、宁夏、青海部分地区。

㉞ 广汉：郡名，治所在雒县，故址在今四川省广汉市北。

㉟ 滞讼：积压的诉讼案件。

㊱ 详其枉直：审察它是冤枉还是不冤枉。

㊲ 一朝决遣：一下子作出决断和发落。

㊳ 寻：不久。除：任命。楚内史：晋分封诸王，楚国即其一，实相当于郡。内史在王国中当太守之任，管理民政。

㊴ 征：征召。拜：授与官职，任命。散骑常侍：皇帝的近侍官，备咨询，掌规谏。

㊵ 辞大不辞小："内史"相当于郡守，而"散骑常侍"为皇帝亲信官，是参与机要的内廷要职，比"内史"位重。所以周处未先接受散骑常侍的任命。

㊶ 敦：勉励。

㊷ 然始就征：一作"然后就征"。指就征任散骑常侍之职。

㊸ 御史中丞：御史台（中央监察机构）的长官。

㊹ 梁王肜（róng）：司马肜，字子徽，晋武帝时封梁王。

㊺ 深文：原指援用法律条文苛细严峻，这里指严格按法律条文办事。案之：查办他。

㊻ 氐（dī）人齐万年反：晋惠帝元康六年（296）秋，居住陕西、四川一带的氐、羌族人反对晋朝，推氐族首领齐万年称帝，围攻泾阳。氐、羌，当时的少数民族。

㊼ 乃使隶夏侯骏西征：就叫周处隶属于夏侯骏，随他西征。

㊽ 卿：旧时对人的尊称，犹言“君”。

㊾ 可以此辞也：可以家有老母为理由推辞掉的啊。

㊿ 安：怎能。

(51) 这句意思说：父母又哪里能用为子之道要求我呢？

(52) 府君：对郡太守的称呼。临：到。这里指周处到新平任太守。

(53) 以上四句意思说：周处如果有独断独行之权来统率作战，那是不可抵当的；如果他是受制于别人，那就能俘获他了。专断，有独断独行之权，指独当一面的武职。

(54) 陷己：陷害自己。

(55) 不宜辞惮(dàn)：不应该躲避畏惧。惮，害怕。

(56) 即路：立即出发上路。

(57) 中书令：掌管朝政，相当于宰相。逞宿憾：发泄旧日的怨恨。

(58) 将率：将帅。

(59) 进不求名：进攻不贪求功名。

(60) 退不畏咎：败退不惧怕得罪。这两句意思是：对战事的成败得失毫不在乎。

(61) 孟观：周处战死后，他奉命率宿卫兵及关中士卒，大破氐、羌，生擒齐万年。

(62) 殄(tiǎn)：消灭。

(63) 梁山：在今陕西省乾县西北。

(64) 这两句意思说：虽然个人亡身并不足惜，但国家蒙受耻辱却无法容忍。

(65) 六陌：也作“陆陌”，在今陕西省乾县东。

(66) 观西戎：实际上是说参加征讨氐、羌的战争。

(67) 藜藿甘粱黍：《史记·太史公自序》：“粝粱之食，藜藿之羹。”泛指粗劣的饭菜。此句应解作“甘粱黍藜藿”。

⑱ 克：能够。令终：保持善名而死。令，美，善。这首诗大意是：不断消失的世上的事情呵，我鞭打着马儿来视看西戎的战事。吃着粗粮野菜也觉得甜美，期待最后的美名。

⑲ 弦绝矢尽：弓弦断，箭用尽。

⑳ 效节：效忠。授命：献出生命。

㉑ 这两句语出《淮南子·兵略训》。古时将军出征，于北墙凿一门出发，处之以丧礼，即称凶门，以表示必死的决心。

㉒ 负信：失信，失约。

㉓ 徇：通"殉"。

㉔ 没：通"殁"，死亡。元康七年(297)春正月，周处战死。

㉕ 王家近田：晋朝实行分封制，规定各国王可在首都近郊得田十五顷、十顷、七顷不等。这里指朝廷将国王近郊田赐给周处，以示特殊的恩宠。

㉖ 远人：居住僻远的人。

㉗ 愍(mǐn)：哀怜。

㉘ 齐(zī)斧：同"资斧"，利斧。陈琳《檄吴将校部曲文》："要(腰)领不足以膏齐斧。"这里是反其意用之。

㉙ 这首诗的大意是：周处殉死于军令，身体被斩于利斧，人虽说死了，节操却得以标举。

㉚ 令问：即令闻，美好的声誉。

㉛ 良史：优秀的史官，也可作完美的史书解。这首诗大意是：周处成全了名节，美好的声名流传不绝。人虽说死了，名留青史。

㉜ 及元帝为晋王：晋元帝司马睿，东晋的第一个皇帝，建武元年(317)即位。在即帝位前不久，他曾为晋王。

㉝ 策谥(shì)：皇帝发布的正式谥号。策，通"册"，原指皇帝对臣下封土、授爵或免官等，记其语于简册，这里指皇帝的命令。

㉞ 太常：官名，九卿之一，掌管宗庙祭祀和议礼等。贺循在晋元帝

时曾任此职。

⑧ 这两句意思说：(周处)遵奉德行清白端方，才能气量高出常人。

⑧ 安人立政：使人民安居乐业，有吏治政绩。

⑧ 这两句言周处在朝任御史中丞监察百官时，能持节不屈。

⑧ 这两句言周处任武职在军中时能奋不顾身，见到危难不惜献出生命。致，交出；致身，犹捐躯。

⑧ 茂实：美好的事迹。

⑨ 烈士：有志于功业的人。远节：远大的气节。

⑨ 案谥法执德不回曰孝：按照谥法说，遵奉德行，不入邪僻的就称为"孝"。《诗·小雅·鼓钟》："其德不回。"回，邪僻。

二、晋书·吴隐之传

房玄龄等

【说明】

本文选自《晋书》卷九〇《良吏传》。

这篇传记写了吴隐之的"孝悌"和"清廉"。前者是泛写，如他对父母之死的哀痛，对兄长吴坦之的救援，都着墨不多；后者是详写，是本文的重点所在。其中尤以贪泉的故事为世所称。富庶的广州成了当时贪赃纳贿的渊薮，朝廷派来的官吏无不变为贪官污吏。时俗把广州北面石门之泉叫做贪泉，意思是说，官吏们之所以贪婪，是因来广州途中喝了此泉泉水的缘故。吴隐之立志改革这股贪风。他认为官吏们是由于物质的引诱、刺激而贪污堕落的，如果秉性清廉，坚持节操，是能够抵制环境的侵蚀的。他喝了泉水，厉行清操如故。他"处污泥而不染"，充分表现了"处可欲之地，而能不改其操"的高尚品质。尤其当有人诬蔑他矫情时，他仍不为所动，继续用自己的行为来击破这种诬蔑。这在贪污成风的封建官场中是难能可贵的。唐代王勃《滕王阁序》中说,"老当益壮,宁移白首之心;穷且益坚,不坠青云之志。酌贪泉而觉爽,处涸辙而相欢",把吴隐之的清廉与"青云之志"等联系起来,颇具识见。的确,官吏的清廉自奉,不仅是个人的政治品质问题,而且往往根源于较进步的政治理想和抱负。"青云之志"是抵制腐蚀、保持优良作风的重要精神力量。

吴隐之字处默,濮阳鄄城人①,魏侍中质六世孙也②。隐之美姿容,善谈论,博涉文史,以儒雅标名③。弱冠而介立④,有清操,虽日晏歠菽⑤,不飨非其粟⑥,儋石无储⑦,不取非其道。年十馀,丁父忧⑧,每号泣,行人为之流涕。事母孝谨,及其执丧,哀毁过礼⑨。家贫,无人鸣鼓⑩,每至哭临之时⑪,恒有双鹤警叫⑫,及祥练之夕⑬,复有群雁俱集,时人咸以为孝感所至。尝食咸菹⑭,以其味旨⑮,掇而弃之⑯。

与太常韩康伯邻居⑰,康伯母,殷浩之姊⑱,贤明妇人也,每闻隐之哭声,辍餐投箸⑲为之悲泣。既而谓康伯曰:"汝若居铨衡⑳,当举如此辈人。"及康伯为吏部尚书,隐之遂阶清级㉑,解褐辅国功曹㉒,转参征虏军事㉓。兄坦之为袁真功曹㉔,真败,将及祸,隐之诣桓温㉕,乞代兄命,温矜而释之㉖。遂为温所知赏,拜奉朝请㉗、尚书郎㉘,累迁晋陵太守㉙。在郡清俭,妻自负薪。入为中书侍郎㉚、国子博士㉛、太子右卫率㉜,转散骑常侍㉝,领著作郎㉞。孝武帝欲用为黄门郎㉟,以隐之貌类简文帝㊱,乃止。寻守廷尉㊲、秘书监㊳、御史中丞㊴,领著作如故,迁左卫将军㊵。虽居清显㊶,禄赐皆班亲族㊷,冬月无被,尝浣衣㊸,乃披絮㊹,勤苦同于贫庶㊺。

广州包带山海,珍异所出,一箧之宝㊻,可资数世㊼,然多瘴疫(48)，人情惮焉(49)。惟贫窭不能自立者(50)，求补长史(51)，故前后刺史皆多黩货(52)。朝廷欲革岭南之弊(53)，隆安中(54)，以隐之为龙骧将军(55)、广州刺史、假节(56)，领平越中郎将(57)。未至州二十里，地名石门，有水曰贪泉，饮者怀无厌之欲(58)。隐之既至，语其亲人曰："不见可欲，使心不乱(59)。越岭丧清，吾知之矣(60)。"乃至泉所，酌而饮之，因赋诗曰："古人云此水，一歃怀千金(61)。试使夷、齐饮(62)，终当不易心。"及在州，清操逾厉(63)，常食不过菜及干鱼而已，帷帐器服皆付外库(64)，时人颇谓其矫(65)，然亦终始不易。帐下人进鱼，每剔去骨存肉，隐之觉其用意，罚而黜焉。元兴初(66)，诏曰："夫孝行笃于闺门(67)，清节厉乎风霜(68)，实立人之所难(69)，而君子之美致也(70)。龙骧将军、广州刺史吴隐之孝友过人，禄均九族，菲己洁素，俭愈鱼飧(71)。夫处可欲之地，而能不改其操，飨惟错之富(72)，而家人不易其服，革奢务啬，南域改观(73)，朕有嘉焉(74)。可进号前将军，赐钱五十万、谷千斛(75)。"

及卢循寇南海(76)，隐之率厉将士(77)，固守弥时(78)，长子旷之战没(79)。循攻击百有馀日，逾城放火，焚烧三千馀家，死者万馀人，城遂陷(80)。隐之携家累出(81)，欲奔还都，为循所得。循表朝廷，以隐之党附桓玄(82)，宜加裁戮(83)，诏不许。刘裕与循书(84)，令遣隐之还，久方得反(85)。归舟之日，装无馀资(86)。及至，数亩小宅，篱垣仄陋(87)，内外茅屋六间，不容妻子(88)。刘裕赐车牛，更为起宅，固辞。寻拜度支尚书(89)、太常，以竹篷为屏风，坐无毡席(90)。后迁中领军(91)，清俭不革(92)，每月初得禄，裁留身粮(93)，其馀悉分振亲族(94)，家人绩纺以供朝夕(95)。时有困绝，或并日而食(96)，身恒布衣不完(97)，妻子不沾寸禄。

义熙八年⑱,请老致事⑲,优诏许之,授光禄大夫,加金章紫绶⑳,赐钱十万、米三百斛。九年,卒,追赠左光禄大夫,加散骑常侍。隐之清操不渝㉑,屡被褒饰,致事及于身没,常蒙优锡显赠㉒,廉士以为荣㉓。

初,隐之为奉朝请,谢石请为卫将军主簿㉔。隐之将嫁女,石知其贫素,遣女必当率薄㉕,乃令移厨帐助其经营㉖。使者至,方见婢牵犬卖之,此外萧然无办。后至自番禺㉗,其妻刘氏赍沈香一斤㉘,隐之见之,遂投于湖亭之水。

子延之复厉清操,为鄱阳太守。延之弟及子为郡县者㉙,常以廉慎为门法㉚,虽才学不逮隐之㉛,而孝悌洁敬犹为不替㉜

【注释】

① 濮阳鄄(juàn)城:濮阳,郡名,晋武帝咸宁时改置国,辖境在今河南省滑县、濮阳、范县,山东省郓城、鄄城一带。鄄城,县名。

② 侍中:皇帝的近侍官,参与军国大事,职位贵重。质:吴质,三国魏人。魏文帝时官至震威将军,假节都督河北诸军事,魏明帝时入为侍中,他又是文学家。

③ 标名:称名于世。

④ 弱冠:见前《周处传》注。介立:指孤高有节操。

⑤ 日晏:早晚。歠(chuò)菽:喝豆类做成的羹汤。这里指粗劣的饮食。歠,饮。菽,原指大豆,引申为豆类总称。

⑥ 飨(xiǎng):吃。粟:原指谷子,这里泛指粮食。这两句说:虽然早晚只喝豆粥之类的粗劣饮食,但他拒绝吃不从正道来的粮食。

⑦ 儋(dàn)石:也作"担石"。古时以二石为儋,儋石,形容米粟为数不多。

⑧ 丁父忧：守父亲之丧。旧称遭父母之丧为丁忧。

⑨ 哀毁过礼：哀痛万分以致形毁体伤，超过了一般哀礼要求。

⑩ 鸣鼓：击鼓。古时举行丧礼时击鼓以为哀乐。

⑪ 哭临（lìn）：指哀悼祭奠的仪式。

⑫ 恒：常常。

⑬ 祥练：丧祭名。古时父母去世第十一个月祭于家庙叫练，周年祭叫小祥，两周年祭叫大祥。

⑭ 咸菹（zū）：咸腌菜。

⑮ 味旨：味美。

⑯ 掇（duō）：双手捧取。吴隐之因腌菜味道鲜美而不吃，这里表示他守丧的诚心。

⑰ 太常：官名，九卿之一，掌管宗庙祭祀和仪礼等。韩康伯：韩伯，字康伯。官至吏部尚书、领军将军，改任太常，未就任即死，追赠太常。

⑱ 殷浩：晋康帝时为建武将军，继任都督扬、豫、徐、兖、青五州军事，以恢复中原为己任。后兵败被废为庶人，口无怨言，然终日向空中书写"咄咄怪事"四字。

⑲ 辍餐投箸（zhù）：丢下筷子不再吃饭。辍，停。箸，筷子。

⑳ 铨衡：原指衡量轻重的器具，引申为评量人才、执掌选举官吏的职位。这里即指吏部（中央主管官吏授选、考课等的机构）。这句说：你假如居于选拔官吏的吏部的职位。后韩康伯果然任吏部尚书（吏部的最高长官）。

㉑ 阶：作动词解，进升官阶。清级：清贵的官职，即清班。

㉒ 解褐：即释褐，脱去平民所穿的布衣，换上官服，意思就是做官。辅国功曹：辅国将军的僚佐官，掌管总务。

㉓ 参征虏军事：征虏将军的参军。参军，也是僚佐官。魏晋以后，重要官员多带将军称号，但并不一定统兵。这种称号以征、镇、

323

安、平为序,还有一些杂号将军。这里的征虏将军即较显贵,辅国将军即属杂号。

㉔ 袁真:晋废帝太和四年(369),袁真以豫州刺史反叛朝廷,不久病死,其子袁瑾继之,后被桓温所败。

㉕ 诣(yì):前往。恒温:东晋大臣,晋明帝婿。屡掌兵权,曾收复洛阳。太和六年(371)废海西公(即晋废帝),改立简文帝,专擅朝政。

㉖ 矜(jīn):怜悯,同情。

㉗ 奉朝请:原是贵族、官僚定期朝见皇帝的称谓。晋代以皇帝侍从官及驸马都尉为奉朝清。

㉘ 尚书郎:尚书省(中央执行政务的总机构)内分曹任事的官员(初任称郎中,满一年称尚书郎,三年称侍郎)。

㉙ 累迁:迭连升官。晋陵:郡名。西晋时治所在丹徒(今江苏省镇江市东南丹徒镇),东晋时移治京口(今江苏省镇江市)、晋陵(今江苏省常州市)。

㉚ 中书侍郎:中书省(秉承君主意旨、掌管机要、发布政令的机构)的负责官员。

㉛ 国子博士:国子学(中央高级官员子弟学校,属国子监)的官员,负责授课。

㉜ 太子右卫率:东宫的属官,负责保卫。

㉝ 散骑常侍:见前《周处传》注。

㉞ 著作郎:修撰国史的官员。

㉟ 孝武帝:晋孝武帝司马曜,公元372年至396年在位。黄门郎:黄门原为掌管皇家总务的机构。这里的黄门郎,其职为侍从皇帝,传达诏命,实是机要之官。

㊱ 简文帝:司马昱,公元371年至372年在位。孝武帝是他的第三子,继承他的皇位。

㊲ 寻:不久。廷尉:中央最高的司法长官。

㊳ 秘书监：中央掌管图书著作机构的长官。

㊴ 御史中丞：见前《周处传》注。

㊵ 左卫将军：统率禁兵的武将。

㊶ 清显：指地位贵显、政事不繁的官职。

㊷ 班：分赐。

㊸ 尝：曾经。浣(huàn)衣：洗衣。

㊹ 披絮：披着棉絮当作衣服。

㊺ 贫庶：穷苦百姓。

㊻ 箧(qiè)：小箱子。

㊼ 可资数世：可供好几代人的花销。资，供给。

㊽ 瘴疫：旧指南方山林间，有湿热蒸郁之气，常易致人疾病。

㊾ 惮(dàn)：怕。

㊿ 惟贫窭(jù)不能自立者：只有因贫困不能自己维持生计的人。窭，贫寒。

(51) 长史：当作“长吏”，泛指地位较高的官员。

(52) 黩(dú)货：贪污财物。

(53) 岭南：指五岭(越城、都庞、萌渚、骑田、大庾五岭)以南地区，即今广东、广西等地。

(54) 隆安中：晋安帝司马德宗的年号(397—401)。但据《晋书·安帝本纪》，吴隐之为广州刺史时在安帝元兴元年(402)二月。

(55) 龙骧将军：加职名号，无实职。

(56) 假节：假以符节，指古代大臣临时持节出巡。

(57) 中郎将：原属统领皇帝侍卫的武职，这里亦是加职名号。

(58) 饮者怀无厌之欲：饮贪泉泉水的人，就会产生永无满足的欲望。厌，满足。

(59) 这两句本出《老子》。

(60) 以上四句说：没有看到引逗欲望的事物，内心就不会胡思乱想。

越过大庾岭往往丧失清廉的节操，我知道它的缘故了。

(61) 歃(shà)：原指歃血(口含血。或说以指蘸血，涂于口旁。古代盟誓的一种仪式)。这里指饮水。

(62) 夷、齐：伯夷、叔齐，商末孤竹君的两个儿子，互相推让国君之位，最后一起投奔到周。因反对周武王伐商，商亡后，逃至首阳山，不食周粟而死。他俩常被古人推崇为有节操的人物。

(63) 逾厉：愈甚。逾，通“愈”。

(64) 外库：指公库。

(65) 矫：矫情，做作。

(66) 元兴：晋安帝年号(402—404)。

(67) 闺门：古称内室的门为闺门，这里指家门。

(68) 清节厉乎风霜：清廉的节操在艰难的环境中更加坚守不苟。

(69) 立人：犹言立身。

(70) 美致：美好的风范。

(71) 以上四句说：孝敬长辈友爱同辈超过了一般人，又把俸禄全分给九族之人。薄于待己，简约清俭，饮食节省。九族，这里泛指亲族。鱼飧，鱼做的食物，《公羊公·宣公六年》：“子为晋国重卿而食鱼飧，是子之俭也。”飧(sūn)，同“飱”字，简单的饭食。

(72) 飱惟错之富：经受过镂金错彩的豪富。错，用金涂饰。

(73) 这两句说：革除奢侈务求节俭，使得岭南地区的风气改观。

(74) 有：语助词，无义。

(75) 斛(hú)：古代以十斗为一斛。

(76) 卢循：卢循是孙恩的妹夫。孙恩奉五斗米道聚众反晋，失败后，众推卢循为首领。被刘裕追击，卢循泛海逃走，攻陷广州，自摄州事，号平南将军。当时朝廷新诛桓玄及桓氏一族，政局未稳，便权假征虏将军、广州刺史、平越中郎将。后复反晋，被刘裕击败，不久被杀。

⑦ 厉：通"励"。

⑧ 固守弥时：坚持了很长时间。弥，长久。

⑨ 没：同"殁"。死亡。

⑩ 城遂陷：据《晋书·安帝本纪》，卢循攻广州，吴隐之为其所败，事在元兴三年（404）冬十月。

⑪ 家累：家眷。

⑫ 党附：私附，勾结。桓玄：桓温之子。他与司马道子、司马元显父子争权，攻陷建康，杀司马元显，掌握朝政。元兴二年（403）代晋自立，国号楚。不久，北府兵将领刘裕起兵声讨，他兵败被杀。

⑬ 裁戮：杀戮。

⑭ 刘裕：即宋武帝，南朝宋的建立者。他原是东晋将领，击败桓玄后，掌握朝政。后又击败卢循。元熙二年（420）代晋称帝，国号宋。

⑮ 反：通"返"。

⑯ 装无馀资：行装中没有多馀的财物。

⑰ 仄陋：窄小简陋。

⑱ 妻子：妻及子女。

⑲ 度支尚书：魏、晋、南北朝置度支尚书，即隋以后的户部尚书，为户部（掌管全国财政）的长官。

⑳ 毡（zhān）席：毛垫之类。

㉑ 中领军：掌管禁兵的主将，并统领全国之兵。

㉒ 不革：不变。

㉓ 裁留身粮：只留口粮。裁，才，只。

㉔ 振：同"赈"，救济。

㉕ 朝夕：早晚，终日。这里指日常的需要。

㉖ 并日而食：两天吃一天的饭。

㉗ 不完：不完整。指衣服破旧。

⑱ 义熙八年：公元 412 年。义熙，晋安帝年号。

⑲ 致事：即致仕，辞官。

⑳ 汉武帝时置光禄大夫，供皇帝谘询和议论朝政。魏晋以后，有加金印紫绶的，可称金紫光禄大夫。

㉑ 不渝：不变。

㉒ 优锡显赠：蒙皇帝褒赠显贵的名号。

㉓ 廉士：廉洁的士大夫。

㉔ 谢石：字石奴，初拜秘书郎，累迁尚书仆射，肥水之役中因功迁尚书令，封南康郡公。主簿：幕僚长。

㉕ 必当：必将。率薄：粗率不讲究排场。

㉖ 乃令移厨帐助其经营：就派人搬去厨帐帮助他操办婚事。厨帐，搭建临时厨房的篷帐。

㉗ 番(pān)禺：郡名，治所在今广州市番禺区。这里即指吴隐之从广州刺史任所返回。

㉘ 齎(jī)：同"赍"字，携带。沈，通"沉"。

㉙ 为郡县：出任郡和县的长官。

㉚ 门法：家法。

㉛ 不逮：不及。

㉜ 不替：不衰。

（以上两篇原载《中华活叶文选》第 183 号）

三、醉翁亭① 记

欧阳修

【注释】

醉翁亭：在今安徽省滁州西南。

【说明】

宋仁宗(赵祯)庆历五年(1045),欧阳修被贬为滁州知州(治所在今安徽省滁州),本篇即作于次年。通篇着重写滁州的"山水之乐"、包括"滁人"和"众宾"的"游人之乐"和"太守之乐"。作者写"游人之乐",为的是从侧面赞美自己在滁州的政绩,是他"太守之乐"的原因和内容,表现他所谓"与民同乐"的思想;而写"山水之乐",则又主要表现他贬官后寄情山水、排遣愁怀的生活态度。"乐"是贯穿全篇的中心,而这三种"乐"又是密切相关的。

本篇在"记"这种文体中很有特色。第一,结构谨严,层次井然。从全篇布局来说,或由大而小,或层层深入。前者如开头交代醉翁亭的位置,从"环滁皆山"到"西南诸峰"到"琅琊山",又从"琅琊山"引出"酿泉",才写到靠近泉边的醉翁亭。后者如写"山水之乐"、"游人之乐"和"太守之乐",就是分段逐层推进,最后表达主题。第二,字斟句酌,言简意赅。据说第一句"环滁皆山也",南宋时有人看到原稿,先用了几十个字来说这层意思,最后才改定这五个字,可见作者语言上锤炼工夫之深。第三,大量应用骈偶句,而又长短错落,不显呆板。如"日出而林霏开,云归而岩穴暝",写一早一晚,句式整齐;而"野芳发而幽香,佳木秀而繁阴,风霜高洁,水落而石出",每句分写春、夏、秋、冬,但句式参差不齐。这类骈偶句又与散句配合,形成似骈非骈、似散非散的风格。第四,全篇都是陈述句,并以二十一个"也"字作句尾,形成一种别致的咏哦句调,加上遣词造句时,注意字音、节奏,使这篇散文特别宜于朗诵。

环滁皆山也①。其西南诸峰,林壑②尤美。望之蔚然而深秀者③,琅琊④也。山行六七里,渐闻水声潺潺,而泻出于两峰之间者,酿泉也⑤。峰回路转,有亭翼然临于泉上者,醉翁亭也⑥。作亭者谁？山之僧曰智仙⑦也。名之者谁？太守自谓也⑧。太守与客来饮于此，饮少辄醉⑨，而年⑩又最高，故自号曰醉翁⑪也。醉翁之意不在酒，在乎山水之间也。山水之乐，得之心而寓之酒也⑫。

若夫日出而林霏开⑬，云归而岩穴暝⑭，晦明变化⑮者，山间之朝暮也。野芳⑯发而幽香，佳木秀而繁阴⑰，风霜高洁⑱，水落而石出者，山间之四时⑲也。朝而往，暮而归，四时之景不同，而乐亦无穷也。

至于负者⑳歌于途，行者休于树，前者呼，后者应，伛偻提携㉑，往来而不绝者，滁人游也。临溪而渔㉒，溪深而鱼肥；酿泉为酒，泉香而酒洌㉓；山肴野蔌㉔，杂然而前陈者，太守宴也。宴酣之乐，非丝非竹㉕；射㉖者中，弈㉗者胜：觥筹㉘交错，起坐而喧哗者，众宾欢也。苍颜㉙白发，颓然乎其间者㉚，太守醉也。

已而㉛夕阳在山，人影散乱，太守归而宾客从也。树林阴翳㉜，鸣声上下㉝，游人去而禽鸟乐也。然而禽鸟知山林之乐，而不知人之乐；人知从太守游而乐，而不知太守之乐其乐也㉞。醉能同其乐，醒能述以文者，太守也㉟。太守谓㊱谁？庐陵㊲欧阳修也。

【注释】

① 环滁皆山也：环绕滁州的都是山。

② 林壑（hè）：树林和山谷。

③ 蔚（wèi）然：草木茂盛的样子。深秀：幽深秀丽。者：文言陈述句语气未结束、略作停顿时所插入的语助词。"者"与"也"照应连用的句式，是文言陈述句的一种典型结构，本文使用特多。

④ 琅琊（láng yá）：琅琊山，在滁州西南。

⑤ 潺（chán）潺：水流的声音。这几句说：在山中行走六七里，渐渐听到潺潺的水声，而从两座山峰之间奔泻出来的，就是让泉了。

⑥ 峰回路转：山势回环，山路也随着拐弯。这几句说：路随着回环的山势而拐过去，有座亭子四角向上翘起，犹如鸟儿展翅一般而靠近在泉边的，就是醉翁亭了。

⑦ 智仙：琅琊山琅琊寺（一名开化寺）的和尚。

⑧ 这两句意思是：给亭子起名为"醉翁"的是谁呢？是太守用自己的号"醉翁"来命名的。名，作动词用，命名。之，代词，指亭子。太守，汉朝称一郡的行政长官为太守，宋朝一州的长官称知军州事，简称知州。州、郡所管辖的地区相仿，故以太守代称知州。这里是作者自指。

⑨ 饮少辄（zhé）醉：稍许喝一点酒就醉了。辄，就。

⑩ 年：年纪。

⑪ 自号曰醉翁：当时作者年仅四十，以醉翁自称，含有戏谑等意味。

⑫ 寓：寄托。这两句说，游山玩水的乐趣，领会在心里，而又寄托在饮酒之中。

⑬ 若夫（fú）：至于。林霏（fēi）：指林间雾气。

⑭ 归：原指云回到山中（古人认为云是出自山中的）。暝（míng）：昏暗。这句说：云烟聚集，山谷就昏暗了。

⑮ 晦明变化：暗明交替变化。指早晨由暗而明，傍晚由明而暗。

⑯ 野芳：野花。

⑰ 秀：苗长。繁阴：浓密的树荫。

⑱ 风霜高洁：即风高霜洁。风高，实指天空高旷。

⑲ 四时：四季。

⑳ 负者：背着东西的人。

㉑ 伛偻（yǔ lǚ）：俯身曲背的样子，即驼背，这里指老年人。提携：被人搀领着走，这里指小孩。

㉒ 渔：捕鱼。

㉓ 泉香：泉水味香，强调泉美。酒洌（liè）：酒味清醇，形容酒美。此句有人认为欧阳修原本作"泉洌而酒香"，苏轼书写《醉翁亭记》碑文时改为"泉香而酒洌"。

㉔ 山肴（yáo）野蔌（sù）：这里泛指乡间的野味、野菜。

㉕ 丝：弦乐器，如琴、瑟之类。竹：管乐器，如箫、笛之类。丝竹，泛指音乐。

㉖ 射：指古代一种叫"投壶"的游戏：用箭状的筹棒去投长颈形的壶，根据投中的次数来分胜负。

㉗ 弈（yì）：下棋。

㉘ 觥（gōng）：用犀牛角做的一种酒器。筹：酒筹，用来行酒令或饮酒计数的签子。

㉙ 苍颜：面色苍老。

㉚ 颓（tuí）然：形容酒后昏沉欲倒的样子。乎：于。其间：在宾客们中间。

㉛ 已而：过后。

㉜ 阴翳（yì）：树荫覆盖着。翳，遮蔽。

㉝ 鸣声上下：指飞鸟或在高处叫，或在低处叫。

㉞ 这两句说：人们只知道跟随太守游玩而感到快乐，而不知道太守自有他所快乐的事情（言外之意是，作者为山中人们的快乐而感到快乐）。乐其乐，前一"乐"字作动词用。

㉟ 这几句说：醉了能够和大家一起快乐，酒醒了能够用文字来记述此事的，是太守了。

㊱ 谓：这里同"为"。

㊲ 庐陵：今江西省吉安市,为宋时吉州治所。据欧阳修《欧阳氏图
谱序》《先君墓表》等文,欧阳修家族居吉州已十五世,或居安
福(今江西省安福县),或居庐陵,或居吉水。欧阳修从祖父起
居于吉水沙溪。欧阳修时已分吉水一些地区置永丰县(今江西
省永丰县),沙溪属永丰,故欧阳修自述"实为吉州永丰人"。但
其家族谱籍仍称庐陵,故欧阳修又常自称庐陵人。

四、泷 冈 阡 表①

欧阳修

【注释】

① 泷(shuāng)冈：在今江西省永丰县南凤凰山。阡(qiān)表：
墓碑文,是传叙性质的文体。阡,这里指墓道,通向墓室的
甬道。

【说明】

　　欧阳修这篇墓碑碑文通过对他亡父欧阳观事迹的记叙,抒写自
己的哀悼之情和褒扬先人之意。这是封建时代一般碑传文常有和应
有的内容。

　　欧阳修曾经指出,写作碑传文不要备举死者的全部事迹,而要选
择一二重要事例来突出人物的精神风貌(见《论尹师鲁墓志》)。这正
是本篇写法上的显著特色。尤如写父亲处理"死狱"一段,突出了他
的审慎、谨严的态度。文章先点出他父亲在夜里仍在挑灯审阅刑事
档案,继又着重写父亲对判案的议论和处置：在量刑时,特别对要判
处死刑的案件,必须十分慎重,应该从另一角度来考虑能否减刑;经
过这番考虑仍然不能减刑,才算对死者和审判者都没有遗恨;但即使
如此,也还可能罚不当罪,造成冤错案。封建时代被判死刑的,大都

是下层人民群众,欧阳观的这些议论和处置虽然没有越出维护封建法律的范围,但有一定的人道观念,他判案时的审慎态度也是可取的。

本篇的另一写作特色是质朴无华,不事藻饰,而又笔端有情,颇具感染力。旧时的一般碑传文往往堆砌词藻,沉闷板滞,成为"谀墓"(讨好墓主)的应酬之作。欧文却一反流俗,显得难能可贵。

呜呼①!惟我皇考崇公卜吉于泷冈之六十年②,其子修始克表于其阡③,非敢缓也,盖有待也④。

修不幸,生四岁而孤⑤。太夫人守节⑥自誓,居穷⑦,自力于衣食,以长以教⑧,俾⑨至于成人。太夫人告之曰:"汝父为吏,廉而好施与⑩,喜宾客。其俸禄虽薄,常不使有馀,曰:'毋以是为我累⑪。'故其亡也,无一瓦之覆,一垄之植,以庇而为生⑫。吾何恃而能自守邪⑬?吾于汝父,知其一二,以有待于汝也。自吾为汝家妇,不及事吾姑⑭,然知汝父之能养⑮也;汝孤而幼,吾不能知汝之必有立⑯,然知汝父之必将有后也。吾之始归⑰也,汝父免于母丧方逾年⑱。岁时祭祀,则必涕泣曰:'祭而丰,不如养之薄也⑲。'间御酒食⑳,则又涕泣曰:'昔常不足而今有馀,其何及也㉑!'吾始一二见之,以为新免于丧适然耳㉒。既而其后常然,至其终身未尝不然。吾虽不及事姑,而以此知汝父之能养也。汝父为吏,尝夜烛治官书㉓,屡废而叹㉔。吾问之,则曰:'此死狱㉕也,我求其生不得尔㉖。'吾曰:'生可求乎?'曰:'求其生而不得,则死者与我皆无恨也,矧求而有得邪!以其有得,则知不求而死者有恨也㉗。夫常求其生,犹失之死,而世常求其死也㉘。'回顾乳者剑㉙汝而立于旁，因指而叹曰：‘术者谓我岁行在戌将死㉚，使其言然㉛，吾不及见儿之立也，后当以我语告之。’其平居教他子弟㉜，常用此语，吾耳熟焉，故能详也。其施㉝于外事，吾不能知；其居于家，无所矜饰㉞，而所为如此，是真发于中者邪㉟！呜呼！其心厚于仁者邪㊱！此吾知汝父之必将有后也。汝其㊲勉之！夫养不必丰，要于孝；利虽不得博于物，要其心之厚于仁㊳。吾不能教汝，此汝父之志也。”修泣而志㊴之，不敢忘。

先公㊵少孤力学。咸平三年㊶，进士及第。为道州判官㊷，泗、绵二州推官㊸，又为泰州㊹判官。享年五十有九，葬沙溪㊺之泷冈。太夫人姓郑氏，考讳德仪㊻，世为江南名族。太夫人恭俭仁爱而有礼，初封福昌县太君㊼，进封乐安㊽、安康㊾、彭城㊿三郡太君。自其家少微(51)时，治其家以俭约，其后常不使过之(52)，曰：“吾儿不能苟合于世(53)，俭薄所以居患难也(54)。”其后修贬夷陵(55)，太夫人言笑自若(56)，曰：“汝家故贫贱也，吾处之有素矣(57)；汝能安之，吾亦安矣。”

自先公之亡二十年，修始得禄而养(58)。又十有二年，列官于朝，始得赠封其亲(59)。又十年，修为龙图阁直学士、尚书吏部郎中、留守南京(60)。太夫人以疾终于官舍(61)，享年七十有二。又八年，修以非才，入副枢密(62)，遂参政事(63)。又七年而罢(64)。自登二府(65)，天子推恩(66)，褒其三世(67)。故自嘉祐(68)以来，逢国大庆，必加宠锡(69)。皇曾祖府君(70)累赠金紫光禄大夫、太师、中书令(71)。曾祖妣(72)累封楚国太夫人。皇祖府君累赠金紫光禄大夫、太师、中书令兼尚书令(73)。祖妣累封吴国太夫人。皇考崇公累赠金紫光禄大夫、太师、中书令兼尚书令。皇妣累封越国太夫人。今上初郊^⑭，皇考赐爵为崇国公，太夫人进号魏国^⑮。

于是小子^⑯修泣而言曰："呜呼！为善无不报，而迟速有时，此理之常也。惟我祖考^⑰，积善成德，宜享其隆。虽不克有于其躬^⑱，而赐爵受封，显荣褒大，实有三朝之锡命^⑲。是足以表见^⑳于后世，而庇赖^㉑其子孙矣。"乃列其世谱，具刻于碑。既^㉒又载我皇考崇公之遗训，太夫人之所以教而有待于修者，并揭^㉓于阡。俾知夫小子修之德薄能鲜，遭时窃位^㉔，而幸全大节不辱其先者，其来有自^㉕。熙宁三年岁次庚戌四月辛酉朔十有五日乙亥^㉖，男推诚保德崇仁翊戴功臣^㉗、观文殿学士^㉘、特进^㉙、行兵部尚书^㉚、知青州军州事^㉛、兼管内劝农使^㉜、充京东东路安抚使^㉝、上柱国^㉞、乐安郡开国公^㉟，食邑四千三百户、食实封一千二百户^㊱修表。

【注释】

① 呜呼：感叹词。

② 皇考：对死去父亲的尊称（元朝以后用为皇帝亡父的专称）。皇，美显的意思。考，旧称死去的父亲。崇公：欧阳修的父亲欧阳观，字仲宾，封崇国公。卜吉：占卜以择吉地。六十年：欧阳观被葬于宋真宗（赵恒）大中祥符四年（1011），此表作于宋神宗（赵顼[xū]）熙宁三年（1070），相距六十年。

③ 始克表于其阡：才能够作墓表立在墓道上。克，成、能够。表，作动词用。

④ 非敢缓也，盖有待也：不是敢有心拖延，而是由于有所等待啊。盖，表示原因的文言连词。

⑤ 孤：古时以年幼无父为孤。

⑥ 太夫人：欧阳修的母亲郑氏。守节：旧指寡妇守寡。

⑦ 居穷：处境贫困。

⑧ 以长(zhǎng)以教：指扶养我，教育我。欧阳修四岁丧父，家贫，由母亲用芦荻划地教他识字。

⑨ 俾(bǐ)：使得。

⑩ 廉而好(hào)施与：指做官清廉而又喜欢布施、周济别人。好，爱好，作动词用。

⑪ 毋以是为我累：意思是，不要因为钱财等事而连累我的清名。

⑫ 无一瓦之覆，一垄(lǒng)之植：没有一片瓦可以用来覆盖，没有一块田地可供种植。垄，田埂，代指耕地。而：同"尔"，你。这几句意思是，没有房屋和田产可以庇护你生活下去。

⑬ 吾何恃而能自守邪：我有什么依靠而能守寡呢？

⑭ 不及事吾姑：赶不上侍奉我婆母。郑氏嫁给欧阳观时，婆母已死。

⑮ 养：指欧阳观能侍养其母。

⑯ 有立：有成就。立，自立。

⑰ 归：旧时女子出嫁叫"归"。

⑱ 免于母丧：指结束了三年守母丧之期。免，指期满。方逾年：刚刚过了一年。

⑲ 祭而丰，不如养之薄也：意思是，死后祭祀丰厚，不如活着时侍奉菲薄来得实在。

⑳ 间御酒食：有时进用酒食。御，用。

㉑ 其何及也：意思是，已来不及用丰盛的酒食来侍奉母亲了。其，文言语助词，这里表示加强语气。

㉒ 以为新免于丧适然耳：以为新近免除丧服偶然如此罢了。适然，偶然，下面的"常然"、"终身未尝不然"即进一步申说并非"适然"。

337

㉓ 治：处理。官书：官家文书,这里指判案的文书档案。

㉔ 屡废而叹：屡次放下文书叹息。

㉕ 死狱：该判死罪的案子。

㉖ 我求其生不得尔：我替他找条生路而不可得啊。意思是无法减免他的死刑。

㉗ 矧(shěn)：况且。这几句说：况且确有寻求后而能活下来的啊！因为有能活下来的,那末,明知而不替他寻求,被处死的人是有遗恨的了。

㉘ 夫(fú)：句首语助词。这几句说：常常为他们求生路,还不免一有差错而造成误杀的,而世上的人却常常专求他们的死哩！

㉙ 乳者：奶娘。剑：原义为挟在胁下,这里是抱的意思。

㉚ 术者：旧社会算命相面的人。岁行在戌：岁,岁星,即木星,约十二年运行一周天。古人即以子、丑、寅、卯、辰、巳、午、未、申、酉、戌、亥十二“地支”,又配合甲、乙、丙、丁、戊、己、庚、辛、壬、癸十“天干”来纪年。但习惯上只重视“地支”。这里说戌年将死,后欧阳观死于宋真宗大中祥符三年(1010),岁次正是庚戌,实际是巧合。

㉛ 使其言然：假使他的话果真如此。

㉜ 平居：平时。他子弟：这里指同族的子侄后辈。

㉝ 施：施为,作为。

㉞ 无所矜饰：意即平易朴质。矜饰,夸耀虚妄。

㉟ 是真发于中者邪：这是真正从内心里表露出来的啊！中,心。

㊱ 其心厚于仁者邪：他的心是重在仁爱的啊！

㊲ 其：文言语助词,这里表示勉励、希望的语气。与上文“其何及也”的“其”有所不同。

㊳ 这几句说：养亲不必定要丰盛,重要的在于孝；施利虽不能普及到万事万物,重要的是他的心重在仁爱。要,重要。博,普及,

遍及。

㊴ 志：记住，作动词用。前面“汝父之志”的“志”是名词，志向。

㊵ 先公：对死去父亲的尊称。

㊶ 咸平三年：宋真宗咸平三年(1000)。

㊷ 道州：治所在今湖南省道县。判官：州郡长官的僚属，掌管文书。

㊸ 泗：泗州，治所在今江苏省盱眙(xū yí)县东北。绵：绵州，治所在今四川省绵阳县。推官：州郡长官的僚属，掌管审案刑狱事务。

㊹ 泰州：治所在今江苏省泰州市。

㊺ 沙溪：在今江西省永丰县南凤凰山北，欧阳修的家乡。

㊻ 考讳德仪：她父亲名叫德仪。讳：封建时代对帝王将相或尊长不敢直称其名，叫避讳。因而也用“讳”字指称他们的名字。

㊼ 福昌：县名。在今河南省宜阳县西。太君：封建时代官员母亲的封号之一。宋朝制度：按不同官阶等级，其母可分别封为国太夫人、郡太夫人、郡太君、县太君等。

㊽ 乐安：古代郡名，治所在高苑，在今山东省博兴县西南。

㊾ 安康：古代郡名，治所在今陕西省汉阴县西。

㊿ 彭城：古代郡名，治所在今江苏省徐州市。

(51) 少微：指家境贫寒。

(52) 其后常不使过之：意思是，后来家境丰裕了，也常常不允许花费过多。

(53) 吾儿不能苟合于世：意思是，欧阳修不能苟且迎合于当世，怕会遭到挫折和祸害。

(54) 俭薄所以居患难也：持家俭约菲薄是为了防备一旦处于患难的境况。

㊌ 贬夷陵：宋仁宗（赵祯）景祐三年（1036），范仲淹因反对保守派吕夷简而贬官，欧阳修为之抗争，斥责谏官（给皇帝提意见的官）高若讷，遂被贬夷陵（在今湖北省宜昌市）。

㊍ 自若：如常。

㊎ 吾处之有素矣：意思是，我过贫寒的生活已经习惯了。素，平素、经常。

㊏ "自先公之亡"两句：宋仁宗天圣八年（1030），欧阳修考取进士后，任西京留守推官，进入仕途，获取俸禄。

㊐ "又十有二年"三句：宋仁宗庆历元年（1041）十一月，仁宗举行祭天大典，欧阳修时在朝任官，被加官"骑都尉"（宋朝勋官十二级中的第八级）。祭天是封建时代的隆重典礼，皇帝通常在此时要对臣僚和他们的亲属赐爵赠封，文中说的"赠封其亲"可能就在这一年。

㊑ 又十年：宋仁宗皇祐二年（1050）。龙图阁直学士：龙图阁是宋朝收藏图书典籍的馆阁之一，有学士、直学士、待制、直阁等官。尚书吏部郎中：吏部为宋朝六部（吏、户、礼、兵、刑、工）之一，是掌管全国官吏的任免、考核、升降、调动等事务的中央机构。上属尚书省，下设郎中四人，分管各司。留守南京：宋朝除以首都开封府（今河南省开封市）为东京外，又以河南府（今河南省洛阳市）为西京，以应天府（今河南省商丘市）为南京，以大名府（今河北省大名县东）为北京，各置留守一人为行政长官，以知府兼任。欧阳修任知应天府兼南京留守事，在皇祐二年（1050）。宋朝官名分为"职"（馆阁职称）、"官"、"差遣"三种，这里的龙图阁直学士是"职"，为宋朝朝官出任外官时的官号，并不任职；尚书吏部郎中是"官"，也是虚名，不任职；实际职务只是知应天府兼南京留守，为"差遣"。

㊒ 欧阳修母亲郑氏死于宋仁宗皇祐四年（1052）。

㉒ 又八年：宋仁宗嘉祐五年(1060)，欧阳修任枢密副使。副，作动词用。枢密，枢密使，全国最高军事长官。

㉓ 参政事：欧阳修在嘉祐六年(1061)任参知政事。参，作动词用。参知政事，副宰相，因与宰相(同平章事)同议朝政，故名。

㉔ 又七年而罢：宋英宗(赵曙)治平四年(1067)欧阳修罢任参知政事，出知亳(bó)州(在今安徽省亳州市)。

㉕ 二府：指枢密院和中书省。枢密院主管军事，中书省主管政事，是全国最高行政机构。

㉖ 推恩：扩大赐恩的范围。这里是说皇帝因恩宠我(欧阳修)，而推爱及我的亲属。

㉗ 褒其三世：指对欧阳修的曾祖、祖、父三世都予赠封。

㉘ 嘉祐：宋仁宗赵祯的年号(1056—1063)。

㉙ 加宠锡：指加官号。锡，同"赐"。

㉚ 府君：旧时子孙对其先世(男性)的尊称。

㉛ 累赠：累加封赠。金紫光禄大夫：汉武帝时置光禄大夫，供皇帝谘询和议论朝政。魏晋以后，有加金印紫绶的，称金紫光禄大夫。宋朝时为正三品的散官，虚衔不任职。太师：原是周朝设置的宰辅之官，宋朝时为褒赠之官，虚衔不任职。中书令：中书省长官，隋唐时为宰相之职，宋朝时为褒赠之官。

㉜ 曾祖妣(bǐ)：曾祖母。妣，旧称死去的母亲。

㉝ 尚书令：尚书省长官，唐初为宰相之职，宋朝时为褒赠之官。

㉞ 今上：指宋神宗赵顼。初郊：宋神宗于熙宁元年登皇帝位，同年十一月首次举行祭天大典。郊，祭天。

㉟ 进号魏国：指改越国太夫人为魏国太夫人。

㊱ 小子：旧时子弟对父兄的自称。

㊲ 惟：用于句首的助词。祖考：祖先。

㊳ 虽不克有于其躬：意思是，虽然不能亲身享受到这种隆恩。躬，

身体，这里引申为自身、亲自。

⑦ 三朝：指宋仁宗、英宗、神宗三朝。锡命：赐予宠命。

⑧ 见：同"现"。

⑧ 庇赖：护佑。

⑧ 既：不久之后。

⑧ 揭：揭示，发表。

⑧ 能鲜：能力微小。窃位：自谦德才不副其官位。

⑧ 其来有自：意思是，得以如此是有原由的。

⑧ 四月辛酉朔：这一年四月初一的干支属辛酉。朔，旧历每月初一日。在月份后面系以初一日的干支，是旧时墓碑文末署日期的常例。十有五日乙亥：乙亥是该月十五日的干支。这句说作表时间是熙宁三年四月十五日，即公元 1070 年五月二十七日。

⑧ 推诚保德崇仁翊戴功臣：宋朝以"功臣"名号赐给臣僚，前面加一些褒扬的字。

⑧ 观文殿学士：观文殿原为宋朝殿名，因以殿名置观文殿大学士和学士，作为授予宰执大臣的荣誉称号。

⑧ 特进：原为汉朝所置之官，授予有特殊地位的列侯。宋朝时是仅作表示官员等级的散官。

⑨ 行：兼职，指以大官职兼小官职。兵部尚书：掌管全国军队的中央机构的长官。但宋朝时，全国军权已归枢密院，兵部尚书仅是虚官而已。

⑨ 知青州军州事：青州，宋朝时属京东东路，治所在今山东省青州市。宋朝朝臣外任知州，称"权知军州事"。军，指兵政；州，指民政。

⑨ 劝农使：官名，掌管劝励农作，宋朝时常为知州的兼职。

⑨ 京东东路：宋朝时大行政区名，辖管今山东省中部、东部地区，

治所在青州。安抚使：宋朝常以知州兼任安抚使，以兼管较大地区的军、民二政。

㉞ 上柱国：宋朝勋官共十二级，最尊贵的一级为上柱国。

㉟ 开国公：宋朝封爵共十二级，开国公为第六级。

㊱ 食邑：指征取封地内民户所交的赋税。食实封：指实封的食邑。"食邑"到唐朝已成为虚设，"实封"每年有程度不同的收入。到了宋朝，连"实封"也只是名义，但仍为荣誉性的品级：食邑分十四等（从一万户到二百户），食实封分七等（从一千户到一百户）。又可按不同官阶加户（如欧阳修食实封即超过一千户），有的还可特加。

五、秋 声 赋

欧阳修

【说明】

本篇写于宋仁宗（赵祯）嘉祐四年（1059），时作者五十三岁。文章先以"秋声"为引子，继而抒写草木被秋气摧败的悲感，最后以有情的人类和无情的草木作对比，说明人类为忧思所苦更易衰颓，这是文章的主旨，不外乎发挥先秦老庄一派哲学中清心寡欲、知足保和的养身之道，含有消极的因素。

前两部分虽是为了引出后面的结论，却具有很高的艺术价值。开头一段写无形的秋声，一连用了"风雨"、"波涛"和士兵"衔枚疾走"等三个形象化的比喻，把秋声由远及近以至撞击物品时发出的声响，渲染得仿佛倾耳可闻，突出了秋夜的幽森。随后逐一铺写"秋色"、"秋容"、"秋气"、"秋意"，借以映衬"秋声"，进而突出暮秋的萧瑟。直至结尾对"虫声唧唧"的轻轻点染，也与秋声息息相关。构思细密，描绘生动，是本文显著的艺术特色。

　　赋是从《楚辞》发展而成的传统诗体之一。经过"汉赋"、魏晋时的"抒情小赋"直到唐朝"律赋"（常作为考试科目之一）的曲折发展，赋的创作颇为沉寂。发展到宋朝，逐渐走向散文化，但仍适当运用传统赋的铺张排比的手法，讲究词采，杂以骈偶、韵语，成为一种类似散文诗的赋。本篇就是代表作之一。

　　欧阳子①方夜读书，闻有声自西南来者，悚然②而听之，曰：异哉！初淅沥以萧飒③，忽奔腾而砰湃④，如波涛夜惊，风雨骤至。其触于物也，铮铮铮铮⑤，金铁皆鸣，又如赴敌之兵，衔枚⑥疾走，不闻号令⑦，但闻人马之行声。余谓童子⑧："此何声也？汝出视之！"童子曰："星月皎洁，明河⑨在天，四无人声，声在树间。"

　　余曰："噫嘻⑩，悲哉！此秋声也！胡为而来哉？盖夫秋之为状也⑪，其色惨淡⑫，烟霏云敛⑬；其容清明，天高日晶⑭；其气栗冽⑮，砭⑯人肌骨；其意萧条，山川寂寥⑰。故其为声也，凄凄切切，呼号愤发。丰草绿缛而争茂，佳木葱茏而可悦；草拂之而色变，木遭之而叶脱⑱。其所以摧败零落者，乃一气之余烈⑲。夫秋，刑官也⑳，于时为阴㉑；又兵象也㉒，于行为金㉓；是谓天地之义气㉔，常以肃杀而为心㉕。天之于物，春生秋实。故其在乐也，商声主西方之音㉖，夷则为七月之律㉗。商，伤也，物既老而悲伤；夷，戮也，物过盛而当杀㉘。

　　"嗟乎㉙！草木无情，有时飘零。人为动物，惟物之灵。百忧感其心，万事劳其形，有动于中，必摇其精㉚。而况思其力之所不及，忧其智之所不能㉛，宜其渥然丹者为槁木㉜，黟然黑者为星星㉝。奈何以非金石之质，欲与草木而争荣㉞！

念谁为之戕贼,亦何恨乎秋声㉟?"

童子莫对㊱,垂头而睡。但闻四壁虫声唧唧㊲,如助余之叹息。

【注释】

① 欧阳子:作者自称。

② 悚(sǒng)然:吃惊的样子。

③ 淅沥(xī lì)以萧飒(sà):意思是,雨声夹着风声。淅沥,象声词,这里指雨声。以,而。萧飒,这里指风声。

④ 砰湃(pēng pài):波涛汹涌声。

⑤ 钹(cōng)钹铮(zhēng)铮:金属相击的声音。

⑥ 衔枚:枚是一种筷形小棒,两端有带,可以系在颈上。古代行军时,常命令士兵衔在口里,防止他们喧哗,以保守行军的秘密。

⑦ 不闻号令:听不见号令的声音。

⑧ 童子:这里指家中幼仆。

⑨ 明河:指银河。

⑩ 噫嘻:感叹词。

⑪ 盖夫(fú):发语词。状:情状。下面的"秋色"、"秋容"、"秋气"、"秋意"四个排比句,从不同角度来描绘"秋状"。"秋状"又与下文"秋声"对举,但以"秋状"为宾,"秋声"为主,写"秋状"为了渲染"秋声"。

⑫ 惨淡:暗淡无色。

⑬ 烟霏(fēi)云敛:烟纷飞、云密聚,指天气阴暗。霏,纷扬。敛,聚集。

⑭ 日晶:阳光灿烂。

⑮ 栗冽(lì liè):寒冷。

⑯ 砭(biān):刺。原指古代用以刺穴治病的石针。

⑰ 寂寥（liáo）：冷落。

⑱ 缛（rù）：丰茂。葱茏（cōng lóng）：草木青翠茂盛的样子。这几句意思是，秋未至时，茂草绿茵，竞相争荣，良树青葱，令人可爱；一旦秋临，草触着了便变色，树遇到了就脱叶。

⑲ 一气：指秋气。馀烈：馀威。

⑳ 夫秋，刑官也：上古设官，以四时为名，掌管刑法的司寇为秋官。

㉑ 于时为阴：古人以春夏为阳，秋冬为阴。

㉒ 又兵象也：古代征伐多在秋天，所以称为"兵象"。

㉓ 行：五行，金、木、水、火、土。于行为金：古人认为四季的变化是五行"相生"的结果，并把五行分配于四季，秋属金。

㉔ 天地之义气：《礼记·乡饮酒义第四十五》说：天地肃杀之气，开始于西南方，到西北方时是极盛的顶点，这是"天地之义气"。由西南方至西北方，正是秋的方位。本文开头讲秋声来自西南方，也本于此。

㉕ 这句意思是："天地之义气"常以摧残万物为其目的。

㉖ 商声主西方之音：商声是五声（宫、商、角、徵〔zhǐ〕、羽）之一。五声也分配于四时：角属春，徵属夏，商属秋，羽属冬，宫属中央。又，五声和五行相配，商声属金，主西方之音。

㉗ 夷则为七月之律：夷则是十二律（黄钟、大吕、太簇、夹钟、姑洗、中吕、蕤〔ruí〕宾、林钟、夷则、南吕、无射〔yì〕、应钟）之一。律，本来是正音的器具，后来配于每年十二个月，以占气候。七月，正相当于十二律中的夷则。

㉘ 这几句是欧阳修对"商"、"夷"二字的解释和引申：古人常以同声通训，如仁与人，义与宜，"商"与"伤"音同义近，物类既衰老就悲伤；"夷"的原意是杀戮诛锄，物类过盛就该消灭。

㉙ 嗟（jiē）乎：感叹词。

㉚ 灵：指灵性。感：触动的意思。形：形体。精：精神。这几句

是说：草木是没有感情的,尚且有时零落衰败;人是动物,是万物中最具灵性的,种种忧患刺激他的心灵,件件事情劳累他的身体,有外物触动他的内心,必然要折磨他的精神。

㉛ 这两句说：何况要思考他的力量所不及的,要忧虑他的智力所不能胜任的。

㉜ 渥(wò)然丹者：指容貌红润,比喻年轻力壮。渥然,滋润的样子。槁(gǎo)木：枯木,指衰老。

㉝ 黟(yī)然黑者：指乌亮的鬓发,比喻健壮。黟然,黑色的样子。星星：形容鬓发花白。这句说,头发由乌黑变为花白,指人由青壮变为衰老。

㉞ 这两句说：怎么可以用并非金石的身体,想跟草木来争荣比盛呢?

㉟ 戕(qiāng)贼：伤害。这两句意思是：人的衰颓是自己被忧劳折磨的结果,怎好怨恨秋声凄切呢?

㊱ 莫对：没有回答。

㊲ 唧(jī)唧：虫声。

（以上三篇原载《中华活叶文选》第 117 号）

六、木假山记

苏　洵

【说明】

苏洵是宋代著名的散文家,但一生屡试不第,沉沦下僚,未能施展政治抱负。这篇以木假山为题的记,实际上是篇阐述人才问题的议论文,寄寓了作者怀才不遇的深沉感慨。

文章的前面部分讲木假山得来不易,它经历了重重厄运：从树木生长本身讲，它随时可能夭折；从自然条件讲，它可能被风、水所摧折、腐蚀；从和人的关系讲，它成材后可能被随意砍伐。幸而度过这些厄运，又经过几百年急流的冲刷才造成假山形状，终可供人们观赏。因此比起那些已成山形而未经发现、或被当作一般柴禾砍伐掉的木假山来，确是难得的幸运了。文章用层层推演的论述手法，强调人才成长的艰辛历程，抒写了人才难成与人才难得的感叹，曲折地反映出封建社会摧残和压抑各种人才的现象。

文章后面部分才写到作者所藏的一座三峰木假山，从而回到这篇记的本题。作者以"中峰"比喻那些位尊权重的贵族官僚，以"二峰"比喻那些隶属于他们的士大夫阶层。其中突出地写了"二峰"。他们虽然按其社会地位不得不"服于中峰"，但节操自守，绝无阿谀逢迎的媚态，表达了作者对有抱负、有气节的读书人的赞颂，也是他的自励和自况。

文章多用排比句，而又长短不齐，错落有致；第二段"且其蘖而不殇"至"则其理似不偶然也"一句，长达七十三字，用复迭的形式概述前文，既推进论点，又增加文章的气势。唐宋古文八大家之一的曾巩在《苏明允哀词》中曾称赞苏洵的文章"烦能不乱，肆能不流"，意即文意丰富而有条理，文气奔放而不违规矩，本文可算是一个例证。

木之生或蘖而殇①，或拱而夭②；幸而至于任为栋梁，则伐；不幸而为风之所拔，水之所漂，或破折或腐；幸而得不破折不腐，则为人之所材③，而有斧斤之患④。其最幸者，漂沉汩没于湍沙之间⑤，不知其几百年，而其激射啮食之馀⑥，或仿佛于山者，则为好事者取去⑦，强之以为山⑧，然后可以脱泥沙而远斧斤；而荒江之濆如此者几何⑨，不为好事者所见，而为樵夫野人所薪者⑩，何可胜数：则其最幸者之中，又有不幸者焉。

予家有三峰。予每思之,则疑其有数存乎其间⑪。且其
蘖而不殇,拱而不夭,任为栋梁而不伐,风拔水漂而不破折
不腐,不破折不腐而不为人所材,以及于斧斤,出于湍沙之
间,而不为樵夫野人之所薪,而后得至乎此,则其理似不偶
然也⑫。

然予之爱之,则非徒爱其似山⑬,而又有所感焉。非徒
爱之,而又有所敬焉。予见中峰,魁岸踞肆⑭,意气端重,若
有以服其旁之二峰⑮。二峰者,庄栗刻峭⑯,凛乎不可犯,虽
其势服于中峰,而岌然决无阿附意⑰。吁⑱! 其可敬也夫!
其可以有所感也夫!

【注释】

① 蘖(niè):分蘖,植物种子生出幼苗后开始在主茎处分枝。殇
(shāng):未成年而死亡。

② 拱:这里指树有两手合围那样粗。夭:夭亡,没有活到自然的
年数。

③ 则为人之所材:就会被人们当作材料看待。材,作动词用。

④ 斧斤:砍木的工具,这里作砍伐讲。患:灾难。此指有被乱伐
的可能。

⑤ 汩(gǔ)没:沉没。湍(tuān)沙:挟杂泥沙的急流。

⑥ 激射啮(niè)食:(为水流所)冲刷侵蚀。啮,咬。

⑦ 好(hào)事者:喜欢多事的人。

⑧ 强:勉强。

⑨ 渍(fén):水边。

⑩ 所薪者:当作柴禾对待的。薪,作动词用。

⑪ 数：气数。古人把不是人力所能及的偶然因素，归结为一定的气数。

⑫ 理：原是中国古代哲学概念，通常指准则、规律。这里的"理"相当于上文的"数"。

⑬ 徒：只；但。

⑭ 魁岸：犹"魁梧"，形容"中峰"体貌壮大的样子。踞肆：形容"中峰"傲慢舒展的神态。踞，同"倨"，傲慢。肆，不受拘束，舒展。

⑮ 这句是说：好象要使旁边的两峰服从它似的。

⑯ 庄栗：端严谨敬的样子。刻峭：严肃挺拔的样子。

⑰ 岌然：高耸的样子。阿（ē）附：曲意附和。

⑱ 吁（xū）：叹声。

七、文与可画筼筜谷偃竹记①

苏　轼

【注释】

① 文与可：文同（1018—1079），字与可，梓州永泰（今四川省盐亭县东）人。因曾任湖州（治所在今江苏省湖州市吴兴区）知州（一州的行政长官），世称文湖州。他是北宋著名画家。擅长墨竹，苏轼等人学他画风，形成"文湖州竹派"。筼筜（yún dāng）谷：在洋州（治所在今陕西省洋县），其地多竹，文同任洋州知州时常去观察，并在谷中建亭游赏，使他的绘画艺术得到提高。筼筜，原为大竹名。偃竹：形体倾斜的竹子。

【说明】

文同（字与可）是苏轼的表兄，又是"文湖州竹派"的创立者；苏轼曾从他学画，成为这一画派的重要成员。文同死后，苏轼在晒所藏书画时,偶见文同所赠的《筼筜谷偃竹图》,不禁感慨万端;追思往事,遂写下这篇记文,以发抒对至亲好友的悼念之情。

散文的特点是"散",也就是笔法自由,剪材灵活。本文先写文同"成竹在胸"的艺术见解,生动地阐述了我国绘画理论中关于"神似"和"形似"的著名论点,也就是说,艺术家对于客观事物,不应零敲碎打地去追求一枝一叶的简单摹拟,而应该从整体上去突出事物的精神。文中还强调艺术作品要忠于生活,创作灵感的迸发来源于对生活的高度把握和熟练的艺术技巧,这些都是深得艺术奥秘的经验之谈。接着,本文写了与文同之间的戏谑调侃,轻松的戏笑寄托着严肃诚挚的友谊,从中可见彼此间相知相亲之深。文章时而引证别人的诗文,时而记叙与文同的诗歌酬答或来往传语,叙事、议论、抒情交织并出,似乎散漫无章,实际上都是服从于从文同画竹写悼念之情这个主旨。文章从竹的生长写起,艺术见解由画竹而发,互相戏谑也不离竹的话题,处处有"竹",处处活现文同的精神风貌,处处见出两人的情谊。所以,散文的特点虽是"散",更确切地说,应该是形散神不散。

竹之始生,一寸之萌耳①,而节叶具焉;自蜩腹蛇蚹②,以至于剑拔十寻者,生而有之也③。今画者乃节节而为之,叶叶而累之④,岂复有竹乎⑤?故画竹必先得成竹于胸中⑥,执笔熟视,乃见其所欲画者,急起从之,振笔直遂⑦,以追其所见,如兔起鹘落⑧,少纵则逝矣⑨。与可之教予如此。予不能然也,而心识其所以然⑩。夫既心识其所以然,而不能然者,内外不一,心手不相应⑪,不学之过也。故凡有见于中,而操之不熟者,平居自视了然,而临事忽焉丧之,岂独竹乎⑫?子由为《墨竹赋》以遗与可曰⑬:"庖丁,解牛者也,而养生者取之⑭;轮扁,斫轮者也,而读书者与之⑮。今夫夫子之托于斯竹也⑯，而予以为有道者则非耶⑰？"子由未尝画也，故得其意而已。若予者，岂独得其意，并得其法⑱。

　　与可画竹，初不自贵重。四方之人，持缣素而请者⑲，足相蹑于其门⑳。与可厌之，投诸地而骂曰："吾将以为袜！"士大夫传之，以为口实㉑。及与可自洋州还，而余为徐州㉒。与可以书遗余曰："近语士大夫：'吾墨竹一派，近在彭城㉓，可往求之。'袜材当萃于子矣㉔。"书尾复写一诗，其略曰："拟将一段鹅溪绢㉕，扫取寒梢万尺长㉖。"予谓与可："竹长万尺，当用绢二百五十匹㉗，知公倦于笔砚，愿得此绢而已㉘！"与可无以答，则曰："吾言妄矣！世岂有万尺竹哉？"余因而实之㉙，答其诗曰："世间亦有千寻竹，月落庭空影许长㉚。"与可笑曰："苏子辩则辩矣，然二百五十匹绢，吾将买田而归老焉㉛！"因以所画《篔筜谷偃竹》遗予曰："此竹数尺耳，而有万尺之势㉜。"篔筜谷在洋州，与可尝令予作洋州三十咏，篔筜谷其一也。予诗云："汉川修竹贱如蓬㉝，斤斧何曾赦箨龙㉞；料得清贫馋太守，渭滨千亩在胸中㉟。"与可是日与其妻游谷中，烧笋晚食，发函得诗，失笑喷饭满案。

　　元丰二年正月二十日㊱，与可没于陈州㊲。是岁七月七日，予在湖州㊳，曝书画㊴，见此竹，废卷而哭失声㊵。

　　昔曹孟德祭桥公文㊶，有"车过"、"腹痛"之语㊷，而予亦载与可畴昔戏笑之言者㊸，以见与可于予亲厚无间如此也。

【注释】

　①　萌：指竹的嫩芽。

　②　蜩（tiáo）：蝉。蛇蚹（fù）：蛇腹下代足爬行的横鳞。这句指竹初生时，包在竹笋外的笋壳，在竹杆生长过程中陆续脱落，就象

蝉翼、蛇皮会蜕去一样。

③ 这两句是说：笋进而生长成竹杆,就象剑从鞘中拔出那样有十寻之高,这是自然生长发育而成的。寻,古时八尺为寻。

④ 累：添加。

⑤ 据米芾(fú)《画史》说："子瞻作墨竹,从地一直起至顶。余问何不逐节分? 曰:'竹生时何尝逐节生?'运思清拔,出于文同与可,自谓与文拈一瓣香(佛家语,表示崇拜的意思)。"说明苏轼曾把文同的画竹理论贯彻于自己的绘画实践,并向友人宣传。

⑥ 这句是说：所以画竹必须先在胸中酝酿、孕育成竹子的整个形象。

⑦ 振笔直遂：意即挥毫落纸,一气呵成。遂,完成。

⑧ 兔起鹘(hú)落：兔子才跑起来而鹘已搏击下去。鹘,打猎用的猛禽。鹘与兔子都是动作敏捷的动物。

⑨ 少纵则逝矣：稍一放松就消失了。这两句比喻下笔迅捷,略无停滞。苏轼《书蒲永昇画后》描写宋代画家孙知微的创作冲动时说："一日,仓皇入寺,索笔墨甚急,奋袂(mèi)如风,须臾而成。"《腊日游孤山访惠勤惠思二僧》诗也说："作诗火急追亡逋(逃亡者),清景一失后难摹。"都讲到创作灵感激发时捕捉形象的急速情景,与本文所述可以参看。

⑩ 这两句的意思说：我不能做到这样,心里却认识到这个见解之所以正确的道理。

⑪ 内外不一：即"心手不相应"。这两句的意思是：心里虽已认识,手上(也即笔下)却不能表达。

⑫ 以上五句是说：所以凡是心里已有所见,而做起来不熟练的,平常自以为已看清楚,而临事却忽然忘却的,又难道只是画竹这件事吗?

⑬ 子由：苏辙,字子由,苏轼的弟弟。遗(wèi)：给与,赠与。

⑭ 以上三句事出《庄子·养生主》：文惠君(即梁惠王)时有个庖丁(厨师)宰杀牛，他按照牛的生理结构，顺着它筋骨相连和骨节间的空隙处下刀，从不使刀口钝折，而是游刃有馀。他对文惠君说，他所以能够得心应手是由于适应自然之理。文惠君听后说："我从他的话中，懂得养生的道理了。"

⑮ 以上三句事出《庄子·天道》：轮扁是春秋时齐国有名的造车工人，扁是他的名字。一次，齐桓公在堂上读书，他在堂下砍木制造车轮。他对齐桓公说："您读圣人的书，但圣人已死，您所读的不过是他的糟粕而已。"齐桓公大怒，质问缘故。轮扁说："以我制作车轮的事为喻。砍木时，落刀慢了，则不牢固；下刀快了，则又砍不深。掌握不快不慢的火候，并且得心应手，这个'术'我嘴里却说不清楚。连我的儿子也不能掌握，所以我快七十岁了，还在亲自制作。由此可知，古人已死，他的道理也是不可能真正传下来的，您所读的不过是古人的糟粕而已。"齐桓公听后表示同意。庄子借以宣传物各有性，其理不可言传，教学无益。苏辙引此是讲道理的精微和技艺的高度熟练。与之，同意他的看法。

⑯ 《墨竹赋》原文在这句前还有两句："万物一理也，其所以为之者异尔。"(见《栾城集》卷一七)。

⑰ 以上两句是说：现在您把这样的道理寄寓在画竹中，因而我以为您也是一个深知事物规律的人，难道不是吗？道，中国古代哲学概念，这里相当于事物的规律或高深的修养。

⑱ 并得其法：还得到他绘画的技法。

⑲ 缣(jiān)素：供书画用的白色细绢。

⑳ 蹑(niè)：踏、踩。

㉑ 口实：谈话的资料，话柄。

㉒ 为徐州：任徐州知州的意思。苏轼自宋神宗赵顼(xū)熙宁十年

（1077）至元丰二年（1079）任徐州知州。

㉓ 彭城：即今徐州。

㉔ 萃：聚集。这句的意思是说：求画的"缣素"将会聚集到您那里去了。

㉕ 鹅溪：在今四川省盐亭县西北，其地所产绢颇为名贵。

㉖ 寒梢：指竹。以上两句是说：打算用一段鹅溪出产的绢，画出一万尺长的竹子。

㉗ 匹：古时以四十尺为一匹，二百五十匹正合一万尺。

㉘ 以上四句是苏轼对文同开玩笑，意思是：您要一万尺长的竹子，得用二百五十匹绢，我知道您倦于绘画，如果要我来画，请给我这些数量的绢就可以了。

㉙ 实之：指苏轼偏偏坐实有万尺之竹。

㉚ 这两句是说：世间也有八千尺长的竹子，月亮下山斜照时，那空庭中的竹影不就有这样长吗？

㉛ 以上四句的意思是：与可笑着说："苏先生真雄辩啊！然而，我果真有二百五十匹绢，那就想买田归老了！"

㉜ 这两句是说：这枝竹虽然只有几尺，却有万尺的气势。

㉝ 汉川：汉水。洋州在汉水上游。修：长。

㉞ 斤斧：砍木的工具，这里作砍伐讲。箨（tuò）龙：笋。箨，原指笋壳。

㉟ 渭滨千亩：《史记·货殖列传》云："渭川千亩竹"，"此其人皆与千户侯等"。意思是：一个人如有渭河千亩竹林，他的资产就和一个千户侯的俸禄相等了。苏轼在此戏用这个典故。以上四句是说：汉水的长竹价钱低廉，贱如蓬草，砍刀从不放过竹笋；我料想那位又穷又馋的太守，对此价廉物美的食品一定十分爱好，怕已把渭河之滨的千亩竹林统统嚼下肚了吧？

㊱ 元丰二年：宋神宗年号（1079）。

㊲ 陈州：治所在今河南省淮阳县。

㊳ 予在湖州：当时苏轼正任湖州知州。

㊴ 曝（pù）：晒。

㊵ 废卷：放下画卷。

㊶ 孟德：曹操的字。

㊷ 据《三国志·魏书·武帝纪》载：曹操少时，"任侠放荡，不治行业"，太尉桥玄（睢阳人，今河南省商丘市）却认为他是能够安定世乱的"命世之才"。桥玄的推崇提高了曹操的声誉。建安七年（202），曹操在击败袁绍、初步统一北方、声威大振时，一次驻军谯（今安徽省亳州），治理睢阳渠，便"遣使以太牢（以牛、羊、猪各一为祭品）祀桥玄"，并作《祀故太尉桥玄文》。祭文追述当年桥玄戏谑的话。桥玄说，我死以后，你如路过墓地不用鸡酒祭奠我，我将使你"车过三步，腹痛勿怪"。祭文还说："虽临时戏笑之言，非至亲之笃好，胡肯为此辞乎？"

㊸ 畴昔：从前。畴，语助词，无实义。

八、黄州快哉亭记①

苏　辙

【注释】

① 黄州：治所在今湖北省黄冈市。快哉亭：在黄州城南。

【说明】

　　本文作于宋神宗元丰六年（1083）十一月初一日，当时作者贬官筠州（治所在今江西省高安市），快哉亭的建造者张梦得和命名者苏轼都谪居黄州。

　　"记"是古代散文中的一种重要体裁，但内容复杂多变。苏洵的《木假山记》是谈人才问题的特殊形式的议论文，苏轼的《文与可画筼筼谷偃竹记》则是悼念之作。苏辙此文却属于应用文性质，这类亭台楼阁记在"记"中更为常见。

　　本文采取这类"记"的通常写法：先叙事、次写景、末议论。首先叙写建亭及命名缘起。亭在江边，即以江水开端，写长江出西陵峡、继合湘、沅、汉、沔诸水，才至黄州赤壁，分三层逐次写出水势的日渐壮阔。由江水引出建亭，并由苏轼命名为"快哉亭"。其次写景。既写山水胜景，又写历史胜迹，观赏今景，凭吊古事，两者都使人充满"快"意。最后，从"快哉"一词的出处（即宋玉《风赋》）引发议论，从正、反两面来说明士生于世，如果心中坦然，就会无往而不自得。作者发挥这种随缘自适的人生观，主要是安慰谪居中的建亭者张梦得，同时也是自我排遣。这种思想自然带有消极成分，但对封建时代的知识分子来说，是很难完全摆脱的。

　　江出西陵①，始得平地，其流奔放肆大②。南合沅湘③，北合汉沔④，其势益张。至于赤壁之下⑤，波流浸灌⑥，与海相若⑦。清河张君梦得谪居齐安⑧，即其庐之西南为亭⑨，以览观江流之胜，而余兄子瞻名之曰"快哉"。

　　盖亭之所见，南北百里，东西一舍⑩，涛澜汹涌，风云开阖⑪。昼则舟楫出没于其前⑫，夜则鱼龙悲啸于其下⑬。变化倏忽⑭，动心骇目，不可久视⑮。今乃得玩之几席之上，举目而足⑯。西望武昌诸山⑰，冈陵起伏，草木行列⑱，烟消日出，渔夫樵父之舍，皆可指数⑲：此其所以为快哉者也。至于长洲之滨⑳，故城之墟㉑，曹孟德、孙仲谋之所睥睨㉒，周瑜、陆逊之所骋骛㉓，其流风遗迹㉔，亦足以称快世俗㉕。

　　昔楚襄王从宋玉、景差于兰台之宫㉖，有风飒然至者㉗，王披襟当之㉘，曰："快哉此风㉙！寡人所与庶人共者耶㉚？"

宋玉曰：“此独大王之雄风耳，庶人安得共之^㉛！”玉之言盖有讽焉^㉜。夫风无雌雄之异，而人有遇不遇之变^㉝；楚王之所以为乐，与庶人之所以为忧，此则人之变也，而风何与焉^㉞？士生于世，使其中不自得^㉟，将何往而非病^㊱？使其中坦然，不以物伤性，将何适而非快^㊲？今张君不以谪为患^㊳，窃会计之馀功^㊴，而自放山水之间^㊵，此其中宜有以过人者^㊶。将蓬户瓮牖无所不快^㊷，而况乎濯长江之清流^㊸，揖西山之白云^㊹，穷耳目之胜以自适也哉^㊺！不然，连山绝壑^㊻，长林古木，振之以清风^㊼，照之以明月，此皆骚人思士之所以悲伤憔悴而不能胜者^㊽，乌睹其为快也哉^㊾！

元丰六年十一月朔日赵郡苏辙记^㊿。

【注释】

① 江：指长江。西陵：西陵峡，长江三峡之一，西起湖北省巴东县，东至宜昌市，全长一百多公里。

② 奔放肆大：指水流迅急、浩大。肆，不受拘束；舒展。

③ 沅湘：一作“湘沅”。沅江和湘江，都在湖南省境内，北流入洞庭湖，注入长江。

④ 汉沔(miǎn)：沔水原为汉水上游的一段，古代也通称汉水为沔水，汉沔即指汉水(又名汉江)，源出陕西省宁强县，东南流至湖北省武汉市入长江。

⑤ 赤壁：此指赤鼻矶，在黄冈市西北。长江、汉水流域共有五处叫赤壁的地方，三国时赤壁之战的旧址，在黄冈市西部地区，与赤鼻矶并非一地。但下文却混称之。

⑥ 浸(jìn)灌：浸与灌意思相同，都作灌注讲。

⑦ 相若：相似，差不多。

⑧ 清河：古郡名,治所在今河北省清河县。齐安：古郡名,即黄州。

⑨ 即：就着。这里作表示动作行为的地点的介词用。

⑩ 一舍：古时以三十里为一舍。

⑪ 风云开阖：风云时现时失,表示变幻不定。阖,通"合"。

⑫ 楫（jí）：划船的工具,这里代指船。

⑬ 鱼龙：泛指鱼类动物。

⑭ 倏（shū）忽：急速。

⑮ 这两句的意思说：江景使人惊心骇目,难以久看。

⑯ 这两句是说：现在造了这个亭子,就能够在亭中的几旁席上赏玩江景,举目一望,就能看到全景。

⑰ 武昌：在今湖北省鄂城县,与黄冈隔长江相望,并不是现在的武昌。

⑱ 这两句是说：冈陵高高低低,草木一行排着一行。

⑲ 指数（shǔ）：用手指一个一个地点数。

⑳ 长洲之滨：指赤鼻矶一带。长洲,水中长条形的陆地。据《弘治黄州府志》卷二《山川》记载,黄州附近的长江中,有姜家洲、江套洲、峥嵘洲、萝卜洲、大壮洲、木鹅洲等洲。这里即是泛指。

㉑ 故城之墟：指邾（zhū）城,战国时楚宣王所建,故城遗址今呼女王城（或禹王城）,在黄冈市西北。隋唐时始改置黄州,州治移到今黄冈。唐中和时曾一度迁回邾城,宋初又移至今址。

㉒ 睥睨（pì nì）：斜视的样子,这里引申为侧目窥察、觊觎（jì yú）。

㉓ 陆逊：吴之名将,曾在荆州（治所在今湖北省江陵县）、彝陵（在今湖北省宜昌市东）等地大败蜀汉军。他后任荆州牧,久镇武昌（今鄂州）,官至丞相。骛骛（wù）：同"驰骛",往来奔走状。车马直跑叫驰,乱跑叫骛。这两句的意思说：这曾是曹操（字孟德）、孙权（字仲谋）窥伺欲得的地方,也是周瑜、陆逊驰骋争战的所在。赤壁之战时,孙权使周瑜与刘备联合,大破曹操,奠

定了三国鼎立的局面。

㉔ 流风：遗风馀韵。指前辈留下的杰出榜样或前代流传下来的良好风尚。

㉕ 称快世俗：为社会时尚所称快。

㉖ 楚襄王：战国时楚国国君，即楚顷襄王，楚怀王的儿子。从：侍从，指楚襄王由宋玉、景差二人侍从。宋玉：楚国鄢都（今湖北省江陵县西北）人，楚国大夫，辞赋家，相传是屈原的学生，在楚怀王、楚襄王时担任文学侍从之官。这里讲的故事，即见他写的《风赋》。景差：楚国大夫，辞赋家，但作品已失传。兰台：楚国宫苑，旧址在今湖北省钟祥市。

㉗ 飒（sà）然：形容风声。

㉘ 披襟当之：解开衣襟迎着风。披，张开。

㉙ 快哉此风：这风真爽快呀。这是倒装句。

㉚ 寡人：国君自己的谦称。庶人：平民。共：共有，共享。

㉛ 这两句是说：这只是您大王的"雄风"，百姓们那里能够共享呢？雄风，意指雄骏的风。

㉜ 盖有讽焉：大概有讽喻的意思在话里。

㉝ 遇：遇合，旧指遇到赏识自己的帝王或官僚大臣等人。变：不同，与上面的"异"字互文同义。

㉞ 与：犹"参预"。以上四句是说：楚王所以为乐，百姓们所以为忧，这是人的不同，跟风有什么关系呢？

㉟ 中：心。

㊱ 病：忧愁，怨恨。以上三句的意思是说：人生在世，假如他心中没有自得之乐，那么，他将何处而不感忧怨？（意即处处会觉得忧怨。）

㊲ 何适：即上面的"何往"。以上三句是说：如果心中坦然自得，不因外物得失而损伤情性，那么他又何往而不感快乐？

㊳ 患：病，忧愁。

㊴ 窃：这里是"偷闲"、"利用"的意思。会（kuài）计：指办理钱谷
赋税等财务。馀功：馀暇。

㊵ 自放山水之间：自己纵情于山水之中。

㊶ 此其中宜有以过人者：他的心中该是有超过常人识见的地方。

㊷ 将：即使。蓬户瓮牖（wèng yǒu）：用蓬草编成门，用破瓮当作
窗，指贫苦人所住的简陋住所。瓮，一种陶制的盛器。

㊸ 濯（zhuó）：洗。

㊹ 揖（yī）：旧时拱手礼，这里是说与西山白云拱手相对。西山：一
名樊山，在鄂州西。这句呼应上文"西望武昌诸山"。

㊺ 自适：自己使自己感到愉快满足。

㊻ 连山绝壑（hè）：绵延相连的山，深幽险峻的山谷。

㊼ 振：摇动。这里指"吹"。

㊽ 骚人思士：诗人和有忧思的人。胜（shēng）：担当得起或禁受
得住。与上文作胜景、优美的景色讲的"江流之胜"、"耳目之
胜"的"胜"（shèng），音义均不同。这句的意思是：快哉亭上所
见到的山、木、风、月四种景色，通常是会使诗人愁者感到不胜
悲伤而身容憔悴的。

㊾ 乌睹其为快也哉：哪里看得出这是欢快的呢！乌，怎能。

㊿ 元丰六年：公元 1083 年。元丰，宋神宗的年号。赵郡：苏辙祖
籍为赵郡栾城（今河北赵县）人。

（以上三篇原载《中华活叶文选》第 167 号）

九、宋史·吕端传

【说明】

本文选自《宋史》卷二八一。

　　吕端在宋太宗赵炅（jiǒng）、真宗赵恒两朝做过宰相，在政治上并不是一个有重大建树的历史人物，但他“小事糊涂，大事不糊涂”的处事原则却给人们留下较深的印象。从本篇所记事迹来看，所谓“大事不糊涂”是指在国家大事上能勇于负责，明于决断；所谓“小事糊涂”主要指对有关个人利害问题能不计较，谦逊自处。如太宗和寇准已经共同商定要斩党项羌首领李继迁之母，吕端认为这是“军国大事”，亲见太宗陈说利弊，予以制止。太宗死，宫廷里酝酿着争夺皇位继承权的斗争，他又挺身而出，智囚谋变者于室，面折李皇后于宫，终于拥立真宗为帝，避免了一场政治动乱。至于他规劝秦王赵廷美应该随从太宗出征北汉，也表现出他对上层统治集团内部复杂关系的洞察力。这都是他“不糊涂”的地方。同时，他几遭贬谪，却毫不介意，从不汲汲于名利的追求；而当提升到宰执大臣的高位时，他却自请居于名臣寇准之下，处理政务又“谦让不自当”；甚至有人中伤陷害他，他也并不依仗权势进行报复，而以自奉“直道”无所愧畏而泰然处之。这就是“小事糊涂”。其实，“糊涂”中正见清醒，“小事”也非真“小”。他对小事的态度不仅制约于他的“有器量”、“识大体”，而且他处理“小事”的总原则，本身就是一件大事。这位封建政治家处理大事和“小事”的态度是颇有启发性的。

　　吕端字易直，幽州安次①人。父琦，晋兵部侍郎②。端少敏悟好学，以荫补千牛备身③。历国子主簿、太仆寺丞、秘书郎、直弘文馆④，换著作佐郎、直史馆⑤。

　　太祖⑥即位，迁太常丞、知浚仪县⑦，同判定州⑧。开宝⑨中，西上阁门使郝崇信使契丹⑩，以端假太常少卿为副⑪。八年⑫，知洪州⑬，未上⑭，改司门员外郎⑮、知成都府，赐金紫⑯。为政清简⑰，远人⑱便之。

　　会秦王廷美尹京⑲，召拜考功员外郎⑳，充开封府判官㉑。太宗征河东㉒，廷美将有居留之命㉓，端白廷美曰："主上栉风沐雨㉔，以申吊伐㉕，王地处亲贤，当表率扈从㉖。今主留务，非所宜也。"廷美由是恳请从行。寻坐王府亲吏请托执事者违诏市竹木㉗，贬商州司户参军㉘。移汝州㉙，复为太常丞，判寺事㉚。出知蔡州㉛，以善政，吏民列奏借留。改祠部员外郎㉜、知开封县，迁考功员外郎兼侍御史知杂事㉝。使高丽，暴风折樯㉞，舟人怖恐，端读书若在斋阁㉟时。迁户部郎中㊱、判太常寺兼礼院㊲，选为大理少卿㊳，俄拜右谏议大夫㊴。

　　许王元僖尹开封㊵，又为判官。王薨，有发其阴事者，坐裨赞无状㊶，遣御史武元颖、内侍王继恩就鞫于府㊷。端方决事㊸，徐起候之，二使曰："有诏推君㊹。"端神色自若，顾从者曰："取帽来㊺。"二使曰："何遽至此㊻？"端曰："天子有制㊼问，即罪人矣，安可在堂上对制使？"即下堂，随问而答。左迁卫尉少卿㊽。会置考课院㊾，群官有负谴置散秩者㊿，引对[51]，皆泣涕，以饥寒为请[52]。至端，即奏曰："臣前佐秦邸[53]，以不检府史[54]，谪掾[55]商州，陛下复擢官籍辱用[56]。今许王暴薨，臣辅佐无状，陛下又不重谴，俾亚少列[57]，臣罪大而幸深矣[58]！今有司进退善否[59]，苟得颍州副使[60]，臣之愿也。"太宗曰："朕自知卿。"无何[61]，复旧官，为枢密直学士[62]，逾月，拜参知政事[63]。

　　时赵普在中书[64]，尝曰："吾观吕公奏事，得嘉赏未尝喜，遇抑挫未尝惧，亦不形于言，真台辅之器[65]也。"岁馀，左谏议大夫寇准亦拜参知政事。端请居准下，太宗即以端为左谏议大夫,立⑥准上。每独召便殿,语必移晷⑥。擢拜户部侍郎、平章事⑧。

时吕蒙正为相,太宗欲相⑥端,或曰:"端为人糊涂。"太宗曰:"端小事糊涂,大事不糊涂。"决意相之。会曲宴⑦后苑,太宗作《钓鱼诗》,有云:"欲饵金钩深未达,磻溪须问钓鱼人。"⑦意以属端。后数日,罢蒙正而相端焉。初,端兄馀庆,建隆中以藩府旧僚参预大政⑦,端复居相位,时论荣之。端历官仅⑦四十年,至是骤被奖擢,太宗犹恨任用之晚。端为相持重,识大体,以清简为务。虑与寇准同列,先居相位,恐准不平,乃请参知政事与宰相分日押班知印⑦,同升政事堂⑦,太宗从之。时同列奏对多有异议,惟端罕所建明⑥。一日,内出手札戒谕:"自今中书事必经吕端详酌⑦,乃得闻奏。"端愈谦让不自当⑧。

初,李继迁扰西鄙⑦,保安军⑧奏获其母。至是,太宗欲诛之,以寇准居枢密副使⑧,独召与谋。准退,过相幕,端疑谋大事⑧,邀谓准曰:"上戒君勿言于端乎?"准曰:"否。"端曰:"边鄙常事,端不必与知;若军国大计,端备位⑧宰相,不可不知也。"准遂告其故。端曰:"何以处之?"准曰:"欲斩于保安军北门外,以戒凶逆⑧。"端曰:"必若此,非计之得也,愿少缓之,端将覆奏。"入曰:"昔项羽得太公,欲烹之,高祖曰:'愿分我一杯羹⑧。'夫举大事不顾其亲,况继迁悖逆⑧之人乎?陛下今日杀之,明日继迁可擒乎?若其不然,徒结怨雠⑧,愈坚其叛心尔⑧。"太宗曰:"然则何如?"端曰:"以臣之愚,宜置于延州⑧,使善养视之,以招来继迁,虽不能即降,终可以系其心⑨,而母死生之命在我矣。"太宗抚髀称善⑨曰:

"微⑫卿，几误我事。"即用其策。其母后病死延州，继迁寻亦死，继迁子竟纳款请命⑬，端之力也。进门下侍郎兼兵部尚书⑭。

太宗不豫⑮，真宗⑯为皇太子，端日与太子问起居。及疾大渐⑰，内侍王继恩忌太子英明，阴与参知政事李昌龄、殿前都指挥使⑱李继勋、知制诰⑲胡旦谋立故楚王元佐⑳。太宗崩㉑，李皇后命继恩召端，端知有变，锁继恩于阁内，使人守之而入。皇后曰："宫车已晏驾㉒，立嗣以长㉓，顺也，今将如何？"端曰："先帝立太子正为今日，今始弃天下，岂可遽违命有异议邪？"乃奉太子至福宁庭中㉔。真宗既立，垂帘引见群臣，端平立殿下不拜，请卷帘，升殿审视，然后降阶，率群臣拜呼万岁㉕。以继勋为使相，赴陈州；贬昌龄忠武军司马㉖；继恩右监门卫将军，均州安置㉗；旦除名流浔州㉘，籍其家资㉙。

真宗每见辅臣入对，惟于端肃然拱揖，不以名呼；又以端躯体洪大，宫庭阶戺稍峻㉚，特令梓人为纳陛㉛。尝召对便殿，访㉜军国大事经久之制，端陈当世急务，皆有条理，真宗嘉纳。加右仆射㉝，监修国史。明年夏，被疾，诏免常参，就中书视事。上疏求解㉞，不许。十月，以太子太保罢㉟。在告㊱三百日，有司言当罢奉㊲，诏赐如故㊳。车驾㊴临问，端不能兴㊵，抚慰甚至。卒，年六十六；赠司空㊶，谥㊷正惠，追封妻李氏泾国夫人㊸，以其子藩为太子中舍㊹，荀大理评事㊺，蔚千牛备身，蔼殿中省进马㊻。

端姿仪瑰秀㊼，有器量，宽厚多恕，善谈谑，意豁如㊽也。虽屡经摈退，未尝以得丧介怀。善与人交，轻财好施，未尝

365

问家事。李惟清自知枢密改御史中丞⑬，意端抑己，及端免朝谒⑬，乃弹奏常参官疾告逾年受奉者⑬，又构人讼堂吏过失⑬，欲以中端⑬。端曰："吾直道而行，无所愧畏，风波之言不足虑也。"

端祖兖，尝事沧州节度⑬刘守文为判官。守文之乱，兖举族被害⑬。时父琦方幼⑬，同郡赵玉冒锋刃绐监者⑬曰："此予之弟，非吕氏子也。"遂得免。玉子文度为耀帅⑬，文度孙绍宗十馀岁，端视如己子，表荐赐出身⑭。故相冯道⑭，乡里世旧⑭，道子正之病废，端分奉给之。端两使绝域⑭，其国叹重之，后有使往者，每问端为宰相否，其名显如此。

景德二年⑭，真宗闻端后嗣不振⑯，又录蔚为奉礼郎⑯。藩后病足，不任朝谒，请告累年⑭，有司奏罢其奉，真宗特令复旧官，分司西京⑭，给奉家居养病。端不蓄资产，藩兄弟贫匮，又迫婚嫁，因质其居第⑭。真宗时，出内府⑮钱五百万赎还之；又别赐金帛，俾偿宿负⑮，遣使检校⑮家事。藩、荀皆至国子博士⑮，蔚至太子中舍。

【注释】

① 幽州：州治在今北京市。安次：今河北省廊坊市安次区。

② 兵部侍郎：兵部（掌管全国军事的机构）的副长官。吕琦在后晋高祖石敬瑭时曾任兵部侍郎等职。

③ 荫（yìn）补：靠了祖先的功勋而得官。千牛备身：皇帝的侍卫官。千牛，刀名。侍卫手执千牛刀为皇帝亲身护卫，故名千牛备身。

④ 国子主簿：国子监（教育管理机构和最高学府）中办理文书等事务性质的属官。太仆寺丞：太仆寺（掌管国家马匹、皇室车轿

的机构)的属官。秘书郎：秘书省(负责图书收藏和抄写事务的机构)的属官。直弘文馆：弘文馆(收藏国家图书等的机构)的属官。直，通"值"，当值的意思。

⑤ 著作佐郎：著作局的副长官，负责编写"日历"(每天的国家大事)。直史馆：史馆(编写国史的机构)的属官。以上都是吕端在后周时的官职。

⑥ 太祖：宋太祖赵匡胤(yìn)，公元960—976年在位。

⑦ 太常丞：太常寺(掌管宗庙祭祀的机构)的属官。知浚(xùn)仪县：浚仪县县令。宋朝不设县令之官，往往派遣中央官员权知(照管)县事，行使县令职权。浚仪县，在今河南省开封市。

⑧ 同判定州：协助定州知州办理政务。定州，治所在今河北省定州市。

⑨ 开宝：宋太祖的第三个年号(968—976)。

⑩ 西上阁门使：宋代正殿朝会，群臣从东西上阁门进入殿庭，因设东西上阁门使各三人，掌管上朝礼仪等事。契丹：部族名兼国名。公元916年，其首领阿保机建立辽朝，与五代、北宋同时并存。

⑪ 假太常少卿为副：以太常寺副长官的名义担任出使契丹的副使。

⑫ 八年：开宝八年，即公元975年。

⑬ 知：知州，"权知军州事"的简称，"军"指兵政，"州"指民政，为一州的行政长官。洪州：治所在今江西省南昌市。

⑭ 未上：还没有上任。

⑮ 司门员外郎：司门司的属官。司门，隶属于刑部的司，掌管门关出入，并管理因犯禁没收和无主的物品。

⑯ 金紫：金紫光禄大夫的略称。原供皇帝咨询和议论朝政，宋朝时是散官，虚衔不任职。

⑰ 清简：廉洁不苛刻。

⑱ 远人：住在边远的人。这里指成都府的人民。

⑲ 会：正巧遇到。秦王廷美：赵廷美，本名光美，宋太宗之弟。因采纳吕端建议随太宗讨平北汉，由齐王进封为秦王。尹京：任东京开封府的府尹。宋时以首都或陪都所在的州称为府，设府尹为长官。

⑳ 拜：这里作任命解。考功员外郎：考功司的属员。考功，隶属于吏部的司，掌管官员的考核、升降。

㉑ 判官：州、郡、府长官的僚属，掌管文书等事务。

㉒ 太宗：宋太祖之弟，公元976—997年在位。征河东：太平兴国四年(979)，宋太宗亲征北汉，攻占北汉首府太原(河东节度使治所)，北汉主刘继元投降，北汉亡。

㉓ 居留之命：叫赵廷美留守东京的命令。

㉔ 主上：旧时臣子对君主的称呼。栉(zhì)风沐雨：承风冒雨，比喻在外勤劳征战。栉，梳头；沐，沐浴。

㉕ 吊伐：吊民伐罪的省称，慰问受害的老百姓，讨伐有罪的统治者。吊，怜悯，哀痛。

㉖ 表率扈从(hù cóng)：带头做出榜样跟随皇帝出行。扈从，皇帝外出时随从护卫。

㉗ 这句说，不久，因为秦王府的亲信小吏向有关办事人员私通关节，非法购买竹木，吕端因此事牵连而获罪。寻，不久。坐，被办罪的因由。

㉘ 商州：治所在今陕西省商洛市商州区。司户参军：掌管户籍等的幕僚。

㉙ 汝州：治所在今河南省临汝县。

㉚ 判寺事：办理太常寺的事务。判，办理。

㉛ 蔡州：治所在今河南省汝南县。

㉜ 祠部员外郎：祠部的属官。祠部，隶属于礼部的司，掌管祭祀等事。

㉝ 侍御史知杂事：宋朝的侍御史是御史台的副长宫。"杂事"是御史台四项职务之一，掌管御史台内部之事。其他三项职务是"推"（审讯案件）、"弹"（纠劾官员）、"公廨"（有关衙署之事）。

㉞ 樯（qiáng）：桅杆。

㉟ 阁：同"阁"，楼房一类建筑物。

㊱ 户部郎中：户部是中央财政机关，掌管全国土地、户籍、赋税、财政收入等事务。其第一司也称户部，主管官即户部郎中。

㊲ 礼院：宋朝设太常礼院及礼仪院，专掌典礼之事。

㊳ 大理少卿：大理寺（管理司法的中央机关）的副长官。

㊴ 俄：不久。右谏议大夫：宋朝设谏院，其长官为左右谏议大夫，负责规谏皇帝并备其咨询。

㊵ 许王元僖：赵元僖，本名德明，宋太宗的第二个儿子，封许王，任开封府尹五年。

㊶ 薨（hōng）：旧时称诸侯、亲王、有爵位大臣的死去。阴事：隐秘的事情。裨（bì）赞：助益、辅助。这几句说，许王赵元僖死后，有人揭发他的阴私（指他为姬妾张氏所惑，张氏恃宠打死婢仆，她葬父母又违反制度等），吕端以佐助许王有差错而获罪。

㊷ 御史：侍御史。内侍：太监。鞠（jū）：审讯。府：指开封府。

㊸ 方决事：正在审理事情。

㊹ 推君：要审问您。

㊺ 取帽来：取便帽换去官帽，表示犯官待罪的意思。

㊻ 何遽（jù）至此：何必急得这样？遽，急速。

㊼ 制：皇帝的命令。下文的"制使"，指传达、执行皇帝命令的使者。

㊽ 左迁：降职。旧时以右为尊，以左为卑，故称贬官为左迁。卫尉

少卿：卫尉寺的副长官。卫尉寺原掌宫门警卫等事，后仅管理宫廷仪仗帐幕等琐事。

㊾ 考课院：宋朝设考课院，负责考察州县官及其他僚属的功过，决定升降赏罚。

㊿ 群官有负谴置散秩者：群官中有被处罚而置于闲散官位（不任实职）的人。

(51) 引对：引见、对答皇帝。

(52) 以饥寒为请：意思是，为领取俸禄以免饥寒，请求任职。

(53) 秦邸（dǐ）：秦王赵廷美的府邸。这里代指秦王。

(54) 不检府吏：对秦王府的小吏失于督察，即上文“违诏市竹木”事。

(55) 掾（yuàn）：旧时官署的僚属，这里即指上文“商州司户参军”。

(56) 擢（zhuó）：提拔任用。辱：承蒙，表示卑谦的意思。

(57) 俾（bǐ）亚少列：使我列于卫尉少卿之位。俾，使得。亚，次于，指在卫尉卿之次。

(58) 罪大而幸深：犯的罪过很大而皇恩很深。

(59) 有司：负有专职的人，这里指考课院的官员。进退善否：考核功过，决定提升或降职。

(60) 颍州副使：颍州的副知州。颍州，治所在今安徽省阜阳市。

(61) 无何：不久。

(62) 枢密直学士：枢密院（掌管全国军事的中央机构）的官员。

(63) 参知政事：副宰相。因与宰相（同平章事）同议朝政，故名。吕端于宋太宗淳化四年（993）四月被任命为参知政事。

(64) 赵普（922—992）：宋初的名相，曾帮助赵匡胤夺取政权。宋太宗时又两次为相。中书：宋朝在中书省（全国最高的行政机构）内设政事堂，为宰相办公之处，也简称中书。

(65) 台辅之器：当宰相的人才。

(66) 立：位。

⑥⑦ 语必移晷（guǐ）：每次谈话总是很长时间。晷，日晷，古时按照日影测定时刻的仪器，这里作时间的代称。

⑥⑧ 户部侍郎、平章事：户部侍郎是户部的长官，平章事是宰相。吕端在宋太宗至道元年（995）四月任此职。

⑥⑨ 相：作动词讲，任命吕端为宰相。

⑦⑩ 曲宴：小宴，有别于正式宴会。

⑦① 磻（pán）溪：水名，在今陕西省宝鸡市东南。相传吕尚（姜子牙）在这里钓鱼，遇到周文王，用为宰相。这两句诗说："把鱼饵放在鱼钩上去钓鱼，但河水太深，未必能有所获，还是去求教磻溪垂钓的吕尚吧！"这里以吕尚比吕端。据《玉壶清话》卷五记此事，吕端有和诗回答说："愚臣钩直难堪用，宜问濠梁（濠水上的桥）结网人。"以钓鱼无术比喻自己不堪宰相重任；以宜问结网捕鱼者，表示请太宗另访贤达。

⑦② 赵匡胤在后周任滑（治所在今河南省滑县东）、许（治所在现在河南省许昌市）、宋（治所在今河南省商丘市南）三镇节度使时，吕馀庆在他的幕府中任职。赵匡胤即帝位后，他被任为参知政事。建隆，宋太祖的第一个年号（960—963）。藩府旧僚，指节度使府署的幕僚。节度使是掌管大行政区军政大权的长官。参预大政，指任参知政事。

⑦③ 仅（jìn）：将近，表示数量多的意思，与"不仅如此"、"绝无仅有"的"仅"（jǐn）意义不同。

⑦④ 分日押班知印：按日轮流值班掌印。

⑦⑤ 政事堂：宰相的办公处。

⑦⑥ 罕所建明：很少有所建议。与上文"以清简为务"相照应。

⑦⑦ 详：审核。

⑦⑧ 愈谦让不自当：更为谦虚而不独断专行。

⑦⑨ 李继迁扰西鄙：李继迁，党项族人。公元 990 年在甘肃、宁夏、

陕北一带建立西夏政权,有时与宋朝友好,有时侵扰宋朝的西部边境。鄙,边境。

⑧ 保安军:军是宋朝的行政区域,相当于州或府。保安军的治所在今陕西省志丹县。

⑧ 枢密副使:枢密院的副长官。

⑧ 这几句说,寇准从太宗那里出来,经过宰相府,吕端猜测太宗与他商议的是大事。

⑧ 备位:谦词,聊充官位(宰相)的意思。

⑧ 以戒凶逆:以惩戒凶残背叛之人(指李继迁)。

⑧ 太公:指汉高祖刘邦的父亲。这几句指刘邦和项羽争夺天下时,有一次项羽被刘邦军所围困,他就想用烹杀刘邦父亲的办法威胁刘邦。刘邦竟对项羽说:"我曾和你结为兄弟,我的父亲就是你的父亲,你一定要烹杀你的父亲,那就希望你分一杯肉羹给我吃。"项羽无计可施,只得不杀太公。

⑧ 悖(bèi)逆:反叛。

⑧ 雠:同"仇"。

⑧ 尔:语气词,和"耳"意义相近,罢了的意思。

⑧ 延州:州治在今陕西省延安市。

⑨ 系其心:牵制住他的心。

⑨ 抚髀(bì)称善:拍拍大腿叫好。

⑨ 微:若不是,常用于事后的假设。

⑨ 纳款:投诚。请命:请求指示,表示服从命令。

⑨ 门下侍郎兼兵部尚书:门下省长官兼兵部长官。门下省,原与中书省(议定政事)、尚书省(负责执行)并称"三省",负责审核政务,同为中央行政中枢。但宋朝的"门下侍郎"只是一种荣誉称号,不任实职。兵部尚书,原是掌管全国武装力量的中央机关的长官,但宋朝全国军权已归枢密院,兵部尚书仅是虚官,也

属荣誉称号。

(95) 不豫：身体不适。

(96) 真宗：宋太宗的第三子，公元 998—1022 年在位。

(97) 大渐：多指皇帝病危。

(98) 殿前都指挥使：统率禁卫军的长官。

(99) 知制诰：负责草拟皇帝诏令的官。

(100) 故楚王元佐：赵元佐，宋太宗的长子，曾封楚王，后因狂病纵火烧宫受罚，取消楚王封号，所以称"故楚王"。

(101) 崩：旧时对皇帝死去的用语。

(102) 晏驾：旧时对皇帝死去的讳称。意思是说，皇帝车驾要出行而迟迟未出来。

(103) 立嗣以长：意思是说，楚王赵元佐是长子，应该继承皇位。赵元佐和真宗都是李皇后的儿子。

(104) 乃奉太子至福宁庭中：于是簇拥着真宗来到福宁殿前的庭院里。

(105) 垂帘听政原是在特殊情况下，由太后(或皇后)临朝听政的方式(常与幼年皇帝一起)。真宗初即位，垂帘会群臣，是表示不敢正式称帝、独立视事的意思。所以吕端坚请去帘，以正名分。

(106) 使相：带宰相官衔的节度使，实际上不负宰相实职。陈州：州治在今河南省淮阳县。据《宋史》卷二五四《李继勋传》，李继勋早死于太平兴国初年，离此次谋变已约二十年，这里所记与史实不符。王称《东都事略》卷三一《吕端传》即不载李继勋参与此事。

(107) 忠武军：治所在今河南省许昌市。司马：州、郡、军的僚属。

(108) 右监门卫将军：左右监门卫原属唐代十六卫之一，负责卫戍首都地区。将军为其属官。宋朝已是虚衔无实职。均州：治所在今湖北省均县。安置：大臣被贬谪后在远地居住，近于流放。

⑩ 除名：除去官籍，取消做官的资格。流：流放。浔州：治所在今广西壮族自治区桂平市。

⑩ 籍其家资：没收他的家财。

⑪ 阶厔（shì）稍峻：石阶较陡峻。厔，阶旁所砌的斜石；阶厔，即石阶。

⑫ 梓（zǐ）人：木匠。纳陛：木制的阶梯，放在殿前的两阶之间，以便于登殿。这是对有功大臣的特殊优待。

⑬ 访：咨询。

⑭ 右仆射（yè）：原是宰相之职，宋朝是褒赠之官。

⑮ 上疏求解：送上奏章请求解免（中书省巡视政事之职）。

⑯ 十月：宋真宗咸平元年（998）十月，吕端因病罢相。太子太保：辅导、教育皇太子的官，这里也是褒赠而无实职。

⑰ 告：告假。

⑱ 罢奉：取消俸禄。奉，同"俸"。

⑲ 诏赐如故：皇帝命令按照原俸发给。

⑳ 车驾：皇帝外出时所乘的车，因代称皇帝。

㉑ 不能兴：不能起身。

㉒ 司空：原掌工程、营造、屯田、水利等事，与"大司徒"、"大司马"并称"三公"（又称"三司"），都是宰相之职。宋朝是褒赠之官。

㉓ 谥（shì）：旧时对皇帝或有地位的人死后的称号。

㉔ 泾国夫人：宋朝对文武大臣的妻子有国夫人、郡夫人、郡君、县君等不同封号。宰相之妻封国夫人。

㉕ 太子中舍：太子中舍人，东宫的属官。

㉖ 大理评事：大理寺的属官，参与审理案件。

㉗ 殿中省进马：殿中省（掌管宫廷杂务的机关）的属官。

㉘ 瑰（guī）秀：奇伟秀美。瑰，像玉的石头。

⑫ 意：意态、性格。豁（huò）如：开朗爽直的样子。

⑬ 知枢密：知枢密院事的略称，也简称知院，即枢密院的长官枢密使。御史中丞：御史台的长官，掌管监察职务。

⑬ 免朝谒（yè）：免去每日朝见，即上文说的"免常参"。

⑬ 乃弹奏常参官疾告逾年受奉者：于是弹劾某个常参官请病假已过一年却仍领取官俸的。这是影射攻击吕端请病假多日也领取官俸。

⑬ 构人讼堂吏过失：指使人去控告吕端属下的堂吏的过错。

⑬ 中（zhòng）端：中伤吕端。

⑬ 沧州：治所在今河北省沧县附近。节度：节度使。

⑬ 守文之乱，充举族被害：五代后梁时，沧州节度使刘守文与其弟刘守光发生武力冲突，守文败死。吕兖（yǎn）等谋立刘守文的儿子延祚，又为守光所击败。刘守光攻陷沧州后，吕兖全族被杀。

⑬ 时父琦方幼：吕琦时年十五岁（一说十四岁）。

⑬ 绐（dài）监者：欺哄看守（吕琦）的人。

⑬ 耀帅：耀州节度使。耀州，治所在今陕西省耀县。赵文度在宋太祖开宝时曾任耀州节度使。

⑭ 出身：旧时做官的最初资历。

⑭ 故相冯道：冯道（882—954），五代时在唐、晋、汉、周等朝做过宰相等大官。

⑭ 乡里世旧：冯道是瀛州景城人，在今河北省交河县东北，与吕端为同乡（吕端是河北省廊坊市安次区人）

⑭ 绝域：极远的地方。这里指契丹、高丽。

⑭ 景德二年：宋真宗景德二年，即公元 1005 年。

⑭ 后嗣不振：吕端的后代不够显达。

⑭ 奉礼郎：太常寺的属官，掌管宗庙礼仪，常由功臣的子孙担任。

⑭ 不任朝谒，请告累年：指因脚病不能参加朝会，请假好几年。不任，不能胜任。

⑭ 西京：宋朝以河南府（今河南省洛阳市）为西京，作为陪都。分司西京，指中央官员在西京执行职务。但除御史分司者有实职外，其他分司者并不任职，只是对闲退官员的一种优待。

⑭ 质其居第：抵押掉他的住宅。质，质当，抵押。

⑮ 内府：属于皇帝私人的财库。

⑮ 俾偿宿负：使得偿清积欠很久的债务。

⑮ 检校：察看。

⑮ 国子博士：国子学（中央高级官员子弟学校，属国子监）的官员，负责授课。

（以上一篇原载《中华活叶文选》第 129 号）